魅丽文化
SUNNY
心晴坊
女性新阅读

隔壁有只可爱多

柚子多肉 著

江苏凤凰文艺出版社
JIANGSU PHOENIX LITERATURE AND ART PUBLISHING, LTD

图书在版编目（CIP）数据

隔壁有只可爱多 / 柚子多肉著. -- 南京 : 江苏凤凰文艺出版社, 2020.5
ISBN 978-7-5594-4330-4

Ⅰ. ①隔… Ⅱ. ①柚… Ⅲ. ①长篇小说 – 中国 – 当代
Ⅳ. ①I247.5

中国版本图书馆CIP数据核字(2019)第294359号

隔壁有只可爱多

柚子多肉 著

出 版 人　张在健

责任编辑　张　倩　王　青

特约编辑　唐　婷

装帧设计　46设计

封面绘制　小黑牙　书　打

出版发行　江苏凤凰文艺出版社

南京市中央路165号，邮编：210009

网　　址　http://www.jswenyi.com

印　　刷　湖南新华精品印务有限公司

开　　本　880mm × 1230mm 1/32

印　　张　11

字　　数　377千字

版　　次　2020年5月第1版，2020年5月第1次印刷

书　　号　ISBN 978-7-5594-4330-4

定　　价　45.00元

目　　录 Contents

第一章　漂亮男孩的怪阿姨

宁朦从梦中惊醒，察觉脸上有些凉，伸手一抹，湿漉漉的一片。

屋内伸手不见五指，她有些茫然地扶着额头缓缓坐起来，顿感四肢发麻，头痛欲裂，发间还飘散着一丝酒气。随着这一丝酒气，昨晚的记忆立刻翻滚而上。

她和闺密去喝酒，一不小心就喝多了，她一个人踉踉跄跄地去了洗手间，好像还吐了。

接着就断片了。

她难得有这样放纵自己的时刻，宿醉过后的清醒和不适让她有一丝丝后悔。

宁朦在枕头边摸了半天，手撞到床头柜，她疼得倒吸了一口冷气，然后才摸索着开了床灯。微弱的灯光亮起时，她才发现自己身处酒店的房间里，而手机和包都不在身边。

昨晚莫绯吩咐司机在酒吧外候着，如果她们两人是一起走的，那现在的她就绝不可能孤身一人在酒店。

宁朦脑子里闪过一些零星的片段，似乎是一个年轻的男子，个子很高，对方面容模糊，身上有温暖的香气，接着她被扶上车，其间她的手一直搁在他腰间，那呢子大衣质感很好。

宁朦脑子嗡了一声，立刻僵硬着回头，在看到床的另一边空荡荡时，才松了一口气。

她仔细检查了一遍自己，没发觉有酒后乱性的痕迹，才彻底放下心来。

喝酒误事，喝酒误事。宁朦跳下床，地毯很厚重，踩在上面悄无声息。她找了半天没有看到自己的鞋子，只能先穿上酒店的一次性拖鞋走到窗边。

宁朦扬手掀开了厚重的窗帘，清晨的阳光顿时洒满了整个房间，她眯起眼睛努力辨认外面的街景，想尽快确定自己所处的具体位置。

她还在对着窗户发呆，身后猝不及防传来一道清透的声音：“早。”

宁朦被吓了一跳，因为她根本没有发现房间有人，也完全没有听到开门声，慌张地回过头，就看到一个青年站在门口，手里推着餐车。

是个很年轻的男孩，穿着驼色呢子大衣，下摆到膝盖上一点，脚下蹬着一双黑色军靴，是优雅和粗犷的完美碰撞。宁朦向来有些怕长风衣配靴子，因为这样穿容易显腿短，但是穿在他身上就完全没有这种尴尬。

胜在腿长。

职业使然，宁朦看人都会习惯性地先看衣服搭配，再看脸。面前的青年看起来顶多也就二十岁出头，五官精致，肤色清透白净，脸上那双杏仁眼格外漂亮。

这是酒店的侍者吗？有这么超凡脱俗的侍者？宁朦混沌的脑袋不住地转，一个念头突然击中了她，风衣，高度。宁朦僵住了。

青年清亮的眸子带着笑意看着站在窗边的女人，她脸上的神色变幻不定，像一只听到风吹草动的小鹿一般。

大概是料到她心中所想，忍不住弯唇。

宁朦的小心脏又跳了一下。笑起来真是又嫩又水灵，这种极品要搁在上学那会儿，不仅是她，估计连莫绯都要被秒杀。

对视几秒，宁朦抿了抿唇，率先开口打破沉寂：“昨晚……”

她是开口想探探情况，但没想到自己的声音经过酒水一晚上的浸泡，已经沙哑得不成样子了。

宁朦有些窘迫，对面的人则好心地递过来一杯水。

“我让酒店准备的蜂蜜水，可以解酒。”他的声音很温和，像酸甜的梅子酒，好听到要让人的耳朵怀孕。

宁朦小声道谢，从那只修长白皙的手中接过杯子，闷头喝光了。

也许是她喝得太急太豪迈，对方又勾了勾唇。

宁朦透着杯子不动声色地打量对方，觉得对面这小子都可以上杂志封面了，形象极好，身材比例完美，现在的读者都很喜欢这款，仰头是冷艳，歪头是呆萌，可塑性极强。

她差点就要开口问对方是不是模特了。

青年等她喝完水，又伸手拉开身旁的衣柜，从里面取下一个大号罩衣袋递过来——里面装的正是她的灰色外套。

"衣服已经送去干洗了，你的包和鞋子在柜子里，都已经清理过了。"

"啊。"宁朦微微一怔，慌忙接过，"谢谢了。"

衣服很干净，昨晚被莫绯泼到袖子上的红酒酒渍也不见了。

她从罩衣袋里取出外套穿好，犹豫片刻后小心翼翼地问："昨晚，是你把我送过来的？"

"你说呢？"他笑着反问，顺手将餐车上的食物摆到桌子上，歪头示意，"过来吃早餐。"

宁朦被噎了一下，一时之间不知道是该继续追问，还是直接过去吃东西。

可是她太难受了，宿醉过后胃烧得厉害，面前的清粥和热汤又实在太吸引人了。考虑半秒之后，宁朦还是决定放弃追问，在他身边的椅子上坐下。她不客气地端起碗喝了一口汤，忍不住微微扬眉。

太舒服了，其实如果她再站个几秒钟，估计要干呕了。

青年继续往桌上摆食物，晶莹剔透的虾饺，胖乎乎的小笼包，还有色泽诱人的小凉菜，而餐盘边沿上印拓着酒店的名称，是熟悉的名字。

对方瞧着她的神色，看出她对食物很满意，便笑了笑。

平心而论，粥很不错，莫绯家的酒店就连免费早餐都做得这么好吃，难怪分店都开到国外去了。

宁朦喝了一点粥之后才感觉到饿，接着又吃了两个饺子、几个小笼包，空荡荡的胃里才舒服了不少。

喝光了粥，他递过矿泉水，体贴地问："还要吃一点吗？"

"不用了。"宁朦连忙说，犹疑了一会又忍不住问他，"请问我朋友呢？就是昨天和我一起的那个女人。"

她其实很想问她最后怎么就跟他走了呢。

对方看了她一眼，分辨了好几秒，才带着一丝怀疑的语气问："真不记得了？"

宁朦明显一愣，觉得对方这个神情完全是昨晚发生了什么大事的样子，顿时整个人都紧张了起来，连忙颤巍巍地问："昨晚发生了什么？"

宁朦酒品不太好，特别是喝断片之后容易出事，她已经很久没有喝到这个程度了。

青年欲言又止。

宁朦巴巴地望着他，很是着急，追问道："究竟怎么了？"

他望了宁朦半晌，忽然伸手指了指自己的嘴角。宁朦被他这个冷不丁的动作弄得莫名其妙，不解其意。直到后者忍不住递过来一张纸巾，她才后知后觉地接过擦嘴。

他的表情很无奈，提醒她："昨晚你在夜色喝酒，喝多了，这你总该记得吧？"

宁朦点头，其实是她和莫绯都喝多了。虽然莫绯做事不靠谱，但也万万不会把她丢给陌生男人带走，即便她也喝多了，但她的司机还在门外，不可能放任不理。

对方看了她一眼，有些无奈地笑了笑："然后你在洗手间门口一直拽着我的袖子要跟我走，你朋友和她的司机都拉不动你，就让我跟着过来了。"

宁朦无语凝噎，一时之间也不知道是该吐槽自己的行为，还是应该吐槽莫绯的不靠谱。她在心里把闺密吐槽了个遍，然后试图缓解尴尬气氛地开玩笑道："下次再遇到这样的事，去找警察叔叔就好了，长得这么好看，万一遇到的是怪阿姨，就吃亏了。"

他莞尔，开玩笑道："你不就是怪阿姨？"

嗯？宁朦受到了一万点伤害。

讲道理，她也不过才二十七岁好吗。

虽然在这个漂亮得有点过分的男孩面前，她确实更像是怪阿姨。

"不管怎么说，还是多谢你了。"这年头爱多管闲事的人不多了，能送她到酒店已经是仁至义尽，何况第二天早上还送早餐过来，她已经很多年没见过这么绅士的人了。

对方点头，不以为意道："举手之劳。"

宁朦对这个人的好感度爆棚，还狗腿地问："你吃过了吗？要不要也吃一点？"

青年有些冷漠地摇头。

"吃一点吧？"宁朦一脸殷勤，把餐盘往他那边推了推，"这个小笼包很不错。"

对方眼底带着一点含糊的笑意："我已经吃过了。"

"哦。"

真是个乖孩子，宁朦都忍不住想摸摸他的脑袋了。

"房费是多少？我来付。"宁朦吃过了早餐才想起来问。

他站在桌边看手机，闻言抬头，笑道："不用了，你朋友已经付过了。"

"好，那我先走了？"宁朦问。

对方望着她笑了笑，伸手指了指浴室："建议你还是洗把脸再出去吧。"

宁朦也是突然才想起，醉成这副德性，卸妆什么的就不要想了吧。

她有些绝望地走进浴室，洗手间内占了一整面墙的大镜子毫不留情地反射出她现在的模样：脸色苍白，眼睛浮肿，嘴唇开裂，头发打结，一脸宿醉渴睡的样子，完全是车祸现场。她刚刚就这样在人家面前吃早餐？难怪会被人说是怪阿姨。

宁朦好想挠墙。

唯一庆幸的是昨天化的是淡妆，没有死得太惨。

她在浴室录了一个小视频，然后叹了口气，用卫生纸沾了水慢慢擦掉脸上残余的化妆品，又用一次性洗漱用品刷了牙才走出去。

外面的人还没有离开，宁朦有点尴尬和羞赧，不自觉地微低着头，盖住一张素颜的脸。

他其实并没有看她，宁朦出去的时候对方正打开另一扇衣柜的门，里面放着她的包和鞋子。宁朦穿鞋的时候才想起来，昨晚也是他帮她脱鞋脱袜子的吗？

刚要抬头道谢，又听到对方善解人意地开口解释："昨晚到酒店的时候已经两点多了，衣服和鞋子是你朋友叫酒店服务员帮忙换的，我只负责跑腿送洗你的衣服，给你的手机充电，弄完已经六点多，就下去给你去拿早餐了。"

说得这么详细，只差没拍胸脯保证自己没有碰她了。

宁朦眼睛一亮，那颗悬着的心完全落了下去，语气也轻松了许多："乖，谢谢啊，姐姐有机会再报答你。"

语气跟她哄弟弟的时候一模一样。

青年漂亮的眼睛微微一眯。宁朦觉得这不是什么愉悦的表情，她以前养的猫在听到她说它胖的时候都会这样眯眼睛。

他不喜欢这样的话，宁朦就不敢再说了。很奇怪，她不想在他心中留下不好的印象。

宁朦傻气地笑了笑，敲敲手表说："那我先走了？"

对方漫不经心地点头，似乎在想别的东西，只吐出了两个音节："嗯，拜。"

关门时宁朦下意识地看了他最后一眼，他靠着桌子站着，整个人看起来有些懒洋洋的，跟先前的感觉完全不一样。

宁朦隐约觉得是自己的那一句姐姐让他变了的。

宁朦紧赶慢赶地赶到了公司，今天其实还有一个会议，但看这个时间，估计也已经开完了。她没敢打卡，悄悄溜回自己的位置，低声问旁边的Ada：“今早开会没有？”

后者正在喝麦片，被她吓得呛了一口。

“咳咳，已经开过了，没说什么，就是发了一份文件，在内网里。”对方缓和过来之后说，接着又上下打量了她一眼，发觉女人没换衣服，脸上也没化妆，显然一夜未归，不免神色暧昧：“昨晚玩脱了？”

宁朦把她转过去，没好气地应了一句：“玩什么呀，你看看我这脸，谁下得去嘴？”

Ada 笑嘻嘻的：“黑灯瞎火的，谁看你脸？”

“受不了了。”宁朦说，“我先去洗手间化个妆。”

“去吧去吧。”

宁朦从抽屉里翻出化妆包去了洗手间，她还带了支架，边录视频边利落地化了个妆，整个人舒坦不少。

很完美，顺带还把这半个月落下的美妆教学搞定了。

宁朦回来之后眯着眼睛打开了电脑，大致地浏览了一遍内网那份关于杂志版块调整的文件，却没有找到自己的版块。她以为自己眼花了，又从头仔细看了一遍，转身拍了拍 Ada：“我被开除了？”

“啊？”Ada 愣了一下。

宁朦很费解：“我原来做的版块怎么都没有了？”

“这个啊。”Ada 坐在椅子上挪过来，心虚地解释给她听，“杂志要改版了，陆主编把你的版块换成了漫画版块，以后杂志每期都会刊登七八页的漫画，一篇短篇，一篇长篇连载。”

宁朦眼睛睁得老大，一脸的不可置信：“你说什么？我耳聋了没听见，我负责什么？”

“漫画版块。”Ada 扶了扶眼镜小声说。

宁朦有点头疼：“可我一直做的都是美妆啊，漫画我从来都没有接触过，一时半会儿又要去哪找会画漫画的？这不是为难我吗？”

Ada 眨眨眼，一脸同情。

该死！宁朦突然反应过来，肯定开会的时候没人愿意接这个烫山芋版块，所以他们趁她不在，投票给她了！这群人向来如此“民主”！

喝酒误事啊！宁朦再次在心里叹道。

“对了，主编让你改一下约稿函，这期开始就要登新的约稿函了，然后官方论坛和微博上也要发一下通知。”她迅速说完后立即滚回自己的位置了，生怕被抓起来吊打。

宁朦捂着额头，认命地把文件又认认真真地读了一遍，尽职尽责地改了约稿函发给陆主编，同时发了一个微笑的表情过去。

这个表情在陆主编看来，无异于一个菜刀的表情，于是立刻就回了一个 OK 过去。

宁朦在官博和论坛上发布约稿函，同时自己发微博问了一声：谁能给我上一打漫画家？

微博上倒是有很多画手，他们杂志也有固定约插画的画手，因此短篇的可能会好找一点，但长篇的就费心了。要知道现在但凡是红一点的能画长篇的漫画都赶着去出版了，不然也都被专门的漫画杂志或者 APP 签了连载。现在出版业不景气，大多画手都是在 APP 上连载，而那些不红的签了也有很大的风险。

她的微博发出去之后，瞬间就收到了几十条评论，宁朦一刷，全都是催视频的。过了一会才有人问什么情况，然后才开始有人推荐一些在微博上有名气的画手。

柠檬今天更新视频了吗：没有。

果子我是果子：更视频更视频更视频。

人间尤物：你不是做美妆的吗？怎么跑去找画手了？

魂淡的淡：@ 触手言今，必须强推我女王啊。

名字要很长老公才看得到我：女神看这里！给你推荐一下我男神！！！@ 陶 Collin。

其中 ID 为“名字要很长老公才看得到我”的那条评论被赞上热门。

她点进那两个画家的微博去看，“触手言今”画的是少女漫画，好像还蛮红的，已经有一百多万的粉丝了，出版过两部漫画。宁朦在她的个人信息里看到约稿邮箱，就先发了一份过去。

另一个叫“陶 Collin”的画手粉丝有两百多万，这人的简介也只是短短几个字：画画的。没有认证，没有别的信息，更别提任何联系方式。

她只能先尝试给他发了一条私信。

宁朦又给其他画手发了一圈私信，然后把刚才录的视频简单剪了一下发了出去，也没写文案，只带了个“五分钟解救宿醉妆容”的话题。

没想到还没到中午，这条微博就有近万条转发了，连带着这个话题都上了热搜。

宁朦原本没想那么多，只是太久没发视频了，恰好今天有一个机会，就录了。她其实发视频之前还有点犹豫，因为妆前状态真的太差了，她担心这种素颜影响她美妆博主的形象。

没想到却是火了一把。

她的这个视频实用性强，妆前妆后也确实反差巨大，所以才抓人眼球。

宁朦眨眼间就涨了十几万的粉丝。

当天晚上触手言今就回复了她，给她留了一个 QQ 号码，另外一个陶 Collin 毫无音讯，宁朦点进去看，发现他还没看私信，但是却在她的那条评论下回复了 @ 他的粉丝。

陶 Collin：回复 @ 名字要很长老公才看得到我：?

宁朦今天真是长知识了，一个问号就能有五百多个赞。

她暂时放弃，先联系了言今。

对方很快就通过了她的好友请求，并先跟她打了招呼。言今的头像似乎是她本人，齐刘海的长卷发，大眼睛，是一个很漂亮的软萌妹子。

宁朦也发了一个表情包过去，顺便自我介绍：你好，我是悦乐时尚杂志编辑部的编辑宁朦，之前给你发过邮件的。

言今：你好啊，我看到你的约稿函了。

宁朦：对，我们杂志新增设了漫画版块，现在急需长篇连载的稿件，我很喜欢你的漫画，觉得风格也很符合我们杂志，所以想跟你约稿。稿酬一定很丰厚，不知道你有没有时间?

言今发了一个很抱歉的表情过来，说：长篇的话可能不行哦，我以为你们只是要短篇呢。

看到这一行，宁朦心都碎了。

言今：因为我现在已经和两家杂志社签约了，每个月要赶两篇稿子，有点吃力，所以不能再接稿子了，不过你可以去敲敲陶 Collin 啊，他可比我受欢迎。

宁朦：我知道他，可是我给他私信他都没回复，他好像更难约吧?

言今：哈哈，可能是被别的粉丝的私信压下去了，我帮你问一下他，我记得他最近很闲啊。

宁朦：那就谢谢你了。

同一时刻，陆编也敲她了，跟她推荐了一个人。

“这个人很有天分，刚刚从日本学习回来，他的漫画在网上连载，点击量有几百万，大获业界好评，你可以联系他看看。”

“谁啊？”宁朦问。

“我发链接给你了，你看一下。”

宁朦点进陆编给她发的链接里，发现他发的连载漫画作者就是那个陶 Collin。

算上粉丝的话，今天就有一百多人给她推荐这个人了。宁朦觉得自己要是约不到，只怕得引咎辞职。

那篇漫画已经连载了六十多章，点击量确实很高，光是评论就多达三十多万条。宁朦顺手在微博搜了一下，发现人气和热度都很高，一水的好评，有许多大 V 都在强烈推荐。

这是一篇热血漫画，宁朦点开第一章，很快就被情节吸引了，年轻时候对漫画的热爱之情翻涌而来。

她其实一直都很喜欢漫画，读书时候一度想成为设计师，只是毕业之后做了文字工作者，热度才渐渐消散。

这个陶 Collin 画风独具一格，技术娴熟，故事情节丰满，确实是一个实力干将，也无外乎粉丝那么多，那么多人推荐他了。粉丝效应加上这个得天独厚的能力，约到稿的话肯定能让杂志销售翻一番。

但显然也更难约到。

所谓知己知彼，百战不殆，宁朦已经开始在某乎和某组搜他的八卦了。

从一众的“画热血漫的陶 Collin 作品也不多，为什么能那么红？”“天才画手一炮而红真的不是营销吗？”“陶 Collin 是男生还是女生？”“陶 Collin 和言今是一对吗？”帖子中，她整理出了一些线索。

一、陶 Collin 是男生。

二、很有天赋，网上连载的漫画是他的第一部漫画，就直接大爆了，听说版权已经报价到两百万了（还未卖出）。

三、本来他的漫画吸引的都是男粉，但是自从他粉丝破百万时，应粉丝之求直播了一次后，他就开始疯狂地涨女粉了。

底下还贴心地附上了直播的视频，宁朦点进去看了一眼。

直播倒也没露脸，只是架着手机照着画稿。他画了一幅连载漫男主的头像送给粉丝，那视频从头到尾就只看得到他的手。宁朦算是知道为什么不露脸也能吸女粉了，因为这双手，就足够吸粉。

白皙，修长，骨骼分明。

宁朦不是手控都觉得这手太好看，太引人遐想了，就那么握着一支笔，轻描淡画，笔下人物跃然纸上。

再其余都是些道听途说的传言，宁朦没有细看。

宁朦正在持续给陶 Collin 私信轰炸的时候，和陆编一道出去的 Ada 苦着一张脸回来了。

她凑过去，好奇地问："你们不是去那边了？怎么这么快就回来了？"

以往宁朦和陆编过去都会直接谈到下班，然后直接饭局的。

"别说了，我是当炮灰去了。"Ada 端起杯子灌了一大口，在宁朦的好奇之下一脸无奈地说道，"我和陆编过去了，样稿被批得体无完肤，这也要改，那也要改，你是没看到陆编当时的脸色。"

杂志要改版，内容的部分肯定要和出版社沟通协商，但他们一个杂志，能出格得到哪里去？姚琛以前从来都不卡稿的，这次是不是有点过分了？宁朦以为他甩了自己至少会心存愧疚，没想到是翻脸不认人了。

下班后宁朦直接杀去莫绯家兴师问罪。

莫绯家在郊外的别墅区，下班高峰期还是有点小堵车，半个小时后宁朦才到她家。

她来之前没跟莫绯说，到了之后也是按了好久的门铃对方才来开门。莫绯穿着吊带真丝睡衣，显然刚刚睡醒，眼底也全是红血丝，一看到她，瞬间就兴奋了起来，一脸坏笑："昨晚是不是一夜春宵？美不美？"

"美得很。"宁朦咬牙切齿，"托您的福。"

莫绯扑哧一声笑了。

"你还是人吗？"宁朦掐着她的下巴问，"我就问你还是不是人？昨晚真就这么丢下我走了？"

莫绯看她真的有点生气，连忙换了一副可怜巴巴的模样，一双眼睛雾蒙蒙的。吊带滑下来，露出光洁的肩膀，肌骨犹如冰玉一般，美艳不可方物："你别生气嘛。"

"美人计对我没用。"宁朦站在门口冷冷地说。

莫绯于是迅速收起了吊带，敛去眼底的泪花，说："明明是你非要跟人家走，我和司机一起拉都拉不动。而且我也没丢下你，我和你一起去的酒店，你折腾了一晚上你知道吗？一直抓着人家小可爱不放，天亮了他去给你拿早餐我才回来的。”

“那我究竟是为什么要拉着他？”宁朦百思不得其解，她在喝醉之前分明没有接触过除莫绯以外的人。

莫绯想起来仍然好笑：“真不记得了？”

这语气倒是和那人的一模一样。

宁朦摇头。

“你喝多了，跑进了男厕所，抱着人小帅哥的腰又哭又闹，让人家不要分手。恰好厕所里边出来一个刚被抛弃的女人，同仇敌忾地逮着人帅哥一顿打，好不容易我们把那美女拉开了，回头一看你吐了一地。我怎么拉也拉不开，只能拜托别人把你带到我的酒店去了。”

宁朦惊呆了：“我说不喝洋酒的，你非要我喝！这下丢脸丢大了，我大概半年都不会想去夜色了。”

莫绯忍不住捏她的脸：“行了吧，别得了便宜还卖乖啊，人可是你自己挑的呢，而且人家也很无奈，看起来一点都不想带你走好吗？是你一直死拽着人家不放手。我要不是看他一直都很耐心，感觉就是个脾气温和的人，也不敢让他跟我们走啊。不过你看那身板，那颜值，关键还年轻。那什么，你们今早有没有发生什么？”

她自己挑的？莫绯这么一说，宁朦倒是隐约有些印象了，昨天晚上确实有这么一幕，在离她们不远处的一张桌子边上的某个男人，银灰色针织套衫，水洗牛仔裤，背脊线条流畅诱人，像漫画里的主人公一样漫不经心地坐在那里。

但是后来好像是觉得太嫩了，所以她们都收回了目光。

真是太羞耻了，居然抱着人家吐了，还进了男厕。

难怪他要送衣服去干洗，她自己都有些嫌弃，更不要说他了。宁朦想起早上问他时他脸上那微妙的表情，显然那一幕让他难以忘怀。

“发生大事了。”宁朦冷漠脸，“我的素颜被人看到了。”

莫绯笑到不能自已：“你不是号称谁要是看到你的素颜，就一定要娶你的吗？我的紫霞仙子，你的至尊宝终于终于出现啦。”

宁朦捂脸，想到早上那个未语先笑的青年，又是一阵羞耻：“下次我再这样，麻烦你把我敲晕带走，省得丢人现眼。”

莫绯笑得不行：“尿成这样，还妄图一百个美男子呢。”又说，“晚上在这里吃饭吧，我去换个衣服给你做饭吃。”

她动作很快，宁朦靠着门就刷了一圈微博，她就搞定了晚餐。

仍然是牛排，莫绯只会煎牛排，但胜在原材料上乘，所以宁朦也吃不腻。

“喝酒吗？”莫绯把两份牛排端到桌子上，两人对视一眼，纷纷觉得胃里一阵抽搐，于是不约而同地选了酸奶。

莫绯家教良好，食不言寝不语；宁朦是懒散惯了，一边吃东西，一边刷着微博，继续私信轰炸陶 Collin。莫绯吃完时，宁朦还剩一大半。

莫绯把牛排拖过来，切成一块块地喂她，又说这是她今天发了视频的奖励。

宁朦满足得不行：“莫绯啊，我们要不，搭伙过日子吧？”

莫绯一脸警惕地看着她：“你什么意思？你没男人要，我可是有的。”

宁朦被噎了一下：“放下放下，我自己吃。”

晚上莫绯留宁朦过夜，想着第二天就是周末了，她懒得再跑回去，便拿了留在她家的睡衣去洗澡。出来的时候发现莫绯正倚在阳台栏杆上抽烟，她擦着头发走出去，不经意间看到隔壁有亮光。

“你邻居回来了？”宁朦有些惊讶。

“嗯。”莫绯磕了磕烟灰，漫不经心地答，“前几天刚回来。”

宁朦捅了捅她的腰窝，贱兮兮地笑，觉得自己终于能报仇了：“跟你订了娃娃亲的那个？”

莫绯斜眼看她：“找死？”

“你不是说蛮帅的吗？”

“但我对学医的没什么好感。”

“咦，为什么，白大褂的医生不是很帅吗。”

“他是兽医。”

宁朦噎了一下。

“解剖学满分。”

无话可说。

“你喜欢吗？”

莫绯拉着宁朦坐下，宁朦才发现桌边放着两打啤酒，登时就觉得头痛。

“还喝？”她也是服了莫绯了，“你是酒桶吧？还没喝够吗？”

“陪我。”莫绯一副女王范，不管她说什么，直接丢了一瓶啤酒过来，“没喝够，睡不着。”

宁朦知道她是担心自己心情不太好，她又向来不懂怎么安慰人，也觉得安慰没有用，所以想陪她喝喝酒。

她也确实觉得自己不喝一点今晚铁定失眠，便起开了一瓶。

两人一直喝到凌晨一点多，都有些醉了。宁朦醉醺醺地把脚架在桌子上，抱着尤克里里边弹边唱，莫绯围着桌子跳舞，不小心撞歪了桌子，酒瓶乒乒乓乓地落了一地，两人又对视着哈哈大笑。

正在兴头上，隔壁房间的灯突然开了，阳台的落地门唰的一声被拉开，一个男人从阴影里走出来，隔着阳台冷着声音一字一句地说："你们敢再弄出一点点声音，明天我就把医院所有宠物尸体送到你们床上！"

宁朦尚未反应过来，怔怔地望着这个不速之客，食指无意识地抖了一下，尤克里里在他话音落下的时候跑出一个不识趣的音符，男人看起来怒气更甚，冷冷地扫了宁朦一眼。

莫绯一个哆嗦，酒意完全醒了，而后悄无声息地拉着宁朦迅速溜回房间了。

宁朦放下乐器，趴在床上。好奇那个威胁对于她来说这么管用，能把所向披靡的莫绯都吓成这个样子，便小声地问："他说到会做到啊？"

莫绯含泪重重地点头："他上个礼拜刚刚把一只开膛破肚的仓鼠丢到我的阳台来。"

宁朦脑补了一下，顿时不寒而栗："厉害了！"

第二天早上宁朦是被烫醒的，莫绯抱着她的手臂，嘴唇泛白，整个人抖成了筛子。

不需要体温计她都知道这是高烧了，宁朦叫了她几声都没有叫醒她，于是不敢再耽误，爬起来就要背她出门。结果下楼就看到一个人在厨房忙活，对方听到声音回头，看到宁朦背着莫绯，微微一怔，随即大步走过来过来，眉心拧着："怎么了？"

这声音有些耳熟，但宁朦一时也没想太多。"发烧了。"她喘着气说，"我要送她去医院。"

"我来。"男人从宁朦背后扯下莫绯，一把将她打横抱起，不容置疑地说，"我送她过去就行了。"

"等一下，你是谁？"宁朦追着问。

"邻居。"

宁朦还没有反应过来，男人就已经走到门口了。她不放心，亦步亦趋地跟着他上了那辆雷克萨斯。

男人似乎没有工夫搭理她，把莫绯抱上车就走。

莫绯在医院打了半瓶点滴才悠悠转醒，宁朦坐在旁边，看到她睁眼才终于松了一口气。

男人叫来了护士，量了体温护士说已经退烧之后，他仍然皱着眉，声音和昨晚一样冷："多大个人了，自己都照顾不好，感冒了还喝酒，疯到一两点。"

宁朦这时候才想起这声音，和昨晚那个训斥的声音完美重合。

莫绯瞪了他一眼，没有搭理他，转过头对宁朦说："我渴。"

宁朦连忙转头要给她倒水，却发现床头的水壶里并没有水。

那男人在旁边冷哼一声，递过来一瓶矿泉水："别喝太多，一会有了热水再喝热水。"

倒是个面冷心热的人。

莫绯没有接那瓶水，宁朦觉得好像有点尴尬，便问："要不要打电话让崔金铭过来？"

崔金铭是莫绯现役男朋友。

那男人在旁边皱眉："你又换了？"

"宋清你真的话很多欸。"莫绯忍不住笑了，"我换男朋友速度可快了，下次不要这么惊讶。"

宋清也笑了一下，但是那笑意并没有抵达眼底："是我小看你了。"

莫绯抄起床头柜上的一个玻璃杯就扔过去，他稳稳接住了，好歹算是住口了。

莫绯转过头对宁朦说："我没事了，你先回去吧。"

宁朦仍然有些担心："我在这陪着你，横竖今天也不上班。"

"不用了，我打完针就可以回去了。"莫绯说，"你回家去休息一下吧，我看你昨天也没休息好。"

宁朦确实有些头疼，但始终不放心，而就在这时，宋清忽然转头，轻飘飘地瞥了她一眼。

第六感来得及时又强烈，宁朦立刻察觉到自己有些多余了，于是连忙起身："那我就先回去了，你回到家给我个电话。"

莫绯"嗯"了一声，又吩咐站在窗边的男人："宋清，这是我朋友宁朦，你帮我送送她。"

宁朦连忙摆手拒绝："没事没事，这里离我家近，我自己走就好了。"说完也不给莫绯开口的机会，转身就跑了。

回到家才发现手机里有一个未接来电，是陆云生打的，昨天他去出版社吃了瘪，所以这通电话肯定是关于姚琛的。

宁朦不想回电话，但是这个电话倒是突然提醒了她工作上的事，看看时间还早，她连忙打起精神，到微博去看了一眼。

谢天谢地，那人终于回了私信，而且直接甩了微信号过来。

宁朦迟疑了一下，因为她平时工作联系都是QQ，微信对她来说算是一个比较私密的圈子，她不是很想和工作混合起来。但是这个人这么难联系到，她觉得再问对方有没有QQ联系方式，怕是等不到回复了。

她只能添加了他的微信。

他的微信名称也是Collin，头像是一个表情包，写着几个大字：Collin今天画稿了吗？似乎是他的粉丝给他做的。

朋友圈里的动态设置了只三天可见，她看不到任何东西。

好友申请很快就通过了，宁朦先打了招呼，又自报了家门。

两分钟之后，他回了一段语音过来。

“悦乐时尚杂志？你们杂志不是做服装美容护肤彩妆这些领域的吗？为什么要漫画？”

是一道很透澈的男音，带着慵懒的疑惑。宁朦莫名其妙地愣了一下，隔了一会才回过神来回复：我们杂志改版了呢。

他回了一个“哦”。

宁朦稳稳心神，客客气气地问：陶老师您好，我们杂志改版之后新增设了漫画版块，现在急需长篇连载的稿件，我拜读过您的连载，很喜欢您的漫画风格，觉得风格也很符合我们杂志，所以想跟您约稿。稿酬一定很丰厚，不知道老师您有没有时间？

她直接把跟言今说的话改了改发过去了。

他那边像是笑了一下，礼貌中带着点戏谑地说：“老师算不上了，我现在也还在学习中。”

宁朦无语了，就这成绩也还在学习中，不是自谦过头了就是真的天赋异禀。

宁朦还要继续恭维他的时候，他又发来了一段话：“但是抱歉啊，我现在画漫画并非全职，只是爱好，在网上已经有一篇连载了，而且我画东西格外慢，就这一篇我都要画好久才更新，一篇已经是我的极限，不能再画了。”

宁朦是真的很喜欢他的风格，她不想放弃，于是继续劝：您能不能再考虑一下呢？我们需要的版面其实并不多，而且稿酬方面肯定很优渥。

他的回复声音带笑，很是温和："我没有助手，稿子都是一个人画完的，可能真的没有办法。"

不知道为什么，宁朦总觉得这个人拒绝并没有很决然，有种欲拒还迎、欲擒故纵的感觉，给她一种还是很有希望的错觉。

宁朦发了一个笑脸过去，说：这个您放心，我们杂志社最不缺的就是助手，必要时候，我就是您的助手。

然而那边没有再回复。

宁朦揉揉太阳穴，她没办法了，只能发微信给陆云生：你认不认识漫画编辑？我这边找不到什么优质的画手，能不能找那边匀一个给我们？或者介绍几个合作过的？

陆云生秒回：我刚想和你说这个事。

他推了一个微信名片过来，说：这是《漫 X》编辑虫虫，我早上见到她的时候跟她说过了，你直接加她微信就好了。

宁朦立刻回了一个星星眼表情：有现成的画手？

陆云生：你想得挺美，画手谁都缺，她只能提供咨询服务。

她加了虫虫的微信，对方直接给她发了好几份文件，分别是：《漫画编辑的基础素养》《漫画编辑的必备单品》《如何与画手打好关系》。

虫虫：美人儿，这些都是我这几年做漫编整理出来的精品，你先看，看完有不懂的再问我。

宁朦：不是，小可爱，我现在连画手都没找着呢。

虫虫：啊？

宁朦：你有什么介绍的不？

虫虫：没有，画手都是人间瑰宝，是我的宝贝，我好不容易诱骗到几个，怎么能介绍给你呢？

宁朦：哈哈哈对不起。

这个小姐姐太可爱了。

虫虫：你先说你有没有喜欢的？你不是发微博了吗？好像蛮多粉丝给你推荐的呀，有没有联系到人？

宁朦：有，我喜欢陶 Collin，可是他拒绝我了。

虫虫：噗，你居然也找了他。

宁朦：啊？怎么了？

虫虫：我们编辑部每个人都找过他，都被拒绝了。所以你被拒绝是正常的，他很高冷，不单单是我们公司，别的杂志社，听说也没有人请得动他。所以如果你是想找他，我建议你直接放弃吧，不要浪费时间了。

宁朦于是更崩溃。

周末宁朦又去了一趟夜色。

夜色是莫绯的朋友开的，星期六晚上有一场内衣秀，莫绯推荐她去当摄影师，一晚上一千五百块，这简直是送钱了，所以宁朦爽快地接下了这活。

完全把之前说过的“大概半年都不会想去夜色了”的话忘得一干二净。

酒吧内衣秀的宣传工作做得很到位，现场人山人海，还没到晚上九点气氛就开始沸腾了，大多是慕名而来看内衣秀的男人们。酒吧的服务员也都应景地穿着比基尼穿梭在人群中，灯光缭乱，音乐震天，人群中传来此起彼伏的欢呼声，有一个身材姣好的服务员经过，口袋里塞着大把的钞票。

宁朦抓拍了几张照片，莫绯在旁边看看服务员又看看她，嘲讽的意味非常明显。

两人坐在靠近 T 台的小圆桌上喝啤酒，宁朦正摆弄着手里的相机，忽然察觉到旁边有一道视线，她下意识地回头，与那人对视上。

青年穿着黑色的套头毛衣，牛仔裤下裹着修长到无处安放的长腿，正支着手肘托着下巴，另一只手拿着一瓶 1664 搁在椅背上，身子微侧，牢牢地盯着宁朦。

视线交接几秒，宁朦还在犹豫要移开视线假装不认识还是朝他笑一笑，后者就已经先举起啤酒瓶，遥遥地冲她晃了晃。

宁朦也只好笑一笑，端起杯子与他隔空碰杯。

好巧。

连续两周在同一个酒吧碰到同一个人，宁朦的心思有些微妙了。

莫绯察觉到这一动作，顺着她的视线望过去，看到那个青年之后立刻就想起来了，她笑了一声：“啊，是他啊。”

宁朦收回视线，对上莫绯戏谑的眼神。

“我从来不知道你喜欢的是这款。”

“现在喜欢了，行不行？”宁朦忍不住呛她。

“行，行，行。”莫绯憋着笑说，“很配。”

宁朦也微微笑：“我觉得你和你邻居也很配，那天我走了之后，是他一直陪着你吧？”

说到这个，莫绯的表情就变得有些微妙了：“嗯。”

“他是不是喜欢你啊？”

莫绯笑了一下：“他换女朋友的速度和我换男朋友的速度不相上下，你觉得他喜欢我？”

宁朦挑眉，没有再问。

之后莫绯的电话响了好几声，她本来不想理会，但看到来电是崔金铭，最后还是出去接了。

莫绯走后没多久就有服务员送过来一杯蓝莓茶，宁朦搁下相机，稍微有些诧异：“我们没点酒。”

服务员朝某个方位指了指：“是那位先生请您的。”

宁朦抬眼望去，看到一个穿着衬衣的男人坐在边上，看到她望过去，冲她笑了笑。

蓝莓茶是猎艳的精明之选，也是著名的失身鸡尾酒，送这一杯酒的意味很明显。

宁朦本来对酒吧里的搭讪都没什么好感，但她认出了那一位是莫绯的朋友，上一次莫绯生日他还送了酒。所以她只能暂时接受了那杯酒，冲男人笑了笑。

男人受到了鼓舞，立刻起身朝她走来，站在桌边，笑着拿杯子碰了碰她的杯子，有一搭没一搭地和她聊了起来。

显然是忘记曾经见过她。

宁朦不想浪费人家的时间，陪着聊了一会，便靠近了一些，低声道：“对不起，我不约的。”

男人扬眉，眼底滑过一丝笑意，他没有说什么，只是站直身子碰了碰她的杯子：“做个朋友。”

宁朦连忙应了，又喝了一口他送的鸡尾酒以示诚意。

对方走了之后莫绯才回来，大概是崔金铭又惹到她了，所以她点了一打啤酒，闷声喝着。

宁朦等会儿还需要工作，便没有陪她喝。

十一点的时候全场灯光暗下来，只余两束白光打在酒吧中央临时搭建的水晶 T 台上。

主持人走上台说开场白，几句话之后底下的人就嘘声一片，嚷嚷着让他下台，别废话。

主持人是个比较娘炮的男人，闻言也不生气，倒是嗔笑道："猴急什么，知道你们急着看秀，那也得先听人家把话说完嘛。"

底下笑声一片。

话说到这里，主持人也不再废话了，很快音乐就响起，上来几个穿着皮衣皮裤的辣妹在台上跳舞。台下的人渐渐开始沸腾，一遍遍地吆喝着。

宁朦端着相机拍了几张，随后台上灯光一变，音乐也低缓了下来，人们开始倒数，气氛达到最高潮。

模特走出来的那一瞬间，整个酒吧都沸腾了，声音震耳欲聋，几乎要把屋顶掀翻。

宁朦在舞台下心无旁骛地拍照，半小时后酒吧的人开始变多，她挤回桌边的时候莫绯已经喝醉了。

"喝了这么多？"宁朦看了一眼旁边的啤酒瓶，全都空了，不免有些担心，"莫绯，你还好吧？"

莫绯置若罔闻，还举灯叫来服务员，又点了一打酒。

"疯了吧你。"宁朦捏她的脸，"别喝了，我送你回去。"

"你。"莫绯皱着眉说，"好好工作。"

她说完又拿起一瓶酒要往嘴里倒，宁朦伸手去拦，还没碰到瓶子，就先有一只手在她前面把酒瓶拿走了。

宁朦回头，就看到了莫绯的邻居。

"莫绯，你可真够可以，发着烧呢还这么能喝。"

"我已经退烧了！"莫绯一字一句地说，"你走开。"

宋清没理她，回头跟宁朦说了一声："我先带她回去了。"

宁朦连忙点头，还把莫绯的包递过去："麻烦你了。"

对方接过包就去拎莫绯，莫绯扒着桌子不走，宋清一副失去耐性的表情，捉住她的手腕就把她打横抱了起来。

宁朦被这瞬间爆发的男友力惊到了，而莫绯大概也是蒙了，没有再挣扎。

于是宋清就这么抱着她走出了酒吧。

莫绯走了之后她松了口气，喝了一口啤酒之后就专心致志地投入工作了。

随后气氛越来越热辣，台上内衣模特身上的布料越来越少，就在所有人屏息等着下一波羽毛系列的时候，音乐一换，主持人又走到了台上。

所有人都倒足了胃口似的喊了一声。

主持人仍然不以为意，笑呵呵地让大家休息休息，喝点小酒，又叽叽歪歪地说了一通中场小游戏的规则。

宁朦回看着相机里拍下的照片，丝毫没有留意他在台上说了什么，等听到此起彼伏的起哄声时才茫然地抬头，发现有一男一女被簇拥着拱到了台上。

主持人拿出一盒 Pocky[1]，取出一根递给那两人。

宁朦总算是知道这玩的是什么玩意了。

她在两人靠得最近时拍下了照片。

之后又陆续上了几对，一个个的都很豁得出去，最后那两人看对了眼似的，干脆相拥吻在了一起。

周围起哄的浪叫声一阵高过一阵。

宁朦一边拍着照片，一边津津有味地观看别人接吻。心里感慨，真是世风日下，现在的这些小年轻还真是能闹腾。

而几乎是这个念头刚刚落下，一束白光就啪地打到了她身上。

宁朦血液凝固，灵魂飘忽，那一瞬间是惊恐的。

所有人的视线都集中了过来，那是和刚刚的她一模一样的，看热闹的表情。

这简直堪比读书时候在不知道答案的情况下被老师点起来回答问题。而且她是工作人员啊！严格来说吃瓜群众都不算，搞什么？

她尚未反应过来就被身边的人簇拥着推上舞台，她根本没法抗拒。到舞台边沿的时候，她推着台阶不想上，最后被旁边一个肌肉男拦腰抱上了舞台。

她僵着身子僵着脸，待看清另外一边迈着长腿走上舞台的人时，瞬间觉得自己要奓毛了。

这绝对是个阴谋，宁朦咬着牙想，她的视线搜索着台下的负责人，后者在人群里望着她笑，视线对上的时候，他用嘴型告诉她，是莫绯安排的。

她想跑下台的，但舞台边围满了人，她连个台阶都找不着。偏生另一边的青年双手插兜，随意地站着，一脸闲适。

显得她有多㞞似的。

宁朦扫了他一眼，缓缓站直了身子，由得主持人把他俩推到舞台中央。

不会亏的，宁朦安慰自己。

“哈，居然选到了我们的美女摄影师。”主持人笑着说。底下有人吹口哨，宁朦望过去，发现正是送蓝莓茶给她的男人。主持人举着话筒，笑着问旁边

1　百奇，日本格力高公司的一种饼干条零食。

的人：“这位帅哥，对我们选的对象怎么样？”

对方上下扫了她一眼，清透的声音透过话筒传出来，变得有些低沉：“可以。”

底下立刻有女人高喊：“小哥哥，这里有更可以的！”

女人献媚的声音此起彼伏，各种年龄段，各种风格的都有。

青年抿唇笑了一下，底下的女人们更疯狂了。

这么一看，真的是人间尤物。

水晶台上的青年身形颀长，穿搭简洁舒适，肤白唇红，眉眼清秀，光线这么打下来，漂亮得仿佛在发光。虽然生得一副小鲜肉的模样，气质却丝毫不显稚气。

也难怪她刚刚会在人群里一眼就认出他。

主持人不浪费时间，直接递上了一根 Pocky，他丝毫不扭捏地接过衔在嘴里，挑着眉慢慢走过来，引得底下的女人又是一阵尖叫。

输了，宁朦心想，为什么这个主持人不问她满不满意，她的那句“不喜欢这款”被憋在嗓子眼，难受得要紧。

她望着青年那挂着一丝玩味笑意凑近的脸，怎么都看出了几分挑衅的意思。

宁朦微微皱眉，心想姐姐又不是玩不起。于是也仰起头，在他微微低头的时候咬住 Pocky 的另外一头。

两人凑得太近了，宁朦闻到了他身上的香气，也不知道是他自带的味道，还是刚刚在人堆里染上的，淡淡的，还蛮好闻。这陌生的香味弄得她有些紧张的，但看一眼对方，他是真正的气定神闲，不慌不乱，宁朦不禁要想，他是不是经常在外面这样玩啊。

主持人在旁边乱叫，连带着底下的人都开始起哄。

宁朦望着那双近在咫尺的漆黑眼眸，心跳忽然加快了，呼吸变得有些紊乱，连手心都开始冒汗，脸颊和耳朵也开始发烫。

这实在不妙。

她本来是想调戏一下他的，结果这时又不敢动了，只能眼睁睁地看着他一节一节地靠近，他的呼吸喷在她脸上，引得宁朦轻颤了一下。

但幸好对方这会儿只是在留意彼此间的距离，没有察觉到她的反应。

最后他在两人嘴唇距离只剩 0.1 毫米的地方停了下来，丝毫没有碰到她。

老手，宁朦想，距离能控制得这么好。

结果底下的人不乐意了。

“玩这么认真就没意思了啊。”

“亲上去啊，是不是男人！”

“小子，别尿啊，你不行换我。”

说话的估计都是刚刚出声调戏过他的女人的男朋友们。

宁朦看到对方眼底滑过一丝笑意，心道不妙，连忙咬断Pocky，对方却更快一步地凑近她，嘴唇擦过她的唇瓣，把剩下的全卷进了嘴里。

宁朦整个人犹如被雷劈中了，天灵盖麻麻的，心尖尖一颤一颤的。

对方微微歪头，表情很无辜，仿佛刚刚只是不小心碰到了。

宁朦直到下了台还有些飘忽。

有女人凑过来意味深长地问她：“什么滋味？”

宁朦摇头：“没什么感觉。”

话一说完就看到服务员走过来，又在她桌上搁了杯东西，努努嘴道：“刚刚那个和你接吻的小哥哥送的。”

他们没接吻！

宁朦抬眼望去，青年站在不远处，似笑非笑地望着她。

宁朦心念一动，觉得自己果然是老了，随便被人亲一下就觉得喜欢上了人家，这是病。

中间的小游戏环节结束了，气氛再次热辣起来，下一波模特走出来没有让大家失望，那些大的小的羽毛轻飘飘地围在胸大腰细腿长的模特身上，宁朦身为一个女人都觉得想喷鼻血了。

几乎所有男人的注意力都集中在舞台上，她忍不住扭头看了一眼吧台前的那个身影。青年侧对着舞台坐着，低头把玩着手机，他左右两边各坐了一位美女，都面对着他在说话，他却头都没有抬过，更别说对舞台上的景象感兴趣了。

宁朦抿唇，心道他看样子就是见过大风大浪的人。

她转回视线继续拍照，但位置越来越狭小，她左边那对甚至已经开始拥吻了。宁朦觉得尴尬，侧身想退到外面去，却在拥挤中踩到一人的脚，那人骂骂咧咧地揪住她，眯着眼睛露出一口大黄牙：“美女，你踩到我了。”

宁朦刚要道歉，随后就察觉到大腿是被什么东西硌了一下，低头一看立即恶心得要吐了，求生欲使她往后退，那男人却无耻地靠近，一个劲地往她腿上蹭。

“你给我滚开！”宁朦怒了，猛地推开男人，转身要走，头发却被人从后面扯了一把。她疼得叫了一声，下意识地曲起手肘往那人的小腹顶了一下，男人吃痛，甩手把她用力一推。宁朦被这股大力给掼到了圆桌上，桌上的酒瓶杯子被带得哗啦啦摔了一地。她的肋骨撞到边沿，疼得她抽了一口气。

周围的人被这动静吓了一跳，反应过来后都伸手拦住那男人："干吗呢，大老爷们欺负一个小姑娘。"

"是工作人员，老板的朋友，行了别闹事。"

宁朦扶着桌子站好，下巴和手肘火辣辣地疼，后脑勺估计被他抓下了一大把头发。

她冷眼看着，发觉那几个拦着他的人其实都是他的朋友，真正见义勇为的没几个，那对接吻的小情侣甚至换了地方。

这边闹得动静不小，但怎么也比不上舞台那边的轰动，保全、服务员都在舞台附近，负责人更是影子都看不到了。她一个人，今天晚上算是吃了一个哑巴亏。

宁朦咬牙，转身就往外走。

那人还在骂骂咧咧，恰好此时台上的走秀又换了一个系列，那几个抓着他的男人被吸引了注意力回头去看。于是那人没了束缚，登时凶相毕露，直接扑过来把宁朦压倒在桌子上，先是给了宁朦一巴掌后，又粗鲁地在她身上乱摸。

宁朦瞳孔猛缩，槽牙都咬疼了。她从小到大还没受过这样的气，登时就气血翻腾，眼睛一红，随手摸到一个酒瓶子挥手就砸了过去。

她下了狠手，只听见砰的一声响，倒不像电视里演的那样酒瓶子开花，男人也没有流血，只是闷哼一声，两眼一翻，软绵绵地倒了下去。

陶可林推开人群好不容易挤进来，看到的就是这一幕。

那人的朋友听到声音回头，皆是大眼瞪小眼，匆忙检查伤势打电话，还不忘围着宁朦恶狠狠地要赔偿。

女人冷冷地望着他们，倒硬生生地把他们看心虚了。

最后她一个人转身出了酒吧，没有人敢拦他。

陶可林双手插兜，踱步在女人身后跟着，看到她走出了酒吧，没有去停车场，而是踉跄地走到街头便利店买了一些药品，蹲在在路灯底下自己处理伤口。

她只穿了一件白色衬衫，深色牛仔裤，脚下是一双小白鞋，针织开衫系在腰间。利落又简单的搭配，显然是为了方便拍照。

她还是摄影师？

双氧水消毒很痛，所以她一直犹犹豫豫不敢往伤口淋，陶可林看不下眼，过去径自捉紧她的手腕，接过瓶子哗地一倒，女人立即疼得整个人都弹了起来，还忍无可忍地骂了一句脏话。

全部清理过之后她靠着路灯杆喘息，斜眼看他："跟过来做什么？今天我可没缠着你啊。"

男人从兜里掏出一个黑色的东西递给她，宁朦一看。欸？是她的镜头盖。

她接过套上相机上，朝他笑了笑："谢了哈！"

他抿唇，表情有些含蓄："客气。"

宁朦顺手摸了摸后脑勺，结果摸下一把头发，登时气得耳朵都要冒烟："个浑蛋！老娘每天洗头掉两根头发都心疼，他居然敢抓老子头发！我弄不死他！"

她转身就往酒吧走，走了几步后看到那个修长的身影正不紧不慢地跟着她，忍不住疑惑回头："你不拦我吗？"

陶可林歪了一下脑袋，眼睛弯弯的："去，打不过还有我。"

宁朦瞬间被治愈了，她大手一挥："算了，不跟那种垃圾计较。"

陶可林扬了扬眉，没有说话。

"你自己来的？"宁朦又问。

"和朋友。"陶可林摸了摸鼻子，唔了一声，"他们还在看秀，我还有点事，要先回去了。"

天知道他朋友在哪里。

宁朦"啊"了一声，又问："你喝了酒，要自己开车回去吗？"

陶可林有些不好意思似的，眼睛黑漆漆的，泛着水光，眼神要多纯良有多纯良："我刚回国，没有车。"

宁朦都怀疑刚刚在舞台上偷亲她的是不是另外一个人了。

"那我帮你叫车？这附近出租车蛮多的。"宁朦好心说。

对方有些意外似的，连连摆手："没事，我到外面等就好了，你先走吧。"

宁朦有些不好意思，又觉得好歹是帮过她两次的人，理应送一送人家，心里是这么想的，但话到了嘴边却是："那好，我先回去了，你注意安全。"

他笑了笑，转身朝外走了。

宁朦往自己的车走去，一路都有些内疚，总觉得他转身走掉的那个身影有些单薄，最后还是开了车出去，又下意识地在路边找他的身影。

他倒是没走远，就站在停车场出口五十米的地方，但这里靠近后门，根本不会有出租车。

宁朦把车开过去，青年正低头看着路面，听到喇叭声的时候吓了一跳似的。

“这边不好打车，要到前面去。”宁朦打开窗户提醒他。

他顺着她指的方位看了看，笑着道谢：“哦，好的。”

宁朦顿了顿，还是说出了一句：“要不我送你一程吧？”

“没事，我去打车就好了。”

“我送你吧，当是谢谢你两次搭救了我。”

他笑了，倒是没有再拒绝，一边打开车门上了车，一边说：“今晚我并没有帮到什么忙。”

陶可林住的地儿离这边不算远，宁朦开车过去不到十分钟，他解安全带的时候宁朦往外瞧了一眼，有些诧异：“你就住酒店呢？”

他应了一声，再次解释：“还没找到住的地方。”

“噢。”宁朦本想多问几句，但想到两人不过萍水相逢，也不需要再多说了，便只说了拜拜。

对方下了车冲她挥挥手之后就利落地转身走了。

宁朦回了家，洗完澡之后把相机里的相片导进电脑里，选了部分照片修好之后发给了酒吧负责人，对方很满意，又提出让她帮忙推广，价格方面好商量。

宁朦的微博是大 V，前期是靠着杂志慢慢积蓄的粉丝，后来又误打误撞地以美妆、搭配的时尚博主形象吸引了更多粉丝，陆云生力推她，于是她渐渐也成了一个小网红。

“不好意思啊刘经理。”宁朦抱歉地说，“我从来不接广告的。”

对方了然：“那行，就这样吧，我等会就把酬劳打给你。”

“啊，没事，您明天再打吧，现在这么晚了。”

他笑了笑：“那哪行，你这么晚了都还给我选照片修图呢，我的酬劳怎么能对不起你的效率呢。”

宁朦只好应下。

她敷了一张面膜，听到手机响了一声，拿起来看酬劳已经到账，刘经理很有意思地打了两千块。

宁朦不好意思多收人家五百，想了想还是拿一张自拍发了微博。

大半夜的仍然有两三百人回复，问她又去哪里浪了。

宁朦把酒吧的名称回复了上去。

很快有人圈了陶 Collin：男神你居然给我女神点赞了！

宁朦回头去翻了一下，但是已经找不到了，看来只是手滑。

又有细心的网友发现了：女神你和我男神在一个城市嘤嘤嘤。

宁朦又刷新了一下，惊悚地发现陶 Collin 在这两条微博下都回复了一个笑脸。

第二天她起来的时候，发现这条微博上了热门，不仅评论达五千，她粉丝也一夜之间涨了几万。

宁朦睡眼惺忪地翻看着评论，发现完全是沾了某人的光。

昨晚陶 Collin 的回复让他的部分粉丝以为两人是认识的，于是连带着关注了她。

然后也有几百条私信，都在问她和那个陶 Collin 是什么关系。

她倒是希望有点什么关系，那漫画作者的事情就解决了。

星期一早上陆云生又开了一次关于改版的会议，别的版块差不多都落到实处了，独独宁朦的连载还没找到作者。

宁朦直接被炮轰，会议上骂完之后又被单独拎去了办公室，所幸陆云生还算识趣，没有再问她姚琛的事，只是要她抓紧找稿子。

“连载的质量很重要，你用心找一找。这个月就算了，下个月再刊登，这一期暂时只要一篇短篇。”

“好的。”

宁朦回去邮箱看了看，好在投稿不少，挑挑拣拣也选出了一篇不错的短稿，联系作者加工作品，和美编商量色彩版块，磕磕绊绊地弄了整整两个星期，才终于在最后期限完成。

电子版的杂志被送到出版公司，第二天出来样品，Ada 和宁朦看到时，都觉得很惊艳。

不得不佩服陆云生的眼光，改版后的杂志有一种蜕变的感觉，色彩更细腻也更张扬，版块的内容适宜人群更广。

新一期的杂志销量不错，电子版的订阅量也明显有增加，但是陆云生还是不太满意。

“和预期的还是有点差距。”又一次会议的时候陆云生说，“Ada，你每一期的专栏要更有针对性，最好能和当期的杂志风向相通，内容也要饱满一些。

推荐旅行路线的版块是谁负责的？小粥，图片弄特别一点，你和美编多商量一下版面问题，不要做得千篇一律了……”

宁朦很佩服陆云生，他原本是出版社的策划总监，而《悦乐》一开始则是出版社最不畅销的杂志，社长便派他来整顿。在他的带领下，杂志渐渐步入正轨，销售量一翻再翻。在出版社旗下的一些产品中偶尔销量也能冲冲前五，不过看陆云生这劲头，他是想争取第一吧。

其实社长早有想让他回去做策划总监的念头了，是他一直不愿意，他希望能先把《悦乐》做好。

“宁朦，连载的作者找到了吗？”陆云生突然转过头来问她。

宁朦还在神游，所有人的视线集中过来，她脑子一僵，生怕又被当众训一顿，压力之下迟疑着就回答：“呃，找到了，就是还没落实。”

说完之后暗自皱了皱眉，她找到个鬼啊。

陆云生再次瞄了她一眼：“赶快落实，我希望下一期就能刊登了，所以下礼拜三拿初稿给我看。”

初稿是什么？她不认识啊！

但是陆云生已经收回目光，开始说别的了。

自从第一次被拒绝之后，宁朦就再也没有联系过那个陶 Collin，一来是怕引起他的反感，二来也是有些担心他的风格不适合他们杂志。

悦乐杂志一开始做的是女性时尚，偏成熟，有多半版块是以情感、养生、家居为主，而读者群大多是三十岁以上的女性，后来出版社新增了一款名为《家》的杂志，基本上就取代了《悦乐》。

这几年《悦乐》一直在调整，寻找最适合的风格，最吸引市场的内容。陆云生这次大调整，是让杂志纯粹走俏皮、知性路线，面对的人群大概是十六到三十五岁的女性。下到小姑娘，上到轻熟女，这个年龄段的女性会喜欢热血漫画吗？她不确定。

可是之后她再找就找不到比他更优秀的漫画家了。大概是已经心有所属，宁朦喜欢这个陶 Collin 的漫画风格，再去看别的漫画都觉得有些乏味，缺了点什么，于是她就卡在这里了。

如果约不到稿的话，她真的会很失望。

开完会之后宁朦立刻又给陶 Collin 发了一条微信，打定主意再试一次，但没人回复。

她决定放弃了。

宁朦去敷了个面膜，然后继续在微博找画手，刚躺下，微信就弹出视频通话，是陶 Collin 发过来的！

宁朦始料未及，整个人都还是蒙的，又怕错过什么，下意识地就接通了。

视频里黑乎乎的一片，宁朦什么也看不清楚，倒是先听到了那头传来的乱糟糟的笑声，然后是一道完全陌生的声音："通了通了！"

又有一个人在那边笑着说："是不是小姐姐？！是不是小姐姐？！"

宁朦怔住。

这是什么情况？

随后光线亮了一点，屏幕上出现几个男生的脸，和敷着面膜的她大眼瞪小眼。

"什么玩意？"

"妈呀吓死老子了！"

宁朦连忙扯下面膜，慌慌张张地打招呼："你好。"

"哦哦，是妹子！"

"还是素颜的！漂亮漂亮。"

宁朦满脸问号。

屏幕那边的摄像头转了一下，屏幕上一晃而过一个男生的脸，宁朦没看清楚。

"是这样的，我们刚刚在玩游戏，Collin 输了。"那头的男生说，"按照规则，我们给他微信最近一个联系人发了视频，他必须答应这一个人的任意一个要求，所以等一下我们把手机给他，你把要求说给他听就好了。"

嗯？这玩得也太大了吧。

宁朦尚未反应过来，那边手机就又转了一圈，像是被人握着摄像头递了过去，屏幕上没有画面了，但是能听到一个略带无奈的声音，语气里稍显醉意："喂？"

显然这就是陶 Collin 了。

宁朦忍着笑，迅速开了录屏软件，同时说："愿赌服输，亲爱的陶 Collin 漫画家，我的愿望是……你能帮我画稿子。"

"你说好，你说好就行了！"陶 Collin 的朋友们在那边怂恿。

于是那边微微停顿，而后低沉悦耳的声音直直地钻进宁朦耳朵里。

"好。"

视频被挂断了，宁朦睁大眼睛，抱着抱枕在沙发上笑得浑身发抖。

她这是捡了一个多大的便宜啊。

第二天一早她就给那个Collin发了微信，当然是意料之中的无人回复。宁朦扬眉，没有在意地搁下手机浏览网页，临近中午时再发了一条，还是没有回复。

但好歹没有拉黑她。

虽然能理解头一晚去泡吧喝多了所以第二天要睡懒觉，但是这都几点了？

宁朦耐心十足，一直等到了下午五点，她快下班的时候，那边才回了信息，回了一个问号。

宁朦问他：请问老师什么时候有时间呢？

还试图卖萌，发了一个可爱的眨眼小女孩表情包过去。

他回了一条语音："嗯？什么时间？"他像是刚刚睡醒，声音很低，嗓子有些哑，微微上扬的迷糊尾音显示了他对这件事毫无印象了。

宁朦直接将昨天晚上录下的视频发了过去，并提醒他：老师，昨天晚上你答应过会给我画稿的。

对方回了一大串省略号过来。

宁朦发了一个拜托拜托的表情包过去，死皮赖脸地说：我是真的很喜欢你的作品，就当是给彼此一个机会，好吗？我们杂志是一个很好的平台，我相信这对彼此来说都是一个很好的选择。

大概隔了五分钟，那边终于松口了。

陶Collin：我试试吧，但是不能保证这个月出稿。

还真是一个信守承诺的人，宁朦整个人从座位上弹了起来，连发了好几个感叹号过去：谢谢老师！！！我爱你！！！

陶Collin发了个捂脸的表情过来：这么轻易就爱上别人了？

宁朦：不！只爱你！你是人间水蜜桃！我整理一下合同，晚一点寄给你，方便给一下你的地址我吗？

陶Collin：现在还没有地方住，不过我下午会去你们公司附近，你直接拿出来给我吧。

宁朦愣了一下：欸？我们是同城吗？那好！我请你喝咖啡！

两人约好了时间的地点，宁朦立刻就着手开始准备合同。

因为太激动，她都忘了去吃饭。

下午她整理好合同之后提前出门了。

进店之后她找了个比较安静的靠窗位置等了会儿，服务员过来点单，她先点了一杯喝的，拿出手机想问他到哪了，却收到他的一条微信。

陶 Collin：出了点意外，不好意思啊，再等我十分钟。

宁朦回他：没关系，我先帮你点单，你想喝点什么？

陶 Collin：甜的就行。

她叫来服务员帮他点了一杯招牌奶茶，让他十分钟之后再送过来。

玩了一会手机他发短信过来问她在哪，宁朦回复他在角落靠窗的位置，长头发，红色毛衣。

转过头的时候，刚好就看到一个穿着双排扣翻领毛呢大衣的男生推门进来，白色围巾挡住了半张脸，脚下踩着一双和她同款的雪地靴，穿得像个爱斯基摩人。进门之后他东张西望了一会，最后视线落在宁朦的脸上，眼睛睁了睁，似乎有些惊讶。

宁朦觉得这应该就是自己等的人了，便微微歪头冲他笑了笑。

他迟疑了一会，看到宁朦的笑脸才慢慢走来。宁朦坐直身子，看着他一边走过来一边把围巾扯到下巴下面，脸露出来的瞬间，宁朦的笑也凝固在脸上。

青年直接走过来坐在了她的对面，那张干干净净的脸上，说不清带着的是什么表情。

再一次和他这么近距离的对视，宁朦有点招架不住，她清楚地看到他勾了勾嘴角。看起来是多么善良的一张脸，这笑容却充满了邪气。

如果不是因为之前喝醉了那么一通纠缠过，又“接过吻”，宁朦会觉得约这样一个男生的稿没有多大问题，很好掌控的感觉。

服务员端来他的奶茶，放在他面前。

宁朦朝服务员笑了笑，说了声谢谢，当然也是趁此机会转移视线，再这么对视下去她恐怕会直接走人。

他抿了一口温热的奶茶，抬头和她说了声谢谢，看起来很乖的样子，丝毫不像那个在微信里毫不客气地拒绝她，一而再再而三不回复信息的人。

“你是不是，坐错了位置？”她认真地确认。

对方笑了起来：“杂志社编辑？一颗柠檬？”

好嘛，真的是他。

他的声音和一开始在酒店里听到的那声“早”重合起来，她真笨，怎么在微信里就没听出他的声音呢？

这么连接着几次偶遇，她有些招架不住了。

宁朦扯出一个笑，强装镇定地说：“你好，我叫宁朦，宁静的宁，朦胧的朦。”

说完还煞有介事地朝他伸出了手。

他笑了笑，先伸过手来配合地握住她的手，然后才慢条斯理地说："Collin，陶可林。"

他的手很凉，力度适中地握着宁朦的手，这触感一下子就让她回忆起了搭着她上出租车的那双手，以及那晚在台上接触过的唇瓣，过电一般，宁朦立即松了手。

"原来姐姐叫宁朦啊。"他看着宁朦打趣道，眸中有促狭的光一闪而过。

"好巧。"宁朦也说，"没想到你是漫画家。"

"看起来不像吗？"陶可林笑眯眯的。

"不像。你看起来更像一个无所事事、十指不沾阳春水、手握几个公司股份的少爷。"她不遗余力地说好话，"坦白说，见你之前，我一直感觉你是一个抠脚大汉，没想到长得这么好看。不像是画漫画的，倒像是漫画里走出来的。"

陶可林扑哧一声笑了："谢谢你的恭维，不过为什么第一次第二次见面的时候没有夸我，这一次却夸我了呢？"

宁朦有些无奈："那当然是因为今天我希望你能把合同签了才夸你的嘛，何必要说破。"

陶可林脸上的笑意更深了。

宁朦把手边的几份复印件递给他："你看一下合同，这里还有我们杂志的相关资料，里面有往期的一些主题风格，还有面向人群以及对连载漫画的一些要求，你可以看一下。"

对方却没有动，更没有接过文件，宁朦把它们放在他面前，他连翻都没翻一下，可怜巴巴地看过来："宁朦小姐姐，我是真的画不来，我画画很慢的。"

经过这几次的接触，宁朦已经清楚了这孩子没有看起来的好拿捏，之前看起来很乖什么的都是假象。

宁朦也可怜巴巴地看着他："可是我真的很喜欢你的漫画。"

陶可林迎着她的视线，表情无奈又为难，这种似撒娇而非撒娇的表情，击中了宁朦这个"老阿姨"的心脏。

她不免反省自己，是不是真的太强求别人了，既然他说画不来，那就可能真的画不来，勉强也不会有什么好作品。

宁朦沉默半晌，然后轻咳一声，善解人意地说："既然如此，我也就不难为你了，不过还是感谢你百忙之中抽空来和我见个面，谢谢你了。"

她说完收回资料准备走人。

对面的人瞅着宁朦，表情有些微妙，这女人怎么不按套路出牌？这么容易就放弃了？

“就这样？”他轻声说，嘴角挂着一抹笑，让人拿不准他心里在想什么，“不打算再尝试说服我一次？”

宁朦不知道要说什么了，这小孩在逗她？如果真的约到稿了，以后就要一直跟着他了，真的想想就让人有些头疼。

青年还很不解：“你就这样约稿，以前约到过稿吗？”

居然质疑她的工作水平，宁朦已经严重不爽了：“当然不是，但是我会考虑作者的能力范围，如果作者真的到极限了，我们自然不会再强求，毕竟我们更看重的是质量。”

他轻笑一声，长腿在下面微微伸展，轻易就碰到了她的膝盖。

宁朦无知无觉地继续解释：“我要是真要约稿当然不会这么轻易就放过作者，还不是怕为难你吗？”

他皱了皱眉，看起来是对她说的话有些不满，而后终于伸出他那只金贵的“芊芊玉手”，将桌面上的资料转回去翻了翻，状似认真地阅读了起来。

他这一看就看了好久，一页纸几乎要看十分钟，要不是他的长睫毛还在眨，宁朦都以为他看得睡着了。

她快被他给憋死了，续了两杯果汁，上了一趟厕所，再回来时他才慢慢合上那些资料，不紧不慢地对她说：“我再考虑看看。”

给个痛快好吗？

宁朦看着他没有作声。

他忽然伸了个懒腰，一秒变回那个纯良的小鹿，一脸天真地问她：“这里有吃的吗？我什么都没吃就赶过来了，肚子饿了。”

“冒昧问一句，”宁朦面无表情地说，“你是不是有人格分裂？”

他笑了一声：“那天你在酒吧拿酒瓶子往人脑袋上招呼的时候，我也想这么问你来着。”

宁朦叹了口气，慢慢把手机收回包里，说：“好吧，你慢慢考虑。这里有西餐，东西还不错，你可以试试，我已经结过账了，你慢慢吃。”

宁朦说完刚要起身，手腕突然被抓住。他仰头看着她，模样很可人：“你约我出来的，饭也不管？”

宁朦看了看那只手，有些发愣，怎么会有人的手长得这么好看？

他抓得很紧，眼神很是认真，继续说："我说真的，你陪我吃顿饭，我给你画。"

嗯？宁朦抬头看他，被这反转的情节弄得有些不知所措。

"弟弟，你能有点原则吗？"

对方勾唇，眼睛弯弯的。

得，看着就是一个随性的人。

宁朦抬手看了一眼表，这个点也差不多要下班了，她也懒得再回公司，便决定在这和他吃一餐。

她点了一份意面，他点了一个海鲜饭，还要了一份比萨和冰激凌。

反正她也不是有原则的人，既然他答应了，那她自然乐意。

等食物的时候宁朦递过资料卡："麻烦填一下，最重要的是联系方式，地址也要。哎，你找到住的地方没有？"

陶可林接过去翻看着资料卡："恰好找到了，这两天刚搬进去。"

"这里，这里，还有这里。"宁朦伸手过去指出几个重要的信息，"还有紧急联系人也填一下，确保我催稿的时候能找到人。"

青年的视线随着她的指尖游走，"嗯"了一声，他提起笔填表，还给她的时候又笑了笑，保证道："放心，我不会改变主意的。"

宁朦扬眉："有你这句话我就放心了，稿酬方面我会尽量替你争取的。"

他无所谓地笑了笑。

宁朦总算放了心，心里的大石头终于落下。她接过资料卡的时候扫了一眼，字是挺好看的，她下意识地看了一眼身份证号码，发觉对方才二十二岁，微微顿了顿，刚要再往下看地址，服务员就过来了，金灿灿的意面端上来，她只能先收起资料卡。

"你做了多少年的编辑？"他突然问了一句。

"三年了。"宁朦卷着意面随口回答，然后马上反应过来，这好像有点暴露年龄了，不过对方没什么表情。

算了，这也实在是没什么好遮掩的。

陆云生把下一期杂志的主题风格发到她的邮箱，宁朦根据主题定好下一期的短漫，然后才开始发微信问陶可林漫画的事。

他回复得倒是很快，问宁朦要了邮箱地址，十分钟之后她就收到他发过来的压缩文件。

宁朦原本还担心他的风格会和他们杂志有些冲突，但是她想错了，陶可林真的是块璞玉，她完全捡到宝了！

他要画的是一个女性职场励志故事，讲述两个性格背景各异的女人在一家外企奋斗的故事。

发过来的只有两页开头，但情节紧凑，内容丰富，又不缺乏温馨幽默，掺杂着他对爱情和友情的独特见解。宁朦觉得陆云生一定会很喜欢，于是赶紧整理了一下，直接发给陆云生。

很快陆云生就回复她：怎么只有两页？你到我办公室来一下。

宁朦马上到他办公室里去。

“签合同了吗？”他第一句话就是这个。

宁朦愣了一下，这个还真没有，那天他把合同拿回去之后没有再寄给她。

陆云生：“合同一定要签，万一连载到一半他不干了怎么办。还有，让作者再多画一点内容，第一期内容少的话很难吸引读者。”

宁朦皱了皱眉，想到他手头上还有别的稿子要赶，便对陆云生说：“我觉得两页差不多够了，物以稀为贵，他是个炙手可热的漫画家，微博上的粉丝有好几百万，这已经难能可贵了，何况这两页就已经很精彩了。”

陆云生盯着电脑滑动鼠标，又前后看了一下，思索片刻后才点点头说：“画工娴熟，故事连贯，画风独特，虽然是赶出来的稿子，但也足见其用心程度。确实不错。这样，你让他再画两张图，一张做漫画版块的封面，一张我们拿来做下一期杂志的封面。”

“封面？”宁朦眼睛亮了。

自己找的作者作品得到认可，编辑的自豪程度不亚于作者，还要封面，这简直是陆云生对她最大的鼓励了，宁朦现在非常庆幸自己没有放弃陶可林。

下班后宁朦去超市买了一堆食材和水果扛回家。小区的治安很好，以前姚琛住在隔壁的时候，她连门都不会关，现在一时半会也改不掉这坏习惯，何况晚上做饭油烟太多，所以她就没想起要关门。

正在一边炒菜一边想事情的时候，突然听到房门被人敲了敲，有人站在门口问：“阿姨，你们家着火了吗？”

这个小区是一梯二户，隔壁原本是姚琛住，他搬走之后这一层楼只剩下她一个人，所以乍一听到这个声音，宁朦被惊得油壶都掉进锅里了。

油溅了一大半出来，登时整个锅都烧了起来。

宁朦吓得赶紧往外跑，跑到门口的时候差点撞进一个结实的胸膛，抬起头看到是陶可林时，更是一脸见了鬼的表情。

后者扬眉，诧异之色一闪而过，顺着动静探头进来看了一眼，便利落地走进来找到锅盖盖住锅，关了火。

“着火了往外跑？”

宁朦惊魂未定，只怔怔地望着他：“你怎么在这里？”

他乐了：“我也想问你呢，你住这啊？”

“啊。”宁朦后知后觉地反应过来，“你也住这里？”

“就在你隔壁。”陶可林看起来也很意外，“这也太巧了。”

宁朦连忙虎着脸兴师问罪：“前几晚装修装了通宵，乒乒乓乓的搞得我这几晚睡眠都不好。”

陶可林忍不住勾唇：“不好意思啊，回头请你吃饭补偿一下，我也是急着要住进来，在酒店那边不好画画，我这几个晚上都在赶你的那个稿子，脖子都僵了。”

这话一出，宁朦立刻就落了下风。

“对了，”宁朦说，“我合同呢？”

“在我家，我去拿给你。”

陶可林回去拿合同，半分钟之后又折返回来：“你看看是这些地方签字吗？”

宁朦翻了翻：“嗯，还有这里。”

陶可林立即拖开椅子乖乖地坐在餐桌边签字。

因为实在是看起来太孩子气了，宁朦忍不住问他：“你二十二岁，还在读书吗？”

她又想起言今介绍他的时候说的话，好像是刚刚从日本学习回来吧？

他眨眨眼：“你猜？”

宁朦大概已经对他无时无刻不在散发的偏青年的雄性荷尔蒙魅力习惯了，没有顺着他的话往下猜。他倒也没觉得尴尬，依旧笑眯眯的，在看她把做好的饭菜端到桌子上后，顿时眼睛一亮。

那是在《动物世界》中猛兽看到猎物时露出的表情。

“要一起吃饭吗？”宁朦瞧着他的样子随口问了一句，“你们家厨房装好没有？”

陶可林抬眼看她，模样有些小可怜：“没有呢，这几天都在吃外卖。”

宁朦一下子就心软了，她弯腰从橱柜里拿出两副碗筷：“一起吧，你先坐，我再炒个菜。”

陶可林也没拒绝，立刻就嘴甜地说了一声谢谢姐姐。

她原本只做了自己的分量，炖了个土豆牛肉，炒了一个青菜，多个人肯定不够，于是她从冰箱拿出剩下的食材，迅速多做了一个菜。

大概是真的快餐吃多了，陶可林吃了两碗饭，把菜也吃了个精光，宁朦去洗碗的时候他还有些不好意思：“我饭量很大吧？”

宁朦笑了笑：“长身体嘛，何况这些饭菜我一般都不会留的，咱这是在节约粮食。”

“不是，是你做的东西太好吃了，真的，比酒店做得还好吃。而且我在日本待了这么久，不知道多久没有吃过中国菜了。”

宁朦莞尔：“我谢谢你了。”

晚上宁朦做了水果沙拉，想了想又多做了一份，发微信叫陶可林过来吃。

两秒钟后他人就出现在宁朦家门口了。

“我在赶工画画，可以带回去吃吗？”

“当然。”宁朦把碗递给他，又从冰箱里装了一些橙子和牛奶一并给他，“作为初次见面的邻居，这是我的一点心意。”

对方接过去之后笑得眉眼弯弯：“谢谢啊。”

毕竟是在帮她干活，而且是大 V 级的，哪里能怠慢。

晚上照例刷微博，宁朦点进陶 Collin 的主页看了一眼，发现他最新的微博是：回国之后最满足的一餐。

配图是他手持着宁朦的勺子和他的画笔，底下是碗和画纸。

他极少发日常，所以瞬间评论就达到了三千，底下各种赞美。

——老公，你住哪里？我可以煮饭给你吃。

——老公的手太可以了。

——老公又在画画？

宁朦不得不感慨这些女网友的热情程度。

睡觉之前想到她还没有和他说要画封面的事，不免有些郁闷。

第二天一早宁朦就做了一碗宁氏八宝面端到他家献殷勤了。

他还没起床，过了很久才来开门，头发乱糟糟的，连鞋都没穿。看到她时也是双眼迷离，宁朦捧着碗傻站了很久他才反应过来。

“早。”他一脸木讷。

宁朦笑了一下，同时心里松了一口气，还好他没有起床气。

“早啊，我做了早餐，味道很好的，你要不要尝一下？”

他虽然还是木讷的脸，但眼神已经清醒过来了，脸上闪过一丝表情，转瞬即逝，宁朦根本来不及琢磨。

“谢谢，进来吧。”他侧身让宁朦进屋。

宁朦捧着热腾腾的面，连围裙都没脱，脚下是自家的棉拖，她抬脚给他看，神情颇为讨好：“干净的。”

陶可林牵唇，表情很柔软：“我家很脏，不要紧。”

真的吗？宁朦走过玄关，吸引她视线的是客厅里那张黑色巨大的茶几，上面摆满了画纸，茶几旁堆着各式各样的画具。

地板……干净得能倒映天花板的吊灯了好吗？这叫脏，那她家叫什么？

“这边。”他在她身后出声提醒她。

“哦。”宁朦应了一声，连忙跟着他走过去。

他的餐桌也是一张大得有些夸张的桌子，上面摆满了书，入眼的都是些《行政职业能力测验》《申论》等司法相关的书，他把书稍微往旁边挪了一下，腾出地方让宁朦把面放上去。

虽然房子够大，但，“一个人住有必要用这么大的餐桌吗？”她忍不住说。

他终于笑了笑，说：“我把餐桌和书桌二合一了，你随意看看，我先洗漱。”

宁朦点点头，看着他穿上拖鞋进了浴室。

“你快点，面冷了就黏住了。”她头也不抬地喊了一声。

他含糊地应了一声。

宁朦站在餐桌边简单地环视了一番，房子被大致地翻新了一下，许多家具都换掉了，墙上挂了不少画，给整个房子增添了不少活力。电视机后面的壁柜原本放满了姚琛养的多肉和小植物，现在一溜换成了动漫手办，那些植物被移到阳台，用一个两平方米大的玻璃缸埋在一起圈养着。

其他的没什么变化，整体还是和姚琛住的时候一样简洁，一件多余的东西都没有。

宁朦低下头，随手翻了翻他的书，发现本本都洁净如新，只偶尔才看到几道圆珠笔画的痕迹，这哪像是备考的人的书。她们那时候要考试的话，书都被画得不成样子，纸也会变薄，笔记本摞成堆。

他一本笔记本都没有，只有一张画纸搁在笔下作草稿。宁朦凑过去看了一眼，上面一个字没有，倒是用铅笔随手画了一个场景，正是餐桌对面的厨房。

他很快就出来了，洗过的脸上鬓角微湿，眼睛清透，温润干净。

他出来后给宁朦倒了一杯水，伸手端过面条，马上就哧溜吃了一大口，立刻扬了扬眉："哇，手艺真不错。"

宁朦抿唇，对方朝她笑了笑，忽然说："对了，昨晚赶的稿子我已经发到你邮箱了。"

宁朦微微一愣，问他："你昨晚又画了吗？"

"嗯，多画了两页，也只是大致的框架，还没着色。你们看分镜头和外形没什么问题的话就定了。"他看了她一眼，"不过下次你得帮我了，我一个人做完太累了，昨晚三点才完事。"

宁朦有些心虚，"嗯啊"地应了，心里琢磨着她这个门外汉要怎么帮他呢。

他闷声吃完了一碗面，最后抬头望着她，一脸诚恳地夸赞："这面真的一绝，完全拯救了我这个熬夜的胃。"

宁朦一内疚，一嘴快，就说了出来："那以后你都来我家吃早餐呗，我每天都做的。"

他眼睛一亮："真的可以？"

宁朦想到还有封面的事以及她其实是个不负责的编辑，心里只有歉疚，于是点头肯定道："当然可以。"

他抿了抿嘴，含蓄地笑了笑，脸上又闪过刚刚在门口时的表情。

宁朦走之前才跟他说了要画封面的事。

他有些意外："你们杂志的封面？"

"嗯，需要两张图，一张做内封，一张做我们杂志的外封。"宁朦说，"主编想要在漫画开始连载的时候力推一下。"

他笑了笑说："这也太抬举我了，内封我正在画，两张封面的话估计要四五天吧，如果是封面的画，恐怕要更精细了。"

宁朦做了一个 OK 的手势："辛苦了，晚上我做好吃的给你吃。"

对方也眯眼笑："好啊，我想喝汤。"

……

回了杂志社，宁朦立马开始恶补虫虫给她发的那几份文件，又到陆云生的办公室说了一通。

"别担心。"陆云生倒是淡定，"我已经跟虫虫说过了，她有时间会教你的，时间什么的你们就私下商定吧。”

“好。”宁朦点头，又报告，“对了，他补了三页的稿子，你看一下有没有什么问题。”顿了顿又补充一句，“我觉得挺好的了。”

陆云生对陶可林的效率有些诧异，看完稿子之后脸上出现欣赏的表情，“很不错，就这样定了，不需要修改了。”

陆云生这样一个挑剔的人，能从他脸上看到欣赏的表情，让她有些怀疑世界。

中午宁朦和和虫虫见面了。虫虫是个软妹子，性格很好，很热情，也很敬业，给她传授了许多漫画编辑的日常工作和经验，大多细琐又麻烦，她才知道其实很多漫画编辑都会一点绘画，关键时候都能帮作者赶稿。

虫虫说，对画面、外形、分镜提出意见这是必须的，但是宁朦压根就没什么概念，别说还得帮着画分镜头、负责排版，她根本不知道漫画的排版和文章的排版有多少差别。

她就不明白了，当初陆云生怎么不干脆找一个漫画编辑调到他们杂志社呢？

“你的作者是用数位板画的还是纸笔？”虫虫问她。

宁朦想了一下：“好像是纸笔吧。”

“纸笔的话你还要负责打印和贴对白。”

宁朦点点头，在笔记本记下关键词之后又问了一些画分镜头的事，两人一直聊到了下午四点半。

走的时候宁朦抢着埋了单，出了餐厅的门她又想到陶可林的话，便问：“虫虫，你今天教的都是些工作上的，那除此之外呢？”

虫虫不明就里地望过来。

“就是在工作时间之外作者会让你替他做事情吗？”

宁朦以前是实习编辑的时候，为了约到一些时尚达人的稿子，有时候要跟半个月才能磨到稿子。以前有一个特约作家，脾气十分古怪，到了截稿的日子，宁朦都得天天往他家里跑，打扫卫生煮饭陪他打游戏，把他哄舒坦了第二天才发稿子给她。

她不知道漫画作者是不是也要这样，因为一篇几千字的文章一晚上可以写出来，但是一期的漫画一晚上肯定搞不定。

“哦这个啊。”虫虫反应过来，笑着说，“我是没遇到啦，但是有些漂亮的编辑就会遇到，其实也不是骚扰啦，就是有些作者格外难伺候。以前有个女编辑，遇到过一个作者晚上三点画完画让她给他送夜宵过去。这些都蛮正常的，因为编辑必须要和作者搞好关系。你想啊，如果作者不喜欢编辑，那对这个漫画社也就没什么好感了，画画就不用心了。但是如果你和作者的关系好，他一般就不会难为你了。”

宁朦关心的是：“那个三点送夜宵去的女编辑，现在怎么样了？”

“哦，现在和那个漫画作者结婚了。

“啊……”

“哈哈，是缘分，不是吗？”

谁说不是呢？“做文字编辑的时候从来没有遇到过这些事。”

虫虫又笑了：“那哪能一样呢，一期漫画作者从起稿到完稿来来回回得画半个月，中间还不算上修改的，写文章有灵感的话一天不就能搞定了吗。所以漫画作者是比较辛苦了，因此也需要编辑格外担待。”

那她的作者还真是辛苦，要画两篇稿子，难怪一开始他死活不答应呢。

回家的路上宁朦去超市买了一些水果和酸奶打算犒劳她的水蜜桃，结果门铃按了半天，最后来开门的却是一个漂亮女人。

宁朦吓了一跳，险些以为自己打扰到别人了，刚要道歉，却是微微一顿。

门内的女人围着她早上落在陶可林家的格子围裙，正疑惑地盯着她。

宁朦收起那些思绪，朝她笑笑：“你好。”

“你好，你找陶可林？他刚刚出去帮我买东西去了。”女人侧开身子，客气地邀请她，“要不先进来坐坐？他应该很快就回来了。”

宁朦当然不会那么没有眼力见儿，她笑了笑，尽量表现得像是一个陌生人：“没事，刚刚上楼的时候发现停水通知，想提醒一下你们。”

对方点头，有些感激：“谢谢，我们也已经知道了，物业通知过了。”

宁朦“噢”了一声，最后冲她笑了笑，转身回屋。

陶可欣看着女人转身，刚要关上门，就看到她从包里拿出钥匙，打开了隔壁的门。

她的手顿了顿，将那人的侧影打量了许久，思绪翻滚，而后关门回屋。看了看自己身上的围裙，眸光深了几许。

宁朦进屋后呆站了好一会才重新找回意识，她想去煮饭，却好半天都迈不出一步，遂放弃了。

莫绯的电话很及时地打了进来，问她有没有吃饭。

“刚下班回到家。”宁朦说。

“那正好，我朋友新开了一间餐厅，要我们过去试试。”莫绯顿了顿，才反应过来，“你怎么了？说话咬牙切齿的。”

“没有，刚刚在门口看到一只蟑螂，恶心坏了。”

莫绯在那边笑了一下：“早叫你搬来和我住了，我准备到你家楼下了，你十分钟之后下来。”

十分钟之后陶可林买了酱油和醋回来，一脸的不耐烦：“真不用给我做饭的，我自己可以煮面，你回去吧。”

陶可欣没有理会他，只是自顾自地把饭菜端水桌，又故作随意道：“刚刚有个女的来找你。”

陶可林一怔，回头问道：“是不是大波浪？”

陶可欣“嗯”了一声，不动声色地将他的表情尽收眼底，“是，而且就住隔壁。”

陶可林挑眉：“她找我什么事？”

“说是停水了，来告知我们一声。怎么了？”陶可欣笑着，“认识？”

“就是我说面条做得比你好吃的那个朋友。”

陶可欣看了他一眼，眼神微变：“你没说她就住你隔壁啊。”

“她还说了什么？”陶可林问。

“没。”陶可欣没好气地说，可她那个弟弟毫无察觉，拿出手机就要发微信，陶可欣一把抽走他的手机，开玩笑道，“这才回国几天啊，就又勾搭上姑娘了？看起来跟你一样大嘛，你不一向喜欢比你大的？”

陶可林笑了，伸手拿回自己的手机：“想多了，她比我大，估计和你差不多。”

陶可欣琢磨了半秒，才发现他没有反驳她的第一个猜测，一时脸色变了变。陶可林根本没有看她，他看了一眼手机，听到隔壁开门的声音，立刻走到了门口。

第二章 新编辑的大牌作者

宁朦出门的时候正好碰到拿着垃圾出来的陶可林，后者一看到她连忙说：“要出门？顺便帮我把垃圾丢一下吧。”

宁朦抬眼看他，对方靠在门框上，似乎什么都不知道，眸子漆黑澄澈，看起来也不像是会藏事的人。

宁朦这才伸手接过那袋垃圾。

陶可林心里微微松了一口气，又问她：“吃饭没有？”

“正要出去吃。”宁朦说。

她脸色不太好看，陶可林隐约能猜到一点，便没有再招惹她。看着她走过去按了电梯，忽然明白为什么陶可欣会以为宁朦和他年龄相仿了。

她今天穿了一件藏蓝色的双排扣呢子大衣，淡褐色平底小牛皮靴，很随意地扎了一个马尾，脸上妆容很淡，口红是橘色，衬得整张脸白皙又精致。这么一看，确实挺嫩的。

本来人家都要进电梯了，他又忍不住脱口而出了一句：“早点回来。”

宁朦一愣，抬手按住电梯门朝他看去，不明就里地“啊”了一声。

陶可林顿了顿，对上她不解的视线解释：“我今晚要赶封面，你要是早点回来我们能早点开工，就不用熬夜了。”

宁朦“哦”了一声，又问：“你昨晚才熬过夜，今天要不还是休息一下？”

他摇头：“这几天就要完成，下个礼拜我就要赶另外一篇稿子了。”

他的语气很是自然，也没有半分抱怨或是责怪的意思，宁朦却又内疚了，连忙承诺：“我尽量早点回来。”

陶可林牵了牵唇，直到电梯门合上了才回屋。

陶可欣坐在餐桌前，一边往陶可林碗里夹他喜欢的菜，一边调侃：“难怪耳朵一直像只兔子一样竖着呢，原来就是在听隔壁的动静。”

陶可林低头吃饭，没有理会她。

饭后陶可欣收碗进厨房，发现厨房的垃圾还好好地在那儿，忍不住拉着陶可林进来问："你说你丢垃圾，你丢的哪袋垃圾？"

陶可林随手一指："就台上那袋黑色的东西啊，不是垃圾吗？"

陶可欣扶额："浑小子，那是你妈特意给你挑的海参！"

出了小区之后宁朦东张西望好久都没看到莫绯的车，刚要打电话，就被身后的喇叭声吓了一跳，宁朦回头，就看到一辆雷克萨斯降下车窗，露出莫绯那张精致的脸蛋。

她上了车才发现驾驶座上坐着一个穿着黑色毛衣的男人，他握着方向盘，闻声回头朝她笑了笑，"嗨。"

宁朦微微一怔，是夜色的那个"蓝莓茶"。

宁朦递了一个询问的眼神给莫绯，对方假装没看见。

她给莫绯发微信：怎么回事？

莫绯倒是回复了：我也不知道，他突然就说要请我吃饭，还让我把你带上。我还想问你什么时候跟他认识了，他在追你？

宁朦三言两语把蓝莓茶的经过打字发给她看了，莫绯看完之后回了个问号，然后在前面笑得肩膀直抖。驾驶座的蓝莓茶察觉到了，回头看了她一眼，笑着问："笑什么呢？"

宁朦恨不得拿脚踹莫绯。

好在莫绯还算聪明，立刻讲了一个冷笑话，蓝莓茶跟着笑了，不仅笑了，还看了后视镜里的宁朦一眼。

宁朦虽然没和他对视，但能感觉到他在看她。

莫绯继续在微信里回复她：你说宋清一夜情我还信一点，颜书尧约？不可能的。

宁朦回了一串省略号过去。

莫绯：姐妹，我跟你说，颜书尧是医生，他有洁癖的，怎么可能和陌生女人发生关系！

难道真的是她会错意了？

车子开出城区，绕了一圈之后在临江的一栋建筑前停了下来。

宁朦认出了位置。

这家店开张之前 Ada 就跟她推荐过，试营业的时候很多网红来试过，都赞不绝口，口碑由此打响。

贵，且难预约，就是这家店的特色。星级厨师，顶级食材，不仅要提前预约，就连菜单都是提前拟好，再在当天空运食材过来。

宁朦看过推荐，对他们家的芝士焗大明虾垂涎三尺，还发过一次微博吐槽说太难预约。

这间餐厅坐落在寸土寸金的江岸边，视野开阔，风景独好。楼层虽然不高，但是面积却不小，她下车时就发现了停车场里几乎停满了豪车。

“宋清已经上去了。”颜书尧说，“老板给我们留了包厢，上去吧。”

“他怎么也来了？”莫绯立刻露出了嫌弃的表情。

大厅里坐满了人，他们由服务员带着，畅通无阻地直接到了二楼的露天小平台。

这是这间料理店最好的位置了，环境静谧，江景一览无余，角落还候着一小个乐队。

宋清坐在桌前翻看菜单，他们进去的时候他眼皮都没抬一下。莫绯走过去抽走他手里的菜单，笑道：“装什么装，菜单不是提前拟好了吗，还看菜单做什么？”又坏笑着问他，“昨晚愉不愉快？相亲对象可爱吗？”

宋清抬头，似笑非笑地望着她：“不知道你操的哪门子心，非要去怂恿我妈给我相亲，你不知道我最不缺的就是女朋友吗？”

“才不是我怂恿。”莫绯说，“你那些女朋友，不是网红就是嫩模，哪里入得你们宋家的眼？”

身为网红的宁朦无话可说。

颜书尧正在一旁绅士地给宁朦拉开椅子，闻言笑道：“网红有什么不好？只要是宋清喜欢的，入不入眼又有什么关系。”

“我没说网红不好，但不是所有网红都有我们宁朦这种气质和涵养。你看看他前任，丰胸隆鼻，满脸的玻尿酸，一天到晚不是在直播间撒娇就是在微博怼网友。”

“那是前前任。”宋清补充，“我和她在一起的时候她还没整容，也还没红。”

听到他还在帮前任说话，莫绯嗤了一声以示不屑。

宁朦和颜书尧对视一眼，都有些无奈。

四人落座不久就上菜了，盘子端上来的时候，宁朦差点昏厥。

居然是点了四份芝士焗大明虾！一人一份！

想起宁朦发过微博说自己想吃这家的芝士焗大明虾，莫绯意味深长地看了颜书尧一眼："颜医生这菜单拟得真是妙极。"

颜书尧倒是面不改色："我不知道你们喜欢什么，就把他们主推的几道菜都点了。"

莫绯坏笑："你不知道我们喜欢什么，那怎么还一人一份啊？"

颜书尧没接话茬，莫绯又朝宁朦挤眉弄眼。

宁朦很是无奈。是不是所有闺密都这样？你一失恋，她就立刻给你介绍对象，希望你迅速投入到下一场恋情里。

晚餐一直到九点才结束，出来时天色已经完全黑了，宁朦想到陶可林还在家等她回去赶稿子，就一阵焦虑。

"我送莫绯回去。"宋清说，然后看看宁朦，又看了颜书尧一眼。

颜书尧冲他笑了笑，多少有些心照不宣的意思。

"我送宁朦回去。"颜书尧说，"刚好顺路。"

莫绯用丈母娘看女婿的目光看着颜书尧："那就麻烦你啦。"

这两人一人一句，把宁朦的"我自己回去就好了"给完全堵了回去。

两人目送宋清和莫绯离开，走的时候那两人还在日常互怼，背影看起来很般配。

虽然她对宋清印象不好，但宁朦真的觉得他更适合莫绯，甩她现任男朋友几条街都不止。但是让她撮合，她又有些做不到，毕竟莫绯和崔金铭还没有分手。

颜书尧把她送回了家。宁朦几乎是刚下车，电话就响了。

是她姐宁胧打来的。

宁朦马上接了："姐，怎么了？"

"宁朦。"她那边闹哄哄的，声音也有些急促，"吃饭没有？"

"吃过了，你那边怎么这么吵？"

"我在医院。"

宁朦心里一惊："怎么在医院？你怎么了？还是妈怎么了？"

宁胧给她气笑了："你还知道问呢，一个月没有回家，电话也不打。"

宁朦急了："到底怎么了？"

"行了，我没事，妈也没事，是我婆婆生病了，我这几天都在医院照顾呢。明天你姐夫要出差，奇奇没有人带，我送到妈那边去了。"

奇奇是宁朦的小外甥，今年刚刚五岁。

“你婆婆怎么了？”

“没什么，一点小毛病。”

宁朦松了一口气：“那就好，你也别累坏了。”

“嗯，就是妈那边我不太放心，她腰不好，奇奇又闹，你周末要是有空的话就帮忙去看一下吧。”

“好啊。”宁朦笑了，“我明天下班就过去，你别担心。”

两姐妹又说了一会话，才挂掉电话。

宁朦进了电梯，出来之后先看到的是陶可林的家门，她马上想起走之前他说过的话，连忙上前按门铃，但等了一会也没人来开门。

出门了，还是那个女孩在所以不方便开门？

宁朦转身回到自己的门前，从包里翻出钥匙，刚要开门，背后的电梯叮的一声又响了，宁朦下意识地回头看了一眼。

从电梯里出来的是刚刚从外面回来的陶可林，他手里提着几个超大的超市购物袋，看到宁朦之后露出一脸委屈的小媳妇模样：“才回来啊。”

“抱歉，有点事耽误了。”宁朦心虚得都不敢看他的眼睛了，“你画了吗？今晚还要画吗？”

他“嗯”了一声，提了提手中的袋子说：“画了一半，肚子饿了，所以下去买了一点吃的。”

宁朦扫了一眼那袋子，这是一点？

“那我等会就过去找你。”说完刚要开门，她手机又响了起来。这次却是一个陌生号码，接起来，那边却是颜书尧，问她到家没有。

宁朦随口回答说已经到了。

“那家里的灯怎么没有亮？”

宁朦微微一怔，他还在楼下？他怎么知道自己家在几楼？

“刚到家门口。”宁朦想到颜书尧今天的种种举动，难免不多想。她一边接电话一边心不在焉地开锁，但半天都没打开。

旁边的陶可林看不下去，收起了自己家的钥匙，直接走过来接过她手中的钥匙，帮她开了门。

“莫绯说你们家小区治安不好，非要我盯着你到家再走。”颜书尧笑着解释。

“你听她瞎说。”宁朦失笑，“我已经到了，没事，你回去吧。”

宁朦推开门，用嘴型对陶可林说了声谢谢，举着电话进了家门。她进去之后的第一件事就是打开房灯。听到颜书尧在那边说看到她家的灯亮了，才挂了电话脱下靴子，反手想要关门的时候却没有抓到门把手，而是抓到了一个手腕。

她吓了一跳，回头发现是陶可林跟着进来了。

她连忙松了手，后者却无知无觉，施施然地走进来，反手轻轻推上门。之后站在鞋柜那发了一会愣，看宁朦实在没有递鞋子的动作，才脱了鞋直接穿着袜子走进来了。

“不是说要画画吗？”宁朦迟疑了一下问，怎么跟过来了？

陶可林看了她一眼，眼神很坦然：“过来蹭一下网，我们家还没有装网络。”

宁朦告诉他 Wi-Fi 密码就是她的手机号码后，就看着他一边把袋子放在餐桌上，一边拿着手机联网。穿着土黄色呢子大衣的他身形颀长，像一只浑身散发着温暖光芒的小灯泡。

有些人生来就带着绝无仅有的气质，羡慕不来。

“对了，可以跟你借点热水吗？”

宁朦笑了：“这么客气啊？”

后者笑了笑。

“你随意，烧水壶我不记得在哪里了，你找找看。”

他放下手机，先是极其自然地从袋子中拿出一碗杯面，再四下看了看，之后准确无误地从流理台上找出烧水壶，加了水进去就开始烧起来了。

“你要干吗？”宁朦才反应过来，走过去问。

他一边撕开杯面的包装，一边头也不抬地回答：“吃泡面啊，懒得走回去了。”

宁朦从他手中夺回杯面：“吃泡面不健康，而且你晚餐不是刚吃过吗，怎么又饿了？”

他抬头笑了一下，眉眼眯眯的：“长身体嘛。”

宁朦没辙了。她摸了摸脖子，明明不想管的，却还是犹豫半晌开口：“我给你煮面吧。”

他不好意思似的咬了咬下唇，实际上是在掩饰那呼之欲出的得逞的笑：“啊？那就麻烦你了。”

宁朦脱下外套到厨房去。

煎鸡蛋，加入西红柿和嫩芽翻炒，那边水开了下面条。宁朦在厨房里忙活的时候他就坐在边上的餐桌旁，托着脸颊看她，看得她浑身不自在，但是手中的动作却轻快不少，五分钟不到就煮好了一碗面。

陶可林拿着筷子在旁边等，宁朦端给他的时候他笑着说了一声谢谢，眼底都是满足的笑意。

这副终于等到食物的模样像极了小时候的成熹，宁朦心里没来由地一软。

她应了一声："你慢慢吃。"然后径自走到客厅收拾茶几上乱堆的杂志。

陶可林其实不爱吃煮熟的西红柿，但他也没有挑出去，夹起饱满的煎蛋咬了一口，感觉灵魂都飘起来了。

"你吃过了？"他回头问。

"嗯。"她随口应了一声，顺手开了电视。窗外风声呼啸，风从落地窗的细缝中吹起窗帘。

宁朦走过去想关好窗子，抬眼才发现阳台上晾满了衣服，看样子是从第一次买醉开始就没有收过了。

"天气预报说今晚有大暴雨。"青年在她后面好心提醒。

宁朦皱了皱眉，快步走到阳台上去抢救衣服。

他们这个小区在最东侧，光线最好，但是因为阳台设计得有点问题，台风天暴雨天的时候，雨水容易飘进来。

狂风开始卷着雨滴斜斜地落在阳台上，晾衣杆被吹得摇摇晃晃，宁朦费力地摇下杆子，收下一点衣服返回客厅。放到沙发上的时候才看到陶可林正端着碗筷直挺挺地站在旁边，一眨不眨地看着她。

宁朦哭笑不得地看了他一眼："看什么，回去吃你的。"

"要我帮忙吗？"他眨巴着眼睛问。

"不要。"宁朦没好气地说了一句后又返回"灾难现场"了，结果雨势太猛，她一到阳台浑身就被淋了个半湿。

陶可林一声不响地跟着走过来，麻利地开始帮忙.他手长脚长，而且主动站在阳台的外面，宁朦嚷嚷着让他回去他也没理会。

不过就算是在这混乱情况下，当他目不斜视地朝宁朦的内衣内裤伸手时，宁朦还是"嘿"了一声抢过，他没和她计较，手又伸向另外一套内衣内裤。

这小孩故意的吧？

等他们完成"救灾"工作返回客厅的时候，不仅头发湿了，衣服也快湿透了。

陶可林帮她把衣服全放在沙发上，而后就站在沙发边，倒也没有笑话她，只是小心地擦着身上的水，像个小绅士一样。

宁朦走到房间拿出一条新的毛巾给他。他擦了擦头发上的水珠后，随手拿着一件衣服问宁朦："要不要帮你叠好？"

宁朦抬眼过去看，整个人都要爹毛，这人干吗偏偏要拿她的内衣！

她差不多是扑过去抢回来的，皱着眉瞪了他一眼，然后把他手中的黑色内衣和露在外面的内衣内裤全塞进衣服堆。

他勾勾唇角，伸手摸了摸鼻子，又端起碗筷回到餐桌上吃饭了。

他绅士个屁。

宁朦准备下逐客令时，看到他那件价格不菲的外套沾了雨，就没好意思再说什么。

等她把那堆成山的衣服抱回卧室整理好再出来时，他已经自觉地在厨房洗碗了。

"放在那里就行了。"宁朦说了一声。

他回头朝她笑了一下，乖觉道："没事，就两个碗。"他的视线在她身上停留了一会，然后移开，"你要不要洗个澡？身上都湿了。"

宁朦煮面的时候脱了外套，里头只穿了一件针织衫和衬衣，刚刚被雨淋湿后她就脱了针织衫，现在只穿了一件衬衣。

她低头看了看，白色的衬衣吸了水贴在身上，微微显出内衣和身体的轮廓。

刚刚只顾着收衣服，压根就没注意到衬衣也湿了。倒是陶可林这一副不好意思的模样，看起来是她在故意勾引他似的。

宁朦随手拿起一条围巾披在肩头："那我洗了澡过去找你。"

他不知道想到了什么，促狭地笑了一下："好，我等你。"

宁朦懒得搭理他，看了他一眼后直接进了浴室。

洗过澡后宁朦穿着厚实的睡衣，裹了一件羽绒服抱着水杯过去敲了敲他家的门。

陶可林看到她这阵势就乐了："我家有暖气的。"

"早说嘛。"宁朦一进屋就脱了外套，"你家网络都没有，我以为也没有暖气。"

青年在后面笑，刚要弯腰给她拿拖鞋，发现她是穿着自家拖鞋过来的，就作罢了。

"今晚要熬夜吗？"宁朦问。

青年打了一个呵欠："看情况。"

宁朦盯着他看了一会，想不明白为什么这张脸连打呵欠都这么有艺术气息。这么想着的时候，他又应景地打了一个。

“那现在是什么情况？”呵欠连天的还能熬？

他发现宁朦在盯着他看，知道她的意思，忍不住笑了：“有点困了，应该熬不了。”

宁朦走进去，看到茶几上摊着一张未完成的图纸，正是要给他们画的封面：“这是杂志封面还是内页？”

他走到她身边盘腿坐在厚重的地毯上，详细地解释道：“这个是内页，所以风格会比较随意，这边的空白是要放简介的。封面的话我还没想好要什么风格，来，先给你看看草图。”说着他从旁边抽出一张线条勾勒的草图。

宁朦接过草图在他旁边坐下，画上是两个穿着职业套装并肩而立的女人。

“你们杂志往期的封面都是什么样的？”他问。

她一边看着草图一边回答他：“什么样的都有，主要是配合那一期杂志的主题，专访人物的照片，或者风格鲜明的图片，不过大多数封面都是主编定的。”

陶可林撑着脑袋想了想：“那估计这张图还要处理一下，太漫画会突兀，毕竟你们不是漫画杂志。”

宁朦点点头，又说：“其实这样也很不错，我们杂志改版，新增的漫画版块是亮点，听我们主编的意思也是要主推这一块。这一期的主题配合着你的漫画，是女强人的主题，所以这封面的构架没有问题。”

“配合我的漫画？”他扬了扬眉，抿唇笑了笑，“也太给我面子了吧，多不好意思啊。”

宁朦扬眉，一点也没瞧出他不好意思。

“这里。”宁朦把图纸放在茶几上，指着上端提醒他，“版面要再往下拉，不然杂志标题会被挡住。”

他点头：“知道，背景还没画，肯定会留出位置。”

“那就照着你的想法画吧，不要被杂志局限了。我们加这个版块就是希望杂志有新的元素，能更多变一点。”

他听得一脸认真，微微点头。

宁朦见过他的很多样子，印象最深的还是他在夜店里的漫不经心，倒是没见过他这么认真的神情，让她觉得有点心动。

“好啦，开始动工吧，说说看我能帮你什么？”宁朦将水杯搁在地上，搓了搓手，一副准备要大干一场的样子。

他伸出手用食指划了划眉毛，而后拿出一沓打印出来的纸递给她说：“做手工你可以的吧？把这些对白剪下来，然后贴到画上就好了。”

欸？就这个？

宁朦接过他手中的纸和剪刀，尝试着剪了一小条，然后问他：“这样？”

对方看了一眼，笑着点头：“嗯，剪得很整齐。”

宁朦心里窃喜，她还以为要做多有技术的活呢。

陶可林那边已经提起笔认真在纸上描了。

宁朦不想打扰他，默默埋头开始做手中的事。没一会就开始腰酸脖子痛，她停下来转了转脖子，看到对面的陶可林还勾着头在画画，除了手之外的其他部位都纹丝不动，认真得让人有点心疼。

她不敢开口说话，继续加紧手中的工作。她怕剪坏，做得很仔细，所以速度不算快，等她剪完所有的对白，他才刚刚画完一张图。

他放下笔深吸了一口气。

“我做完了，还有什么要弄的吗？”宁朦问他。

他翻了翻她做过的几张图，笑着说：“没什么了，扫描到电脑上就行了。”

宁朦又过去帮他扫描，在电脑上确认过后，才算完全完工。

这么一来，仅仅是一张图就要花四五个小时的时间，那他一个月要画两篇漫画，该累成什么样子。

宁朦觉得过意不去，小声说：“如果你实在画不来就不要勉强自己了吧，这样天天熬夜，身体哪里吃得消。”

现在还没有开始连载，他还有退路。

他头也不抬，只当宁朦是在欲拒还迎，所以声音带着笑意：“怎么，现在开始心疼我了？这还刚开始呢，往后你催稿的时候才痛苦呢，又得逼我画稿，又得心疼我，你还不得疯掉？”

“我不是开玩笑的。”宁朦撑着桌子认真道，“我当初不知道漫画家画漫画这么辛苦，所以才会那样缠着你。现在你要反悔还来得及，我和主编熟，说一声就好了。”

他笔尖微顿，抬头看了她一眼，收起笑容，回以认真的表情：“你不用愧疚，其实我还挺享受这段日子的。家里人一直都不赞成我画漫画，读大学的时候是因为我答应会考检察官，他们才给我这几年的时间画漫画。现在不画，我不知道以后还有没有机会再画。”

宁朦微微一怔。

这些情况她不知道，在她身边还真少见这样的男人，纯粹地做自己喜欢的事。宁朦以前一直当他是个有天赋的小孩，突然之间，陶可林在她心中的形象变得高大起来。

“还是尽量别熬夜吧。”宁朦说，“熬夜伤身。”

他点头，笑眼望着她，眼窝迷人：“我知道，刚回国，所以这段时间忙一点。”

宁朦望着他这张漂亮年轻的脸蛋，忍不住想，这人到底吃什么长大的，怎么能这么好看？

“差不多完成了，你先回去睡觉吧，明早我把图发给你。”大概是因为她的那句尽量别熬夜，他头一次收起笔和画了一半的稿子，对她说：“这次就便宜你了，下次贴网点你也要帮忙了。”

“好，你也早点休息吧。”宁朦一脸的欣慰，就差没摸摸他的脑袋说一声“乖”了。

第二天下班的时候宁朦回了一趟宁妈家。

一进屋就有个小飓风飚过来，死死抱住她的腿：“小姨小姨！”

宁朦心都要化了，连忙弯腰把他抱起来，在他脑门上狠狠亲了一口：“想小姨没有？”

奇奇撇着嘴：“不想！你都不来看我！”

“不想你还抱我那么紧？”宁朦逗他。

宁妈从厨房出来，笑着说：“昨晚听说你要回来，一晚上都在念叨呢。”

宁朦心里喜滋滋的，把手里给他买的玩具给他：“你不想小姨，小姨可想你了。”

奇奇傻笑着接过玩具，在她脸蛋上啵了一口。

她提前说了今天回家，所以宁妈准备了一大桌子菜。

奇奇人小鬼大，平时挺乖挺可爱的，嘴又甜，但唯有一点不好，那就是不爱吃饭，每一次吃饭都得连哄带骗，非得训一顿才吃一点。

晚上又是一番混战，宁妈脾气好得不行，愣是哄了一个多小时才让他把那碗饭吃完。

宁朦晚上想在家里过夜，带了衣服过来，结果刚要去洗澡，宁妈接了个电话后，说要出去一趟。

宁朦愣住了：“大半夜的您要去哪呢？”

“就我以前的一个朋友，她女儿的朋友过段时间要订婚了，刚订的礼服被猫挠坏了。听说那礼服是从国外订的，来不及寄回去补了，找了几间店都补不好，让我过去瞧瞧。”宁妈一边穿外套一边说，“你和奇奇先睡吧。”

宁妈是远近闻名的鬼手裁缝，从十六岁开始就给人补衣服做衣服，手艺精湛，无论坏成什么样的衣服，送到她手里都能补好，而且看不出一点痕迹。但是前几年宁妈的眼睛出了点问题，做过手术之后宁朦就不让她碰针线了。

“都这么晚了。”宁朦一万个不乐意，“而且都那么有钱能在国外订礼服了，坏了不能再订一件吗？”

宁妈笑了：“说是订了，但还是最喜欢那件，想试试看能不能补好。”

有钱人真是烧得慌。

“要不明天再去吧，妈。”宁朦追在后面问，眼看实在拦不住，只能让她等一会儿，“算了，我送您过去吧。”

“你休息吧，我打个车，很快就到了。”

宁朦没有理她，穿好衣服抱着奇奇和她一起出门了。

那家人住在郊区，宁朦照着地址开到了一栋贵气的小洋楼面前。门口有警卫拦着，宁妈下车去说明了情况，那人朝车里看了一眼，说：“裁缝跟我进去就行了，车子不能开进去。”

宁妈只能回来跟她说让她在外面等着。

大晚上还这么折腾人，宁朦越看越烦这家人。

她把车开出去停到路边，以为她妈拿了衣服就会出来，结果等了半天没见人，只能去个电话。

那边好半天才接：“朦朦，你和奇奇先回家吧，我这边还有一会儿呢。”

宁朦知道她妈这话里的意思，敢情是不让她妈把衣服带出来呗。她心里来气：“妈，你先回来，我们明天再来，你的眼睛不能这样折腾啊。”

“没事，妈心里有数，你先回去吧，奇奇该睡觉了。”说完就不管不顾地挂了电话。

宁朦回头看了一眼，奇奇果然开始打瞌睡了，她只能先回去了。

这里离她家比较近，宁朦先把车开到自己家，牵着奇奇上楼。结果这小家伙一到家就不困了，嚷嚷着肚子饿。

她刚要去厨房煮面条，门铃响了。

奇奇一溜烟跑去开门，没有打开防盗链，警惕地看着门外的人。

陶可林一看到这小家伙就乐了，抬头冲着屋里喊：“宁朦？”

宁朦连忙过来开门：“这么晚还没睡？”

“你这么晚才回家呢。”陶可林反击一句，然后指着奇奇问，“你儿子啊？”

宁朦捏捏奇奇的脸蛋：“是啊。”

宁朦没少玩这把戏，每次奇奇配合了，都会有玩具收，所以他形成了条件反射，仰头乖乖叫了一声：“妈妈。”

陶可林惊得下巴都要掉地上了。

宁朦忍住笑意，摸了摸奇奇的脑袋，侧身让陶可林进来，他却犹豫着不敢进了。

“怎么了？”宁朦戏谑道，“单身的时候你随意进出，现在有儿子了就不敢了？”

陶可林笑了笑：“这不是怕姐夫打我嘛。”

“我是寡妇，别怕。”

陶可林一脸被噎了的表情。

“行了，这我外甥。”宁朦不逗他了，一边往厨房走一边说。

陶可林跟在她后面，探头看了一眼：“煮面条呢？给我也煮一点吧。”

宁朦在厨房含糊地应了一声。

奇奇扯了扯陶可林的衣角，拿着手里的变形金刚问：“哥哥，你会变形吗？”

“叫叔叔。”叫哥哥这不是乱了辈分吗。

奇奇冲他做了一个鬼脸就跑开了。

两个“小孩”在餐桌上吃面条，吃了一口奇奇就撂筷子，又开始整幺蛾子了。

宁朦在外面收衣服，没有看到，等她回来的时候，奇奇已经从冰箱翻出一袋薯片准备开吃了。

她一把夺过薯片：“吃面就好好吃面，不许吃零食。”

如果是奇奇奶奶或者外婆，好歹会哄他让他先吃饭再吃零食，但是宁朦知道哄他已经没有用了，他看到零食就绝对不会再好好吃饭了。

奇奇嘴一撇，不出所料地开始号啕大哭，把对面正吃得津津有味的陶可林吓了一跳。

“这么好吃的面条都不吃？”陶可林费解，“你不吃就全给我吧。”

奇奇闻言，号得更大声了，这根本就不是哭，纯粹是在干号。宁朦一阵头疼，把薯片往冰箱顶上一丢，抱着他要坐回椅子上。奇奇不依，低头就在她手腕上咬了一口，疼得宁朦直哆嗦。

陶可林在旁边脸色一变，快步过来捏住奇奇的下巴："松口！"

奇奇被捏得有些疼，于是更气，嘴里咬得更紧。

陶可林急了，直捏得奇奇下巴都泛白了："给我松口听到没有！"

语气有些狠厉，不仅是奇奇，连宁朦都有些吓着了。

奇奇头一次被降住，总算是怯怯地松了口，下巴已经被捏得微微泛红了，他觉得疼，这才真的委屈得吧嗒吧嗒地掉眼泪。宁朦看着心疼，连忙抱起他，一边替他抹眼泪一边细声哄着。

陶可林根本没看小孩一眼，只是拉着宁朦的手腕仔细检查伤口，然后问她："家里有没有消毒的？"

宁朦想抽出来，但是他握得很紧："好像没有，没什么事，小孩子咬一口不用消毒。"

"怎么不用？"陶可林的脸色很不好看，"都渗血了，你跟我去下面的诊所消毒。"

宁朦看他挺较真的，只能拉住他："家里还有双氧水，上一次剩下的。"

"在哪？"

"茶几下面，我去拿……"

"你别动。"陶可林沉声道。

宁朦不知怎么的，就真的站着没动了。

他一声不吭地走到茶几边把药箱拿出来，返回餐桌，推着她坐下，打开双氧水就要往上淋。

宁朦怕极了这玩意，看到他打开瓶盖就拼命往回缩手。偏偏陶可林按得紧，对着伤口浇下去时宁朦眼泪都飙出来了。

这玩意一次比一次痛啊。

他们消毒的时候奇奇已经不哭了，许是陶可林表情太紧张严肃，小家伙也开始觉得自己做错了，乖乖地坐回了椅子上，默默地开始吃面。

吃完面陶可林洗好碗后，又把要放水给奇奇洗澡的宁朦拉出去："你的手还不能碰水，我来给他洗。"

"那怎么好麻烦你呢。"宁朦笑着说，"他很闹的，而且这点小伤真的没事。"

陶可林又轻飘飘地看了她一眼，宁朦立即就说不出话了。

她心想，奇怪了，上一次在酒吧她明明伤得更重，他也没这么大反应啊。

奇奇缩在角落，可怜巴巴地望着宁朦，生怕是陶可林给他洗澡。但是看他真进了浴室，也没敢吱声。他完全被陶可林刚刚那声给震慑住了。

宁朦听话地没有进去，看着奇奇委屈地走进浴室，不免有些担心。

但是十分钟之后，浴室就传来了奇奇的一连串笑声。再出来的时候，两人就跟小哥俩似的要好了。

真是搞不懂这些小男孩。

两人在沙发上闹到十点多，宁朦催奇奇睡觉，结果奇奇抱着陶可林的胳膊不放："叔叔说他就住在隔壁，我今晚要和他睡！"

"叔叔？"宁朦笑了一下，纠正他，"叫哥哥，人家哪有那么老。"

奇奇纠结了一小下，还是坚持叔叔的叫法："就是叔叔。"

陶可林看了他一眼，越发觉得这孩子机灵了。

"行了，叔叔就叔叔。"宁朦伸手捏了捏他的小脸，"别麻烦叔叔了，快点进去给小姨暖被窝。"

"我不要，我都和叔叔说好了。"奇奇来劲了，死巴着陶可林不放。

陶可林把他抱起来，笑着对宁朦说："没事，今晚他就跟我睡吧，反正我的床够大。"

宁朦劝说无果，只能由着他们去了。

第二天宁朦在熟悉的闹铃声中醒来。冬日的暖阳透进卧室，她觉得刺眼，皱着眉翻身，结果碰到了一个软软的肚皮。宁朦惊了一下，噌地醒了过来，扭头一看，奇奇那个毛茸茸的大脑袋跟她挤在一个枕头上。

宁朦按掉了闹铃，一边慢腾腾地起床穿衣，一边想，昨晚奇奇说要和陶可林过去睡是她的幻觉吗？

她披着外套走出卧室，站在客厅停了一会。

穿着浅灰色睡衣的青年窝在沙发上，身上只裹了一条毯子。晚上客厅没有开暖气，她这会儿走出来都觉得冷，不知道他是怎么睡着的。

宁朦没忍心把他叫起来，返回卧室拿了一床棉被出去，给他盖上的时候他睁了睁眼，微微翻身，换了个更舒服的姿势继续睡。

她轻手轻脚地去煮了粥，又去浴室洗漱，才把奇奇哄起来尿尿。

奇奇尿完也完全清醒了，直接跑到沙发边叫陶可林起床。

宁朦给他们盛了粥，等那两人打着呵欠过来吃早餐的时候她才问昨晚的情况。

陶可林笑了笑："他让我给他讲故事，结果讲完故事他又闹着说要回来和小姨睡，我只好把他抱过来了。然后出来的时候忘记带钥匙了，就在你沙发上窝了一晚。"

"但是你是怎么进来的？"她记得自己昨晚没有起来开门过啊。

"奇奇昨晚过去的时候非要背着他的小书包，书包里就有你家的钥匙。"

哦。

上午宁朦请了半天假在家带孩子，陶可林也窝在她家，说是帮她带孩子，其实是和奇奇看了一上午的动画片，中午还蹭了一顿饭。

吃过饭后宁妈那边忙完了，宁朦开着车去接她，顺便把他俩送了回去。

路上宁妈一直在问奇奇晚上睡得好不好，有没有踢被子，宁朦都有些嫉妒了："他倒是没踢，他抢被子呢，我一晚上都没盖被子。"

"我才没有抢被子。"奇奇嘟囔，"叔叔说我睡觉可安分了。"

宁妈耳尖，听到关键字眼，连忙问奇奇："叔叔？昨晚有个叔叔过来和你玩了？"

宁朦来不及示意，奇奇就先"嗯"了一声。

她真是大意了。

宁妈又抬头问宁朦："是姚琛？"

她还不知道宁朦已经被分手了的事，眼下宁朦想解释，却又不知道要从何说起。

否认的话，那宁妈肯定会问个没完没了。

她最后只能含糊地带过。

当然又免不了被一通逼婚。

陶可林赶在截稿日的前两天把稿子发给了她，宁朦收到邮件后被他惊艳了一下。

他连外封面的图也画好了，这速度快得让人咂舌。

不得不说上了颜色的图和没上颜色的图差别很大，一张漫画图活生生地修整成了时尚杂志的封面。

宁朦把东西整理好发给陆云生，他看过之后也表示很满意，让她直接校正就可以了。

得知她顺利过稿，虫虫很是嫉妒。

“没想到还真的被你磨到陶Collin了，还居然没有拖稿，太令人羡慕了。”又问她，“我给你的那些攻略有没有用？”

“暂时没用上。”宁朦说，“我那天晚上就剪了对白。”

虫虫很诧异：“你就剪了一晚上的对白？”

“那你的作者脾气真好。”

“啊？”

“给你看看我们剪对白的速度。”

虫虫发了一个小视频过来，视频里的她利落地在剪对白。

宁朦：“这个视频真的没加速？”

她还以为做漫画编辑都那么顺利呢，一次就能通过，原来不是漫画编辑的工作有多简单，而是她的作者太让人省心了。

她决定好好犒劳一下陶可林，于是下班的时候打了个电话给他，想约他出来大吃一顿，没想到他还在被窝里，懒洋洋的不愿意出门。

宁朦想了想，干脆在回去的路上去了一趟菜市场，回家鼓捣了半天，弄了一大桌子菜，请他过来吃饭。

结果按了半天的门铃他才来开门，一开门宁朦就看到一张渴睡人的脸，而且黑眼圈都要掉到下巴上了，靠在门框上不清醒地看着她。

宁朦觉得好笑又有点心疼。

“我做了晚饭，过来吃吧。”本来想说是犒劳他的晚饭，但是看到他现在的模样，宁朦决定还是下次再请他吃好的。

他微微挑了挑眉，好半天才反应过来，眯着眼睛说：“等会儿，我刷个牙就来。”

宁朦折身回家摆好碗筷盛好汤饭。他过来时还是迷迷糊糊的，一口饭嚼了老半天才咽下。

“你昨晚究竟几点才睡的啊？”宁朦忍不住问他。

他持着筷子，眯着眼睛细细地想了一会，老实回答她：“早上九点发邮件给你之后才睡的。”

宁朦简直不知道要拿什么表情面对他：“这么拼命干吗？”

虽然是他的编辑，但还是忍不住腹诽。

他牵了牵嘴角，笑得傻气，眼底却有狡黠的光划过：“不努力怎么能来你家吃饭啊。”

宁朦盯着他看了半晌，直到陶可林忍不住伸手摸摸自己的脸：“怎么了？脸上有饭？”

“不是。”宁朦拿筷子捣着饭，不免有些嫉妒地说，“你不是每天熬夜吗，怎么皮肤一点影响都没有？”

陶可林歪着头想了半天也没法回答她，只能由着她继续嫉妒。

宁朦一边吃饭一边看他，觉得他真是个标致的孩子，虽然眼下这一张脸没有什么精神，但是五官漂亮就是漂亮，就算是皱鼻子都漂亮。

她还在欣赏，他突然抬眼对上她的视线，眼睛弯弯的，瓮声瓮气地说：“我还想吃那天那个蒜蓉辣椒酱。”

那是宁妈亲自剁的，秘制配方，陶可林尝过一次后意犹未尽。宁朦转身从冰箱拿出那罐辣椒递给他，他说了声谢谢，她没有松手，笑着说：“叫姐。”

他懒得和她较真，乖乖叫了声姐，宁朦才心满意足地松手。

吃过饭宁朦去洗碗，回头的时候见他已经在她家沙发上睡着了，宁朦半哄半赶才把他弄回去。结果第二天早上，发现他又躺在她家沙发上了。

宁朦一边叼着牙刷一边踢他，她没客气，一脚就把他踢醒了。青年哼了一声缓缓睁开眼，看到她后一脸讶异，皱着眉茫然地望着她，反而问她：“我怎么在这？”

宁朦故意冲着他的脸说话，把牙膏沫子喷了他一脸：“昨晚深更半夜你按我家门铃，说家里水壶坏了过来讨水喝，我就让你进来了，谁知道你喝完水没回去呢。”

“哦。”他抹了抹脸，恍然大悟的样子，眼睛一眯，又重新躺下了。这么大个人蜷着身子窝在沙发上也不嫌累。宁朦叫了两声，但他连呼吸都平稳下来，怎么摇都没有反应了。

“你上辈子没睡过觉吗？”宁朦小声嘟囔。

他习惯性地咬了咬下嘴唇，含糊地念：“冷。”

“你还知道冷啊。”宁朦没好气地把抱枕丢到他身上，“就一张毯子，你也能睡着，在下佩服。”

她懒得理他，自己去卫生间洗漱了。

出来后看他睡得很熟，宁朦狠不下心把他赶走，最后还是妥协地去里屋抱了被子出来，像个老妈子一样，仔仔细细地给他裹好了之后才出门。

裹被子的时候靠得太近，气息交织，装睡的陶可林都有些心痒难耐了。

宁朦自然不会发现，她动作很麻利，盖完就撤了。

她出门前还在想，现在照顾他简直就跟照顾成熹一样自然了，这么平白捡了一个大弟弟，真不知是亏了还是赚了。

中午宁朦和 Ada 一起去吃饭，碰巧遇到了另外几个同事，干脆就拼桌了。

几个女生在一起总有说不完的话，有个实习生刚到杂志社不久，很多事情都不了解，七问八问的，话题忽然又转到出版社了。

“听说杂志新版的内容被出版社那边的老师改了又改，陆编因为这个事，早上发了好大的火。”

“我觉得内容是没有问题的，那个老师也太严格了一点。”

“但我记得以前不是这样的啊，以前很好过稿的。”

“以前是因为有宁朦啊。”

女人们对视一眼，又都心照不宣地笑了起来。宁朦慢条斯理地吃着东西，懒得搭理她们。

那个刚来的小姑娘听到这句话睁大了眼睛，一脸好奇地问：“为什么是因为宁朦姐？”

“因为你宁朦姐的男朋友就是那个出版社审我们稿子的老师，据说人又帅又有钱，关键对我们宁朦姐很好。”有个女人笑着说，“以前陆编让她把稿子发过去，妥妥的，从来不用修改。”

宁朦垂着头，拿着勺子的手微微一顿，只觉得心里头一阵锐痛。

那实习的姑娘转过头来，满眼的佩服：“哇哦，原来是这样。”

宁朦意味不明地笑了一下：“吃饭，别听她们瞎说。”

Ada 看出她的脸色不对劲，打着哈哈转移了话题。

晚上回到家的时候陶可林已经走了，连被子也不见了，宁朦在家找了一圈没看见，给他打电话也没有人接。

她自己随意弄了点吃的，洗完澡接到莫绯的电话让她出去喝酒，宁朦懒得出门，随口问了一句：“怎么了，又要喝酒了？”

结果莫绯在那边破口大骂，一个劲儿地骂崔金铭浑蛋，骂了半天，宁朦才听明白。

“老说我跟宋清有什么，我要真有什么还会跟他在一起吗，浑蛋！他天天和那个女同事出差我说过什么吗？就跟宋清去吃了一顿饭，还是你和颜书尧在场的情况下，都还怀疑我！他到底想怎么样啊！”

“分手分手，这样都不分手吗？”别人闺密是劝和不劝离，偏生宁朦从几年前就开始劝他们分手了。

“说到颜书尧，我跟你说，我逼问了好久，才知道他是你的粉丝。他看了你上次那个宿醉视频，觉得你很可爱，所以那天晚上在夜色才会和你搭讪。人家只是想认识你，没想一夜情的好吗？！”

宁朦：“你这话题转得，我都要被甩下车了。”

莫绯于是又开始吐槽男朋友。

宁朦还在使劲劝莫绯分手，忽然听到门铃响了。

“你等一下，有人按门铃，可能是我快递来了……”她一边接电话，一边走过去开门，“我就跟你说了，男人都是大猪蹄子，你怎么总是在垃圾堆里捡男朋友？对啊，我前任也是垃圾堆捡的啊，所以我现在不是把他变前任了吗？”

门一开，宁朦就愣住了。

门外是陶可林，也不知道听到了多少，宁朦觉得有些尴尬，对方却面不改色，冲她笑了笑，示意她先接电话。

“我先不和你说了。”宁朦对电话那头的莫绯说，“一会给你打过去。”

“怎么了？”她问面前的青年，看到他手上还拿着一本东西。

“这个。”既然被看到了，陶可林也就没再藏着，“我在我家发现了这个。”

看清他手里递过来的东西后，宁朦心里真不是滋味。

那是一本手账，是她送给姚琛的生日礼物，记录了她和他相遇相恋的所有，当初做这本手账时有多甜蜜，现在就有多苦涩。

担心她误会，陶可林又连忙解释：“我没看。就是扉页上写了你的名字，觉得应该是你的东西，所以还回来给你。”

宁朦没有接过那本东西：“你帮我丢掉吧。”

陶可林“哦”了一声，又瞧着她的神色小心翼翼地问：“你和原来住这户的人，认识？”

宁朦没有隐瞒：“认识，是我前任，第一次见你的时候抱着你喊的，就是他的名字。”

“对不起。”

宁朦瞧着他，似笑非笑地问：“真的觉得对不起？”

陶可林一点心虚的表情都没有露出来，还很诚恳地点了点头。

宁朦当着他的面砰地关上了门。

显而易见，她生气了。

陶可林摸了摸鼻子，这还是他从小到大第一次被人当面摔门，当然这是他自找的。

他却没有后悔。

他找到这本手账的时候，他最先联系的是姚琛，问他要不要把东西给他寄过去，那边却毫无感情地让他丢掉。

男人冷冰冰的态度和手账里流露出的甜蜜形成巨大的反差，又想到女人当初在夜色蹲在洗手间门口哭得上气不接下气，便替她感到不值。

把手账给她就是想让她明白这段感情根本不值得她留恋，如果可以，他甚至想把姚琛给他发的那句“丢掉就好了”截图给她看。

宁朦摔上门就后悔了。

她跟小孩子发什么脾气？何况这还是她千辛万苦找回来的作者，不好好伺候就算了，还摔门？

之后几天他都没有再过来。

当天晚上宁朦就做了水果沙拉想过去道歉的，但敲门半天没有人开，打电话也没人接。

她给他发信息道歉，对方回了一个萌萌的笑脸，说：没关系啊。

不痛不痒的，也不知道是不是真的不计较了。

晚上宁朦刚下班，就收到莫绯的十几条微信，急召她去救场。

宁朦不明就里：怎么了？

莫绯：崔金铭今天跟踪我了。

宁朦：嗯，他看起来就像是会做这种事的人。

莫绯：我正在和宋清吃饭。

宁朦连忙赶了过去。

他们在一家日料店吃东西，宁朦推开包厢门的时候，里面的气氛剑拔弩张的气氛。

屋内坐着四个人，蓝莓茶也在，看到她立刻给她递了一个无奈的表情。

宁朦干笑着坐下：“不好意思啊，来晚了。”又一副意外的样子问，“崔金铭你怎么也在啊？”

蓝莓茶给她泡了一杯玄米茶，宁朦刚喝了一口，就听到崔金铭笑了一声，寓意不明地望着宁朦说："原来真的是你们四个人约好了，看来是我打扰了。"

"当然是我们四个人啊，吃完东西我们还打算去打麻将呢。"宁朦说，"不然你以为是什么？"

"我以为莫绯给我戴帽子了。"

宋清在旁边忍不住笑了一下，莫绯正在喝水，冷不丁地被呛了一下，她看了崔金铭一眼。

那是非常恼火嫌弃的眼神，宁朦看得真切，也是觉得莫绯非常能忍了，以前她哪位前任不是服服帖帖地伺候她的，哪里遇到过这么没眼力见儿的人。

宁朦觉得每一次见到崔金铭，他都在挑战她的底线，她根本没觉得他有多爱莫绯，成天就看到他在作死了。

崔金铭看到宋清笑了，也冷笑了一声，两个男人眼中有明显的火花在碰撞。

宁朦心道不妙。结果这个念头刚刚形成，宋清就站起身越过众人，走到了莫绯身边，虚揽住她的腰，

在所有人都没有反应过来的情况下，眸光一闪，迅速扭头，捏住莫绯的下巴转过来，往那张红唇上狠狠一亲。

所有人都呆了。

宋清亲完就利落地抬起了头，笑着对崔金铭说："还就是给你戴帽子了，你要怎么地？"

蓝莓茶"哇哦"了一声，宁朦也暗道一声酷。

空气有那么一秒钟的凝固，而后整个包厢的气氛瞬间被点燃了，崔金铭暴怒而起，掀开椅子冲过来揪住宋清的衣领，目眦尽裂："宋清我 xxx ！"话音未落一个拳头就朝他招呼过去了。

宋清没躲，结结实实迎了这一拳之后才开始反击，一时间包厢里鸡飞狗跳，只剩下骂声和搏击声。莫绯呆滞在原地，蓝莓茶扣着门，不让服务员进来，宁朦心里在为宋清打气，好样的！用力！打他！绊脚！漂亮！

她想这么做很久了。

崔金铭很结实，但宋清很灵活，也很有技巧，一时间崔金铭没有讨到好处，被打到最后骂声全变成了闷哼。莫绯这才反应过来，扑过去要拉架，宁朦连忙过去拉她。

开玩笑，两个牛高马大的男人打得这么激烈，她要是跑过去肯定要被殃及，几乎是这个念头刚落下，宋清的拳头就呼啸而至，宁朦拉着莫绯堪堪躲了一下，

但下一秒就被崔金铭的拳头击中了。

这一拳打在莫绯的脸颊上，宁朦听到一声闷哼，惊呼了一声："莫绯！"

那两人微微停顿，宋清看过来，崔金铭却趁着他慌神的当儿，又朝着宋清的眼窝狠狠打了一拳。

宋清用力推开他，直接往莫绯走过来。

服务员终于得以进来的时候，包厢里已经一片狼藉了。

蓝莓茶止住了要惊呼的服务员，温柔地安抚："放心，我们会赔偿。"

过道外有人经过，漫不经心地瞟了一眼，顿住了脚步。

宁朦正在帮莫绯检查伤口，等她发现陶可林的时候，那家伙已经不知道在外面站了多久了。

宁朦觉得很尴尬，太尴尬了，成年人斗殴本来就是一件很丢人现眼的事情，还被他看了个正着。

"宁朦，你有没有伤到？"蓝莓茶走过来问她。

"我没事。"宁朦说，"莫绯被打到了。"

宋清要看莫绯的伤口，被她躲开了。

崔金铭不知道什么时候已经走了。

陶可林本来想进去的，看到那个男人过去和她讲话之后就打消了念头。

他没记错的话，这就是那天在夜色请她喝酒的男人。

同为男人的他清楚，这个男人对这个女人有意思，他看她的目光都不一样。

最后四人都去了医院，莫绯被打的那一拳没有伤到骨头，但肿得老高，她谁也没理，处理完伤口之后就一个人走了。宋清本来还在拍片，听到莫绯走了，直接拿了外套就追了出去。

宁朦站在医院门口感慨："宋清今晚太男人了。"

蓝莓茶笑了笑，很无奈："这两人什么时候才能不折腾呢？"

宁朦颇为赞同地点头。

她了解莫绯，她绝对不是一个能容忍崔金铭这种男朋友的人，会拖着不分手，就是故意在试探宋清的底线。

她能感觉到莫绯喜欢宋清，但是她没说破，那就肯定是这两人以前有发生过什么。那就只能等宋清开口了。

她替他们着急。

晚上她回到家的时候发现陶可林家门口贴着的物业条已经被揭下来了。

那说明陶可林已经回来了。

她煮了咖喱饭，还在犹豫要不要叫他来吃，他就过来敲门了。

宁朦开门的时候有点意外，他还拿了药膏，问她有没有哪里受伤。

“我没有受伤。”宁朦还是觉得有点尴尬，“你能忘掉吗？今天你看到的事。”

陶可林含蓄地笑了一下：“好，我现在忘掉了。”

“吃饭了吗？我煮了咖喱饭。”

“没有吃。”

“一起？”

陶可林象征性地犹豫了一会，然后才低声道：“那就叨扰了。”

宁朦好笑道：“怎么那么客气了。”

她说完之后就反应过来，自己之前还在他面前摔门了，他能不客气吗？想到这，宁朦的表情有些讨好：“对了，我前几天微博小号转发抽奖微博，中了一枚碎钻领夹，我留着也没有用，送给你吧？”

那枚领夹上钻石不多，但是胜在手工精美，而且是定制的，不会和别人撞款。

“啊？”陶可林有些怔愣，“要送我东西？”

“嗯，反正也不知道要给谁。”宁朦说，“身边比较好的男性朋友是我领导，送他这个可能不太好。”

“那个蓝莓茶呢？”

宁朦愣了一下，随即爆笑，笑到眼泪都出来了：“蓝莓茶？”

“嗯。”陶可林莫名其妙，不知道她笑什么，“你们不是认识吗？上次在夜色，他不是请你喝酒来着？”

“是，但是没有熟到那个程度。”宁朦笑是因为他和她一样，称他为蓝莓茶。

见她笑成这样，陶可林也不由自主地跟着笑了起来，他接过那枚领夹：“谢谢。”

第二天宁朦睡了一个懒觉，十点钟的时候才慢悠悠地起来煮速冻饺子，等水开的时候手机响起。她以为是陶可林，结果来电的是一个微博上认识的博主。

对方问她有没有空，说他那边有个摄影的活，费用可观，只是原本定好的摄影师临时有事去了不了，问她要不要接。

有钱赚为什么不去？宁朦甚至没有过多考虑就接下了。

对方也很靠谱，立刻打了一半的钱过来。

宁朦背起设备立刻就出门了。

那人说的那个地方宁朦没有去过，绕了半小时才找到地方。

这边也是郊外，不属于新区，所以人烟稀少。但是景致很不错，空气清新，路边的参天大树将道路遮得严严实实，只洒下点点细碎斑驳的阳光。

宁朦兴致起了，她将车靠边停下拍了几张照片发了微博。

她以前只听说过这里要建植物园，没想到这一片还有商业活动。

有个人在门口等她，显然是那个博主安排来接她的，对方引着她将车开到了停车坪。宁朦找到一个空位，然后有些惶恐——左右两边都是百万级以上的豪车，剐蹭一下今天就白干了。她小心地把车挪了进去，背上双肩包和相机下车，跟着经理走进去。

花园里摆着自助流水席，粉色桌布随风摇曳，香槟上别着粉玫瑰，地灯上绑着粉色氢气球，宁朦后知后觉，这会儿才反应过来这是一场婚礼。

她莫名觉得有些不妙。

"现在婚礼还没有开始，你可以随意走走，取些景。"那人向她简单介绍了一下婚礼的流程，"摄影还在路上，等会他到了我让他和你沟通，你们俩配合一下。"

宁朦应了一声，又问："请问这是谁的婚礼？我走进来也没看到有牌子。"

"这个我倒是不清楚。"那人说，"而且我们也没有必要知道是谁不是吗？"

宁朦还想问他一些信息，结果他接了一个电话就急急忙忙地走了。

她实在有些狐疑。

看外面的阵势，连香槟都用的是香槟王 Dom Perignon，怎么会找不到专业的摄影团队，找她来凑数？

宁朦收了相机，想看一下手机，结果就看到了手机上有一条陶可林的未接来电。

还有他刚刚发来的微信，问她：你在哪？

宁朦福至心灵，几乎是立刻就想通透了。

她应该立即离开的，但到了这一刻，她却只觉得好笑。

偷了东西的人，展示的时候还费尽心机请来东西的主人，这是一种什么心态？

姚琛知道吗？一会他看到她，会是什么表情呢？宁朦突然有些好奇了。

新人在楼上，按理说要拍几张新娘未出阁的照片，她端着相机上了楼。

楼上很安静，如果不是尽头的房门没有关严实，她肯定找不到人。

宁朦穿着T恤牛仔裤，脚下是一双小白鞋，鞋底很软，走起路来悄无声息，以至于她走到了门口，房内的人都毫无知觉。

对话的声音泄露出来，宁朦听得一清二楚。

“在这里陪我是不是挺无聊的？”是一个女人的声音。

“嗯。”

宁朦的心跳陡然慢了半拍。

即便是只有一个嗯字，她也听出了这是陶可林的声音。

女人笑了一声：“你还真是，说话永远都不会婉转一点。”

陶可林没有作声。

“你穿西服还真是好看，这领夹你自己买的？还挺好看，就是小家子气了一点，我之前不是送过一个蓝宝石的给你吗？”

“我觉得这个挺好看的。”

“你喜欢就好啦。”女人说，“对了，我都结婚了，你打算什么时候搬回来？”

“我为什么要搬回来？”陶可林反问。

他的语气慵懒又漫不经心，还有一点不耐烦，女人当然也听出了，但丝毫没有生气，而是继续说：“你不觉得你要避嫌吗？”

“避什么嫌？”

女人被气笑了：“你还要装不知道到什么时候？她是你姐夫的前女友，你觉得你这样跟她接触很好吗？”

陶可林也笑了：“我什么时候装不知道了，她是你老公的前任，我就不能跟她来往了？她现在是我的编辑，我们签了合同的，不来往，是要我违约吗？”

“违约金我来付。”

陶可林呵了一声：“陶可欣，你知道我最讨厌你什么吗？我最讨厌的是你明明就和爸妈一样，没有尊重过我的爱好，却还要装作一副很尊重的样子。”

“我没有不尊重。”

“你尊重的话，就不会轻易说出要我违约的话了。”

里面沉默了一阵。

宁朦觉得自己还是悄悄走掉比较好，结果刚转身，里面又传来一句话。

“你是不是喜欢她？”

陶可林又笑了一声："我不能喜欢她吗？"

女人的声音终于带了一丝怒气："你就非要硌硬我？"

"我有这么无聊吗？我活着就是为了硌硬你的？"

这场对话到此为止，宁朦悄悄下楼了。

听他对他姐姐说的话和说话的语气，宁朦觉得解气极了，她简直要爱死陶可林了。

她没有回陶可林的信息，安心地在楼下取景，不多时伴娘团也到了，她们换好了衣服下来，扯着宁朦让她拍照。宁朦拍了四十多分钟，出了一身的汗。

这么多人照相，表情自然比较难管理，何况对方并不怎么配合。宁朦拍了差不多一百张，她们才放过她上楼去了。

宁朦到车上去拿了一瓶水，回来的时候又被一个像是婚礼策划人的人训了一通，让她不要乱走，之后不听她解释就急急忙忙地扯着她往后走。

她水也没来得及喝上一口，就端着相机跑到了后院。

后院比前院大，是婚礼的主场地，游泳池里漂浮着白色的气球和白纱，很适合取景。宁朦还在心里构图，一抬头就看到了泳池边上被一群袒胸露乳的伴娘缠着的青年。

这似乎是宁朦第一次看到他西装革履的样子，诚如陶可欣所说，他穿西服是真的好看。

没有什么服装比西服更修身，更能凸显优点放大缺点。但陶可林穿西服找不出一丝缺点，他身上的每一个细节都经过精致的测量和裁剪，发型一丝不苟，露出光洁的额头，白衬衫的扣子规整地扣到最后一颗，反而莫名让人有一种想要扯坏的欲望。

她看得有些呆了，因为在她的印象里，陶可林就像是个还在校园里的青年，活得比较随性舒适，就是在跟她谈工作上的事情时，也都是比较放松的。她还真没见他这么规规矩矩的样子，不仅是服装和发型，就连表情都谨慎地管理着。

即便是这样，也还是一枚诱惑人的水蜜桃。

如果她是伴娘，也不会想放过。

宁朦举起相机，调整焦距，镜头由下往上，扫过青年笔直修长的腿，引人遐想的腰腹，最后停在他的暗纹领带上。那里别着一枚低调又漂亮的碎钻领夹。

是她送给他的那一枚。

宁朦端好相机，抓拍了一张。

快门声响起的时候青年回头看了一眼，于是宁朦在镜头里看到青年那张诧异的脸。

陶可欣抓着他，笑着说："可林，我们拍一张吧，难得看你穿得这么端正。"

她冲宁朦点头示意，宁朦也很敬业地找好了角度，微曲着身子，待陶可欣摆好姿势之后准备按快门。就在此时，镜头里的青年却忽然抽出了陶可欣挽着他的手臂，大步朝宁朦走过来，在众目睽睽之下一言不发地接过她的相机，捉住她的手腕就要往外走。

那个女人的脸色微微变了。

"干吗啊？我还要工作呢。"宁朦轻微地挣扎了一下，但是并不影响陶可林把她带出去。

他刚刚看到她发的微博时就觉得不对劲，但是她没接他电话，也没回微信，他想也许是巧合，也许陶可欣不至于这么下作。

没想到她是真的来了。

他拉着她上了楼。

这是一栋漂亮的别墅，但是房子内的装修却处处透着年代的气息，并不是刻意追求的复古，每一件装饰品都是经历了久远的年代而存留下来的，各处搭配看似不经意，却浑然天成，无一多余。墙上裱着的皆是名家之笔，连桌子上的钟都像是走过了一百多年的岁月。房子内处处都看似古朴，却又极尽奢华。

她真没想到陶可林家这么有钱，其实想想也是，没有钱谁玩得起艺术？

宁朦一直都知道，人和人到底是有差距的，没有遇到陶可林之前，她活得算是有些自由自在，不缺钱也不缺少生活的情调，也觉得那样的生活刚刚好，身边最有钱的便是莫绯那个闺密。可是莫家的富有是张扬的，与陶可林的这种低调比起来，少了许多内涵和沉淀。

这么一想，姚琛会选择陶可欣，也是"情有可原"。

陶可林带着宁朦上了三楼，一直拐到角落的一间小书房里。

陶可林锁了门才松开她。

门一锁上，房间陡然安静了下来，宁朦一言不发地望着他，倒叫他有些不知道要说什么好了。

"真巧。"宁朦率先打破沉默，"这领夹刚送给你，就派上用场了。"

陶可林顺着她的目光看了看自己领口，略微有些腼腆地笑了笑：“谢谢，我很喜欢。”

“你喜欢就好。”宁朦说，隔了一会又问，“你真是她弟弟？”

陶可林默默点头。

根据莫绯给她的调查资料显示，陶可欣是陶家领养的，不过成年之后就脱离陶家了。

也是因为调查资料里说陶可林和这个姐姐不是很亲近，所以她才没反感他。

现在看来他不仅是和这个姐姐不亲，对她的所作所为也颇为不齿。

陶可林看她也没打算再继续表演“我知道你知道我是你姐姐男朋友的前任但是我假装不知道”，便也干脆摊开了说：“你怎么来了？”

说到这个宁朦就笑：“人家费尽心机请我来，我能不来吗，而且拍一天五千块，五千欸。”

陶可林：“不硌硬了？”

宁朦眨眼：“真诚地献上祝福。”

陶可林被她逗笑了。

两人虽然没有说开，但也相当于说开了，彼此都松了一口气。

“我搬到你隔壁，并不是为了接近你什么的。”陶可林解释说，“那时候我还不知道姚和她是这样在一起的，我回国前找房子，得知他在卖房子，我就买了。”

“他也答应卖给你？”

“他不知道，我当时就是怕他不收我的钱，所以让我朋友帮我买的。”

宁朦心情有些复杂，想到刚才他和陶可欣说的话，又忍不住逗他：“以前不知道，那你知道之后，为什么不搬走？”

陶可林微微一怔，还在想要怎么解释，就捕捉到她眼角一抹促狭的笑意，登时反应过来：“刚刚我和她说的话，你听到了？”

真是不好玩，这个人太聪明了，一下子就猜出来了。

“我本来是想上去拍新娘子的，没想到你们在，而且你们没关门，我就听到了一点。”

陶可林无语了一阵，然后才磕磕绊绊地解释：“我没有，我不是，你不要多想……”

“我知道。”宁朦有些好笑，“你喜不喜欢我，我还是看得出来的。”

他那样说，多半是为了气陶可欣，“但是你刚刚那样，真的让我很解气，我爱死你了。”

陶可林笑了一下，不置可否。

“我……”宁朦觉得自己也应该解释一下，“我跟你约画的时候，并不知道这一层关系。但是第一次和你见面的时候，确实是因为知道你是陶可欣的弟弟，所以才缠着你的。”

陶可林脸上也未见意外之色：“大概能猜到了。”

双方对视一眼，皆是不由自主地笑了起来。

“我要下去拍照了。”宁朦亮了亮手里的相机，“五千块呢。你也去和你的小姐姐们玩吧。”

陶可林：“哪里来的小姐姐？”

“刚刚围着你的那些桃花啊。”

他立刻就反应过来她说的是那群穿着粉色裙子的伴娘们，露出了无奈的表情：“我们一起下去吧。”

两人走到楼下，宁朦的视线不自觉被墙上的墨宝吸引，青年又恬不知耻地靠过来，问：“看什么呢，你看得懂吗？”

宁朦盯着眼前的字画，越看越不对劲，终于在陶可林笑出声的时候觉察了，面前是一幅甲骨文墨宝，她自然是一个字也不认识。

“我都不知道宁姐姐也研究甲骨文呢，平日里喜欢收藏哪些甲骨文呢？”他一本正经地问。

“我怎么不研究，我还是罗振玉先生的关门弟子呢。”宁朦胡编乱造。

“那姐姐与我们家真是有缘！这甲骨文书法便是罗振玉先生的亲笔。”陶可林笑着说。

嗯？宁朦转过头定眼一看，那落款处果真是国学大师罗振玉先生的印刻。

“看这些个没什么意思，来，我给你看一些特别的。”

陶可林拉着她走到里厅，这是一间八十多平的书房，一整面墙的书柜，当中挤满了书籍，他拉着宁朦走到最后一面墙前，上面独独挂了两幅画。

这么大的一面墙，却只挂了这么两幅画，可见这房子的主人有多喜欢这画。只是两幅画都是工笔画，看起来没什么稀奇的。

宁朦回头看了一眼陶可林，微带了询问的表情，他笑眯眯的脸上没有别的表情，也没有解释的打算。宁朦只好转回脸，凑过去看左边那幅。画上画的是一名身着藕色裙衫的女子在扑蝶，画确实没有什么特别之处，不过是有些眼熟，再细看之下还能看出一些拙笔。

宁朦回过头不解地看着他，他这才走过来，问：“这个表情是几个意思？”

就是这么电石火花之间，宁朦突然想起来这画上的女子是谁，原也不是什么出名的画，但是她以前做杂志版块的时候出过一期赏析《红楼梦》里薛宝钗的文章，当时找的配图就是这幅。场景什么的都很相似，只是图上的女子衣服的颜色换了，神情也画得更为美且生动，看得出画画的人很用心，别的地方或许有些少的败笔，但是脸部却画得格外小心。

“是薛宝钗？”宁朦问他。

他笑着点点头，然后手指着画的左下角，上面是用画笔画出来的一个印记，写着端端正正几个字：陶可林笔。

宁朦有几分惊讶，因为这画不错，但是以陶可林的水平，是不会画出有瑕疵的画的。

“什么时候画的啊？”

“十岁左右吧，那时候刚刚读《红楼梦》。”

果然是绘画天才。

“那看来你最喜欢的是薛宝钗了。”

“这还用说。”

她那期文章也有写，男人们莫不喜欢薛宝钗，摘抄了周汝昌《红楼夺目红》中的《芳龄永继》：她为人处世，样样令人钦服，和平厚道，大方正派，关爱别人，体贴尊长，还加上学识过人，才貌兼美。综而计之，大观园中，难以伦比。

“旁边那幅是同年画的。”陶可林说。

宁朦的目光转向另外一幅，眉毛一挑。

画中只有一张大床，多的什么都没有，帷幕半掩，床上的枕头横七竖八，被子被掀到一边，床上两人衣衫不整，穷极狎昵。男子赤着上身，侧身对着女子，一手撑着脑袋，一手把玩着女子披散的头发，女子搂着男子的腰，笑容明艳动人。

真看不出来是一个十岁小孩画的，这画风对于仅十岁的陶可林来说，是不是太……不纯洁了？这小孩从小就这么离经叛道吗？

陶可林看宁朦看得出奇的认真，又忍不住打趣：“看来这幅挺合你口味的嘛，盯着看那么久。”

宁朦看着男子齐眉勒着红抹带，颈间戴着美玉，心领神会地问：“这画的是贾宝玉和黛玉吧？”

“才看出来？”他反而惊讶。

“我是没想到你会两幅画都画《红楼梦》，也没想到你爷爷会一口气在墙上挂两幅同系列的画。”

“这不是老爷子挂的，因为这幅画，我被爷爷大骂了一通，甚至不允许我再碰画笔。这两幅画，都是因为得了奶奶的赞誉才得以挂上的。

亏得老太太这么开明。

“我虽然喜欢薛宝钗，但是更希望林黛玉能与贾宝玉在一起。”他笑道。

宁朦如遇知音：“我也是，其实我也总有一种偏见，觉得贾宝玉配不上宝钗。”

陶可林笑眯眯的：“那你觉得谁配得上？”

“当然是像你这种了解她的，喜欢她的人。”

陶可林点头，笑道：“我也喜欢这个了解我，喜欢我的你。”

宁朦似笑非笑，似嗔非嗔地看了他一眼：“油腔滑调。”

宁朦端着相机走出房子，院子里已经站满了熙熙攘攘的宾客，热闹非凡。

她在角落取景，拍了几张之后正查看相片，突然听到一阵喧嚣，抬头就看到几个西装革履的男子从大门走进来。

人群皆朝着那个方向欢呼迎接，几个男人都仪表不凡，穿着精致，走在前面的人穿得要更规整，领带是喜庆的红色，脸上挂着无可挑剔的微笑。

即便是做足了心理建设，再看到旧人，宁朦仍然觉得感慨。

宾客们围上去祝福，调侃，他一一笑纳，得体地招呼大家吃好喝好玩好。

身边传来笑声，伴娘们簇拥着新娘走出来了，陶可林走在人群末端，一眼就看到了角落里垂着脑袋站着的女人，手持着相机，手指却未动分毫。

是看到了吗？

青年抬头，视线落到喷泉另一端的男人身上。

还说什么不硌硬了，真诚祝福。女人果然是口是心非的家伙。

他刚想发信息给她吐槽她，就看到女人淡定地走到人前，举起相机，姿势利落又优美。

聚焦，定格画面，镜头里的两人真是是郎才女貌。

男人不经意间抬头看了一眼，随即便怔住了。

女人端着相机，虽然挡住了大半张脸，但是那下巴和嘴唇，他不可能认不出来。

宁朦透过镜头看他，他是意外的，也有慌乱，以至于他在镜头面前都是僵硬的。虽然他向来不喜欢照相，但这僵硬又比从前要更不自然。

宁朦走近一步调整角度，听到伴娘们在起哄，让他们接吻。她端着相机，时刻准备着。

新郎似乎在顾忌什么，看了新娘一眼示意，新娘却装作没看到，只笑吟吟地盯着镜头。

最后仍然是架不住看热闹的群众，他侧头吻了下去。

难以叫人不艳羡的一对璧人。

周围欢呼声一片，宁朦抓拍了好几张。角度取得好，光线也很合适，所以效果很好。宁朦又拍了几张，后来摄影的人扛着设备过来了，她才稍微松了口气。

她和摄影师忙完之后就溜到角落去休息了，摄影师坐在草坪上摆弄器材，她也蹲在旁边翻看照片。

她抽空抓拍了几张陶可林，张张都无可挑剔。

不是她角度选得好，也不是光线背景好，而是陶可林本身就是自带光环的模特。有几张她明明是拍新娘，但是照片里新娘旁边的陶可林却更显眼。

有一张是宁朦偷拍他时被他察觉，回头冲她坏笑了一下，这一张最生动最还原，她当即就存到手机里了。

宁朦觉得把这几张照片发到微博里的话，她肯定又要涨粉了。

宁朦刚起坏心，就看到相机屏幕一暗，有阴影投在上面。她立刻回头，发现是相机里的人站在她身后，正勾着脑袋看相机。

她连忙收起相机："你怎么来了？"

陶可林把手里的果汁递过去。宁朦接过果汁，刚想站起来就感觉脚一麻，差点就蹲不住，被眼疾手快的陶可林扶住了。

"快，拉我一把，我腿麻。"

陶可林笑了一声，顺手把她拉起来。

这边的陶可欣顺着男人的目光望过去，看到那对依偎在一起的男女后，微微笑了："怎么了？"

"嗯？"男人收回视线，抿了一口香槟，眼神有些复杂，"摄影师是你找的？"

陶可欣挽住自己丈夫的臂弯，嘴角勾起："怎么了？不是我找的啊，不是婚礼策划公司安排的吗？"

姚琛低头看她，心底划过一丝异样：“我看可林好像认识她？”

陶可欣轻微地耸肩以示无奈：“我也不知道，我刚刚问了，他没说。”

姚琛笑了一下，没有再多问一句。

宁朦不想看到这一幕的，但是那对璧人太过耀眼，她没法忽视。况且和他在一起那么久，何曾见过他这个模样，笑得这么开怀，眼神这么温柔。

即便知道他是渣男，即便已经放下了，此刻也仍然会觉得难过。

陶可林似乎感应到了她的情绪，不动声色地往她面前一站，彻底挡住她的视线。

宁朦回过神来，冲他笑了笑：“你不需要接待客人吗？”

“等会就去，你要吃点东西吗？我看你拍到现在，水都没喝。”

宁朦摇头：“我会喝的，你去忙吧，你过来找我好像影响不好。”

陶可林知道她的意思，他在这里就站了几分钟，已经有不少人频频望过来了。他看了宁朦一眼，似乎停顿了一下才又笑着说：“那好。”

陶可林走过去了，但是并没有离得很远，还会时不时地望过来。

恰好此时华灯初起，四周通亮。暮色中，风扬起周边缠绕的精致帷帘，泳池边的彩灯、草坪里的焰茶灯和过道中的藤条灯笼一并亮起，背后的洋房似一座玻璃城堡通体明亮，正空中悬挂的 LED 灯变幻着字样，笼出一片朦胧和温暖。

陶可林就是在这星星点点闪烁的灯光中频频望过来，让宁朦心跳的频率都乱了。

怎么会有这么可爱的小孩啊？

此时聚光灯打到泳池对面的舞台上，司仪走上台，婚礼正式开始了，接下来是新郎新娘上台致辞宣誓互换戒指的环节。

宁朦垂下头摆弄相机，才忽然发现自己的相机盖不见了。

她找了一圈没找到，那边陶可林发现了，过来问她：“怎么了？”

“我的相机盖不见了。”

“又丢了？”陶可林好笑，“在哪丢的？”

“不知道，可能是刚刚落在楼上了？算了，丢了就丢了。”

“什么叫丢了就丢了。”陶可林好笑，“那可是我曾经帮你捡回来的盖子，去找找吧。”

宁朦拉他不住，只能跟着他一道上楼。

他们回了那个书房，进门就在桌子旁边找到了。

两人一起俯身去捡，再要起身的时候，房门又被推开了，似乎有人进来了，宁朦和陶可林对视了一眼。

不知道为什么，谁都没有先站起来，就这么半秒钟，就已经失掉了现身的最好时机。

进来的人，已经开始在接吻了。

他们蹲在书桌背后，那两人进来之后并没有走过来，因而没有看到他们。

陶可林脸上的懊恼一闪而过。

外面的两人亲着亲着就要进行下一步了，暧昧又特殊的声音传过来，青年耳朵都红了。

宁朦觉得可爱，脸上的笑意也藏不住，被陶可林发觉，于是越发懊恼。

女人靠得这么近，似有若无的温热体香钻进他鼻子，又有外面旖旎的声音加成，是个男人都要受不了。

好在他们没有真的办起事来，亲了一会就出去了。

两个人起来的时候宁朦还在笑他，结果刚走到门口宁朦就笑不出来了。

门口站着一个男人，一副守株待兔的模样，眸子有些冷，但是看到陶可林之后就敛去了："我就知道有人在里面。"

陶可林做无辜状："我们可没偷听，是我们先进去的。"

男人笑了一下，打量了宁朦一眼，"这个就是你拒绝小瑾的原因？"

陶可林不置可否，还对宁朦说："这是我叔叔海文。"又简单对陶海文介绍说："宁朦，我编辑。"

宁朦朝他点点头："你好。"

对方也点点头，并不打算和她寒暄，只说了一声下去了，就拍了拍陶可林的肩，侧身走了。

宁朦觉得很奇怪："怎么没看到你父母？"

"他们没来。"陶可林低声说，"我爸妈很不同意这门婚事，但是又不好说什么。"

宁朦了然。

再下去的时候，就看到不远处陶海文旁边站着一个女人，宁朦问陶可林那是不是他婶婶，答案是肯定的。

"你婶婶不是一般的漂亮啊。"宁朦感慨，看着她随着海文走下台阶，国色天香的脸上带着淡淡的笑，让人很难去注意她那有些凌乱的盘发。稠裙紧裹着身子，看得出是个玲珑有致的女人，而且看那张脸，难免让人怀疑，是不是未成年。

陶可林笑了一下，说：“婶婶嫁过来得早，以前读书的时候和我们一个学校，比我们都小两届，那时候还蛮不起眼的，戴一副眼镜，短短的头发，永远穿着校服，还胖，真的好胖。”

宁朦觉得不可思议，更加好奇，追问他：“那怎么会？”

陶海文看起来那么挑食的一个人。

陶可林笑着解释：“是我叔读大学时候的事了吧，那一年爷爷的旧识常常来找我爷爷下棋，后来也会把他女儿带来，老爷子很喜欢她，也常常开玩笑说要是她再大一点就可以和我叔叔成一对了。后来爷爷的旧识出了事，她被送出国，是老爷子叫人把她找了回来，让我叔叔娶了她的。我爷爷是念及旧情，想保护她，但是我叔刚上大二，女朋友挑花了眼，让他娶一个不认识的人，他哪里愿意，当时在家里闹了很久，奶奶也是在那个时候去世的。”

宁朦望过去，那个女人正跟着海文穿梭在陶家的亲朋好友里面，举止得当地和人寒暄饮酒，远远看着，就是一对恩爱无异的夫妻。

“后来叔叔就妥协了，两人结婚之后，婶婶瘦了不少，在叔叔的要求下，两人被送往澳洲读书，年前刚刚回来，我一直以为他们不恩爱，但是看情形，好像也不是。”

对啊，不恩爱的话，刚刚怎么会在书房亲成那样。

婚礼仪式已经全部走完了，然而此时席间才将将开始闹腾起来，年长的纷纷离席了，年轻的才刚刚开始喝酒玩乐。

负责人过来告诉她可以走了，宁朦准备撤离，她给陶可林发微信说了一声，对方回了一句“等我”。

宁朦抬眼看到人群中身着西装的陶可林在四处张望地找她。他站得随意，手里端着杯子，领带有点歪了，有美女提醒他，他柔和地道谢，然后随意地扶了扶，又继续到处找。

此时已经很晚了，接近婚礼的尾声，场上的年轻人随意地拉着新人玩游戏、喝酒。陶可林站在一旁，表情有些许不耐，但在看到宁朦时眼睛亮了亮。

穿着笔挺西服在人群面前端着一整天了，对上她视线的瞬间放松下来，表情温顺，西装带来的凌厉感都弱了几分。

宁朦做了一个先溜的手势，对方立刻提步朝她走来：“你等我，一起走。”

他似乎喝了不少酒，眼尾都在泛红。

“我想回去了。”宁朦说，难得地带了点撒娇的意味，“站了一天好累，相机快勒死我了。”

陶可林连忙接过她的相机，忠犬一般地在后面托着她的背包，声音温柔地低声哄：“等我一下嘛，我喝了酒不能开车的。那边有你喜欢吃的蛋糕，去尝一下。”

宁朦有些招架不住了，小奶狗撒起娇来真要命。

“那你快点。”

得到应允，陶可林立刻就笑了，眼睛亮晶晶的：“十分钟！”

陶可林没让她多等，过去走了一圈就去跟陶可欣说要走了。

陶可欣不太放心：“这么晚了，你又喝酒了，今晚回家吧？”

“我和宁朦回去，她开车。”陶可林说。

他这句话令陶可欣旁边的男人脸色瞬间变了。

“我找个车给你，你等等。”

“真不用。”陶可林坏心眼地说，“你给我们一点空间好不好？”

这下陶可欣脸色也变了。

陶可林这才心满意足地走了。

陶可林是真的喝醉了，安全带扣不上，还非要扒着车窗像小狗一样把脑袋伸出去。

宁朦很是头疼，帮他系好安全带之后，还要把他拉回来：“你乖一点。”她一脸严肃，“头伸出去很危险的。”

对方一双小鹿一样的眼睛可怜巴巴地看着她：“我就想吹吹风。”

“想吹风？简单！”

宁朦把他带到了江边。

江边风很大，这个点也没什么人走动了，宁朦把车停好，问他：“要下去走走吗？”

陶可林点点头。

于是两人沿着河堤开始散步，陶可林走得不是很稳，时不时需要宁朦扶一下。

走了一会宁朦又问他：“吹够了吗？”

“没有。”

“再吹明天该头疼了。”宁朦说，“我们回去吧。”

陶可林固执地摇头。

江的另一边有人放烟花，映亮了半边天。陶可林仰着脑袋看，脖子修长又漂亮。宁朦看了一会，陶可林忽然回头，奇怪道：“你看我做什么？”

他喝醉了，宁朦肆无忌惮地逗他：“在看你的喉结，我想咬一口。”

青年耳朵更红了。

烟花放完了，江边又陷入了黑暗，陶可林靠近了一点，低声问：“宁朦，我可以抱抱你吗？”

宁朦被他提的这个要求吓了一跳：“哇，你真的是喝醉了。”

“可以吗？”

“不可以啊，为什么要抱我？”

“我觉得你今天肯定很不高兴，我想安慰安慰你。”

宁朦好笑：“你这个人脑回路很奇怪，给我画稿子就是最好的安慰了你知道吗？”

陶可林望着她没有作声。

“走吧回家吧。”

陶可林还是没动，看样子不抱是不会走了。宁朦拿他没办法，只好伸手：“好吧，来抱抱。”

陶可林立刻露出了一个腼腆的笑容，伸手给了宁朦一个熊抱。

宁朦一直是把陶可林当小孩儿的，所以觉得即便是抱抱，也应该是被小孩子抱的感觉，没想到被拥入怀的瞬间，她的心跳就乱得一塌糊涂。

这个小孩的荷尔蒙太强大了，而且他真的很高，让人很有安全感。

宁朦真的被治愈了。

抱过之后陶可林就老实了，乖乖跟着宁朦回家了。

第二天一上班，陆云生就让她去出版社。

她是真的不想再见到姚琛，但只能硬着头皮往那边赶。

当初与姚琛相识也是因为公司的业务关系，陆云生带着刚刚入职的她过去谈价格，本来是觉得带个机灵一点的女孩子去谈胜算会比较大。结果宁朦看到姚琛之后半句话都说不出来了，只要姚琛一看向她，她的脸就红到耳根，在开着空调的会议室里也出了一身的薄汗。

这件事被陆云生捏着笑了好久。

宁朦敛起心神，开车去了出版社。

万幸的是接待她的是一名女秘书，她说姚总外出了，杂志没有问题，也没有要改动的地方。

宁朦松了一口气。

走的时候她在电梯前等了许久，某一瞬间开始没来由地不安起来，几乎是下意识地，她往旁边的盆栽躲了一下。与此同时，电梯门缓缓打开，她看到从电梯走出来的姚琛，他穿着一贯的深色西服，脸上的表情淡淡的。

宁朦对他已经没什么感觉了，不想和他碰面，便一直到他的背影完全消失后，才走进电梯。

进电梯后收到了陶可林的微信，他先发了一个害羞的表情，接着问她：我昨天是不是抱你了？

宁朦当然不可能承认了：你想得美。

陶可林：那我的衬衣上怎么有口红印？谁蹭的？

宁朦：你可以拿衬衣去一个个比对，看看是昨晚伴娘团中的哪个。

陶可林发了一个惊恐的表情过来，把她彻底逗笑了。

出版社那边很迅速，杂志过了没几天，最新一期的杂志样本已经出来了。

封面换了材料，所以杂志不仅美，还很有质感。陆云生对这期杂志满意了，特别点名夸奖了宁朦。

晚上她们小组小聚了一下，宁朦心情好，就喝了点小酒，等回到小区的时候已经十点多了。

她踉跄着出了电梯，费劲地在包里找钥匙时，忽然听到门声一响，隔壁的房门由内打开了。

宁朦拿着钥匙扭过头，有些傻地望着站在门口的青年。

他穿着一件黑色的羽绒夹克，一只手搭在门把上，一只手还在穿靴子。他今天把头发剪短了，发色也变了，整个人清爽干净，肤白唇红，透过她微醉的双眼看他，格外帅。

“宁朦，你终于回来了。”陶可林穿好鞋关了门走过来，脸上挂着可怜巴巴的表情，“我要饿死了。”

“这么晚了还要出去？”宁朦笑着问。

“出去找吃的。”走近了，他才嗅到一丝酒气，忍不住皱了皱鼻子，“你喝酒了？”

是啊，对比她身上的酒味，他身上独有的暖洋洋的香味更加明显。

宁朦“嗯”了一声，转回头开了锁，要进屋的时候发现他还站在门口没有动，又想起什么，低头从包里拿出杂志递给他：“这期杂志样本，你看一看，封面非常好看。”

他像是微微笑了笑，却没有从她递过去的那一头接，而是伸过来，从她的手里直接接了过去。

他的手指碰到她的手背，带着一丝暖意，宁朦无端觉得有点头晕。于是赶紧朝他挥了挥手，开门进去时又没有听到声音，回头一看，那小青年又抵住她的门跟进来了。

宁朦连鞋也没换就倒在沙发上，闭着眼睛含糊地问：“不是要出去？”

耳边是越来越近的脚步声，陶可林一直走到了沙发边。宁朦费力地张开眼睛，看到他居高临下地望着自己，头顶上是明晃晃的吊灯，一时间看不清他的表情。

“换鞋。”宁朦指使他。

他笑了一声：“你不也没换？”

宁朦抬起腿看了一眼自己的脚，只好坐起来，左右脚相互一绊，那双短靴就脱下来了，脱完她又躺了回去。

“没事吧？”陶可林蹲在不甚清醒的女人面前问。

宁朦摇头，闭着眼伸手在他脑门上虚摸了一把，含糊地问：“染头发了？”

陶可林又笑了一下：“原来不就这个颜色吗？”

宁朦没声了。

他凑过去看了一眼，还真睡着了。

陶可林弯腰将她打横抱回了卧室的床上，手机铃声闹起来，是朋友在催他。他接电话的时候顺手替她把鞋子放回鞋柜，几句话之后就匆匆挂了电话。又到浴室找了条毛巾给她擦手擦脸，仔仔细细地盖好了被子才出门。

早上被闹钟吵醒的时候宁朦压根起不来，但想到今天还是工作日，只能挣扎着起来洗漱，结果一坐起来就觉得天旋地转，两眼发黑。

这酒后劲还挺大，宁朦抬手揉揉一直昏昏沉沉的脑袋，还没缓过劲来，卧室的门被悄无声息地推开了。陶可林站在门口朝她笑笑：“醒了？”说话间已经端着水杯径自走到床边了。

他穿着宽松的毛线衣，裤子也是松垮垮的睡裤，脚踝处乱七八糟地挽着，不知道是睡成这样的还是他自己卷的，不过显然也是刚起床。

宁朦还在发愣，就看着他自然而然地坐在了自己的床边，还毫不留情地推了一下她的脑袋，问："头还疼吗？"

宁朦有点被推蒙了。有这么粗暴对待醉酒女士的吗？

"来，喝点解酒水解酒，我亲手榨的，祖传秘方。"他把杯子递过来。

宁朦还没看清那是什么东西，迷迷糊糊地就着他的手喝了一口。甫一入口，脸马上皱起来，差点就要吐了。

"这是什么啊？"她接过杯子看了一眼，绿不拉几的也看不出是什么。味道这么诡异的解酒水她还是第一次碰到，同时也希望以后再也不要碰到。

"芹菜汁，很有效的哟。"他笑眯眯地说。

确实很有效，宁朦立刻就清醒了。她用力把杯子搁在床头柜上，大声质问他："你怎么又在我家？"

她嗓门很大，陶可林不禁揉了揉耳朵，眨巴着眼睛，一脸无辜的样子："是你让我过来的。昨晚你喝多了，深更半夜拍我家的门，非要拉着我聊天，又邀请我跟你睡。"

这句话不亚于晴天霹雳！宁朦脸上写满了震惊："真的假的？"

"啊，我还录了视频，你要看不？"他翻出手机，里面竟然还真的有一段视频，视频里的他睡在床边的地板上，手被宁朦死死抱着。

宁朦这张老脸，真的是没处搁了。她伸手去抢手机，想把视频删了，但是陶可林反应很快，一下子就躲开了她的手："别乱动啊，你再抢我就给你发出去。"

宁朦咬牙，几乎整个人都挂在他身上了："你给我删了！听到没有！"

陶可林一边躲一边推她，直到自己的手碰到一处柔软，才勾着唇角顿住。

宁朦没察觉到不对，只是铆足了劲去抢手机，身子更贴近他，直到够到了手机，按着他的手，利落地删了视频。

陶可林一直没动，自然也吃够了豆腐，拿回手机的时候还是笑眯眯的。

其实这视频他早就存到云端了，而且还有一个她跟他表演隔着衣服脱 bra 的视频。

宁朦清醒之后的第二件事就是去镜子面前看自己卸妆没有，发觉脸上干干净净的，松了一大口气。

但她着实想不起来自己有卸妆，忍不住问一直跟在她身后的青年："难道昨晚是你帮我卸妆的？"

陶可林倚着桌子站着，"嗯"了一声之后随手拿起桌上的一个瓶子问她：

"是这个吧？"

宁朦眼睛一亮："对啊，你怎么知道？"

说完反应过来了，他可是在日本留学过的人，怎么会看不懂，连忙又问："欸，陶可林，你有没有朋友在日本啊，可以的话帮我带一些化妆品回来啊，有几个东西我怎么都买不到。"

后者摸摸鼻子，笑着说："下次我去给你带。"

宁朦立刻眼睛一亮："真的啊，那谢谢了。"

见她换好衣服洗漱过后就要出门，陶可林连忙问她："你要去上班了？不吃早餐了？"

他伺候了她一晚上，结果连个早餐都蹭不到？

宁朦一边往包包里装东西一边回答他："我哪还有时间煮早餐，去楼下吃个馄饨就好了。"

陶可林犹豫半秒："你等等，我和你一起去。"

宁朦装好东西之后他也跟着走到玄关了，直接套了一件棉大衣跟着她出门了。

早餐店里人不多，陶可林和她点了一样的馄饨，收钱的老板娘笑着问："宁朦，这是你弟弟吗？"

宁朦好笑，白捡个便宜弟弟，于是道："是啊，您怎么就看出来了？我和他不像啊。"

"一般弟弟都是长得比姐姐漂亮的嘛。"老板娘说话向来直来直去，她直接收了陶可林的钱，对他旁边同样伸手要付钱的宁朦说，"弟弟付钱就可以了，姐姐就是该给弟弟疼的。"

宁朦又忍不住笑了，陶可林在旁边倒是一脸认真地点了点头，很赞同的样子。

热腾腾的馄饨很快端过来，宁朦赶着去上班，吃得飞快。陶可林在旁边很绅士地递纸巾、端豆浆，等他把碗里的葱花都挑出来之后，宁朦已经吃好了。

陶可林直接把她的包递给她，笑着说："你先去上班吧。"

"嗯嗯，你慢吃。"宁朦接过包，揉揉他的脑袋，匆匆忙忙走了。

杂志发售之后反响很好，在杂志的贴吧和微博上都涌现了一大波陶可林的粉丝，纷纷高举旗帜，要求增加漫画的篇幅。陆云生趁热打铁，要宁朦催陶可林出大纲。她表面上应承了，却迟迟不忍和陶可林说，因为最近几乎每天看到陶可林时，他的下眼睑都是乌黑一片。

下班后宁朦直接回家，打开门愣了一下，望着屋里的不速之客。

陶可林盘腿坐在她家沙发上，头发湿漉漉的，直往下淌水。

看到宁朦进门，还直愣愣地看着她，好像她才是那个闯进他领地的人。

“你怎么又进来了？”宁朦一边换鞋一边不满地质问他。

“我家的电视没有这个台。”他一脸无辜，“你早上把钥匙给我，不就是让我来的意思？”

宁朦无奈：“我给你钥匙是怕你饿死。”

他家厨房里只有一个煮泡面的锅，冰箱里只有矿泉水和酸奶，宁朦就把自己家的钥匙给他了。

“真行。”宁朦一边嘟囔，一边走过去拿起放在旁边的浴巾丢在他肩上，皱着眉说，“赶紧擦头发，沙发都湿透了。”

他咬着下唇默默拿起浴巾往头上贴。宁朦放下包走到厨房煮上米饭，再回来的时候他还在慢腾腾地擦头。奇怪的是，脸颊和耳朵红得要滴血了。

“怎么了？不是没开暖气吗？”宁朦把果盘放到茶几上，随口问。

他支吾了半天，把浴巾举起来，小声说：“这不是你的浴巾吗？”

宁朦忍不住笑了：“你还会害羞啊？”瞧着对方欲言又止，连忙又解释，“我只用来擦头发，别多想了。”

他才一脸不好意思地拿回去擦头了。

宁朦走到厨房做饭的时候他下了沙发，走到她身边后冷不丁地说了一句：“我把大纲发到你邮箱了，你看到没有？”

“啊？”宁朦惊讶不已，“你最近不应该在忙另外一篇漫画吗？怎么会有时间画大纲？”

“抽空拟的，难道你们主编没有催你？”他漫不经心地说，视线胶着在她锅里的菜。

“马上就好。”宁朦说，“你是不是中午又没吃饭？”

“就下去吃了一碗馄饨。”他一边说一边从橱柜里拿出两副碗筷摆到餐桌上，娴熟得俨然是她屋里的房客。

晚上上网接收了他的大纲后，宁朦进了漫画网站追他的漫画，却发现他这个月并没有按时更新，下面几千楼催更的。宁朦又去看了一眼微博，发现他最新一条微博下面也是催更的人。

奇怪的是他的粉丝要多温柔有多温柔，宁朦见过别的创作者的粉丝，一断更就扬言要寄刀片的，但陶可林微博下面全是奉承。

——老公你咋不更新了？

——老公你是不是最近状态不好啊，休息几天吧。

——老公要不透露一下情节吧？

宁朦想起自己的微博刚刚火起来的时候，哪一周没有按时更新化妆视频的话，下面全是威胁取消关注的话，多数都是说她红了就开始傲娇了。

人和人之间的差别怎么这么大？

整理大纲的时候他咬着一个苹果溜达过来了，旁若无人地一屁股坐到沙发上就开始看电视。

“电视有什么好看的？”宁朦已经完全适应了他这种冷不丁过来串门的习惯，头也不抬地问。

“这个是我灵感的源泉啊。”

宁朦把大纲发给陆云生，抬头见他嚼着苹果认真地在看电视，电视里播的是央视的历史讲解栏目。察觉到她的视线，他抽空瞄了她一眼：“怎么了？”

“网上的连载你怎么没有更新？”宁朦问。

“哦，我停更了。”他倒是轻描淡写。

“没有时间画吗？”

他摇摇头：“瓶颈了。”

其实他画漫画从来不会瓶颈，但因为宁朦只会在催他稿时才对他关怀备至，其他不给她画稿的一半时间里，她几乎都是早出晚归，根本不管他有没有饭吃，有没有熬夜。

他网上的连载停了，就等于拉长了杂志漫画的创作时间，也有理由继续“劳役”宁朦了。

宁朦自然想不到那头去，只是忧心忡忡地想：“读者会不会很失望啊，万一他们抛弃你了怎么办？会不会影响杂志的销量呢？”

陶可林想笑，跟她保证：“不会影响销量，我的粉丝很忠诚，也很体贴。”

宁朦想起那些留言，确实体贴。

她欲言又止，但陶可林看电视看得实在认真，一点也没有继续和她探讨的意思，宁朦只好无趣地抱着笔记本到旁边去了。

上了一会网她就犯困了，回房拿了睡衣，出来的时候忘了陶可林还在，直接进了浴室。

出来的时候发现青年已经缩在沙发上睡着了。

宁朦关了电视，想叫醒他，手指将要碰到他时顿了顿，最终还是放弃了，只蹑手蹑脚地抱了一床棉被给他盖上，关了灯回自己房间了。

黑暗中青年睁开眼睛，眸光水亮，盯着卧室里那点微光，嘴角露出一抹弧度。

少了一篇漫画要赶，陶可林终于可以不用熬夜，宁朦看着他眼下的黛青渐渐消失，露出原本可爱又迷人的卧蚕，整个人也轻松不少。

他现在几乎每天都要来宁朦家看电视、上网，偶尔接到通知之后就乖乖在家画画。

陶可林说得没错，他的粉丝十分忠诚。第一期连载时效果还没出来，之后他转发了一条宁朦宣传漫画的微博，顿时引得一大波粉丝转移阵地，导致第二期的杂志一个星期之内完全售罄，加印了两次。

陆云生这才知道宁朦找了一个什么样的宝贝回来。

至此，宁朦对他的忍耐度爆表，不仅继续留了家里的钥匙给他，更是把客房的榻榻米收拾干净，铺了一张床给他过夜。

虽然从沙发走到那间卧室的距离与他走回自己家的距离相差不远。

星期五是莫绯的生日，崔金铭给她办了生日派对，给这群朋友群发了信息。

上次的打架事件过后，他们两人仍然没有能分手。宋清似乎放弃了，直接出国散心了。

下班后宁朦回家换好衣服，准备出门时陶可林在边上看着她，欲言又止。

他现在一日三餐都在宁朦家解决，干脆把工作室搬到她家了。

“干吗啊？”宁朦笑着说，“不是都给你喂饱了吗？”

她是专门回来给他煮饭吃的呢。

宁朦整理好围巾之后蹲在鞋柜前选鞋子，陶可林放下画笔走过去蹲在她旁边小声问：“你要出去啊？”

神态像是一只被主人留在家的小狗，可怜兮兮的。

宁朦没有注意，她拿出一双短靴，头也不回地应了一声。

“去哪里？”

“夜色。”

“我也有朋友在那边过生日，我搭你的车过去吧。”

宁朦将信将疑地看了他一眼：“你别又借口出去玩啊，稿子画完了吗？”

陶可林拿起外套过来穿鞋，推着她出门：“放心，画不完也能画完。”

宁朦担忧地望着他，心里有些苦，天天这么荒废，月底又要通宵赶稿。她自然是劝不动他的，那一位现在都要走进电梯了。

宁朦只能拿了包和钥匙出门。

夜色处于酒吧街的中心位置，装潢低调又风骚，自从上一次的内衣秀在坊间传开之后，这间酒吧一天比一天热闹。听莫绯说老板已经在考虑重新装修，扩大店面了。

这会儿正是最繁华的时刻，酒吧门口聚集着不少人，不断有猎艳的目光在过往的人群身上打量。

宁朦经过的时候有两个男人站直了身子，夹着烟冲她吹口哨，她充耳不闻。

陶可林一直走在宁朦身侧，默默地用她察觉不到的力度虚揽着她。直到进了门，宁朦指出自己朋友所在的位置后，他才识趣地和她分开了。

酒吧的角落里，灯光昏暗，但一桌子俊男靓女异常引人注目，宁朦几乎一走进酒吧就看到了莫绯和宋清。

宁朦没想到宋清还会来。

不得不说，他们俩仍旧是最般配的，若不是离得远，旁人都会以为他们是情侣了。

“蓝莓茶”颜书尧也在，宁朦还未走近，他就发现了她，扬手招呼她过来，还把旁边的位置让给她。

宁朦没办法拒绝，只能坐下。莫绯过来热情地在她脸上啵了一口，宁朦揽住她的腰，给她一个拥抱，把提前准备好的礼物递给她，笑眯眯地说：“生日快乐。”

“这么客气啊？”莫绯抿唇收下了礼物。

莫绯坐在主位，右边是崔金铭，左手边的位置照常留给宁朦，但是宁朦已经坐在了颜书尧的旁边，于是就变成了宋清坐在莫绯旁边。

宁朦和在座的都打过招呼之后，才悄悄在桌下扯了扯颜书尧的衣角，在男人侧头的时候微微凑过去小声问：“宋清不是出国了？”

“今天早上刚回来。”

“还没放弃啊？”

颜书尧哑然失笑：“我不觉得他是会放弃的人。”

桌上除了两盏小灯之外全是各式各样的酒，宁朦现在看到酒精就害怕，所以他们玩游戏时她全程都没有参与，只是守着面前的一碟炭烧鱿鱼慢慢嚼着。

半小时内，已经有两个女人送酒过来和蓝莓茶搭讪了，他给其中一个留了电话，但端着那杯送来的威士忌也一口没喝。

宁朦又凑过去，笑着问："前面那个漂亮一点，你为什么没有留电话？"

颜书尧瞄了她一眼，颇为认真地说："我不和陌生人约的。"

宁朦眼皮一跳，想到莫绯之前和她说过的话，立刻没再问了。

颜书尧倒是兴致盎然，笑道："为什么不说话了？不问我当初为什么会请你喝酒？"

"因为我知道为什么啊。"宁朦笑道，"莫绯说你是我粉丝嘛，你看过我的视频，对吗？"

他笑了一下，没有说话，垂下眉眼伸手来拿她面前的鱿鱼，宁朦下意识地护住了。

那碟子里只剩一块了，是她刻意剩下的最大一块，准备留着自己好好享用的。没想到他一点也不识趣，看她伸手遮住，还继续跟她抢。宁朦有些生气了，屈起手指弹了一下他的手背："我的！"

颜书尧有些意外她会这么小气："没有吃晚饭？"

宁朦直接探身从桌子的另外一头拿了一满碟鱿鱼放到他面前。

他笑了笑，摸了摸眉毛，从碟子里面翻出最大一块，示好般地放到她面前，她才原谅他似的朝他笑了笑。

宁朦钟爱鱿鱼，有一大半的原因是喜欢吃芥末。她每次吃料理或者来酒吧，都会直接跟服务员要一管芥末，自己一个人吃。

颜书尧瞠目结舌地看着她在那块鱿鱼正反两面都抹上了芥末，啊呜一口塞进嘴里，心里默赞一声豪放。又在看到她眉心拧起、眼眶泛泪、嘴唇变红，却仍然一脸享受的时候，觉得旁边的人真是个尤物。

他从来不知道女人吃芥末会这么性感。

颜书尧有些走神，等他回过神的时候，已经顺手从桌上扯了一张纸巾，伸到她面前给她擦了擦嘴角。

宁朦被他这个突然的动作弄得有些发愣，下意识地往后躲了躲，对方倒是没介意，只是笑着指了指自己的嘴角说："这里沾了点。"

宁朦摸了摸刚才他擦过的地方，朝他笑了笑，"哦"了一声，继续低头默默地吃。

接二连三的酒被送上来，全是莫绯的朋友送的。酒过三巡，气氛越来越浓烈，情绪越来越高涨，宁朦也被劝了几次酒。但当她伸手想要继续倒酒时，有一只温暖的手立刻握住了她的手腕。

宁朦一怔，顺着那只手往上看，便对上了那双微微上挑的双眼。

“别喝了。”

宁朦刚要反驳，就听得周围的人欢呼一声，蛋糕送上来了。

他松了手转过脸，宁朦也没再拿酒。

众人嘻嘻哈哈地切了蛋糕，但没吃几口，剩下的全都被他们当作武器攻击旁人了。宁朦很有先见之明，一开始就拿着沙发上的抱枕挡住脸。但闪躲间被莫绯抱住腰当盾牌，宁朦甩不掉她，被众人盯上，集中火力攻击她们两人，结束之后要多狼狈有多狼狈。

她头发和手臂上全是奶油，反观一直躲在她后面的莫绯倒是干净得不像样。

其他人都醉醺醺地躺在沙发上傻笑，只有她在拼命抽纸巾擦身上厚重的奶油。

“去洗手间收拾吧？”颜书尧站起来，“我陪你去。”

“没事，我自己去就好了。”宁朦说完毫不含糊地起身走出卡座。颜书尧想跟过去，但刚走出去就被陌生女人拦住要号码，等他应付完再抬头时，宁朦已经不见了踪影。

宁朦顺着墙上绿色的路标找到了洗手间，拐进去时一眼就看到了倚墙而立的青年，他的薄唇上叼着一根烟，却没有点上，头微垂着，手里拿着手机在刷，专注得没有发现宁朦走近了。

戏弄的念头冷不丁地冒出来。宁朦用手指沾了一点身上残留的奶油，迅速朝他鼻子上点了一点。对方吓了一跳，站直身子后退一步，警惕地望着她。

宁朦咯咯直笑。

陶可林这才看清眼前的“雪人”是谁，莫名好笑：“结束了？”

“差不多。”宁朦含糊地说，递给他一张纸巾之后转身到洗手台前清理自己。

陶可林在原地擦掉鼻子上的奶油，同时收起了手机，又把那支烟丢进垃圾桶。刚准备走过去，门口又踉踉跄跄地进来一个醉得七荤八素的女人。

女人穿着低胸短裙，浓妆大波浪，身材火辣，是夜店常见的性感女人，一出来就和陶可林打了一个照面，眼底顿时划过感兴趣的光，低笑着拦住他：“小帅哥，今晚有空吗？要不要陪姐姐玩？”

陶可林不易察觉地皱了皱眉，微微后退一步：“抱歉，没兴趣。”

女人又靠近一点，不依不饶的：“保证你会有兴趣的，姐姐很有钱的哦。”

这话直白得宁朦都快要听不下去了，就差没问陶可林多少钱一晚了。

陶可林瞥见里头憋笑的宁朦，脸色倒是没变，控制着距离敷衍了几句。陌生女人见他真的没有意向，便嘟囔着走进了洗手间。

青年松了口气，回头却发现女人拿着手机对着他，扬了扬眉：“怎么？”

宁朦抿唇：“直播微博最红漫画家陶 Collin 夜店被搭讪，明天我的粉丝肯定要涨十万。”

她终于扬眉吐气了一次，但还未将视频保存好，青年就直接走了进来，手臂一捞，利落地抽走她的手机，双手撑在洗手台的边沿上，把她围在中间。

靠得太近，他鼻尖全是奶油和混合水果的味道。

甜得他想舔一舔。

他的动作太快，也太流畅，眨眼之间她不仅被夺了手机，还被围困，宁朦根本来不及反应，只是怔怔地望着这张近在咫尺的漂亮脸蛋。

这张脸太像由画笔描绘出来的人物了。浓黑的眉和眼，嫣红的唇，纤长的睫毛。宁朦忍不住想，给他套个假发再化点妆，肯定又得迷倒不少男人。

不是他长得像女人，而是这张脸太精致，可塑性太强。

“笑话我？当初你也是这样凑过来的。”

宁朦想到两人的初识，忍不住脸色一僵，他不由莞尔。

“涨粉最有效的方法，其实不是这个。”他的声音就在她耳边，低沉，悦耳，带着蛊惑的味道，“你想知道吗？”

他的气息喷在她的耳垂，有些暖，有些痒。宁朦却陡然清醒过来，夺回自己的手机往他额头上一磕，恶狠狠地说：“不想知道！快帮姐姐弄干净身上的奶油！”

被一个小伙子魅惑，也太没定力了！

陶可林猝不及防地被敲了一下，疼得他龇牙咧嘴，一时间眼里全是怨气，仿佛在怪她不解风情。

“快点。”她笑着把纸巾递给他，“后脑勺还有。”

他只能满脸委屈地去给她擦拭她脑袋上的奶油。

清理好之后她就撇下陶可林往回走，转弯的时候碰到拿着手机走过来的颜书尧。

看到她时对方松了口气："你去太久，莫绯还以为你出事了。"

宁朦笑了笑："没事。"还能有什么事，上一次都已经出过一回糗了。

回去之后她才发现崔金铭已经走了，莫绯坐在那里跟他们划拳，一杯杯地喝酒，宋清在旁边不阻止，也没加入。

他们又喝了一轮，散场的时候已经是凌晨两点半了，大家和莫绯打招呼后就各自离开了。醉得不省人事的莫绯自然是由滴酒未沾的宋清送回去。

"你开车来了？"颜书尧对她说，"我送你回去吧。"

"没事，我没喝多少酒，自己开车回去就好了。"

"我送你。"他坚持。

宁朦无奈，只好从沙发上拿起自己的外套和包，想要去拿围巾时，有一只手比她更快地拿到了。

她微微一怔，抬眼就看到剑眉星目的小青年站在她面前，手抖开围巾，仔细地帮她围好。

"结束了？我们回去吧。"高出她半个头的青年站在她面前，戴好围巾之后也不收回手，就那么轻轻地拽着她围巾的末端，微微低着头看她。嘴角勾着，漂亮的眼睛里瞳孔黑亮，隐约倒映着她的样子，让人移不开眼睛。

宁朦觉得自己不是围巾被拽着，而是心尖尖被拽着了。

颜书尧站在旁边，望着这个突然出现的男人，眸光沉了沉。

眼前的这个青年气质干净，举手投足间又带着一股浑然天成的贵气。穿着虽然偏年轻，但仍然能从款式和面料中看出一丝考究，不像是酒吧里随意搭讪的男人。

他觉得对方有些眼熟，但又想不起在什么地方见过。

在他打量对方的时候，陶可林也微微侧头，视线与他对接上。这就更有趣了，长得这么纯良，漆黑眸子里却漾着肉食动物领地被入侵的警觉。

"宁朦？"颜书尧不着痕迹地收回视线，刻意叫了她一声，露出一副以为她遇上了什么麻烦的表情。

"是我朋友。"宁朦转头和他解释，"他送我回去好了，你们先走吧。"

颜书尧顿了顿，迟疑地看了一眼陶可林，问她："你朋友？宁朦，你确定你还清醒吗？"

宁朦用力点了点头，舌头莫名像打结了似的，突然讲不出话了。

陶可林站在她身后，露出他一贯的善良无害的笑容，朝眯着眼睛的莫绯招了招手："嗨，莫绯，生日快乐。"

莫绯傻笑着回应他："哈喽小鲜肉，你和宁朦真勾搭上了啊？"

宁朦想打她。

陶可林只是笑了笑，看了宁朦一眼。

这种不解释的行为，很是让人误会，何况那眼神怎么看都不寻常。

大概是看他准确地叫出了莫绯的名字，颜书尧没那么担心了，也收起了情绪，冲他微微点头，算是打招呼。

一行人往停车场走的时候，莫绯一直回头打量陶可林，感慨道："哇，你的鼻子真漂亮。"

莫绯是个鼻子控，属于那种看人先看脸，看脸先看鼻子的人。

她说完这话傻笑了一会。陶可林神色清明，摸了摸鼻子，也笑了一下，显然已经习惯了别人的夸赞。

宁朦原本一直低头看路，闻言也忍不住抬头看了他一眼。陶可林双手插袋，目不斜视地往前走着，侧脸弧度柔和精致。似有所料，男人在宁朦盯着他的时候忽然回头，对上她的视线。

宁朦原来未曾注意过他的鼻子，现在一看，果真发现男人的鼻子对相貌十分重要。

陶可林的属于满分加十分的那种，鼻梁额骨连在一起，眉心之间的骨头很高，鼻翼也真心漂亮，连着鼻子看的话，脸型堪称完美。

难怪在洗手间时那个女人会凑过去，也难怪她第一次会扑到他身上了。

宁朦发现这是她今晚第二次专注于他的容貌了。

作为时尚编辑，她平时接触的男模不少，但鲜少有看了又看仍然不觉得腻味的人。

这实在不算是什么好兆头。

她只能安慰自己，上一次是喝多了，喝多了感官会被无限放大。而今晚也不过恰好是他靠得近罢了。

宋清和莫绯先走了，颜书尧上车之前还不忘回头嘱咐她说："到家一定记得给我电话，知道吗？"

"知道了。"宁朦话音刚落就被陶可林拉走了。

他精准地找到她的车，把她塞进了副驾。

宁朦本来想说自己没有喝酒可以开车，但是话到了嘴边又咽下去了。

她忽然有点犯懒。

扣好安全带，问他："你没喝酒吧？"

他启动车，状似漫不经心地安抚她："别担心，就喝了一点，只是没有驾照比较麻烦，最近好像查得比较严，你帮忙看着点，有交警的话提醒我。"

宁朦瞪大眼睛看他，心跳到了嗓子眼，想要阻止，却一下子没反应过来。

车子已经缓缓地启动了，宁朦仔细地看着他握着方向盘和挡位的手，又时不时瞄一眼他轻微挪动的脚。忽闻得他轻笑一声，戏谑道："你再看我就要起反应了。"

嗯？臭流氓！

宁朦脸一红，瞪了他一眼："我看的是你的脚！"

"我说的也是脚。"他倒很无辜似的，"你老是盯着我的脚看，它会紧张的。"

宁朦拿起车上的一个公仔就丢过去，正中他的脸，他叫唤了一声，按住她的手："不许袭击司机！"

"停车停车，我来开。"

他这才笑着说："好了好了，骗你的，我没有喝酒，驾照也早拿了，保证把你安全送回家。"

宁朦瞪了他一眼。

陶可林把车开到大路上，抽空看了她一眼，问道："你喝了多少？不舒服的话说一声。"

宁朦没好气地说："喝了很多，等会不舒服的话我会直接往你身上吐的。"

他又是一笑，丝毫不忌惮她的威胁。

在车上宁朦眯了一会儿，下车的时候陶可林过来扶她她也懒得拒绝了，如果真是她弟弟，她恐怕会直接跳到他背上。

宁朦由着他搀扶着进了电梯，到家门口时他又自觉地从宁朦的包里拿出钥匙开了门。

她给颜书尧打电话的当口，陶可林不仅跟着她进屋，换了鞋子，还弯腰帮她把乱放的鞋子摆进了鞋柜，施施然地走到厨房倒水喝。

宁朦没有力气理会，闭着眼睛去了浴室，摸索着卸妆，脱掉身上乌七八糟的衣服，刚打开花洒就听到陶可林就在外面轻轻敲门："宁朦，刚喝了酒洗澡会头晕的。"

宁朦关了花洒，下意识地捂住身体。她在里面洗澡，一个男人隔着门叫她，隔着毛玻璃门她都能看到男人的身影了。

这种羞耻感来得有些突然。

“我没喝酒。”宁朦小声说，“你赶紧走。”

外面的人似乎也察觉到不妥，悄悄走了。

宁朦听了一会，直到外面没有任何动静才开始洗澡。

出去的时候陶可林已经走了。宁朦以为他回自己家睡了，结果躺下没多久，她又听到了一阵细微的脚步声。

她没有关门，躺在床上眼睁睁地看着门口的那个身影走进来，一直来到床边，一股葡萄柚的酸甜香气袭来，让她困意更浓。

宁朦对上他那双漆黑的瞳孔，有气无力地驱赶他：“本座的闺房也是你能进的？赶紧回去睡觉。”

他顿了顿，眼底带着笑意，俯身在床边毛茸茸的地毯上坐下，托着脑袋靠在床沿，帮她扯了扯被子。

他也是刚洗过澡，穿着纯棉的休闲睡衣，头发还湿漉漉的。

“我今天真没喝多少，你不用在这陪我的。”宁朦说。

陶可林心里好笑，明明是想过来占她便宜的，她还以为他要照顾她呢。

两人挨得很近，青年声音很轻：“你这样很容易感冒。”

宁朦洗完澡就上床了，头发还有些湿，她懒得吹了，被说了之后又忍不住笑了笑：“你好意思说我？先自己去吹干好吗？”

陶可林乖乖起身出去了，半秒钟不到又折了进来，手里拿着吹风筒：“我帮你吹。”

“这么贴心啊。”宁朦笑着说，她是很想爬起来自己动手的，但瞬间就改变了心意，“不剪头不烫头不办会员卡，吹吧洗头小哥。”

闻声他笑了一声，仔细地帮她吹干了湿发。

“要不要开暖气？”他问往被子里缩着的女人。

宁朦轻轻摇了摇头，呢喃了一句头疼。其实是被吹风筒吵得头疼。

青年又伸过手来搁在了她的太阳穴，微微带点手劲地揉了起来。

宁朦有些糊涂，但又舍不得推开他，恍惚间宁朦念出一个名字：“成熹……”

陶可林顿了顿，女人又拍拍他的手背，示意他继续，陶可林无奈地轻笑了一声：“把我当谁呢。”

话是这样说，但他手上的动作依旧继续着。

宁朦没有听到他的话，只是在这舒服中昏昏欲睡。

"宁朦？"陶可林轻声唤道。确认她睡熟之后，替她拢好了被子。

宁朦在这酸甜的香气中滑入深沉的梦境，耳畔有一道似有若无的温热呼吸，她抬手在空中虚抓了一把，什么都没抓到，倒是被人捉住手腕，塞进了被窝。

她沉沉睡去，整个人好像在下陷。

早上是被憋醒的，她眯着眼睛去厕所，回来准备接着睡的时候感觉脚碰到了什么东西。宁朦一惊，倏地睁开了眼，顿时清醒过来。

再掀开被子一看，简直气得鼻孔都要冒烟了。

"陶可林！"她的声音沙哑得吓人，脚也乱蹬着，整个人慌得不行，"你怎么在这里？"

青年霸占了她一半的床，睡得倒是舒服满足，即便是这么大的动静他也没睁开眼睛。他穿着白色的宽领棉T恤，侧着的身子微蜷，一侧的领口滑下，露出光洁的锁骨和肩膀。

宁朦又踢了他一脚："下去。""睡美人"纤长的两排睫毛才那么微微颤了一下，捂着被她踢到的肚子往后稍微挪了挪，嘟囔道："别吵，你折腾了一晚上，我才刚睡下，再让我睡会儿。"

"回你客房去睡！"宁朦没好气地说，她又没喝酒，她闹什么了？宁朦伸手抽出他枕着的抱枕，结果脑袋落空的他还是一动不动。

宁朦推不动他，也拿他没办法，皱着眉瞪了他一会，最后打了个呵欠又不甘地躺回去了，她也实在还没睡够。

陶可林睡觉倒是安分，一动不动，但是有点抢被子的趋势。宁朦还在暗暗和他较劲，冷不丁听到电话在响，她分辨了好久才意识到手机在客厅，只好赤脚下床跑到客厅去接电话。

"宁朦，我又感冒了。"电话那头莫绯的声音带着浓重的鼻音，还带着一丝愤懑，"昨晚是宋清送我回来的吧？那个畜生，把我送回来就直接丢床上了，连被子都没给我盖。"

宁朦笑了一下，又问："你确定不是自己踢被子？"宋清那种人，怎么可能不给她盖被子。

"哼！我一会就调监控给你看！肯定是他没给我盖被子！"她在那边哼哼，"打扫卫生的阿姨今天也不过来，我现在连出门的力气都没有了。你今天不是不用上班吗？能不能给我买点药过来？"

宁朦应了一声："你在床上躺着吧，我这就过去。"

她说这话的时候陶可林也跟出来了，刚走到她面前，又立刻转身了。宁朦感到莫名其妙，刚挂掉电话对方就兜头丢过来一件她的套头毛衣。她以为那家伙是体贴她冷，结果低头才察觉到自己没有穿内衣，长袖睡裙是白色的，又很贴身。

得亏她头发长遮住了，不然就露点了。

宁朦立即转身背对他，慌忙把毛衣套好，之后回头看他，后者正一边大口大口地喝水一边偷瞄她，发现她在看他，好整以暇地举起手中的玻璃杯问她要不要，一脸的纯真无辜。

宁朦没来由地有点火气攻心，黑着脸说："以后晚上超过十一点不许来我家了！"

"为什么？"他立刻就不乐意了，挑着眉毛说，"我又不会把你怎么样。"

听到这句话宁朦像是一只被踩到了尾巴的猫，整个人都奓毛了："少啰嗦，你就不能有点自觉吗？"

"我怎么又不自觉了？"

"男女有别。"

"我还不够君子？"

"没看到我洗完澡都不穿内衣的吗？"非要逼她说出口吗？他就不会觉得害羞的吗？

他眼底划过一抹狡黠的笑意，又很快收住，看了她一眼，一脸不以为然地说："我又不会盯着看。"

"滚！"宁朦发誓再也不让他进屋了。

陶可林牵了牵唇，放下杯子的时候又不知死活地低头嘟囔了一句："也没什么可看的。"

"你说什么？！"宁朦简直要疯了，气得走过去抬脚对着他的小腿骨踢了一下。

宁朦有时候脑子热起来，下手就没轻没重。青年没有防备，被踢得一下就斜了身子半跪到地上，身子也由于惯性往前倾。宁朦吓了一跳，连忙伸手要扶他，结果对方没抓住她的手，倒是紧紧抱住了她的腰，脸也贴上了她的小腹。

宁朦一下子愣住了，脸上有些发烫，立即后退了一步拉开距离。

"嘶。"他倒抽了一口冷气。

宁朦懒得跟他计较了，扯开他的手，蹲下身子，拉起他的裤管："我看看。"

青年干脆坐到地上了，听起来声音都变了："好痛。"

"一点事也没有嘛，我又没有多用力。"真会装，宁朦朝那个位置又拍了一下，"谁让你吐不出象牙来了。"

他咬住下唇低着头，但还是被宁朦发现他在偷笑。

宁朦没好气地推了一把他的脑袋，让他赶紧滚。

陶可林在厨房翻找食物的时候看到她换好衣服出来，一副要外出的模样，才反应过来："又要出去？"

"嗯，莫绯感冒了，我过去看看她。"宁朦有些疑惑，"你认识莫绯吗？昨天怎么会知道她的名字？"

"上一次她有给我名片。"陶可林头也不回地说。

宁朦在客厅梳头，看了看满桌的画纸，说："要不你干脆搬过来住吧，给我一半房租就好了。"

陶可林笑了，抬起头看她："刚刚不还说超过十一点不要来你家吗？"

"那你答应吗？"

"不答应啊。"

"所以嘛。"宁朦到玄关找鞋子，又叫他，"陶可林，你过来一下，这双鞋怎么样？"

陶可林探过头，笑眯眯的："你穿什么都好看。"

忽然被夸了一下，宁朦都有些不好意思了："真会说话。"

"我不仅会说话，还很会做事哦。"青年跟过来，眼巴巴地看着她说，"你要是能让我搬过来，我不单付一半房租，还上缴伙食费。如果你让我和你睡，房租和物业费我全付，怎么样？"

宁朦一顿，颇为认真地想了想说："可以啊。"

"真的？"他眼睛都亮了。

"真的想得美！"宁朦瞪了他一眼，"从今天开始你回你自己家睡去，才几步路啊。"

陶可林见她已经穿好鞋要开门，又问："要不吃了早餐再出去？"

"不吃了，一大早都被气饱了。"

他靠着冰箱笑："那早点回来，我今天要画画，你早点回来陪我，我想吃排骨。"

"你去买排骨。"

"好的！"

宁朦直接出门，把他的絮叨关在门里。

下楼之后才发现自己的车又被两边的车紧紧贴着，她连上车都费劲，别说倒出去了。

宁朦来来回回挪了五分钟，莫绯都打电话来催了，她还没把车弄出去。

心力交瘁之际，宁朦忽觉有异，抬头就看到陶可林正站在她的车前方，一手举着手机，一手握拳抵着嘴唇，一脸的笑意。

也不知道他在外面站了多久，拍了多久。

宁朦冲下车，几乎是跳到他面前："你在拍视频？！你给我删掉！删掉听到了吗？！"

陶可林笑到脱声："你是不是还没酒醒？这么大的位置你都开不出来？"

宁朦恼羞成怒："你给我闭嘴！"

他长得高，又刻意举着手机，宁朦自然碰不到手机，只能恨恨地瞪他。

陶可林终于收起了手机和笑意："我帮你倒出来吧。"

宁朦："哼！"

陶可林前后挪了两次就利落地把车开出来了，成功把宁朦衬托成了一个傻瓜。

宁朦伸手开门，陶可林却在车里把车反锁了，他降下车窗："我送你过去吧？"

"我自己过去。"

陶可林又开始笑："你喝多了，别开车了，我送你过去。"

到底要被嘲笑到什么时候？宁朦简直要疯了："我早就酒醒了！"

"上车吧。"

宁朦放弃抵抗，一声不吭地去了副驾。

虽然很耻辱，但是谁不想拥有免费的司机？

宁朦去药店买了药，又给莫绯打包了她最爱的粥。

进门后陶可林礼貌地在客厅等待，宁朦则直接上楼去了莫绯的卧室。又一次感冒的人整个人缩在被窝里，只露出半张脸，病恹恹地看着来人。宁朦走近才发现她的床旁边趴着一只大金毛，正摇头摆尾地望着自己。

"嘿，哪里来的小家伙？"宁朦完全被这漂亮玩意吸引了注意力，她放下东西，本来想摸摸金毛的脑袋，但想到还要照顾病人，又收回了手。

"宋清之前出国的时候留在我这的，他忘记领回去了。"莫绯说，"还蛮乖的。”

宁朦把粥打开，等她勉强喝下一点之后给她量了体温，又喂她吃下感冒药后，便坐在床边和狗狗玩。

“你和那个小鲜肉真的在一起啦？”得知陶可林也在楼下，莫绯八卦地问。

宁朦失笑：“没有。”

莫绯朝她挤挤眼：“我还说呢，之前想撮合你和颜书尧的，以为你看上小鲜肉就作罢了。既然你和小鲜肉没有苗头，那不如考虑一下颜书尧？”

宁朦：“对不起，我不喜欢在酒吧一夜情的人。”

“我都说了他不是那样的人，人家第一次跟你搭讪是真的喜欢你嘛。”

“不听不听，王八念经。”

莫绯开始骂脏话，骂完又说：“你帮我开电脑，我要看监控。”

宁朦白眼都要翻到天上去：“你认真的？”

“认真的。”莫绯说，“如果让我发现真的是他没给我盖被子，那么我要截下视频做证据，并且打爆他的狗头。”

宁朦去给她取了电脑，监控调出来之后快进到昨天晚上，宋清把莫绯抱进卧室，依旧是熟悉的公主抱，男友力都要溢出屏幕了。

莫绯还挺不好意思的：“快进快进。”

宁朦没有动，兴致盎然地看完了全程。宋清把人抱到床边，细致妥帖地放下，不仅帮她盖好了被子，还去浴室拿了热毛巾来帮她擦脸。

这走向和画风令莫绯觉得不适，她伸手要来关电脑：“别看了，这人喝多了。”

宁朦笑着躲开她的手，坚持要往下看，就看到给莫绯擦完脸的宋清在床边坐下了，盯着莫绯看了许久。

“我怎么感觉心里发毛啊？”莫绯说，“他是不是要掐死我？”

莫绯话音刚落，就见屏幕里的宋清忽然俯身，在莫绯脸颊上亲了一下。

莫绯整个人都弹了起来：“哈？？”

宁朦一脸坏笑：“你还说他不喜欢你？”

显然宋清也清楚房间里有监控，因为他最后走的时候还看了摄像头一眼。

宁朦莫名兴奋，刚要说话，莫绯就按了她一下，做了一个噤声的动作，同时旁边的狗狗也突然一阵躁动，猛地蹿出卧室跑下楼了。

“怎么了？”宁朦奇怪道。

“宋清来了呗。”莫绯有气无力地说。

果然大白天不能说人闲话，莫绯话音刚落，外面就传来了狗狗欢快的叫声。宁朦打开门出去，宋清刚好走上楼，迎面看到她时微微一怔，而后才笑着和她打招呼。

他穿着黑色的针织开衫和灰色衬衫，一身休闲打扮，似乎刚从家里出来。他身后跟着那只乐呵呵的狗，尾巴摆得都要生风了。

“莫绯呢？”他问。

宁朦用手指了指门后，说：“莫绯感冒了，在房里。”她看了一眼客厅，没看到陶可林。

“他在外面打电话。”宋清说完，大步走进莫绯的卧室。

宁朦看着他的背影，想到那个偷吻，一时间竟觉得自己不应该跟进去。

“你怎么来了？”莫绯的声音里隐约能感觉到她有一丝不自在。

“不是要带可乐去兜风吗？”

莫绯干笑了一声：“我都忘了。可是我感冒了，刚吃过药还有点犯困。”

“量体温了吗？”他问。

莫绯点头：“刚刚量了，三十七度。”

宋清走到床边探了探她的额头，然后顺手从床头柜拿起宁朦买的感冒药，翻来覆去地看，指责莫绯：“你没有发烧，怎么能吃退热的感冒药？这样瞎吃药能治好病吗？”

莫绯小心翼翼地看了他一眼，没有说话。

“药是我买来的，来之前我不知道她没有发烧。”宁朦在旁边解释道，“以前我感冒都是吃这个牌子的药，我觉得很有效。而且药店的人也说了这个药有预防发烧的功效。”

他顿了顿，似乎瞥了宁朦一眼，把药放回桌子上，对莫绯说：“生病就好好休息，我先回去了。”

“你去遛狗啊，你看狗狗可想去了，它在家一直吵，我也休息不好。”莫绯说。旁边的狗狗也眼巴巴地看着宋清。

这是在下逐客令了，宋清的脸色立刻有些不好了。

“我带狗狗去吧。”宁朦笑眯眯地说，也不看拼命给她打眼色的莫绯，冲宋清点点头就牵着狗狗出门了。

她下楼的时候陶可林刚好打完电话回来，看到狗狗眼睛一亮：“居然还有狗狗。”

“帅吧？我们去遛狗吧？”

陶可林一个字都没有多问，点头就道：“好。”

仍然是陶可林开车。他刚打开后车门，那只狗就跳了上去，乖乖蹲在座椅上兴奋得不行。

陶可林替宁朦关上车门，绕回驾驶座，二话不说出了别墅区，直接上了盘山公路。

估计这只狗没少出来兜风，还知道拍车窗让主人开窗。陶可林按下车窗后，小东西就往外伸脑袋，迎着风张大嘴巴，一脸享受。

“陶可林，你把窗户关上，狗狗要掉下去了。”

“不会。”陶可林没有关上车窗，不过速度倒是放缓了不少，在盘山公路上不紧不慢地兜着。

宁朦在旁边半分不敢懈怠，抱着它的身子，生怕它掉出去了。开到一半宁朦察觉不对，低头一看，整个人都崩溃了。

“陶可林……”

“嗯？”陶可林从后视镜看了一眼她，“怎么了？”

“狗狗，拉屎了。”

…………

陶可林停车下来开门的时候，勾着唇，笑得眼睛都红了：“你这是把手放哪了？怎么能接了满满一手？”

宁朦咬牙切齿：“它自己凑过来的！”

陶可林一边笑，一边从角落拿出纸巾和消毒纸巾，清理座位上的东西。

“你小点声。”他头也不抬地说，“它还没拉完，别吓到它。”

他清理完座椅才抽出湿巾递给她，看她皱着眉一脸嫌弃地揩掉，用了好几张纸，把手心都擦红了。他忍着笑，又抽了一张湿巾，伸手去擦她围巾上沾到的一点，她微微一顿，回头发现围巾上也有。

“我的围巾！”

陶可林笑着说：“可惜了。”

她真是欲哭无泪。早上出门的时候他还夸她这条围巾的颜色很好看呢。

“算了，不值几个钱。”她情绪有些低落。虽然不值几个钱，但对于一个时尚编辑来说，她的衣服和单品都是她的命根啊。

遛完狗回去的时候宋清还在莫绯家，莫绯已经下楼了，正在指使宋清熬粥。画面很和谐，宁朦不好意思打扰，送回狗就和陶可林离开了。

两人开车去了最近的超市。

说起来，这种感觉很是奇妙——和陶可林逛超市，虽然是她推着车跟在后头。

他今天穿得很居家，白色长袖T恤和黑色休闲裤，想来是只打算下楼买东西，结果却陪她出门溜了一圈。

两人来到冰柜前，陶可林撸起袖子选鱼选肉，不停地问宁朦："这个可以吗？这个呢？"

"可以可以。"宁朦说，"不过我觉得这块更好。"

他背着一只手，弯着腰挑选排骨，誓要找出最漂亮的一根才满意。宁朦靠在购物车上看他，修长的腿，宽阔的背，线条柔和的后颈，乌黑的发，笔挺的鼻。他抬头，没有留意头上的小灯罩，轻轻撞了一下，下意识抬头去看自己撞到了什么，于是那晃来晃去的光线又刺得他睁不开眼。

宁朦忍不住笑起来。青年收回身子，将称好的排骨丢进推车里，望着她不悦道："有什么好笑的？"不过是撞了一下头，长得高还怪他了？

"不是。"宁朦收起笑，耸了一下肩，说，"只是没想到你也会亲自到超市选食材，我一直以为你是一个不食人间烟火的人。"

陶可林瞟了她一眼："我又不是谪仙，买个菜还不会买了？"

他继续往前走，取回杀好的鱼一并放进去，才又低声说："以前在日本读书的时候，都是自己养活自己。"

宁朦一愣，觉得自己下巴都快掉下来了，陶可林还会做饭？

果然这尤物还是要远观，近了更加无法抵抗呢。

宁朦又靠过去，装作不经意地问："我们Collin弟弟还和别的女孩子来逛过超市吗？"

"没有啊。"他一边回答，一边走到另一边去选素菜。

"那我挺荣幸的哦？"

"你说什么？"陶可林没听清楚，回头问她。

宁朦笑嘻嘻的："说你魅力大。"

宁朦推着车子慢腾腾地跟过去，然后发现一个问题：陶可林无论买什么，都只选最漂亮的。

她连忙从车里拿出那把他刚刚选进去的青菜，跟他说："陶可林啊，这方法不是通用的，最漂亮的未必是最好的。你看这青菜，长得这么漂亮，一个虫眼都没有，明显是用农药了。"

她拿起另外一把：“你看这个，长得歪歪扭扭的，才是自然生长的。”

陶可林扬眉：“哦，还有这学问哪。”说完接过她手中的青菜，轻轻放进了推车里。

菜买完了，他们走出去的时候去冰柜看了一眼，齐齐伸手拿了一排酸奶才去结账。

中午宁朦给他做了糖醋排骨，吃得他心满意足，乖乖画稿子去了。

宁朦在旁边敷了一张面膜，躺在沙发上刷微博，两分钟之后她噌地坐起来：“陶可林！”

陶可林拿着笔，一脸茫然地望着她。

“你个王八蛋居然把视频发微博了！”

他把早上宁朦倒车的视频发微博了，还剪辑得相当鬼畜，评论都是“哈哈哈”。

一提到这个陶可林又开始笑：“抱歉，这个真的是，非常可爱，我忍不住和粉丝分享了。”

“可爱？？你对可爱这个词有什么误解吧？”

他不仅发微博了，视频连修都没修，粉丝们一眼就看出了车里的人是宁朦。虽然大家都已经知道宁朦做了陶可林的编辑，但是并不知道两人在现实生活中熟到了这个程度。次元壁一破，评论也都炸了。

宁朦刷了刷评论，忧心忡忡：“陶可林，你的颜粉过来骂我了。”

“啊？”陶可林也吓了一跳，连忙翻出手机，果然发现评论下有人在骂宁朦，说她不守本分，让她做编辑就好好做编辑，别动什么龌龊的心思。

“要不把视频删了？”宁朦说。

陶可林眉心皱着，漂亮的脸蛋上写满了不高兴。

明明自己没做错什么，宁朦却有些过意不去了：“没事，我也被骂习惯了，你的粉丝还算温柔的了。”

陶可林垂眸删掉了视频，转手又发了一条微博出去。

宁朦看了一眼，他挂了几个骂宁朦的粉丝，问：意思是我都不能有自己的女性朋友了？以后也不能有喜欢的人，更不能谈恋爱了？

这条微博一发，立刻引起了轩然大波，比上一条威力还惊人。

底下热评第一是：意思是你承认自己真的喜欢上编辑了？

剩下的热评，什么声音都有。

有安慰他，让他不要生气的，也有说接受不了要取关的，更有人说：不是不能，是觉得那个网红不配你。

宁朦被捅了一刀又一刀，还要去安慰陶可林："粉丝都这样的，我也不能接受我偶像谈恋爱，你理解一下吧。"

陶可林不仅不能理解，反而又发了一条微博：搞清楚点，我是画手，不是偶像，我要做什么，是我的自由。

以前他一个月才发一条微博，现在短短一天之内就发了三条，还都是怼粉丝的。

宁朦捂脸："完了，你把事情闹这么大，要掉粉了。"

"掉就掉。"陶可林酷酷地说，"大不了就销号，我为什么要为了这群粉丝选择我的生活？"

宁朦点头："给你点个赞，顺便点个蜡。"

陶可林被她逗笑了，笑了一会又笑不出来了："对不起，害得你被骂了。"

"没事。"宁朦大度地说，"骂吧，越骂我越火。"

这么一折腾，第二天两人果然上了热搜，有几个大 V 转发了这条微博，夸陶可林是清流，赞扬这种勇气。陶可林倒是没掉粉，反而有很多宁朦的粉丝被他吸引过去了，都在夸这个弟弟帅气，还一副娘家人的模样，在他评论区让他好好照顾他们的柠檬。

这边也依旧有人过来骂宁朦，说她不要脸，勾引 Collin 弟弟，被她的粉丝们更不要脸地怼回去：啊，不好意思呢，你们 Collin 弟弟就是喜欢我们家柠檬的不要脸呢。

宁朦又好气又好笑。

下班后宁朦买了菜回家，意外地发现陶可林居然不在家，画稿乱七八糟地摊在茶几上。她放下包走到边上，顺手拿起只画了大纲的画稿，是他在网站上的连载。

宁朦煮了饭，给他发信息问他回不回来吃，对方说要回，现在还在外面办事。

宁朦给他留了菜，然后躺在沙发上看他的连载漫画。看了一会就开始犯困，便抱着平板在沙发上眯了会儿。

最后也不知道睡了多久，感觉到身边有动静她才费力地睁开眼。

眼前是一个模糊的高挑身影，带着屋外的寒气。

她眯眼辨认两秒，才看清是陶可林，正往她身上盖毯子。

客厅只开了一盏暗黄的落地灯，他身上的阴影落在她身上，估计是没发现她已经醒了，依旧轻手轻脚的。

宁朦一动不动看着他靠着沙发坐在地上，弯腰从地上捡起她掉落的平板，划拉了两下。

宁朦还处于半睡半醒间，才想到平板上的界面就是他的漫画，登时有一种做贼的感觉。而就在她心慌的瞬间，他像是感应到了什么，倏然回头，和一直在盯着他看的宁朦对上了眼。

他本来是无意识地回头，眼里也没有太多的情绪。看到睁着眼睛的她，微微笑了笑。笑起来的他卧蚕会变厚，使得他那双漂亮的眼睛看起来更大更亮。他凑过来，手肘支在沙发边沿抵着脑袋，两人距离不到三十厘米，暖黄灯光下他的眼里是无限的温柔。

“醒了？”他刻意压低的声音带着诱惑力，氛围美好得像刻意营造过，宁朦觉得自己的心突然狠狠地扑通了一下。好像是心动的感觉。

“嗯。”她胡乱应了一声，实在是心慌意乱。

这人是个妖孽吧？这么会勾魂。

陶可林突然扬了扬手里的平板，笑着说：“还说很喜欢我，结果到今天了，连我唯一的漫画都没看完吗？”

宁朦有些窘，连忙坐起来一把夺过平板：“我之前没时间嘛。”

他倒是没计较，只是又凑近了些许，眉眼弯弯的：“既然没看过，当初为什么又非要找我？”

“我没看完，但是看了开头。”宁朦跟他解释，“很喜欢你的画风，故事也很吸引我。”

显然这个答案令他很满意：“那网上连载的和我给你画的，你更喜欢哪个？”

“你给我画的？”宁朦笑了，“这个措辞，让我有点受宠若惊了。”

陶可林并没有改口：“就是给你画的嘛。快说，你喜欢哪个？”

“两个都很喜欢啊。”宁朦毫不犹豫，“风格完全不一样，不好比较。”

目前他画的两篇漫画风格其实相去甚远，在网上连载的是热血漫画，在他们杂志上连载的是职场漫画，感情会涉及，但不是主线。

“你呢？”宁朦问，“你更喜欢哪一个？”

“喜欢网上连载那篇。”陶可林直言不讳，“那一篇在日本就开始画了，一直到现在，连载都快有两年半了。我本来打算画完那篇就搁笔的。”

“搁笔？”宁朦惊讶了，“你没想过继续画画吗？”

“没有。”陶可林摇头，“画画只是爱好，我没打算把它当职业。”

宁朦“哦”了一声，又问：“你是在日本留学？”

“不是，大学还是在国内读的。大三的时候悄悄去的日本，毕业的时候实在兜不住了才回来的，被家人发现的时候腿都让我爷爷给打折了。”他笑了一下，“说是去学习的，但玩的时间比较多。”

宁朦惊讶得说不出话了，重点再次跑偏：“你爷爷还真下得去手。”

他抿了抿嘴，颇有些无奈地说：“我爷爷当过兵……”

宁朦无端有些心疼，又觉得有这样的高压教育，这人还能出落得这么干净，真是难得。

吃过晚饭他照例趴在茶几上画画，宁朦不想吵他，就回卧室上了一会网。十点钟出去的时候见他还埋着头一动不动，姿势跟她进去之前一模一样。

她有点看不过去，走到他身边坐下，问道：“还没画完？有什么要帮忙的吗？”

他太入神了，被宁朦的声音惊了一下，抬头笑了笑：“我画的是网上连载的，你也要帮？”

“对了。”说起这个，宁朦有些费解，“我怎么没见过你的编辑来催稿呢？不仅没催，也没来帮你啊。”

他笑了：“哪里有你这么尽责的编辑啊。”

听着怎么就不像是夸人的话呢。

“我那个编辑太忙了，平时都是在网上联系，而且那篇还有许多存稿，我压力不算大。”

宁朦“哦”了一声。

他伸了个懒腰，转动脖子的时候骨头犹如老机器，发出嘎嘎的响声：“我脖子酸，要不你帮我揉揉吧。”

“大材小用。”宁朦嘟囔着。话是这么说，但人还是乖乖地坐在他身后，伸手给他按起了脖子。

宁朦以前经常给妈妈按摩，所以手法不错，力气虽然不大，但都能按到穴位上。陶可林舒服得直呻吟。这声音太让人脸红了，宁朦故意使坏用力一捏，他立即疼得“哇”了一声，捂着脖子不知所措地回头看她。

“不要发出怪音。”宁朦警告他。

他一脸无辜：“舒服嘛，这我哪里能控制？”

"那我不按了。"宁朦说着就要走。

陶可林连忙按住她，好声好气地哄："好好好，我不作声了，你按你按。"

宁朦看了他一眼，才重新帮他按。这次的力道刻意加大了不少，但他愣是忍着没出一点声，一张脸憋成了包子。

网上的连载画了两个星期就画完了，之后的大半个月陶可林都住在宁朦家画杂志的漫画。

宁朦嫌他画得慢，他一句慢工出细活把她顶得一句话都说不出来。

晚上回家果不其然又看到陶可林坐在她家沙发上，手上端着一碗水果沙拉，茶几和地上堆满了书。见宁朦回来，连忙弯腰象征性地收拾了一下。

"行了行了。"宁朦拦下他，反正第二天晚上回来还是会恢复原状。

宁朦放下包后像条死鱼一样倒在沙发上一动不动。

"我今天帮你打扫卫生了，衣服也帮你收了，厨房的碗也全消毒了，厕所也打扫了，你看是不是很干净？"他在一旁絮絮叨叨地邀功。

宁朦有气无力地望了一眼阳台："你怎么又帮我收了内衣裤啊？"

陶可林听这声音觉得不对劲，连忙回头，发觉她嘴唇发白，额头沁着豆大的汗珠，吓了一跳："你怎么了？"

"没事。"

陶可林伸手来探她的额头："发烧了？"

宁朦费力地摇头："今晚的晚餐你自己解决吧。"

他急了："你到底怎么了？我送你去医院。"说完弯腰就要把她抱起来。

"不用，就是女生的小毛病，我躺一下就好。"宁朦推了推他，但她的力气哪里比得上他，一下子就被抱了起来。

宁朦连忙央求道："你就别折腾我了。"

青年没有放下她："我把你抱到卧室去。"

宁朦没再作声了。

陶可林把她抱进卧室后就没有再吵她了，宁朦躺在床上一点力气也没有，小腹难以忍受的疼痛像狂风一样席卷全身，冷汗一层一层地往外冒。

不知道过了多久，脚步声又传来，陶可林走进卧室，手上端着一碗东西。

他把碗放到床头柜上，伸手扶起宁朦，柔声说："这个叫八宝汤，小时候我常见我奶奶弄给我姐姐喝，大姨妈利器，你试试看有没有效。"

宁朦微微一怔。

陶可林在床边坐下，喂她喝掉了整整一碗。

药很苦，但是宁朦没力气抗拒，好在喝完之后他又喂她吃了几颗车厘子挽救味蕾。

神奇的是，大概二十分钟之后，宁朦肚子的钝痛感骤减，浑身的血液也感觉畅通了。

她去了趟厕所，回来时已经没有任何不适了。她惊讶地跑去问客厅里看书的青年："你们家是中医世家？"

他哑然失笑："当然不是。"

"真的很有效！这是什么药？能不能教我做？"

"这个配方是针对我姐姐的体质配的，不一定就适合你。"

"好吧。"宁朦有些失望。

陶可林看了她半晌，没有作声。

第二天宁朦在家休息没有出门，早晨陶可林没有过来烦她，她一觉睡到十点钟，起来后发现桌上有粥和小菜，碗下面压着一张陶可林留的便条——知道你懒，但还是要把菜热一下再吃，不然肚子会更痛的。

宁朦没有热菜，喝了一碗粥又回床上去了。

她睡不着，玩了一下手机，没一会就收到陶可林发过来的微信。

蹭饭的：宁朦？起床没有？喝粥没有？

柠檬：醒了，喝了。

蹭饭的：我到那个给我姐配方子的老医生家里了，她让我说一下你的情况。

柠檬：我以前也去看过中医，都说我体寒。

蹭饭的：寒也分很多种的，好了，我开始问问题了，有没有生过小孩？

柠檬：（黑人问号脸.JPG）没有啊，男朋友都没有生个鬼啊。

蹭饭的：有没有打过胎？

柠檬：（三个黑人问号脸.JPG）没有。

蹭饭的：性生活频繁吗？

柠檬：（一脸茫然.JPG）没有性生活。

蹭饭的：第一次是几岁？

宁朦不知道为什么有些想打他呢。

柠檬：要不你把我的电话给医生，我直接跟她说吧？

蹭饭的：医生正在和我妈妈聊天，没空，这些问题是她列了表给我问你的。

他说完还真的发了一张照片过来，上面就有这些问题。他又问了一次，宁朦只能硬着头皮继续回答。

柠檬：还是处女。

等了很久他才接着问。

蹭饭的：初潮是几岁？

柠檬：十二。

……

说实话，她去看过的老中医没有一个会问她这些问题，要是他不拿方子回来，她绝对要打死他。

下午陶可林回来的时候，不仅给她带回了方子，还带了一箱东西。

看阵仗还以为他购置了洗衣机，宁朦想搭手帮他把东西搬回家，却被拦住："你歇着吧，生理期不要搬重物。"

宁朦摸摸脖子，看着他轻轻松松地把东西搬进了门。

"买了什么啊？"

"你猜。"

宁朦跟着他进屋，看到他直接把箱子搬进了衣帽间，一件一件往外移。

箱子里整整齐齐码满了鞋盒。

"你搞代购？"宁朦惊奇地问他。

陶可林失笑："这都是我自己的鞋。难得回家一趟，我爷爷不在家，就搬了一部分过来。"

宁朦站在门口，粗略地扫了一眼。衣帽间是姚琛设计的，空间利用合理，衣橱风格简洁，陶可林没有做多余的设计，直接就用上了。

他把鞋子靠着墙摆好，可谓壮观。

宁朦对他的鞋子很感兴趣，忍不住问："能看一下吗？"

"当然可以。"他盘腿坐在地上，做出一个请的手势。

宁朦随手翻了翻，鞋盒里每双鞋子的风格都大相径庭，商务的休闲的，高帮的低帮的，帆布的鹿皮的，各种工装靴、马靴、足球鞋、棒球鞋，琳琅满目，有潮流的也有复古的，还有一些隐藏在小细节里的二次元元素。看得出来，这些鞋子不仅是限量版，更多的是量身定制的。

这让宁朦心痒难耐，恨不得立即回家拿相机过来。

这完全可以做一个男鞋收藏的版面了。

更难得的是这些鞋子都是干干净净的，跟新买的似的。

“哇。”宁朦忍不住赞叹，“真是艺术啊。”

陶可林本来就一直在观察她的神色，听到她的夸赞，眸光一闪，脸上颇有些得意，干脆全摆出来一双一双展示给她看，给她介绍来历。

当他说到自己喜欢收藏鞋子，这里只是十分之一的数量时，宁朦眼前的鞋子，瞬间全都变成了金子。果然收藏只能是有钱人的爱好。

“你爷爷把你管得这么严，你收藏鞋子他不阻止吗？”宁朦看中一双马丁靴，比画了一下又失落地放回去了。

他笑了笑，一脸的狡黠：“他不仅不阻止，还会帮我收集。”

“为什么？”宁朦诧异地抬头，“不觉得是玩物丧志吗？”

“因为我收藏的鞋子里有五分之一是军靴。”

宁朦恍然，忍不住朝他竖起大拇指。陶可林失笑地压下她的大拇指：“我又不是为了讨好他才收藏的，是真的有些迷恋。”

他伸手从其中抽出一个盒子，拿出一双军靴给她看。

宁朦的眼睛亮了亮。

她几年前做过军靴的专栏，那时候到处收罗了不少，但当时找的模特感觉不对，所以收效甚微。

眼前的这一双军靴很漂亮，漂亮中又不缺乏霸气和硬朗。

“好帅！你平时会穿这个吗？”宁朦问。

“你忘了？我们第一次见面的时候我穿的就是这双啊。”他笑了一下，“而且下雪的时候穿这个超级防滑的。”

“暴殄天物。”

宁朦放好军靴后又翻了翻，看到一双疑似女款的 UGG 雪地靴，颜色还是骚气的荧光黄。她随手拿起来看了一眼，发现鞋帮上有一串签名，是日文的。

“这是？”宁朦好奇地问，“哪个明星的签名啊？”

“不清楚，朋友送的。”他说得含糊，收起鞋子时表情还稍微有些尴尬，虽然稍纵即逝，但还是被宁朦捕捉到了。

宁朦不动声色地记下那个签名，结果回家上网一查，发现是日本动作爱情女演员的签名。

她在家里闷头笑了好久，直接发了一张那个女演员的照片过去。

柠檬：原来你喜欢这一款哈。

蹭饭的：……

下午下班，宁朦还在想晚上要吃什么，出门就看到了颜书尧。

他的车就停在大楼门口，看到她立刻笑着朝她招了招手。

宁朦有些诧异，走过去问：“来找我的？”

“嗯。”对方仍然笑着，“虽然很唐突，但是刚好经过，就想等你下班。一起吃饭吧？”

宁朦有些犹疑，家里还有一只“小狗狗”在等她带食物回去呢：“可是我已经约了人。”

“是约了人还是单纯地拒绝我？”

宁朦一下子被问住了。

颜书尧有点失望：“真的不能给我一个机会吗？而且你真的要在大马路上拒绝我吗？我会有阴影的。”

宁朦只好上了车。

想给陶可林发信息让他自己解决晚餐，结果拿出手机才发现没电了。

“你车上有充电器吗？”宁朦问。

“充电器？没有。你的手机没电了？等会到饭店让服务员给你拿吧。”

两人到了饭店，宁朦第一件事就是找充电器。但颜书尧带她去的是一家私房菜馆，菜馆规模不大，服务员也没有备充电器。

颜书尧有些抱歉：“那我们换一家吧？”

“不用了，就在这里吧，没事。”

应该没事吧？

这顿饭她吃得心不在焉，颜书尧自然看出来了。

“看来和你约的那个人很重要，是男人吗？”颜书尧问她，“是那天在夜色送你回家的那个人？”

“嗯。”宁朦没有回避。

“对不起啊，让你失约了。”他嘴上这样说，脸上却丝毫没有抱歉的表情。

“算了。”

颜书尧转移了话题。

他很识趣，吃过饭后没再强留宁朦，直接把她送回家了。

“在这里放我下来吧。”车开到小区门口时宁朦说，“不远，我自己走进去就好了。”

颜书尧直接将车开了进去：“没事，我想和你多待一会。”

车子直接开到了单元楼下，宁朦跟他道了谢，刚要下车，扭头就看到车前站着一个颀长的身影。

她一下子就慌神了。

车前灯的光线很强烈，前面的人也毫不避闪，就那么直挺挺地站着，目光透过挡风玻璃静静地望进来。

“陶可林。”宁朦下车走过去问，“你吃饭没有？我手机没电了，都没机会跟你说我不能回来煮饭了。”

颜书尧自然也看到了车前的人，他跟着宁朦一起下了车，被青年不轻不重地瞟了一眼。

陶可林看了她一眼，目光很凉，有股说不清道不明的情绪：“嗯。”

他的声音很轻，宁朦甚至都觉得自己没有听出责备的意味，但某个瞬间心跳还是停顿了一下。

大事不妙。

他好像生气了。

陶可林饿了一晚上，终于意识到女人不会回来了，于是下楼想买点吃的，结果一出门就碰到约会回来的女人。

他是真的生气了，但是又不知道自己在气什么，人家本来就没有义务要煮饭给他吃，更不需要跟他报备行程，实在是没有立场生气。

“对不起啊，我手机真的没电了。”宁朦诚挚地道歉。

“没事。”陶可林轻飘飘地说，“当然是男朋友重要。”

宁朦有些尴尬：“他不是我男朋友。”

“哦？”陶可林眉梢轻挑，视线扫了一眼车旁边的男人。

两个男人对视了一眼，都从彼此眼中看出了对对方的审视和戒备。

陶可林不着痕迹地敛去所有情绪。

之后几天宁朦都没有看见陶可林。

他几乎每天都不在家，给他发信息他也不怎么回。难得更新了微博说想吃糖水了，她大老远打包带回来，结果按了半天门铃没人理会，用他留的备用钥匙开门进去也没看到人。

宁朦端着糖水在他家客厅拍了张照片发过去，问他在哪。

陶可林这次倒是秒回了，很是震惊：“你怎么去买了？”

宁朦：“不是你说想吃的吗？”

陶可林发了一个心情复杂的表情过来，说：“可是我现在人在日本。”

宁朦也震惊了："你怎么去日本了？什么时候回来？你还记得这个星期要交稿吧？"

陶可林冷哼了一声："难怪买糖水给我，原来是来催稿的。"

"到底画没画啊？"宁朦急了。

陶可林的声音有些不耐烦了："没画！不想给你画了。"

宁朦也来气了："你到底想怎么样？"

她说完这话那少爷好像更不高兴了，直接不回信息了。

宁朦气了一晚上，第二天直接请了年假，飞到东京去了。

飞机落地时她仍然有些恍惚，她好像有些冲动了。

一月份的日本还是银装素裹，下了飞机后那股浓浓的异国气息便扑面而来，伴随着冷飕飕的空气。

她上飞机之前给陶可林发了信息，大意是她要去日本催稿。陶可林估计以为她是开玩笑，就挑衅地回了一句"你来啊"。

之后宁朦再发过去他就不回复了。

宁朦走出通道，自然不会看到陶可林的身影，给他打了好几个电话他才接起，似乎还在睡觉，声音很模糊："干吗？"

"大少爷。"宁朦笑着说，"我给你送糖水来了，你不来接我吗？"

那边愣怔了好一会："什么？"

"我到东京了，现在在机场，你来接我吗？还是你告诉我地址，我过去找你？"

"你等等……"他有些迷糊。接着是掀被子的动静，声音倒是清醒了许多，"你真的过来了？"

"嗯。"

陶可林在那边顿了顿，隔了几秒才开口："在机场等我，别乱跑。"

宁朦这才笑了笑："好。"

她去买了杯热饮暖手，之后就照着陶可林的指示走到门口，靠着墙坐在行李箱上等他。二十分钟后她的手机响起，宁朦站起来四下张望，一下子就看到了不远处正从车上下来的高挑身影，她接起电话，笑着说："看到你了。"

他穿着一件黑色长款风衣，纯黑的围巾稍稍盖住了一点下巴尖，气质收敛很多，但仍然引人注目。

男人有所察觉似的，举着手机转了半圈，就看到了墙边的那个明黄色的身影，正用食指和大拇指朝他比心。

陶可林哑然失笑，关上车门迈开长腿大步朝她走去。

宁朦举起单反，冲着他一通抓拍，待男人走近了才收起相机。

陶可林接过她的箱子，瞄了她的相机一眼："拍什么呢？"

"收集素材。"

"怎么这么突然就过来了？来度假的？"

"来催稿的，你要是这两天能完成，我就有时间度假了。"她戳戳陶可林的胳膊，"你给我好好画画，别让姐姐丢了工作。"

陶可林似笑非笑地低头看了她一眼，走到车边把她的箱子放进后备厢，替她开了车门："酒店订了没有？"

"订了。"宁朦翻出手机的订单，递过去给他看地址，"这里，你知道位置吗？"

陶可林只是稍稍看了一眼，便"嗯"了一声。

车子驶出机场后就遭遇了堵车。

宁朦看这架势还要好一会，干脆头一歪，靠着椅背开始睡觉。

陶可林上一秒还在和她说话，下一秒回头就发现她已经歪着脑袋睡着了，不免有些好笑。

他趁着停车的间隙扭头看她，大抵是因为要乘机，她今天没有化妆，因此肤色是更贴近自然的白，耳郭宛若精灵的翅膀，小巧又透明，耳垂红彤彤的。她向来有捏耳垂的习惯,估计在机场等他的时候就百无聊赖地扯耳朵玩了一会。

车子转了一个弯，阳光照到她那一边，女人轻微地皱了皱眉。陶可林终究还是不忍心，伸手替她放下了遮光板。

没有了刺眼的光线，女人调整了一下姿势，睡得更沉。陶可林的视线从她的耳朵移到微微张着的粉嫩嘴唇，喉结滚动了一下。

他转过头，专心于路况，但车子只往前挪了几米后又堵了。

再往旁边看过去的时候忽然反应过来，哑然失笑。

不是女人没有化妆，只是以他的道行和她的修为，他暂时还没法分辨她没化妆和裸妆的区别。

这么一笑，他又怔住了。

陶可林觉得自己大老远逃过来，隔了几天心绪总算平复了一些，结果又在接到她的电话全乱了套。

她怎么来了呢？

她竟然真的来了！

怎么想，都觉得自己心里乐滋滋的。

越是不成熟的情愫越叫他欲罢不能。

到了酒店门口，陶可林刚要叫醒她，却在她睫毛轻颤，准备醒来的瞬间利落地踩下油门，驶离了酒店。

宁朦睁开眼，迷迷糊糊地看了一眼外面："还没到啊？"

陶可林面不改色地"嗯"了一声："刚刚堵车堵了很久。"

天知道她刚睡着没多久就一路畅通无阻了。

宁朦打了一个哈欠，转过去可怜兮兮地望着他说："可是姐姐饿了呢。"

宁朦看不见青年的另一边脸，嘴角正轻轻勾起。

陶可林的车子又开了一会，才终于在一间正宗的日式料理店前停了下来。

宁朦听着他用流利的日语和服务员说话，声音温柔又礼貌，让人觉得赏心悦目。

他点了很多东西，宁朦食欲大开，匆忙拍了几张照片，捡起筷子就开始大快朵颐。

陶可林把一个小碟子推到她面前，笑眯眯地说："试试这个，这是我每次到日料店必点的菜式。"

宁朦不疑有他，夹起那一小块寿司塞进嘴里，咬下的瞬间就有一股呛鼻的气味直冲脑门，她整个人头皮一麻，眼睛一热，连忙吐出那口东西，才发现寿司中间是空的，坏心眼的陶可林挤了一节小尾指长的芥末进去。

她纵然再爱吃芥末，也顶不住这一大坨啊。

陶可林笑得眼睛都眯起来了，睫毛一颤一颤的："怎么样？我看你还有些困，所以给你提神了，你到东京来一定要试一试这种滋味。"

宁朦气急败坏，一边抹眼泪一边用脚踢他："浑蛋！"

他勉强止住笑意，一边道歉一边把杯子推过来："来来来，喝口水。"

宁朦瞪了他一眼，接过杯子灌了一口。她是没想到陶可林还有后招，于是又毫无防备地喝了一大口，登时喉咙一片火辣，眼泪又飚出来了。

"陶可林！！！"宁朦差不多要摔筷子了。

"只是一小杯清酒，给你接风的。别掐我呀，哈哈，你在摸哪里……"

宁朦刚下了飞机，还没睡醒，吃了一口芥末又喝了一口酒，难免有些头脑发热。她打了陶可林几下，然后伸手要掐他的脸，却被对方后仰着捉住手腕用力一带，她立即失去平衡，几乎扑到了青年怀里。

慌乱间听到一阵急如鼓点的心跳，不知道是谁的，宁朦扶着桌子迅速坐好，佯装镇定地责怪道：“别再整我了啊，让姐姐好好吃点东西。”

陶可林似笑非笑地望着她：“吃吧。”

两人心怀鬼胎地吃着面前的东西。陶可林发现她很爱吃芥末，一时又忍不住笑：“姐姐，你口味好重呀。”

宁朦看了他一眼，没有搭理。青年还想逗她，冷不丁又听到旁边有人轻唤了一声：“陶可林？”

闻声两人都停下动作。陶可林抬眼看去，立刻敛起了刚刚肆无忌惮的笑容：“小瑾。”

立于他们身旁的是一个很漂亮的女生，穿着一件过膝的米色大衣，蓬松的大波浪垂在肩头，五官精致，看起来像一个洋娃娃。一双大眼乌黑明亮，正一瞬不瞬地盯着陶可林，微微笑着说：“真是你，好巧啊，你也是来参加原子的婚礼吗？”

陶可林“嗯”了一声。

宁朦想起来了，这是那天陶可欣的伴娘。

她的目光移到宁朦身上，脸上仍然挂着浅浅的笑意：“这位是？”

“宁朦。”陶可林介绍道，又回头对宁朦说：“我同学，言瑾。”

同学二字一出，宁朦看到那女孩的眸光暗了暗。

宁朦有些局促地冲她点点头：“你好。”

“你好。”她微微一笑，又开玩笑般柔声问陶可林，“女朋友吗？”

宁朦微微一愣，尚未开口辩驳，就被陶可林伸手揽住腰，往自己身边拢了拢，冲那女人笑了笑，答案不言而喻。

宁朦推了推他，笑着对那女人解释：“他开玩笑呢。”

陶可林没有再说话，而是颇为温柔地摸了摸宁朦的脑袋，一脸“我知道你不好意思，我不戳穿你”的表情。

这一幕自然一丝不差地落入了对面人儿的眼里，宁朦从女孩眼底看到了一丝痛意和失落，连她都有些不忍心了。

宁朦还想解释，陶可林已经快她一步揽着她站起来了：“我们吃好了，还有点别的事，就先走了，婚礼那天我们再见吧。”

女生的笑容有些浅：“好。”

陶可林没再看她，拉着宁朦去结账了。

出门前宁朦回头仍然能看到那个女孩立于他们的那张桌子前，盯着陶可林用过的碗筷发呆。

宁朦最看不得小姑娘这副模样，上了车就把纸巾盒丢到他身上："干吗要骗人？"又说，"我都没吃饱你就把我拉走了。"

陶可林扬扬眉，朝她龇牙一笑，把纸巾盒放好。

"言瑾？"宁朦隔了一会又反应过来，"那个画漫画的言今？"

陶可林"嗯"了一声，一副没打算多说的模样。

她也没有多问，只催促他快点开车送她回酒店。

陶可林漫不经心地应了一声，路上他接了一个电话，全程说日文，宁朦听不懂一个字。待他挂了电话，才转过来一脸抱歉地对她说："朋友那边有点事，我得赶过去。"

宁朦一脸疑惑地看着他："所以呢？"

"这边离酒店比较远，但是我住的公寓就在前面，要不你先去我公寓坐一下，等我忙完了再送你过去。"

"啊，那算了。"宁朦不好意思麻烦他，"我自己搭车过去吧，你先忙你的。"

"没事。"他说着已经转了方向盘，将车开了出去，"你到我那去吧，你一个人人生地不熟的，还语言不通，我怕你找不到位置。"

宁朦只能"哦"了一声："那行吧。"

他的公寓确实很近，拐一个弯就到了。陶可林下车帮她拿了行李，直接带她上了楼。

公寓不大，是三十平的一居室，陶可林说是朋友租的房子，因为有事回国了，所以腾出来给他住了几天。

"这里虽然小，但比酒店方便一点，厨房和浴室你都可以用，冰箱还有一些食材。"他把宁朦的行李箱搬进去，放到角落里，和他的行李箱并排放好。

地板上很干净，客厅的茶几不出所料地被他征用了。宁朦脱了鞋走过去，翻了几张画稿，颇为欣慰："真乖。"

陶可林笑了一声，弯腰从鞋柜里拿出一双拖鞋，在她身边蹲下，拍了拍她的小腿示意："来，穿上。"

宁朦低头看了一眼，又抬头看他。

"是我的，就昨晚穿了一晚。"

宁朦把头一摆："不穿，你有脚气怎么办。"

陶可林气得掐她："不穿你要光脚上厕所啊，快点穿上，我要出去了。"

宁朦才不情不愿地套上鞋子。

"床上的被单是我朋友提前买的，都是新的，你要困了可以休息一下。"

宁朦的视线仍然落在他的画稿上，一脸的心不在焉，陶可林忍不住捏她的耳朵："听到没有？"

"听到了听到了。"宁朦敷衍道，挥手推了他一把，"你快走，你好烦。"

陶可林一脸错愕，伤心地又掐了她一把才转身出门。

他走了之后宁朦立刻化身小助理，先是把茶几上的东西整理了一遍，又把他的画笔颜料规整好，然后才找出洗漱用品到浴室洗脸。

弄完之后她腰酸背痛，躺在沙发上不愿意动弹，偏偏陶可林又发信息过来。

小少爷：家里有点乱，不好意思啊，浴室里有桶脏衣服，麻烦帮我丢洗衣机里洗一下，我早上忘记洗了。

宁朦发了一个"食屎啦你"的表情过去。

但人还是像个老妈子一样晃悠悠地爬了起来，把那桶衣服倒进洗衣机里，又看到床尾有一套换下来的衣服，也一并丢了进去。

之后她就倒进沙发里，睡了个昏天暗地。

醒来的时候是因为听到门口的钥匙响，宁朦翻了个身，看着进门的是陶可林，便又闭上了眼睛。

陶可林把手中的袋子搁在厨房的流理台上，脱掉外套之后又拿出新买的拖鞋换下沙发边的那一双。踢开落地灯，轻轻拽了拽宁朦的耳朵："醒醒，起来吃东西了。"

宁朦哼了一声，说："衣服洗好了，我还没晾。"

"知道了。"他的声音很轻很温和，直钻宁朦的耳朵，"你先起来吃点东西，这都九点了。"

宁朦只好睁开眼，费力地拉着陶可林的胳膊坐起来。

陶可林给她倒了一杯温水，又到厨房把外卖端出来，等她缓过神开始吃东西了，他才起身到阳台上去晾衣服。过了一会儿，宁朦又看到他折回来，无可奈何地问她："你把我放床上的衣服也洗了啊？"

宁朦咬着筷子看他："有什么问题？"

陶可林咬牙切齿的："我就带了三条内裤过来，昨天洗的没有干，这最后一条你也给我丢进去了。您大老远跑来其实是来折腾我的吧？"

宁朦笑得肚子都疼了："不好意思啊，我真的没注意，我也是好心啊，要不待会我给你拿吹风吹一吹？我带了吹风筒的。"

陶可林哀怨地看了她一眼。

他再回来的时候宁朦已经吃得差不多了，她刚想起身收拾，陶可林就抢先一步接过她手里的餐具走到了厨房。

宁朦少见他有这么体贴的时候，忍不住跟过去站在旁边观摩，看着他把食盒装回袋子，利落地扎起来，往旁边的垃圾桶一丢，然后洗手。

洗手倒是洗得挺干净的。

青年洗好手之后回头，笑着问："凑过来干吗？"

"那可是无印良品的食盒，你就这么丢了？"

他微微一怔，回头看了垃圾桶一眼："糟糕。"

宁朦失笑，走到沙发边拿起自己的外套，一边穿一边找手机，起身的时候看对方一脸不解，提醒道："送我回酒店啊，这都几点了。"

他才反应过来，踉踉跄跄地回去穿外套："对对，我都忘了。"

"不然我跟你在这挤吗？"宁朦嘟囔着到玄关换鞋围围巾。

青年穿上大衣，扶着鞋柜歇了半分钟似的，才抬起头看着她的脸色，小心翼翼地说："我都忘了你还在这了，刚刚跟他们去喝了点酒，也是朋友送我回来的，我的车还在那边。"

宁朦冷漠脸。

他巴巴地望着她："对不起啊女神，真的对不起。"

宁朦冷漠脸更甚。

"我叫车送你回去吧，然后我再搭车回来。"

"算了算了。"宁朦蛮不耐烦的，"这么晚了，你来回跑不累吗，我自己打车过去吧，没事的，我机灵着呢。"

她拖着行李箱要出去，却冷不丁被人拦住腰，直接往里面推，"都这么晚了，你要不还是在这将就一晚吧，酒店离这太远了，你要是出事我不得内疚一辈子啊。"

宁朦也实在不想来回奔波了，她眨眨眼："我不想睡沙发。"

"我睡，我睡。"他笑了笑，"可以？"

宁朦连忙换回拖鞋拿上睡衣去浴室洗澡了。

她出来的时候陶可林正背对着她拿着她的小吹风苦哈哈地吹着他的内裤，宁朦刚要嘲笑他几句，就听得啪嗒一声，同时眼前一黑。

陶可林低咒了一声。

“跳闸了？”宁朦问。

“不清楚，我去看看。”

宁朦怕冷，先缩进了被窝。

他举着手机到外面去检查，说是电路老化，一时半会修不好了。

“你先去洗澡吧，还好我刚刚有帮你放水，不然这会儿你连澡都洗不好了。”

陶可林“哦”了一声，丢下吹风和内裤就进去了。

他洗完出来之后摸索着从衣柜里抽出一张毛毯，直接躺到沙发上了。宁朦还在追问稿子的事，恨不得让他现在点蜡烛画。陶可林在那边装睡不想搭理她，结果几分钟之后就不可遏制地打了两个大喷嚏。

断电了暖气自然也没了，陶可林只盖了一床薄毯子，这样睡一晚肯定要冻僵。

宁朦过意不去：“陶可林，要不你到床上来吧。”

陶可林那边静了一下，好久才答话：“我没穿内裤。”

“什么意思啊，我还能对你做什么不成？”宁朦的声音里隐约带着笑意，“这话说得我是怪阿姨似的，而且你不是穿了裤子了吗？”

“不是。”陶可林有些无奈，“你有点危机意识行不行？我是男的好不好？你该担心你自己吧。”

“噢，这个意思啊。”宁朦笑了一下，转过头去看沙发上的黑影，“可你不是说我是女神经吗，你对女神经会有兴趣噢？”

陶可林噎了一下似的，小声说：“女神经也是女的啊。”

宁朦皱眉：“你不是在害羞吧？”

那边没了声音。

宁朦一拍床板坐起来：“少废话了！你和我睡得还少吗？刚认识不到一个月，是谁赖在我家沙发不走，还登堂入室睡到我床上的？”

“登堂入室不是这样用的姐姐。”话是这么说，但人却抱着毯子乖乖挪过来，一溜烟地爬到了床的另一侧。

本来他也只是象征性地推托一下而已。

宁朦在被窝里想踹他，想到他没穿内裤也就作罢了。

“好好睡觉，别面对着我就好了。”

他倒是安分地窝在一个角落，宁朦又不免担心：“你冷不冷啊，那边还有被子吗？”

陶可林没有作声，宁朦的姐姐爱开始泛滥，噌地坐起来往那边看过去，发现他半边身子盖的是毛毯，很是不解：“当初和我抢被子盖的人是谁啊？”

陶可林把她推回去：“你睡你的，别管我。”

“才懒得管你呢，是怕你感冒画不了画。”她把被子扯过去，“别矫情了，赶紧睡。”

陶可林扭头看她，眸子水亮：“你可真豪迈。”

宁朦笑了一声，打了一个呵欠，寻了一个舒服的姿势：“我只对你这种小朋友豪迈。”

许久没有听到身边的青年说话，宁朦以为他睡着了：“陶可林？”她转头去看，结果差点撞到他的鼻子，连忙往后退，不悦道，“凑这么近干吗？”

陶可林笑了一声，揶揄她：“小朋友怕冷啊。”

“姐姐，我要抱抱。”

“滚滚滚。”

陶可林勾唇，他没有睡意，干脆撑着脑袋侧身面对着她，屋里很暗，但他却能轻易辨认出女人的轮廓。饱满的额头，眼窝，鼻梁，有点翘的薄唇，往下是纤细的脖子，再往下……一下子不仅是心动，还有些心痒难耐。

宁朦伸出手推了一把他的脑袋，毫不留情地背过身去：“赶紧睡吧。”

陶可林笑了一下，按捺住晃荡的心神：“睡吧，睡神。”

第二天早上宁朦醒来的时候陶可林已经买早餐回来了，她吃过早餐后问他今天的安排。

“暂时还没事，你想去哪玩？我带你去。”青年殷切地说，“上次你不是说让我帮你带化妆品吗？”

宁朦微微一笑，咬着牙说：“玩你个头！给我画画！”

陶可林倒是没说什么，吃过早餐就开始工作了。

乖得让人诧异。

鉴于他这么积极，中午宁朦亲自下厨，用冰箱里的食材弄了几个小菜，把他伺候舒坦了，于是下午画得更迅速了。

照这速度，明天下午就能完工。

晚上陶可林把宁朦送回了酒店，她想自己去逛逛，就把他赶走了。

她在外面溜达了一圈，又去药妆店败了几万块，吃过东西回到酒店已经十点多了。她洗完澡刚躺到床上，电话就响了。

是陶可林的电话，接起后那边却是一道陌生的声音："您好，请问是宁小姐吗？"

宁朦有些愣怔："是的，请问你是？"

"你好，我是 Collin 的朋友，他喝多了，说自己住在这里，我们已经到酒店楼下了，方便说一下楼层吗？我们把他送上去。"

宁朦云里雾里的，又确实听到陶可林的一些声音，便告诉了他们楼层。

他们花了十多分钟才上来，宁朦从门缝里看到了陶可林才打开门，扶着陶可林的人笑着和她打招呼，又解释了一下陶可林喝醉的原因。她反应有些迟钝，看到那个年轻人把陶可林扶进来放到了她的床上才后知后觉地说："他不住这边的，他有公寓。"

那人一怔："但我们问他的时候他就报的这个位置。"

宁朦有些哭笑不得，还要解释，那人的电话又响起，他似乎来不及和她说什么，接通电话后跟她打了个手势就匆匆忙忙走了。

宁朦追到门口，一直说陶可林不住这里，他俩不熟，但那人充耳不闻，直接上了电梯。

宁朦关上门，回头就看到陶可林坐在她的床上，眯着眼睛慢悠悠地问："你和谁不熟呀？"

"你。"宁朦没好气地说。

陶可林那句昨晚是谁非拉着自己和她睡的话被硬生生憋了回去，他提醒自己，这妞是吃软不吃硬的。

他扶着桌子站起来，身子晃悠悠的，走一步都要倒下的感觉："抱歉，我只是和他们说我有朋友住这里，可能他们误会了，打扰了，那我先回去了，你好好休息。"

宁朦抱着手臂站着不动，斜眼看他。

一直看着他踉跄地走到门口，才一把拉住他："行了吧，真烦，赶紧去洗澡睡觉。"

陶可林心下一喜，他可不就在等这句话吗，但面上仍然不动声色，还装模作样，犹犹豫豫地问："方便吗？"

宁朦见了鬼似的表情，歪着头打量他："哎陶可林你最近是怎么了？转性了？以前是谁死皮赖脸要在我家蹭吃蹭喝，连枕头都搬过来的？现在还跟我装娇羞，赶紧去洗澡！再啰嗦我揍你啊。"

陶可林抿唇，喜滋滋地闪进了浴室。

他没有带衣服过来，直接穿了浴袍出去。宁朦靠在床头玩手机，看到他出来，连忙在床上摆了一个大字。

陶可林一脸诧异。

“你睡地上，我今晚要自己睡。”

原来是宣告领地，陶可林摸摸鼻子：“我以为你是在邀请我呢。”

宁朦丢了一个枕头给他。

他抱住那个枕头，可怜兮兮地望着她：“地上冷。”

宁朦转过身背对着他，不想搭理他，直到背后的床微微震动了一下，她刚要回头，就被人整个从后面抱住：“我要睡床上，我要睡床上。”

“你给我下去！”宁朦挣扎，踹他，各种方式都用尽了，他却跟块牛皮糖似的紧紧黏着她，分外赖皮：“就不。”

宁朦反手去掐他，对方干脆抬起脚夹住她，宁朦完全被擒拿住了，动弹不得，只能转过头怒视他。

青年已经闭上了眼睛，舒舒服服地抱着她睡着了。

宁朦气冲冲地想等他睡着再把他踢下床，结果没几分钟后自己就在这个格外温暖的怀抱里睡着了。

第二天早上起来宁朦才发现外面下雪了。

她兴奋得不行，一边穿衣服一边把陶可林拽起来：“走，陪我下去逛逛。”

他酒意还未全消，也没有睡好，眼睛都睁不开，但是看宁朦高兴的样子，就一声不吭地起来洗漱，陪她下楼了。

宁朦端着相机拍了几张照片，又把手机递给陶可林让他帮忙录一段视频。

陶可林见怪不怪地举着相机跟着她，看她蹦蹦跳跳，一会猫步一会倒着走，又用手捏了一个拇指大小的雪人，放在掌心里展示在摄像机面前，被陶可林冷不丁地伸手一拍，瞬间碎成一摊雪水。

宁朦大怒，抬脚踹他：“你手怎么这么贱啊！”

陶可林呵呵笑着，一边躲她，一边说：“给网友们看看这究竟是女神还是女神经……欸你怎么还打人呢，唉唉……”

吃早餐时，宁朦才拿回手机，发现他已经直接把视频分享到微博了。

她把面前的汤碗扣到他脑袋上的心都有了。

“谁让你发的啊！”

陶可林正吃着面，被凶了也只是漫不经心地看了一眼：“啊，我点错了。”

宁朦简直要气疯了！

视频微博转眼评论就有三千多了，她点进去看了看，好在大家没有吐槽她的形象，而是纷纷问给她拍视频的人是谁，是不是上次那个邻居。

又说陶可林手好看，声音好听，问宁朦是不是要结束单身了。

她在底下恶狠狠地回复：路人！

很快就有眼尖的网友发现她是在日本，犀利地问：柠檬大大，我男神也在日本啊啊啊啊。

底下有人回复她：哪个男神？你说的是不是陶 Collin？

那人回复：是的是的。

然后引发一波网友评论。

进击的喵酱：原来你们都不知道吗？陶 Collin 新漫画的编辑就是她啊！上次陶 Collin 发微博的事情，你们不知道吗？陶 Collin 喜欢我们柠檬啊。

还附上了上一次陶可林发的微博的截图。

真相帝：真的在一起了？

雨一直下：什么鬼，我不相信啊我的女神！

冰冰冰冰：什么鬼，我不相信啊我的男神！

宁朦放下手机伸手去掐他。

陶可林一脸无辜：“啊，干吗？好疼。”

中午陶可林去参加了婚礼，临走前还问她要不要一起去，被拒绝了也没说什么。

晚上仍然是醉醺醺地被人送到酒店来，宁朦见怪不怪地让了半张床给他，看他是真的醉得半点意识都没有了，还心软地给他擦了脸和手，端茶倒水照顾了半宿。

第二天陶可林过意不去，说要带她去玩。

宁朦是傻才会拒绝。

陶可林是个好向导，他安排的行程是最舒适的。一来他在这边待过，二来语言没有障碍，三来，他的脾气超级好，又很会看人眼色。宁朦一累了他就找地让她坐，一饿就有东西吃，完全不需要她开口。宁朦是有吃便吃，有玩便玩。

两个人白天到处跑，晚上就去逛逛街购物或是吃点好吃的，然后回酒店休息。陶可林嫌远，干脆让她换了双人房，赖在她房里。

第二天他们去看了富士山，晚上就住在富士山脚下的箱根地区。预订的酒店小巧精致，简朴而优雅，最难能可贵是无一处沾染商务气息，立于任意一处都能眺望富士山美景。

宁朦下车后站在酒店门口回头，一眼就看到璀璨星空下，层叠绵延的雪山静静地立在那里，山顶覆盖的积雪在夜色中白亮如灯，仿佛等了几千年。她被此景美得回不过神来，陶可林拿下行李交给酒店的门童，笑着回头叫了她一声："过来，先办入住，我们回房间再看。"

手续很快就办好了，宁朦亦步亦趋地跟着他进了房间，看着他把行李搁在门口，才后知后觉地问："又住一起？"

他"嗯"了一声："省钱啊，你知道这里一晚有多贵吗？"

宁朦无言以对。

房间她是很满意的。日式套房内温暖整洁，十平方米的小客厅中只有一张小桌子和垫子，卧室比客厅大很多，衣柜小桌一应俱全，木质地板上铺着两张榻榻米。

陶可林推开卧室的隔门将行李箱放进去，拉开落地窗："要是一个人住的话就没有温泉泡了。"

宁朦回头就看到一个私人露天风吕，她尖叫了一声就要跑过去。

阳台外的木廊下没有任何遮蔽物，三面都大喇喇地敞开着，只有几张迎风飘扬的薄帘子，露天得不能再露天了。

外面虽然冷，温泉水却是热烫的，冒着腾腾热气，边上连浴衣水瓢什么的都备好了。

宁朦恨不得马上就脱掉衣服跳进去，却被后面伸出的一只手扯住衣领拖了回来。

"泡温泉前不能空腹，这点常识也不知道吗？"陶可林笑着提醒她，"着什么急？"而几乎是他的话音刚落，客房的门铃就响了。

陶可林松开手懒洋洋地走过去开门，门外穿着和服的女人温柔地说着什么。陶可林点点头后，那女人就领着后面的人进来了，将手中端着的东西一一摆在客厅的桌子上，布置好后才朝陶可林和宁朦弯了弯腰退出去。

宁朦趴到桌子边打开，果然是几道精致的日式小菜，还有一小盅清酒。陶可林在她对面坐下，又将筷子递给她。

听说温泉旅馆提供的日本料理比坊间的更为高级新鲜，堪称日本料理当中的极品，宁朦虽不喜冷食，但仍然觉得这食物很诱人。

陶可林慢悠悠地喝着小酒。宁朦心急，尝了几口就丢下筷子，和他说了一声就飞速地去浴室淋浴，裹着浴巾入了温泉。

舒服得让人想尖叫。

这种天气不泡温泉多可惜，何况对面的景致这么美。

宁朦泡了没多久就听到背后传来声音，她回头看了一眼，整个人顿时僵住了。

她做好了陶可林会过来嘲笑她的准备，但万万没想到他也有下池的打算。

长身玉立的青年裹着浴袍站在边上，一脸坦然地解开了本来就松垮垮的带子，唰地脱下浴衣，只围着一条浴巾包着下半身，利落从另一边下了水。

宁朦怔怔地看着他，和他年轻健硕的上身，本来就泡得头昏脑涨的脑袋更加充血了。

宁朦会蒙，完全是因为陶可林，他的身材太好了！

以前也不是没有见过前男友不穿衣服的样子，但是坦白说她并不迷恋那一款，姚琛喜欢健身，也有刻意练，所以手臂和腰腹都有明显的肌肉。陶可林没有那些突张的肌肉，但也很结实，线条流畅，锁骨迷人，人鱼线隐隐若现。

与其说她迷恋，不如说她羡慕。

年轻的身体啊，总是令人心生向往的。

对方冷不防地扬手泼了她一脸水，表情似乎颇为不悦："要不要开了灯让你看仔细点？"

宁朦讪讪地挪开视线，倒也没敢否认。几秒后察觉青年的视线仍然在这边，觉得有些尴尬，回头朝他笑了一下试图缓解气氛。他在另一边微微一怔，也跟着笑了一下。

但两个人的笑都很微妙。

其实两人泡泉根本没有什么问题，在日本混浴是很正常的，但是这个浴池也就二十多平米，两人都只裹着浴巾，一想到她周围的温水有可能接触过他的肌肤，宁朦就一阵腿软。

"告诉你一件事。"陶可林突然说。

"什么事？"

"其实，日本的温泉不能穿衣物下水的。"

宁朦僵住。

"所以，我要扯掉浴巾了哦。"

宁朦吓了一跳，下意识地背过身去，隔了半秒身后没有任何动静，却传来青年的笑声，才反应过来自己被戏弄了。

她有些恼火，拽着浴巾就要上去，被憋着笑的陶可林拉住了：“对不起对不起，我不闹你了。”

宁朦回头，一脸认真：“我去摘掉浴巾。”

青年微微一怔，也不知道想到了什么，耳朵又红了，声音也磕磕绊绊的：“不，不用，这里可以不用的。”

“我想摘。”

宁朦以为他会为了避嫌而离开，没想到他顿了半秒，突然又说：“公平起见，你摘的话，那我也摘。”

宁朦：“打扰了。”

浑蛋，还是玩不过这小子。

这一晚两人都睡得不是很安稳。

第二天她被陶可林捏着鼻子叫起来去吃早餐。

真是难得他醒得比她早，还洗了澡，身上香香的。

酒店的餐厅在一楼的大堂后面，一整片的玻璃墙背后竟然是一片森林，夹着雪花也依旧郁郁葱葱，隐秘的山林里面还藏着隐隐约约的流水声。

这间酒店贵是有理由的。

宁朦还未睡醒，仍然有些恍惚，她在窗边坐下。过了一会陶可林端着食盘过来在她对面坐下，又体贴地递过餐具。

“还想去哪里玩吗？”

“想睡觉。”

陶可林笑了：“就这点战斗力？”

“这里太美了，我都不想动了。”

自然又被笑了一番。但是吃过早餐他还是让她回去补觉了。

两人在房间躺到下午才出门，只去看了一个日落，就回了东京。

抵达酒店的时候已经晚上十点多了，两人都不太想出门，洗过澡就窝在一起看电影。刚看到一半，陶可林又接了一个电话。

最后带着不明所以的宁朦出了门。

宁朦虽然困，但是真的到了目的地，又开始兴奋了。

他带她来的是歌舞伎町一番街。

宁朦虽然没有来过日本，但是对这地方早有耳闻。一路走下来她能看到穿着各种制服的女人们朝陶可林抛媚眼。真的是抛媚眼，她敢说她有生之年都没有见过这么裸露的抛媚眼，比起他们第二次见面时，陶可林在酒吧被女人搭讪那阵势，真的是小巫见大巫了。

本来两人是并排走，后来他实在受不了那些女郎的注视，干脆揽住宁朦的腰做挡箭牌。

但那些人即便知道他有女伴，也仍然会朝他招手。

宁朦有些怨怼地推了他一下，嫌弃道："走开啊，谁要和你走了，我刚刚和一帅哥对上眼，你真是扫兴。"

陶可林快笑疯了："你是认真的？"

走出这条街之后陶可林和她上了出租车，直接到了一家酒吧门口。进门后他到吧台叫了两杯酒，吧台后在擦杯子的侍员意外地抬头，一脸惊喜地叫："Collin！"

然后是一大串宁朦听不懂的日语对话。

她大概可以看出两人是朋友，也许是陶可林这次来日本没有事先和他打招呼所以被骂了。

两人唠了半天嗑，男子把酒分别递给宁朦和陶可林，然后用眼神示意陶可林，宁朦直觉是在问关于她的事。陶可林不知道说了些什么，于是对方露出一个心领神会的表情。

宁朦不知道他是怎么介绍自己的，但也懒得和他计较了。

之后陶可林的朋友打了一个电话，不到十分钟又来了一拨人，看起来都是陶可林的朋友，他们笑着打招呼，女生都涌过来拥抱他。

这场重聚持续到半夜，陶可林喝了很多酒，最后仍然是由他的朋友们把他扶回酒店。

宁朦没喝多少，但也累了，和陶可林在浴室相互扶持着洗了脸漱了口，几乎是倒床就睡。

早上是在清婉的鸟啼声中醒过来的，米色棉布窗帘半开着，可以一窥窗外的景色。宁朦转过头，视线中是熟睡着的陶可林，肌肤雪白，红唇如樱，整个下巴都埋在被子里。

宁朦忍不住伸手帮他把被子拉低至颈部，露出他的整张脸，撑着脑袋看他。

熟睡的陶可林脸上没有了往日里的各种表情，没有了漆黑如渊的双目，那仿似一枚深山里凿出来未经雕琢的璞玉。

她一向知道他可塑性强，现在是越发觉得他没做模特太可惜。

青年浅浅的呼吸和在晨风中颤抖的柔软黑发，宁朦是越看越入迷，越看越觉得像个白白嫩嫩的婴儿，让人忍不住想要揉捏啃咬。

这个念头冒出来得太突然，吓了她一跳，但也很快就释然了。漂亮的风景让人流连，好看的人自然会多看两眼。

可能是她的目光太过灼热，不到半刻钟，陶可林就颤了颤睫毛，悠悠地醒了过来。还惺忪的双眼一睁开便对上女人的，他微微一怔，无意识地“嗯”了一声，扯开嘴角朝她一笑。

“早啊。”他的喉结滚动，发出喑哑的音节。

宁朦的心跳有些加快，慌忙转开头，“嗯”了一声算是回答他。

“机票是今天下午的。”他伸了个懒腰，修长的手臂从被窝里伸出来，枕着后脑勺重新闭上眼睛，懒洋洋地说，“吃过午饭我们再过去吧。”

宁朦又“哦”了一声。

回去的时候他在机场闭目养神，宁朦一个人到免税店转了几圈，在大屏幕上看到一段酒店的宣传，是说在东京，迎接您的是丽兹卡尔顿酒店。两万五千元的套房价格，让您饱览富士山的壮丽景色，也可以看这座城市美丽的夜景。如果您还清醒的话，可以花一万八千美元来一瓶钻石永恒马丁尼酒，在瓶子底部有一枚一克拉的钻石正等着您。

画面很美，几乎能让每个人女人心生向往。

宁朦站在人来人往的大厅里，来来回回看了两三遍广告，有些失神，冷不丁地被推了一下脑袋。青年带笑的声音在耳边响起：“看得这么着迷？想结婚了？”

宁朦觉得有些丢脸：“并没有，只是觉得这个酒店很吸引我。”

他又笑，也转过头去认真看广告，末了摸摸鼻子，扬着眉道：“所以这年头没有钱还不能求婚了？”

宁朦被逗笑了。

确实，若是能碰到对的人，这些形式根本没有必要。

第三章 男神的隐藏主角

陶可林到家后二话不说就投入了他的赶稿事业中，宁朦一边骂他没有规划好时间，一边跟个老保姆似的给他煮饭拖地。

总算在截稿日前赶完了稿子。

晚上宁朦在公司开会加班，下班走出大楼的时候已经九点了，陶可林问她吃饭没有，她回了一句，才看到手机弹出微博特别关注，陶 Collin 发布了新微博。

宁朦坐进车里，一边点火一边点开了微博。

陶 Collin：据说这笔很好用。

配图是一张画纸，寥寥数笔画了一只小猫，线条有些粗，是因为旁边的画笔不是他常用的画笔，而是几支眉笔。

宁朦瞬间炸了。这几支眉笔都是她从日本带回来的最喜欢的几款，昨天晚上才在微博上推荐过！

她怒气冲冲地往回赶。大概是知道她会奓毛，陶可林都没敢过来吃饭，宁朦来叫他他也躲在卧室里装死。

微博下面自然又一片鬼哭狼嚎。

进击的喵酱：男神你忘记@一颗柠檬

冰冰冰冰：呵呵，散了吧，这两人真的是有什么的。

雨一直下：我女神自然是美的，但是不知道博主怎么样，配不配得上我女神。

Dhihei233333：一个网红脸才配不上我男神好吗。

真相帝：猝不及防一口狗粮。

这个是小号：不知道评论里在酸什么，人家配不配关你们什么事啊。

晚上陆云生给她发微信：看来去日本还是有用的，都知道炒 CP 了，我很欣慰。

宁朦是有口难辩。她无辜多了几千黑粉，把她化妆视频喷得体无完肤。

两人都没有对此做任何解释，像上次一样，过了几天之后倒也平息了。

毕竟陶可林没有指名道姓。

周末宁朦和陶可林窝在家里看《动物世界》，忽然接到莫绯的电话，语气很急地让她立刻到C市一趟。

“去C市？”宁朦有些莫名其妙，“去C市干吗？”

“你别问了，现在就过来，到了给我电话。”她的语气很怪，说完就挂了电话。

宁朦嗅到一股风雨欲来的味道，再给她打电话她就不接了。

靠在沙发上打游戏的陶可林看了她一眼：“怎么了？”

宁朦摇头，径自起身回房收拾行李，陶可林抱着抱枕跟过来，茫然地望着她：“要出门？去哪？”

“去C市。”宁朦弯腰在床头找充电器。

陶可林的眼睛亮了起来，语气中夹杂着隐隐的兴奋：“海边？我也要去！”

宁朦回头看了他一眼，认真地道：“我是有事。”

“你忙你的啊，我去找素材。”他向来理由多，“漫画就要画到主人公到海边度假了，我不得去找点灵感吗。”

宁朦犹豫了两秒钟，后者把抱枕一扔，飞快地跑回家收拾了。

等她出门时，陶可林也换好了衣服提着双肩包站在门口等她。

他穿着纯白衬衫和黑裤子，脚下是一双Vans的黑白板鞋，因为来不及打理头发，于是扣着棒球帽，简单又帅气，纯粹去度假的感觉。这真的给宁朦很大的压力。

自从隔壁住进了这么一个小鲜肉，宁朦穿搭都开始刻意避开那些成熟的暗色系了，就连最近的化妆教程也多数是俏皮粉红系。

即便如此，两人出门她还是会被碾压。毕竟颜值和身材相差太大。

两人抵达的时候已经是下午三点了。

C城是靠海的临市，地理位置偏南，气温高一些。

开了三个多小时的车，陶可林又累又饿，不停地把睡着的宁朦摇醒，两眼水汪汪的，一脸哀怨。

“别看我，你自己要跟来的啊。”宁朦笑着把他的脸转回去，他又转过来。

“刚刚在收费站让你买点吃的你又不愿意。”宁朦嘟囔，“好好开车，马上就到了。”

他们刚找到一个地方吃东西，车还没停稳，莫绯的电话就催魂一样地打来了，让他们直接去酒店找她。

宁朦二话不说就让陶可林开车，他恨恨地踩着油门，两眼都泛着绿光了。

他们的车还没靠近酒店，就有一个女人站在路边拦下了他们的车。

宁朦放下车窗：“莫绯？”

面前的女人戴着一顶帽子和遮住大半张脸的墨镜，衣服也不像是她的风格，宽宽大大的看不出身形，看起来倒是像掩人耳目的明星。

女人伸手捏了捏她的脸示意，打开车门上车。

陶可林冲她笑了笑，莫绯拿下墨镜，和他说了一声“嗨”，然后递给宁朦一个暧昧的眼神。

宁朦刚要解释，“女王”莫绯又下了命令：“直走三百米有一家蛋糕店，我订了一个蛋糕。”

这次陶可林倒是会看人眼色，直接把车开出去了。

莫绯去取蛋糕时他们两个饿死鬼也顺便买了一大堆吃的。

女王拎着蛋糕出来的时候问宁朦要了车钥匙，径自上了驾驶座，宁朦和陶可林迅速坐上后座瓜分食物，刚吃几口车又开回了酒店。

三人往酒店走，陶可林在后面扯了扯宁朦，低声问：“什么情况？”

宁朦也摸不着头脑，但隐隐有一丝预感。

陶可林望着莫绯的神色，越发觉得这一趟是来捉奸的，但他没有说出口。

莫绯径自到了前台，把蛋糕往台上一搁，展开一个甜美的笑容，冲前台的小姑娘说：“你好，我男朋友住 1607 号房，今天他过生日，我想给他一个惊喜，你能把 1607 的房卡给我吗？”

宁朦心里咯噔一下。

那前台的小姑娘狐疑地看了这几人一眼，还算客气地说：“对不起，酒店有规定，我们要保护客人的隐私，不能把房卡给你们。”

莫绯也不着急，低头从包里拿出一张纸条递给她：“这是我男朋友的名字和身份证号码，你可以查一下，我没有说谎。”

但那小姑娘连看也没有看一眼，依旧职业化地说：“抱歉，我们不能帮您，要不我给您打个电话上去？或者您还是直接去找他吧。”

莫绯皱起眉头，盯着那姑娘看了几秒，把纸条捏成团，从兜里掏出手机，直接拨了一个号码过去，低声说了几句。

几乎是她刚挂电话，这边前台的电话就响了，小姑娘莫名地接起电话，听那边说了几句后脸色变了变，挂掉电话后神情变得很恭敬，双手给莫绯奉上了 1607 的房卡。

宁朦目瞪口呆。

莫绯接过房卡说了声谢谢，拎着蛋糕大手一挥，示意宁朦跟上。

宁朦和陶可林对视一眼："要不你先走？我把车钥匙给你。"

陶可林用莫绯听不到的声音说："你觉得我现在还能放心走吗？"

宁朦皱了皱眉。

莫绯不是凌厉的人，但是在处理有关崔金铭的事情上，总是会失去理智。她已经能预料到待会不可控的局面了，下意识地不想让陶可林看到那些难堪的画面。

出了电梯，莫绯打开小包拿出 DV 机给宁朦，交代她说："待会你就负责录像，站在我后面别作声。"

宁朦"哦"了一声，看了一眼陶可林，小声说："待会你就在门口等我们吧。"

后者摸了摸她的脑袋安抚她。

她拿着 DV 机忧心忡忡地跟着莫绯，穿过酒店房间外的长廊，一直来到 1607 的门口。莫绯递给宁朦一个眼神，拿出房卡轻巧地开了房门。

这个时候就算万分不想进去也没有退路了。

莫绯已经走进去了，宁朦硬着头皮跟在她后面，陶可林很乖地站在门口，压着门沿准备随时冲进来。

他在外面听到一些细碎的声音，立刻知道情况与自己所料无误，登时就想冲进去把宁朦那个蠢女人拉出来了。

她也不怕长针眼！

房间是标间，走几步就能到床前，宁朦进屋的时候已经猜出了七八成，但在看到的时候还是冲击不小。

房间里只开了小灯，但被单下两具正在纠缠的身体在昏暗的灯光下依旧清楚，大床上的两人还在律动着，动静大得被子都滑掉了一半，不断发出令人面红耳赤的声音，丝毫没注意到有观众进来了。

宁朦的眼皮跳了一下，她还是第一次如此直观地看到这种不可描述的情景，真是目瞪口呆。她庆幸陶可林没有进来，因为眼前这画面实在太儿童不宜。

而且画面和声音都毫无美感，又不免有些失望。

宁朦下意识地想往后退，但手却被莫绯紧紧拽着，而另外一只举着DV机的手僵硬得像石像。

有那么一个瞬间，宁朦觉得身边的女人被完全击垮了。纵然是再强大的女人，纵然做足了心理准备，当亲眼所见这样的场面时，冲击也不会小。

她心疼她，替她不值，也对那个男人深恶痛绝。这些情绪冲击着她，让她瞬间站直了身子，别说是录像，让她冲上去替莫绯把男人打一顿她也是乐意效劳的。

就在她们呆愣的这半分钟里，床上的男女竟然毫无知觉，反而越发地尽情。莫绯终于忍无可忍，咬着牙打开一直拿着的蛋糕，精准无误地朝着男人的背用力砸去。动作中的男人被吓得一个激灵，翻身从女人身上下来，僵硬着回头时，宁朦都不想看他那张恶心的脸。

这世间所有羞耻和诧异全汇集到这张脸上，他已经讲不出话来了，倒还记得扯被子，伸手在床头关了灯，但莫绯立刻面无表情地在玄关打开了房间里的所有大灯。

一室亮堂中男人慌慌张张扯了裤子穿上，女人盖上被单坐在床上，不知所措地望着她们。

莫绯自然是不屑于对付小三，径自到崔金铭面前甩了他一巴掌。

这一巴掌打得响亮，崔金铭的脸都侧到了一边，他一句话也讲不出，但似乎被这巴掌打醒了，人也瞬间冷静下来，转过脸来冷漠地看着莫绯。

看这形势，床上的女人渐渐变得凶狠，裹上浴巾扯着嗓子喊："你们是谁？滚出去！不然我报警了。"

其间莫绯连余光都不愿给那个女人，只和崔金铭对峙着。

就在宁朦发愣的当头，那女人突然扑过来抢摄影机。宁朦还是有些蒙，只一根筋地想这是莫绯委以重任让她拍的，她不能丢了，所以下意识地护着。那女人抢不走，急得掐宁朦的脖子，扯她的头发，一时间，宁朦疼得眼泪都出来了。她抬手想推开女人的手，结果摄影机的角磕到女人的脸上，她嗷了一声，骂咧咧地叫崔金铭。

宁朦抱起摄影机转身就要跑，却被冲过来的崔金铭用力拉住，黑着一张脸来抢。

莫绯操起一个杯子朝崔金铭砸去："崔金铭，你敢动宁朦试试看！"

崔金铭本来就对宁朦有意见，现下完全撕破脸，哪里还听得进莫绯的话。

更何况他比谁都清楚，莫绯不会再放过他，而这机子里的东西，是最能击垮他的东西。

宁朦挣脱不了，又对没穿衣服的崔金铭感到恶心，那边莫绯想来帮忙，却被那个女人缠住。兵荒马乱间，宁朦的余光看到一个身影冲进来，尚未反应过来就听到崔金铭一声闷哼，她身上的力道突然消失了，整个人跌进一个温暖的怀里。

宁朦那颗乱跳不安的心脏，在这怀抱里，瞬间平复了下来。

陶可林将宁朦揽到身后，还未来得及检查她的伤势，脸边就传来一道劲风，他下意识地拉着宁朦偏了一下，崔金铭的拳头擦着他的头发呼啸而过。

陶可林骂了一声，把宁朦往旁边一带，转过头迎上去。

他向来不喜欢以暴制暴，但这并不表示他没有武力，相反，他从七岁起就被爷爷逼着学拳击和格斗。他的第一拳根本没有用力，只是为了从他手里解救出宁朦，大概是这一拳让崔金铭以为他是个弱鸡，所以才攻击他。

这一次崔金铭别说还手，他连站都站不起来了。

宁朦在旁边看得头皮发麻，她从来没想过陶可林会有这么狠厉的一面。他的拳头犹如狂风暴雨砸在崔金铭脸上和身上，打得崔金铭由一开始骂骂咧咧，到呻吟，到完全没了声息。

莫绯收拾完那个女人回头的时候也吓了一跳，用力扯了宁朦一下："快拉开他，再打就死人了！"

宁朦这才反应过来，伸手抱住陶可林的腰，把他拉开。

她抱得很紧，勒得陶可林都有些喘不过气了，但身体里那些沸腾的血液似乎被冻住了。

他拍了拍宁朦的手示意，但她似乎怕他再一次冲过去，一直没有松开。

他也没再做反应，由着她抱着。

那女人被莫绯推开，蜷在角落捂着脸小声啜泣，崔金铭抹掉脸上的血挣扎着往那女人走去。

他小声地和她说话，想拿开她的手查看被打的地方，一副保护的姿态，只把沾满奶油污渍的背露给他们看。

莫绯转身就走了。

三人出了酒店，走到门口的时候，一直走在最前面的莫绯顿住了脚步。

宁朦这才看到站在酒店门口等候着的宋清和颜书尧。

宋清的白衬衣皱巴巴的，头发也有些凌乱，一只手臂上搭着外套，另外一只手随意地插在裤口袋里，闲适地站在阴影下，视线扫过莫绯和宁朦，一脸的温柔。

莫绯停下脚步之后，愣了一会才开口："你们怎么在这里？"

宋清倒是聪明，含蓄地答道："朋友结婚就来了一趟，宁朦说你们也在这，就过来了。"

看得出来这"意外"的相逢没有让莫绯觉得高兴，男朋友劈腿毕竟不是什么光彩的事情。

陶可林很识趣地拉了宁朦一把，说："宁朦受了点伤，我带她去医院看看。"

颜书尧的视线立刻投过来，微微蹙眉："受伤了？我看看？"

陶可林对他过于紧张的反应有些不悦，不动声色地移了移位置，挡住他的视线："没什么大碍，我陪她去就好了。"

宁朦也回过神来："他带我去就好了，那什么，宋清你既然也在，顺道送一送莫绯吧。"

莫绯还要开口，宁朦已经拉着陶可林飞快地撤离了。

"宋清喜欢莫绯？"两人上了车后陶可林问。

"很明显对吧？"宁朦叹了口气，"我预料得到她和崔金铭要分手了，但是没想到会这么狼狈。"

她肯定不想被人看到现在的她。

"生气才证明她对宋清也有感觉。"陶可林安慰她，"挺好的。"

宁朦还在惊讶他能看得这么准，车已经开到了药店门口。

她连忙按住他："我真没事，不用买药了。"

陶可林似乎瞪了她一眼，不由分说下了车。

他回来的时候宁朦才知道自己脸上挂彩了，被那个死女人用指甲抠的，肉都快掉了一块。

宁朦这半年就受过三次伤，都是陶可林帮忙清理伤口，他似乎越来越熟稔了。第一次直接往她手上浇双氧水，现在买的碘伏，用的棉签，丝毫没有让宁朦觉得疼。

陶可林给她处理了脸上和手上的伤口，又问："还有别的地方受伤吗？"

"没有了。"宁朦说，"你呢？你刚刚有被打吗？"

他笑了一下："你说我被打了吗？"

也是。

陶可林把云南白药喷雾递给她："就是手有些疼，你帮我揉揉。"

"赤手空拳的能不疼嘛。"宁朦拿起他的手看了一眼，登时有些心疼，"都肿了。"

陶可林盯着她的头顶，嘴唇弯了弯，忍不住撒娇："真的疼。"

宁朦忙不迭伸手握住他的手腕，轻轻揉着发肿的关节，心里有些过意不去："真的不该带你来的。"

"真的没事。"陶可林失笑，"我没受伤，手也不疼，骗你的。"

"不是，我不是说打架。"宁朦斟酌着，"就是，很不想让你看到这一幕，感觉玷污了你。"

陶可林一怔，女人垂着头，专心致志地帮他揉着手，眉眼间一派温柔，让他心头微震。

"宁朦。"陶可林低声说，"我没有你想的那么好的。"

宁朦笑了一下："你有。只是你不知道罢了。"

陶可林望着她，久久不能言语。

那天之后，颜书尧就开始频繁地约宁朦。

宁朦有些慌，因为颜书尧的暗示已经很明显了。她自然没有赴约，就连接他的电话都有些迟疑，最后只能装死。

于是男人直接找上门来了。

他只知道宁朦住在这一栋这一层，但是不记得是哪一户，所以阴差阳错地，按响了陶可林家的门铃。

陶可林开门看到他的时候，心里咯噔了一下，戒备指数噌噌噌地往上涨。

两个男人打了个照面，心里都猜测万分，但是面上都不动声色。

隔了好几秒，颜书尧才迟疑着开口："宁朦在家吗？"

通过这一句话，陶可林捕获了两条信息。

一、他没有联系上宁朦，至于为什么，等会再推测。

二、他不知道宁朦住在隔壁，以为陶可林住在宁朦家。

颜书尧问出这一句话后也有些懊恼，深知自己一不小心亮出了底牌。对面的男人果不其然露出一个意味深长的笑。

"这会儿不在，你找她有急事？"

颜书尧也笑了笑，但怎么看都有些不是滋味。

他转身走了，在电梯里给宁朦打电话，她同样没接。

另外一边，几乎是颜书尧一进电梯，陶可林的脸色就变了。

他要是再不作为的话，那个缺心眼的就要变成别人的缺心眼了。

宁朦自然毫不知情，当天晚上煮了一点糖水，想着陶可林又要开始赶稿了，便端了一碗过去。

宁朦怕影响他画稿，打算放下碗就走。结果那厮正在厨房喝水，看到宁朦带了东西，马上双眼放光，用嘴咬住杯子，腾出两只手，很自然地接过碗。

她在青年对面坐下，看着他一口一口地喝着糖水，忽然想起一件事："你之前不是说你还画过一些短篇吗？能不能给我看看？"

他扬眉，喝干净最后一口糖水，站起身："你跟我来。"

宁朦跟着他进了书房。

书房里姚琛的书柜和书都被清走了，里面只零星地装着几本漫画书。

陶可林按着宁朦的肩膀让她坐进电脑椅，一手撑着椅背，一手伸过去开电脑。

他站在椅子的右边，而电脑的主机箱在宁朦的左边，他微微弯腰伸手开机时不可避免地靠近了宁朦，猝不及防的宁朦差点亲到他的侧脸。

他收回手站直，回头看了一眼僵着脖子的女人，有些莫名："怎么了？"

"没事，你这椅子好舒服，哪里买的？"

"喜欢就搬走。"陶可林随口说道，手指已经握着黑色的鼠标利落地点开了一个文件夹。

宁朦的视线又不自觉地被他骨节分明的手吸引。以前莫绯喜欢看电竞直播，宁朦跟着看了一回。视线全程都集中在某个流畅操控鼠标的选手手上，她这种不是手控的人也会觉得画面养眼。

陶可林忍不住伸手捏了捏她的耳朵："这样都能发呆？"

她有些不好意思地收回视线，再看到屏幕上时眼睛都亮了："我要是开个小号专门卖你的漫画，肯定赚钱。"

文件夹里全是扫描的漫画图片，比她在网上找到的不知清晰多少倍。

陶可林本来要给她拷到 U 盘上去的，听到这句话生生地止住了动作："算了，你就在这里看吧。"

宁朦急了："和你开玩笑的，快拷给我。"

陶可林弯了弯唇角："就在这看吧，半小时你肯定能看得完。"

其实不用半小时，十五分钟宁朦就看完了。

图片翻到末尾，又自动跳转到另外一个文件夹的图片，宁朦瞧见一个轮廓，立即不动声色地翻回到上一页，而后指使陶可林出去给她倒水。

后者没有察觉，推了推她的脑袋就出去了。

他前脚刚出去，宁朦就锁上了门，盘腿坐在电脑椅上，打开刚刚弹出的文件夹。里面存了上千张图片，全是 Cosplay 的照片。

简直帅炸！原来颜好身材好的人不一定要做模特的，做一个 Coser 也算是物尽其用了。

倒水回来的陶可林发现房门锁上了，用脚趾头都能想到宁朦在里面干什么，他不觉好笑。虽然备用钥匙就在客厅，他还是装模作样地敲门，用有些抓狂的声音说："宁朦！你干什么！不许乱翻我的电脑！你开门！"

宁朦自然不会从，她把陶可林电脑里面所有他精心准备的东西都翻完了，才心满意足地开门。

陶可林皱眉看她："在里面干什么呢？"

宁朦贱兮兮地望着他："你是不是有问题啊？"

陶可林不解："哪里有问题？"

"嗯？没有问题吗？电脑里一部动作爱情电影都没有，你平时怎么纾解的？"

陶可林被调侃也丝毫没有觉得不好意思，反而朝她递去促狭的目光："宁朦，你怎么这么色呢？"

宁朦被反击得立刻脸红了，急赤白脸地说："我怎么色了，这很正常好不好。"

陶可林只是笑，笑得她格外不好意思。

第二天她加了一会儿班，下班的时候，手机上有一条未接来电和几条微信未读信息。都是陶可林发来的。

宁朦勾勾唇角，火速往家里赶，几乎一路绿灯。

家里客厅开着小灯，电视机的屏幕亮着，陶可林侧身躺在沙发上，一动不动，好像睡着了。

宁朦轻手轻脚地关上门，脱了鞋慢慢走过去。她先是找出遥控器关了电视，才回头看他，结果一转头就对上了他乌亮的双眸。

青年一眨不眨地凝视着宁朦，目光中带着满满的委屈，宁朦觉得心都要化了。

他有气无力的：“这么晚啊？”

“加了会儿班，你吃饭没有？怎么不在屋里睡？”

他的眼神微微放软：“没有，你吃了吗？”

宁朦呵呵一笑，打趣道：“你这是在关心我吗？”

“嗯。”他毫不犹豫地轻声道。

仅仅是这一个音节，就让宁朦愣住了，好一会儿她的心跳都是剧烈的。她有些尴尬地推了推他的脑袋，掩饰着情绪继续和他开玩笑：“我哪需要你个小破孩担心，你照顾好自己就行了。”

她收手回来的时候才察觉不对劲，又把手伸过去贴到他额头上，手感微热。

陶可林倒是觉得她的手凉凉的，很舒服，所以拿手盖在她手上，不让她抽走。

宁朦倒也没有计较，只是摸了摸自己额头，问他：“你是不是有点发烧？”

“是有点浑身没劲。”他小声说。

“所以说啊，”宁朦起身去找体温计，“得照顾好自己才能操心别人嘛。”

他乖乖躺着，手在额头上反复探着，没有作声。

宁朦找来体温计给他，顺便给他冲了一包冲剂：“不是高烧，但也要喝掉冲剂，免得感冒。”

他坐起来抿了一口，随即整个脸都皱起来了，把杯子拿得远远的，说：“这是什么冲剂啊？哪有这么苦的冲剂？”

宁朦笑了，接过杯子又推到他面前：“和你的芹菜汁比起来简直是小菜一碟。你快喝掉，我感冒前都是喝这个，很有效，保管你明天一早就好。”

他马上偏开头，顽固地拒绝道：“这点烧睡一觉就好了，哪里用得着喝药，我不喝。”

宁朦不理他，拿着杯子跟着他的脸走。可他简直是在用全身抗拒，明明是生病的人，这会儿却灵巧得不行，在沙发上躲来躲去，都不用双手就能赢她。

宁朦动作幅度渐渐加大，差不多整个人都挂到他身上了，陶可林趁机又吃了一回豆腐，直到女人怕洒出来弄脏沙发，才妥协。

“懒得管你，明天高烧了别来找我。”

陶可林笑着没有说话。

第二天上班的时候，有个同事收到了她男朋友空运过来的玫瑰花，一大捧红彤彤的在办公桌上放着，羡煞旁人。

宁朦拍照发了微博，并称对单身狗造成了一万点伤害。

旁边的 Ada 刷到她的微博，乐不可支地说："伤害个鬼啊，宁朦你不是有对象的吗？"

宁朦心道奇了怪了："我像是有对象的人吗？"

"没有对象你每天那么早就下班急急忙忙往家里赶，像一个家庭主妇要赶回家给老公做饭一样。"

她是半开玩笑地说，宁朦却心里一惊。仔细想想这大半个月，她确实是每天赶回家给陶可林做饭来着。

她从来没往那方面想过，但经 Ada 这么一说，宁朦也不禁反省，自己和他是不是太亲密了，深陷其中没发觉。

带着这种念头，她下班后刻意磨蹭了好一会才离开公司。

最近一直是阴雨天，上班的时候还好好的，下班就开始下大雨了。

宁朦驱车回家，车开到小区前的路口，等红绿灯时无意识地看着前方，突然被路边便利店门口的一个身影吸引了视线。

雨不停歇地打在玻璃上模糊了视线，她看不真切，但不知道为什么，她就是确定那是陶可林的身影。

宁朦把车开过去靠边停了。

青年穿着冷冷清清的浅色牛仔衬衣，黑色裤子和牛皮软靴显得他的腿越发修长。

他手里拿着一瓶矿泉水和一个袋子，百无聊赖地靠着便利店的橱窗站着，看样子是下来买东西，但被突如其来的大雨困住了。

宁朦拨通了他的电话，看到他翻出手机看了一眼后迅速接了，那声"喂"隔着雨声，像是从很远的地方传来的，她一下子慌神了。

"怎么了？"他问。

"你在等人？"宁朦问。

他立刻敏锐地抬头，四周看了看，几乎一眼就看到了宁朦的车子。

远远地，宁朦看到他勾了勾唇，莫名地心情大好。

"不是，没带雨伞。"他说。

宁朦笑了一下："在原地等我。"

她话音刚落，青年就挂了电话，冒着雨跑过来。

上了车自然又是落得宁朦一通骂："昨晚还在发烧，今天又淋雨，不要命了吗？！"

陶可林只是笑，一句话都不说，他发现自己格外享受宁朦骂他，越骂越说明关心他。

他向来觉得自己体格好，所以没把淋雨当回事，到家之后非但没有立即擦头，连宁朦让他喝热水他也不喝。

此举的直接后果就是，高烧到三十九度。

宁朦大晚上不得不架着他去小区楼下的诊所打吊针。

三瓶药水，要打两个多小时，他们百无聊赖地仰着头看诊所里的电视，讨论着打完针后要去哪里吃夜宵，直到陆云生的电话打过来，劈头盖脸地将她一顿骂。

宁朦朝陶可林使了一个眼色，起身到外面接电话。

“你怎么搞的？这么明显的错误也会犯？你知道我今天从社长那拿到杂志样本的时候有多尴尬吗？”陆云生少有这么恼火的时候，宁朦没有吭声，等他骂完了才开口。

“陆编，到底是怎么回事？”

陆云生顿了顿，尽量抚平情绪：“这一期杂志里的短篇，和漫画社那边的重合了，今天两本杂志的样本送到社长那的时候，我们才知道。”

宁朦立刻愣住了：“怎么会……”

“我不管你究竟是什么原因，现在问题已经出现了，你得给我解决掉！”

宁朦知道现在不是追究责任的时候，连忙说：“抱歉，是我的失误，我会尽快想办法弥补。”

陆云生咬了咬牙：“你自己想办法，最迟明天早上把新的稿子发到我邮箱！”

挂了电话，宁朦一边去找备用稿子的作者联系方式，一边给这一期选用的稿子的作者发信息，但那人没有回复，电话也打不通了。

也是她倒霉，两篇备用稿子的作者都联系不上。

宁朦现在就是热锅上的蚂蚁，急得都快跳脚了。

还在拼命从微博里找画家的时候，就听到陶可林在里面叫了她一声。

她微微一顿，里面不就有一个现成的画家吗……

宁朦回头，看到那个病恹恹的挂着药水的青年，几乎是瞬间就压下了那个念头。

“怎么了？”陶可林问她。

宁朦摇头，在他身边坐下，但两只眼睛一直死盯着手机，直到手机被身边的人笑着抽走。

"这么焦虑还叫没事？到底怎么了？"

"真没事。"宁朦伸手去抢，"你快把手机还我。"

陶可林躲着她："别乱动，碰到针头了。"

宁朦只好坐好。

"你说清楚我就给你。"

"工作上的事。"

他挑眉："缺稿子？"

宁朦微微一怔："什么？"

青年笑了："你脸上就差没写这几个字了。"

"不跟你闹了，手机给我。"

"别急啊。"陶可林说，"缺稿子的话我这就有现成的。练笔的短篇有一大堆，等会我回去给你找。"

她想起之前在他电脑上看到的那些画稿，眼睛一亮："真的？"

"真的，那些稿子我没给别人看过。"陶可林忍不住摸了摸她的脑袋，"别着急。"

宁朦的一颗心终于落回了原处，又听到他说那些稿子没给别人看过，一下子心跳又加速了。

在等陶可林打吊针的间隙里，那个重复投稿的作者回复了她，说是已经发了邮件跟她说了。

宁朦翻了一圈邮箱都没看到，再问的时候那人才轻飘飘地回了一句："抱歉啊，可能是邮件没有发送成功。"

宁朦有些气，责问他为什么一稿多投。

——我没有一稿多投，那稿子我是先投给漫画杂志社的，只不过因为是上个月投的，他们一直没有回复，我以为我被退稿了，所以我才给你投的。

宁朦扶额。

算了，是她大意了。

陶可林打完吊针回去已经是半夜十二点了，他催着宁朦回去睡觉，说等会找到短篇直接发到她邮箱。

宁朦没有多想，她无条件信任他，所以只是叮嘱他："早点休息，等会睡觉前记得吃药。"

他连连点头，回了自己家。

宁朦洗澡后又过去看了一眼，他正在翻电脑，头也不抬地说："我还在选，你放心，肯定是能用的稿子，快回去睡觉吧。"

她去烧了水，盯着他吃了药才回屋。

她已经很困了，躺在温暖柔软的床上，很快就陷入梦乡，但半夜不知怎么着醒了过来。落地窗的窗帘并没有拉上，皎白的月光照亮了卧室，宁朦望着月光，莫名地，丝毫困意也没有了。

下床去喝水，却在经过客房时猛然顿住。

不对劲，以陶可林的性格，生了病肯定要赖在她家的，今天怎么会留在自己家？

怎么想都觉得刚才是在赶她回来。

宁朦心绪微顿，披上外套，拿起钥匙就出门了。

她轻手轻脚地进了陶可林家，怕拖鞋有声音，干脆脱掉了，光着脚走到他的书房门口，轻轻开了门。

里面的白炽灯照得宁朦睁不开眼，陶可林那厮坐在书桌面前，似乎没有料到宁朦这个时候会过来，一脸慌张地望着她。

宁朦一眼就看到了桌上散落的稿纸，还有他因发烧熬得红彤彤的脸庞，充血的眼睛。她瞬间就知道自己被骗了，第一个念头就是恼火，脸色沉了下来："陶可林你到底是什么意思？"

他眨眨眼，表情有些无辜和小心："我睡不着……"

声音这么哑，鼻子都还堵着，睡不着？

"你不是说有现成的稿子？你发给我啊。"宁朦打开他的电脑，冷声道，"你现在就找给我看。"

陶可林坐着没动，巴巴地望着她，模样有些可怜。

"谁要你熬夜给我画了？！"

陶可林闻言脸色变了变。

宁朦说不清自己此刻的心情，恼火，心疼，但更多的是自责。

她知道陶可林是好心，也知道自己反应过激了，但是她真的很讨厌别人为自己犯的错误埋单的行为。

"不用找了，也不用再画了，我不会用你的稿子。"宁朦说完转身要走。

陶可林下意识地起身拉住她的手。"宁朦……"他强压住心头的窝火，铆足了耐心说话，"你别生气，我只是想帮忙。我确实是有稿子的，只是没有那么完善，我正在修改，马上就完工了。”

他说完刻意轻咳了一下，试图博取同情，结果宁朦本来因为他的话有些缓和了的脸色，在听到这声咳嗽之后，沉得更厉害了。

“走开！”宁朦甩开他的手，头也不回地回去了。

她平时开玩笑从来都只说滚，真的说“走开”的时候，却更可怕。

陶可林没有追出去，而是微微叹了口气坐回桌前，认认真真地继续画画，一直到凌晨三点钟才完全处理完。

朋友给他发微信：这招效果怎么样？

陶可林愤愤回答：玩脱了！

还敢自称套路王，出的什么破套路，还不如按自己的手法来呢。

他将画稿扫描发到宁朦的邮箱后，困得几乎能趴在桌上睡着了，但还是强忍睡意，挪步到宁朦家。

她没有睡着，陶可林在客厅都能察觉到。

他悄悄地走进她的卧室。拖鞋陷入柔软的地毯里没有丝毫声音，但是睡裤摩擦仍然有声。他看到床上女人的身子僵了僵，但好歹没有回头赶他出去。

在这种默许的态度下，陶可林放心地回了客房，爬上宁朦给他安置的床上，在这静谧中闭眼即睡。

两扇房门都没关，宁朦在卧室能清晰地听到客房那边的呼吸声渐渐平稳，心绪万千。

她其实出了门就开始后悔了。

她不应该凶他，不应该转身就走，因为她知道，无论她怎么骂他，他都会继续熬夜把画画完。

其实真不是什么大事，她干吗非得弄到这种地步。

宁朦又悄悄去了客房，替他扯了扯被子，望着他不甚清晰的睡容发了很久的呆，在心疼和自责中几乎失眠到天亮才浅浅睡去。

宁朦早上醒来感觉到身边有人，没有立即睁开眼睛。他靠得很近，能感觉到他的呼吸就在她眉间，她使劲绷着，青年却忽然开口：“醒了吗？”

宁朦被揭穿，只能慢慢睁开眼睛，略微有些尴尬。

青年趴在她的床边，漂亮的脸蛋近在咫尺，皮肤依旧光洁，五官漂亮，晨光中仿佛带着光圈，只是眼袋很重，眼底带着一点黛青，完全一张熬夜的脸。

到了早上，宁朦只剩下赤裸裸的心疼了。

她没有作声，陶可林便有些紧张，伸手掐住她的脸蛋，笑着问："还生气呢？"

她轻轻摇头。

陶可林叹了口气："宁朦，对不起，我只是想帮你。"

他的声音很轻，带着这一脸的倦色，宁朦的心彻底软了下来。

"我知道，只是我不喜欢这样。"

"莫绯高三那年陪我去看演唱会，最后两首歌的时候下了雨，因为是我最喜欢的乐队，所以她陪着我看完了全场。"宁朦的声音很淡，其间带着一些不易察觉的无力，"演唱会结束后她住了半个月的院，我才知道她之前就有些发烧，在感冒尚未痊愈的状态下淋了雨，之后又坚持先送我回家。她回去当晚就发了高烧，转为肺炎。之前她一直是年级前十名的，生病耽误了那么长一段时间，再回来就掉到了一百名开外，高考也没考上理想的大学。"

陶可林几乎是瞬间就明白了。

她不是不接受帮助，只是他在这种情况下的帮忙只会让她自责。

"我知道了，以后不会了。"

他的道歉也让宁朦觉得无力，他根本没做错什么。

宁朦下了床："你回去再睡会儿吧，熬了一晚上了。"

"嗯。"

他太困了，听着她在浴室洗漱的声音渐渐又睡过去。不知道过了多久，他感觉女人又走回来，身上带着淡淡的香气，让他更困顿了。

"陶可林，我熬了粥，你起床之后先喝点粥，然后吃药，记得量体温，不行的话就自己去医院。"

"听到了吗？"

"听到了。"他乖乖回答。

女人探了探他的额头，转身出门了。

稿子不出意外地顺利通过了。

宁朦松了一口气的同时，心里另外一个角落倒是更沉了。

怎么办，她好像欠陶可林的越来越多了。

她这一整天的工作效率都出奇的高，因为惦记着家里那个生病的人，一下班就撤了。

回家熬上粥到隔壁去探望，结果找了一圈没看到人。翻出手机打电话给他，却听到青年的手机铃声在自己客房响起。

宁朦挂了电话走过去，先是听到了窸窸窣窣的声音，陶可林探出一个头，一脸憔悴，双眼通红，可怜兮兮地看着她。

宁朦免不了又要一顿训斥："看吧，分明自己的病都还没好，也瞎搞。"

"不关熬夜的事，其实我早上已经没事了。我还出门跑步吃早餐了，结果吹了冷风回来就一直发冷汗，然后就成这样了。"他说话都带着浓浓的鼻音，难得脆弱得像个孩子，看起来有些可爱，宁朦忍不住笑了。但是看他的脸烧得通红，说话的力气都没有，不忍心再逗他。

"吃药了吗？"

"吃了。"

"那你快去躺着吧，等会粥熬好了我叫你起来吃。"

"又吃粥呀？没有胃口……"

"那也得吃啊，药要饭后吃吧？还是你想吃面？"

他难得地犹豫了一会，才说："不用麻烦了，喝粥就行。"

之后煮好粥，他起来勉强吃了一点。吃过药后虚弱得倒头就睡，睡前倒是不忘提醒宁朦半个小时后叫他起来量体温。

宁朦应了，出去喝粥洗碗，忙完时间也差不多了。她伸出手，却有些不忍心叫醒他。

看着漂亮的男人躺在床上，真是一种享受。

他睡得很熟，小半张脸陷进枕头里。大概是鼻塞呼吸困难，因为发烧而红润的薄唇微微张着，眼角泛红，长睫毛又黑又翘。

宁朦歪着头打量他，不知不觉中越靠越近，受蛊惑般地想，这人的皮肤怎么光滑成这样？小时候牛奶肯定没少喝。

她伸手轻轻摸了摸他的额头，另一只手贴着自己的脸，感觉温度不是很高了，便不打算叫他起来量体温。

大概是宁朦的手太软太凉，他忽然伸出手捉住宁朦的手腕，不让她抽走。

宁朦吓了一跳："陶可林？"

他无意识地动了动嘴唇，手臂一扯，猛地将宁朦往下拉，宁朦没有防备，整个人跌进他的怀里。他被撞得闷哼一声，倒也没有醒过来，而是利落地抱住宁朦的腰，身子一翻，像个树袋熊似的抱着她，最后舒服地蹭了蹭，又睡熟过去了。

宁朦第一次感受到男女力量是如此的悬殊，她推了半天又踹了半天，那双手臂宛如老虎钳子怎么都挣脱不了。之前还说不忍心叫醒他，这会儿就是把他的腰掐紫了，他都醒不过来。

他这一觉直接睡到了中午十二点，出了一身的汗，睡衣都浸湿了，连带着宁朦半边身子都变得湿漉漉的了。

他睁开眼的时候还吓了一跳，表情有些呆。宁朦都懒得说他了，直接拧开了灯，让他去洗澡。

他没有动，只是透着水汽的双眼一眨不眨地看着宁朦。

“烧傻了？”宁朦抬手在他眼前晃了晃，“还是有哪不舒服？”

他轻轻摇头，扯了扯她湿润了的衣领，抿着嘴有些不好意思似的：“你怎么不叫醒我？”

宁朦无语：“那也得叫得醒啊。”

他笑了笑，催促道：“你快去洗澡，别也着凉了。”

“我没事，你先洗。”

“我回家洗就好了。”

宁朦长长地“哦”了一声，调侃道：“我都忘了您就住隔壁呢。”

他没有搭话，待她出去后才起来穿上外套回去了。

陶可林躺在浴缸里淫邪过后，长长地吁了一口气。

他向来过得清心寡欲，但这几个月起反应的次数比以往一整年的都多。

他抬起湿漉漉的手搭在额头上，不可遏止地想起那抱在怀里的温香软玉，脸又开始充血。

糟糕，自己的套路好像也行不通，反而把自己套进去了。

下午陶可林睡足了给宁朦打电话，撒娇说他饿了。

“知道了，我特意订了位置请你吃大餐，要不你先过去？我这边还有点事，估计还要一小时才能下班。”

陶可林在那边懒洋洋地“哦”了一声：“在哪？”

宁朦报了地名，他在那边笑了：“反正顺路，我直接去你们公司等你吧。”

“不顺路吧，你从家里直接过去会比较近。”

结果那厮话也没听完就把电话给撂了。

宁朦生怕他等，于是后半段时间里效率出奇的高，半小时不到就完成了所有工作，一边给那小子打电话一边匆忙下楼。

她拎着包和大衣刚走出电梯，一眼就看见了随意靠在门口石柱子上的陶可林。他穿着一件黑色长款棉衣外套，捂得严严实实的，大帽子扣在脑袋上，遮住了大半张脸。

前面的两个实习生一边走一边频频张望，一脸惊艳。宁朦还是第一次看到她们下班后走得这么慢。

青年本来是垂着头在看手机，听到脚步声下意识地抬头，几乎一眼就从人群里捕捉到了宁朦的身影。

他站直了身子，扯开一个笑，收起手机迈着步子朝她走过去。

“等很久了？”宁朦问。

他笑了笑：“有一会了。”

“走吧，我今天把车停在外面了。”

那两个实习生目瞪口呆地望着这两个出挑的身影走出大楼。

“哇，原来是等宁大的。”

“情、情侣吗？身高差什么的太有爱了。”

“不会吧，我看像姐弟，宁大不是有个弟弟吗？”

“我也想要一个这样的弟弟。”实习生星星眼，“好想……”

他们去了一间口碑良好的火锅店，宁朦提前订了包厢，所以无需等位。

陶可林抓着菜单点了一堆，各种肉食都来了一份小的，宁朦加了一些素菜。服务员一边跟他们确认菜单，一边委婉地劝他们减一点。

他们点得实在多，但是宁朦相信陶可林的胃。

为了避免造成浪费，最后陶可林还是不情不愿地划掉了几份肉。

一盘盘精致的食材被端上来，宁朦给他倒茶，陶可林起身去调佐料。他怕宁朦吃不习惯他的口味，于是做了两份不一样的料汁，一份偏甜，一份偏酸。结果端回去后宁朦尝了一下，果断把他的那一份拿到了自己面前。

陶可林有些诧异，按住她的手问：“你不是不喜欢太甜的东西吗？”

宁朦也顿了顿：“这个甜吗？不甜吧。”

陶可林看着她，没吱声。

宁朦也意识到了，忍不住笑着嗔怪道：“都怪你！和你待久了，我现在也偏好甜味了。”

陶可林暗笑，他把肉放进汤锅里，夹给宁朦。宁朦吃了几口才反应过来：“陶可林，你转性了？”

“嗯？什么？”

“第一次和你出来吃东西你不跟我抢，而是帮我夹菜。”她伸手探了探他的额头，好笑道，“又发烧了？”

“我不爱吃丸子。”他一本正经地说。

“不爱吃你还点。”宁朦没好气地看了他一眼，把丸子都捞起来，放了一些他喜欢的菜进去，等锅里滚了后又夹给他。

陶可林抿唇，难得献一次殷勤，就这么无疾而终了。

东西点了那么多，陶可林没让她失望地全吃光了。

出门的时候他们是相互搀扶着走的，陶可林说要消食，于是两人便把车留在停车场，在附近转了转。走了很远，两人都不太想回去取车，协商了半天也没人愿意单独回去开车。最后陶可林找到一张长椅让宁朦坐着，自己折身走进一间咖啡店，买了两杯果汁。

“他们家的果汁是鲜榨的，是我的最爱。”他把果汁递给宁朦。

“我知道，我以前读书的时候也经常过来喝的！”

“对，他们家以前还卖过豆浆油条。”

“哇，那个油条是噩梦好吗，超不好吃的！”

这期间宁朦的手机响了一下，她看了一眼，发现是颜书尧，就果断静音了。

对面的陶可林将这一幕收进眼底，心里暗暗地笑了。

椅子就在路边，两人面对着的是川流不息的马路。陶可林吸完果汁后扬起手，准确无误地将瓶子丢进旁边的垃圾桶内。宁朦学着他的动作瞄准抛出，但她准头向来不好，结果没丢进去，最后还是陶可林跑过去拣的。

两人往回走的时候经过一个巷子，巷子里很暗，宁朦忽然听到了一声凄厉的猫叫。

她以为是野猫，开了手机的闪光灯照过去，就看到了一个戴着鸭舌帽的男人正掐着一只小猫，另一手拿着一个圆柱状的东西在砸小猫的腿。

是个虐猫的人。

宁朦怒火攻心，冲着那人喊了一嗓子：“干什么！”

男人被突如其来的光源吓了一跳，小猫趁机钻进垃圾堆跑走了。男人骂了一声，抬头也没看清站在巷子口的是什么人，听到是个女人的声音后立刻朝宁朦走过来。

刚好宁朦在录视频，男人一走近，他的面容就暴露了。那人察觉她在拍照，立刻被激怒了，冲上来就想抢手机。陶可林连忙拉着宁朦往后退了一步。那人这才发现女人身后还有一个身形高大的男人，硬生生地止住了脚步，骂咧咧地转身就走。

宁朦刚要去里面查看猫的伤势，一个罐子嗖的一声直接飞到跟前。

罐子直接撞到她的眉骨，发出砰的一声响，把陶可林都吓了一跳。他看着宁朦疼得扭曲的脸，心尖都在颤抖。

陶可林怒不可遏地骂了一声，转身就追了上去。他从背后揪住男人的衣领，狠狠往地上一掼。

宁朦追过来时男人已经被打得满脸是血了。她有点害怕，连忙拉住陶可林："别打了。"

"他找死！你放手，我来教他怎么做人！"陶可林还想继续。

"不是，你先帮我看看额头，有没有流血，疼死我了。"宁朦说了这一句之后，他的注意力才被吸引回来，连忙托着她的脑袋看伤口。

"缺心眼！"他骂了一声，拉着宁朦上车找药店去了。

好在刚才那人离得远，虽然命中，但是力道也减小不少，没有流血，也没有骨裂，只是肿了而已。陶可林火急火燎的，宁朦又一直仰着头好像伤口大出血一样，药店老板看他们这阵仗都觉得好笑，检查过后说拿点冰敷一下就好了，他们才尴尬地走了。

回到车上陶可林举着冰袋给她敷着，嘴里一直在骂她缺心眼。

宁朦郁闷了："做好事不值得提倡吗？而且如果你不在的话我肯定不敢上前的。"

陶可林忍不住用力按了按冰袋，女人立刻疼得嘶了一声。

"不是不提倡，但是你得量力而行。要是这一下磕破了脑袋怎么办？"

宁朦说不过他，伸手按住冰袋："我自己来吧，你手都冻僵了。"

"别乱动。"他沉声道，又把她乱摸索的手按下去，给她冰敷了好一会才收回手，"自己拿着，我要开车。"

宁朦接过冰袋："我就说自己拿嘛，你的手没事吧？"

"有事，都冻僵了，没反应了。"他没好气地说。

话音刚落，右手便被人笑着拉过去，放到嘴边呵了几口热气。

陶可林挑眉，这一下何止是指尖，就是心脏都被吹暖了。

她又搓了搓："好点没有？"

陶可林握住她的手，将指尖缩进她掌心："这样比较好。"

她难得地没有甩开他。

到家后已经十点多了，宁朦洗完澡出来时他还在客厅乖乖画稿子。她裹着毯子走到他身边坐下。青年搁下笔，转过来伸手按了按她的额头，问道："还疼吗？"

宁朦拿开他的手，笑着说："没事了，你别管我，专心画吧。"

他看了她一会，收回手低头继续画。宁朦在旁边陪他，差不多十一点时，便叫停了他。

"洗洗睡吧，别老熬夜。"

"不想洗澡。"他依言放下画笔，伸了一个懒腰后眯起眼睛，弯了弯嘴角，颇有点撒娇的意思。

"随便你，我走了。"宁朦懒得惯他，说完就起身，却冷不防在半空中被他拉了一把。她没站稳，被这么一拉立即歪了身子往下跌。陶可林伸手想扶，结果自己下盘也不稳，于是一起摔倒。

两个人被卡在茶几与沙发的中间，好在地毯够厚，宁朦没有摔到哪里，她推了推青年想站起来，却发现推不动。

"起来了。"宁朦看着他说。

他邪邪地笑了一下，忽然翻身将宁朦压在身下。宁朦几乎是条件反射地屈膝，一下子就撞到了他的小腹上。他闷哼了一声，痛苦地捂着肚子滚到旁边去了。

宁朦站起来，踩了踩他的小腿肚子，笑道："叫你没个正形。"

他没有作声，只是一脸受伤地看着她。

这个表情，却让宁朦的心跳漏跳了半拍。她移开目光，匆忙说了一声"早点休息"就溜进房间了。

糟糕，他们好像越来越暧昧了。

看来冬天真的是不适合和男生待在一起。

第二天宁朦眼睛都没睁开就接到了莫绯的电话。

"来我家吃饭吗？"

"吃什么，你又过生日？"

"过你的头，周末小聚一下不行？"

"哦。"宁朦掀开被子起床，"好，我一会过去……蓝莓茶也去吗？"

"谁？"

"颜书尧。"

“不知道耶，我就叫了宋清。”

她挂了电话起来换衣服，闯进浴室时发现里面有人，瞬间被吓醒。

青年听到动静回头，微眯着的眼睛也登时放大，低咒了一声之后手忙脚乱地拉上裤子：“你进门不会敲门吗！”

“你上厕所不会锁门吗！”宁朦有些心虚，所以声音比他还大。

陶可林咬着牙冲水洗手，见女人的视线仍然在他腰腹下扫描，邪心顿起：“看什么呢？”

宁朦弯着眼睛笑了笑：“心虚啊。”

“刚刚没看到？”

“你背对着我，我看个鬼啊。”

陶可林歪了歪脑袋，眼底闪过一丝促狭的光。忽地伸手揽住她的腰，贴紧她的后背，将她压在墙上，嘴唇贴着她的耳朵，用低沉的声音魅惑道：“别看了，用身体感受……”

宁朦的脸噌地烧了起来，她屈起手肘想往后顶，却被青年压制住。

“又是这招？”声音里带着浓浓的笑意。

宁朦低头，狠狠往他脚上踩了一下。这一下他没有防备，虽然没有多痛，但他还是松懈了几分。而后便被女人用力一推，彻底被关在了浴室门外。

陶可林呵呵笑着，敲了敲门：“姐，感觉满意不？”

里面传来一声“滚”。

他立即就滚了，因为星星之火可以燎原。

宁朦在浴室奋力地刷着牙，试图把某些念头从脑海中刷走。

她能克制自己不乱想，但是身体的触感还停留在那里，而且异常鲜明。

后腰窝……她忍不住背过手摸了摸……臭小子！

她气得把他的牙刷丢进了垃圾篓。

宁朦赶到莫绯家时，她已经把午餐准备好了。

颜书尧也在。开门时莫绯就给了她一个抱歉的眼神：“宋清带他来的。”

这段时间宁朦都没怎么接过颜书尧的电话，对方也很识趣，没有再打扰她了。

午餐很棒，宋清从家里带了一瓶泰亭哲珍藏系列的香槟，干杯的时候颜书尧打趣道：“让我们祝，有情人终成眷属。”

他原意是指的宋清和莫绯，莫绯却误会了，直拿暧昧的眼神瞟他：“那你要多多叫哦。”

颜书尧知道她误会了，有些无奈地笑了笑。

宁朦垂下眉眼，躲开了另外两人的视线。

下午他们到露台上去吹风，宁朦在楼下回复陶可林的微信，坐了一下就觉得有些犯困，便回到客厅的沙发上打盹。结果这一觉睡得异常长久，她明明觉得自己已经醒了，身体却动弹不得，听得到莫绯下来的声音，问了一句“宁朦还没醒吗”，之后又听到身边有个人低低地回答了。

宁朦很想睁开眼睛看看谁在她身边，可是眼皮却有千斤重，干脆撒手不管，又陷入沉睡中。

再起来的时候太阳都没了，只留下一个尾巴照进来，暗黄的光浮在整个客厅之中，周围很安静，静得好像整个世界只剩下她自己了。

宁朦适应了一下才缓缓坐起来，感觉脑子还是有点混沌，看来宋清的酒后劲挺足的。

她发了一阵呆才开始找鞋穿，摸索中差点一头栽下沙发。旁边及时伸出了一只手扶住她，拿着拖鞋放在她脚边，示意她穿上。

宁朦这才发现旁边的单人沙发上坐着一个人。

“醒了？”他笑着说，“你这一觉可睡得昏天黑地。”

宁朦抿了抿嘴，有些不好意思：“我也觉得睡了很久，但就是起不来。”她抬眼看了看楼上，莫绯的房间半掩着，问他，“莫绯呢？”

“莫绯也在睡觉，说要倒时差。”他说完起身到厨房，端了一杯水出来给她，“喝口水吧，睡那么久也该渴了。”

她忙不迭道谢，一口气喝了一大半。

喝完水宁朦看了看手机，有一条陶可林的未接来电，看看时间已经下午六点了，她吃了一惊，还真是睡了很久。

“呃，那我先回去了。”宁朦起身说。

他“嗯”了一声，也跟着站起来：“走吧，我送你回去。”

“啊，我自己开车来的。”

他又笑了笑：“那方便让我搭个顺风车吗？我要回医院。”

宁朦愣了一下，刚要说他自己开车更方便，但对方已经走到门口了。

她只好跟上。

这个点从郊区到市区的车并不多，所以宁朦的车畅通无阻。

她正专心开车，旁边突然伸过来一只手，碰了碰她的额头。宁朦吓了一跳，连带着车都晃了一下。

颜书尧笑了笑，收回手："额头没事吧？"

宁朦一惊，条件反射地把手放到额上摸了摸。那里已经消肿了，但是当时的闷疼她现在都还记得。

"没事，就不小心碰到了。"

他看了宁朦一眼，斟酌了一下才开口："你一个女孩子，如果是自己一个人的话，以后要是再遇到这种事，可以不要管，要是真伤到了才亏大了。"

宁朦猛地转过头看他，诧异他怎么会知道。

"今天下午陶可林把视频发到网上了。"他自觉地解释，"影响很大，现在那个人已经被人肉出来了，听说已经拘留了。"

"那你怎么知道是我？"

"你的声音我会听不出来？"

话题的方向瞬间就暧昧了，宁朦没有接话。对方却不依不饶："为什么得知我喜欢你，会避之不及？真的很讨厌我？"

宁朦觉得有些尴尬："不是讨厌你，是觉得我们不合适，所以不应该浪费时间。"

颜书尧反问："那你觉得你和那个小男生很合适？"

宁朦微微一怔："谁？"

"住你隔壁的，陶可林。"

宁朦失笑："怎么说到他了？"

"不是吗？他也喜欢你，为什么你不躲他，为什么还和他这么亲近？你喜欢他？"

"他没有喜欢我。"

"他喜不喜欢你，你真的没看出来？"

宁朦哑口了。

宁朦回家后刚走出电梯就看到了陶可林。

大门没关，他就站在厨房的冰箱旁边，宁朦走出电梯时他也回头看到了她。

对视的瞬间宁朦就想起了早上的接触，登时后腰和脸庞都火辣辣的。她庆幸自己裹了围巾戴了帽子，所以脸红得应该不明显。

"回来了？"陶可林冲她笑了笑。

宁朦"嗯"了一声，刚掏出钥匙，手机就响了起来，是颜书尧问她到家没有。

她和他说了几句，挂掉电话抬起头的时候，青年已经走到面前，嘴里叼着一条不知道哪里翻出来的雪糕，手上拿着一根没拆包装的雪糕，朝她晃了晃。

宁朦下意识地接过，拆开放进嘴里。大冬天的吃雪糕，一口下去冻得她牙根都软了。

“怎么才回来？”陶可林自然看到了刚刚的电话，也猜到了她见了谁。他克制着自己没问她怎么会和颜书尧一起，但无论说什么都觉得酸酸的。

“有点事。”宁朦专心致志地对付着雪糕，随口问了一句，“吃过饭了吗？”

“正在吃啊。”他咬了一口雪糕示意。

“你多走几步到外面去吃碗面都好啊。”宁朦忍不住说。

他的双唇被雪糕冻得通红，笑眯眯地看了一眼宁朦，说：“我的胃比较娇贵，吃外面的东西会不舒服。”

宁朦自然白了他一眼：“那还吃雪糕？”

“以毒攻毒嘛。”

“你厉害……”

“没有你厉害哦，把我的牙刷都丢到垃圾篓。”

宁朦放下包，自觉地去给他煮面。他吃得很欢，很快就吃完了，好像真的一天没吃东西。

宁朦去洗碗时，他跟过来说了一句：“我明天要回家了。”

她微微有些愣怔，几秒钟之后才反应过来，马上就要过年了。

“哦。”宁朦点点头表示知道了。

他有些失望似的，倚着厨房门斜斜地站着，脑袋靠在门上，慢悠悠地说：“这么无所谓啊，你不会舍不得吗？”

宁朦顿了顿，笑着说：“终于能摆脱你这个大少爷几天，我高兴还来不及呢。”

陶可林的表情立刻有些哀怨了：“那我不回去了，就在这过年算了。”

“随便你啊，不过我不伺候的，过几天我也要回我妈那边。”

陶可林抿唇，最后什么也没说转身就走了。

宁朦听到关门声时还有些诧异，走了？不像他的风格啊。她探头看了一眼，人果然不在了。

陶可林走后屋里立刻安静了，她乐得清静，抱上衣服去洗澡了。

洗完澡后洗了水果，习惯性地捧着果盘过去找他。发现他根本没有睡觉，而是盘腿坐在电视机前面，手支在膝盖上，背靠着茶几在玩游戏。客厅一盏灯都没开，只有电视机屏幕的光在一闪一闪的。

陶可林听到门口有动静，飞快地看了一眼，又转过头去专注地盯着电视屏幕，嘴角挂着标志性的笑容，招呼宁朦："过来。"

宁朦走过去弯腰将果盘放到茶几上，随手找了个垫子在他身边坐下。陶可林顺势揽住她，又在对方要推开他的时候往她怀里丢了一个手柄，坦然地教她操作。

她果然被吸引了注意力，兴趣盎然地跟着他走位，全然没有察觉自己大半个身子都靠在他怀里了。

这次回去，陶可林知道自己肯定会被他妈妈留到正月十五才放人，中途还要去一趟余华市，也就是说大半个月都不能见到宁朦。

不舍是有的，但更多的是担忧。宁朦过年肯定少不了要和莫绯混，莫绯又和宋清纠缠不清，宋清的朋友颜书尧又怎么会轻易放过这些机会。

他在心里默默叹气，谁让这只小猫咪还不是家养的呢，连吃醋都不能太明显了。

新游戏很吸引她，于是两人一直玩到凌晨一点多。宁朦熟练之后有些上瘾，还录了视频发微博，但最后还是熬不住困意，靠着陶可林的肩膀睡了过去。

陶可林小心翼翼地从她手里抽走手柄，刚把手放到她后背和膝盖窝要将她抱起来，她就噌地睁开眼，双眼泛着绿光，一拍陶可林的手臂，兴奋道："刚刚是我赢了一局对吗？继续啊！"

"哟，个头不大，手劲倒不小。"陶可林龇牙咧嘴地揉了揉手臂，拉着她站起来，"到沙发上去吧，地板凉。"

宁朦乖乖跟着他到了沙发上。

陶可林看得出来她已经很困了，但因为游戏的关系，精神还很亢奋。他悄悄调低了音量，陪着她又随意打了几局。宁朦赢得容易，精神也渐渐开始倦怠，最后直接倒在沙发上睡着了。

陶可林不敢再动她了，游戏也没有关，本来想等着她睡熟一点再把她抱进房间，结果自己也没扛住，顶着她的脑袋在沙发的另一边睡着了。

早上宁朦是被捏醒的，陶可林没舍得下重手，自然没能把她完全弄醒，女人只是睁了睁眼，嘟囔一句后翻身找了一个更舒服的姿势睡了过去。

陶可林听得清楚，她问的是"你怎么还没走"。

他气得脸都黑了。

他把她抱进卧室，刚放到床上她就翻身趴着睡，一下子亲也亲不得，"坏事”也干不了。陶可林气得牙痒痒的，忍不住拿起枕头往她屁股上抽了两下。

她毫无反应。

这是宁朦第一次在陶可林的床上醒来。

他的床很舒服，被窝和枕头里有他身上专属的温暖香气。宁朦窝了一会才从床上坐起来，伸了伸懒腰，顺便环视了一下他的卧室。

整个房间干净整洁，倒是和书房、客厅的风格完全相反，里面除了一张床和床头柜，什么都没有。没有书，没有电脑，连张书桌也没有，看来他从不把工作带进卧室。

因为已经有了单独的衣帽间，所以宁朦估计房间里的内嵌式衣柜应该也派不上什么用场。她的恶趣味又升腾起来，咬着下唇手脚并用地爬过去，跪在床上伸长手轻轻拉开了衣柜的门。

里面只放了几套睡衣，下面的抽屉半掩着，宁朦随手打开看了一眼，登时就有种血脉偾张的感觉。

满满一屉的男士内裤整整齐齐地坐在那里，翘首以盼地等着宁朦检阅似的。

宁朦赶紧合上荷尔蒙四溢的抽屉，还很小心翼翼地保持原来的模样。

她回到床边，勾了勾唇角，悄悄地拉开了床头柜的抽屉。里面空荡荡的，她不死心地又爬到另外一边，也是什么都没有。宁朦想了想，不太相信地下了床，又打开衣柜看了看，还真的什么都没有。

偷窥完之后，穿好鞋子，把他的床单、被套、枕头套丢进洗衣机，又把他家收拾了一遍，最后把厨房检查了一遍之后才回家。

宁朦仍然不太相信，好歹也是个成年人，家里怎么会连一盒套套也没有呢?

想起上一次在他的电脑上搜寻的那一次，宁朦有些咋舌。

这也干净过头了吧。

宁朦醒来的时候陶可林已经到父母家了，他低头盯着手机里的远程监控，本来只是想“欣赏”一下她的睡颜，结果把她之后鬼鬼祟祟的模样也一并收进眼底。

陶可林笑了一下，又去翻她的微博，她的最新微博是昨晚发的游戏视频，她好不容易赢了一局，高兴得不行。

评论里都在说她菜，因为游戏是双人的，还有人问她是和谁在一起玩。

他暗戳戳地注册了小号，去这条微博底下留言。

老婆看我 111：视频里的男人不会是 @ 陶 Collin 吧？声音好像。

然后他找了自己的朋友帮忙转发。

投球手以桂转发并评论：有人这是要脱单了？

他这个朋友也是小网红，于是短短半小时内，这条微博搅起了轩然大波。

陶可林和宁朦的微博都炸了。

是你女神：好像真的是我男神的声音啊，而且我男神前两天刚刚发了这套游戏！嘤嘤嘤我不活了。

女神我叫依恋：真的有奸情哦，两个人互动挺多的。

啊啊啊啊啊啊啊啊啊衰：快点公开吧公开吧。

大大大眼子：呵呵，你们都忘了之前柠大的一条美妆视频吗？那时候就有一个男人在旁边一直捣乱来着，后来大家说柠大有对象了，她没有否认，然后有人说要柠大公布恋情发照片什么的，陶 Collin 都点赞了。

陶 Collin 是我男人：难过，不过还是祝福，希望能早日公开撒糖。

他甚是满意这个结果，不过宁朦一直没有回应。

陶可欣进屋就看到陶可林盯着手机牵唇的模样，她走过去推了一把他的脑袋："看什么呢？"

他不动声色地收起手机，回头朝她笑了笑："回来了。"

这个笑容跟刚刚那个比起来，何止失色一半。

陶可欣敛起心神，视线从他的手机上移开："妈呢？"

"在厨房。"陶可林往她身后看了一眼，淡淡问，"姐夫没回来？"

陶可欣笑眯眯的："他下面在搬东西。"

吃过晚餐，陶可林陪着父亲陶简下棋，正走到关键时刻，宁朦的电话打过来了。

陶父不悦地望了他一眼，他自然没敢接，但接下来的棋局溃不成军，最后陶父摆摆手，示意他滚出去接电话。

陶可林回拨过去，宁朦没有接，一直到了晚上才回信息过来。

缺心眼的宁朦：我帮你收拾屋子了，床单也洗了，你出门之前就不晓得顺手丢个垃圾吗？

他直接拨了电话过去，她很快就接了，但是那边闹哄哄的，陶可林说了几句话她都没听清楚，最后还是她把电话挂了，直接在微信上和他说话。

缺心眼的宁朦：你说什么？我没听清楚。

陶可林：又在外面浪啊？

缺心眼的宁朦：你才浪，你浪得都快成一片海洋了。是莫绯朋友生日，我被拉出来的。

陶可林顿时心里警铃大作，不会颜书尧那家伙又在吧？早不生日晚不生日，偏偏他不在的时候生日。

陶可林：什么朋友？

缺心眼的宁朦：（翻白眼）说了你也不认识。

陶可林松了一口气，想着那就不是颜书尧了，结果她的下一条信息又把他打入谷底。

她发过来一张随手拍的图片，暗红灯光下，包厢里的人影憧憧。

即便有些模糊，陶可林还是能从中分辨出颜书尧的身影，与女人只隔了半米不到。陶可林几乎要呕出一口老血，这家伙真是阴魂不散。

陶可林：别喝酒啊，你还在调经呢。

宁朦发了一个翻白眼的表情包过来：药早就喝完了，现在已经调好了。

陶可林：不知道有句话叫行百里者半九十吗？

缺心眼的宁朦：好啰唆呀，知道了知道了。

陶可林：酒精是大忌。

陶可林：而且现在是春节，外面很乱，你早点回家。

陶可林：宁朦？

陶可林：缺心眼？

……

得，彻底不回复了。

陶可林完全坐不住了。

陶可欣上来叫他下去喝甜汤，看到他穿上外套匆匆忙忙要出门，下意识地拽了他一把："要去干吗？"

陶可林在手机里翻着宁朦的定位，抽出手头也不抬道："朋友找我有事，你帮我和爸妈说一声。"

"欸，陶可林？"

他已经跑到门口了。

宁朦在市区的某会所，陶可林庆幸自己昨天晚上趁着她睡着偷偷设置了位置共享。

陶可林开着车绕了大半座城市，直接杀到了会所。

运气好的是，他进去没有找多久，就在三楼的楼道逮到了那只。

她穿着一件米白色套头羊毛衫，一头乌黑的长发柔软地搭在胸前，使得她整个人看起来像一团毛茸茸的毛线球，撩拨着他心底的那只不安分的小黑猫。

她靠着墙正捂着嘴在接电话，脸微侧着，在另一面落下柔柔的阴影。陶可林靠近她也没有发现，直到青年的手臂圈住她的脖子往怀里带的时候，女人才惊呼一声，受了惊吓般地跳了一下，头也不抬地伸手推他。

这么一下，手肘刚好顶到陶可林的肋骨，他闷哼一声松开手。宁朦这才看清来人是谁，惊得下巴都合不上了："陶可林？你怎么在这里？"

他揉了揉被袭击的肋骨，拧着眉说："疼，你让我缓缓。"

宁朦连忙帮他揉："哪？这？"又埋怨他，"谁叫你忽然来这么一下的，吓死我了。"

陶可林由着她的小爪子在他胸前瞎揉着，又在她准备收回手的时候不舍地按住了。宁朦不解地抬头，就见青年勾了勾唇，顺手撩起她的一缕头发放到鼻子底下嗅了嗅。

一大股烟味冲进鼻子，他闻不出什么，于是干脆勾起她的下巴，两指一捏，迫使她微微张开嘴唇，低头在她唇边闻了闻。

这个动作不到一秒钟，流畅又自然，却让宁朦的心跳瞬间停顿了，脑海几乎一片空白。她一动不动地盯着青年坦然的脸，心脏在他松手离开的时候开始剧烈地跳动，发烫的血液瞬间游遍她的全身。

那一丝温暖的气息，仿佛还流连在她嘴唇周围。

这个不是接吻的动作，却比接吻更让她战栗。

宁朦意识到，阴影投下来的时候，自己差点就要主动吻上去了。

这让她后怕。

眼前的青年却丝毫没有意识到自己的动作有什么不妥，只是满意道："没喝酒？真乖。"

撩妹技能简直爆表。

宁朦盯着他，仍然有些说不出话来。

陶可林又亲昵地捏了捏她的脸："散了没有？我送你回去。"

宁朦咬了一下舌尖，终于敛了敛心神，推开他的手："还没散，而且我开了车来。"

"那我等你。"

宁朦狐疑地看了他一眼，想起来问："你怎么会在这里？"

陶可林至少可以说出三个理由，但他突然一点也不想编了，只是挑着眉反问道："你说我怎么会在这里？"

宁朦眼珠子一转，诡谲一笑："哈，我刚来的时候看到几个公主，全都是极品啊，听说这边的姑娘不仅姿色绝佳，还都是高学历的呢。"

陶可林的脸都黑了，一字一句地说："我从来不玩这些。"

宁朦撞了撞他的肩膀，挤眉弄眼："别不好意思啊，一个气血方刚的单身青年，有需求难免，不过你还蛮会挑的嘛，这间会所的消费不算低呢……"

陶可林揪着她的后领就往外走。

"唉唉，等一下，别拉我啊，毛衣都要被你拉变形啦。"宁朦挣扎。

陶可林微笑："变形了好，低领的多好看。"

"好嘛，就算要走我也要回去拿外套啊。"

陶可林总算停下脚步松开她："给你五分钟，我在外面等你。"

宁朦返回包厢拿外套和包，跟莫绯说了一声。她没说什么，旁边的颜书尧倒是有些诧异："刚来就要走了？"

"嗯。"宁朦说，"你们慢慢玩。"

他却拿了外套起身："我送你。"

宁朦连忙说："不用不用，我朋友在外面等我。"

颜书尧不由分说地推着她往门口走："走吧。"

"真的不用，我朋友就是来接我的……"她话音未落，颜书尧就拉开了门，自然一眼就看到了门外长身玉立的青年。

宁朦有些尴尬，跟颜书尧说："我朋友送我就好了，你继续跟他们玩吧。"

颜书尧"嗯"了一声，笑容很有风度："那行，你注意安全，到家给我个电话。"

"好，好的。"

陶可林在心里低骂了一声，当即看也不看颜书尧一眼，一手接过宁朦手上的包，拉着她大步离开了。

颜书尧望着他们走远，没有立即返回包厢，而是走到通风口点燃一支烟，心情稍微有些郁结。

他在感情方面向来洒脱，一旦意识到自己与对方没有可能，便会及时撤退。另一方面，他最讨厌这种三角关系，向来看中的猎物有别人觊觎的话，他都会兴致缺缺地放弃，更不要说有人跑到他跟前抢了。

他这么淡薄的一个人，却三番五次和那个人杠上了。

他自己也想不清楚，宁朦就真的那么吸引他吗？

还是只是太无聊了？一点点好感都当成是喜欢？

他差点把烟嘴都咬秃了。

宁朦跟着陶可林出了会所，深深地换了口气。

他不来，她也是打算走的，里面空气太浑浊，她有些小感冒，已经憋得不行了。

陶可林把包递给她："在这等我，我去把车开过来。"

"真不用。"宁朦接过包说，"我自己开车回去就可以了，你送完我还得回去，麻烦。"

陶可林没有作声，盯着她看了半晌，忽然伸手握拳，轻轻抵在宁朦脸庞上，大拇指在她颧骨上搓了搓，皱着眉说："怎么这么红？"

宁朦没好气地拍下他的手："那是腮红。"

陶可林瞄了一眼自己的手指，笑了："你的腮红搓都搓不掉？"

两人还在争怎么回去，忽然听到后方传来一道带着笑意的声音。

"陶公子？"

两人皆是一怔，双双回头。

他们身后是一位穿着白衬衣的年轻男人，叼着一根烟，怀里揽着一个衣着暴露的女人，显然也是刚刚从会所出来。他的视线在他们身上来回打量，笑得轻佻："居然能在这里碰到你，你不是从来不来这种地方的吗？不怕你爷爷把你吊起来打？"

陶可林扫了他一眼，淡淡道："你才应该被吊打吧，要是让婶婶知道了……"

正是陶可林的小叔叔陶海文。

男人取下烟呵呵一笑，推了怀里的女人一把，那女人立刻识趣地走开了。

"朋友的局，逢场作戏而已，我是那种人吗？"对方笑着说，视线肆意地打量着宁朦，"你这妞可以啊，也是会所里带出来的？"

陶可林无奈："你喝多了小叔叔，她是我女朋友。"

男人皱眉想了一会，想起来了："你女朋友？还是上次那个？"

陶可林点头，宁朦下意识想反驳，但是被他捏了一下手心。

陶海文冲宁朦递了一个抱歉的眼神："我喝多了，眼神不好。"

陶可林懒得再搭理他，拽了宁朦一把，拉着她招呼也不打就走了。

上了车宁朦仍然有些不爽。

陶可林第一时间就跟她解释："那是我小叔叔，平时就没个正形，你别放在心上。"

宁朦斜眼看他："我不爽的是你说我是你女朋友好不好。"

陶可林顿时失语。

"每次都拿我做挡箭牌。"宁朦嘟囔，"这是要挡我桃花的。"

她是随口说的一句话，陶可林却忽然有些冒火，当即就转身望着她，不咸不淡地问："很介意吗？这一句话都不能说？你没看到他刚刚是怎么打量你的吗？"

宁朦自然能听出他语气里的不满，也知道他已经濒临着火点了。平时她都会绕开，今晚也不知道怎么了，竟然直接就迎上去了："介意。女朋友这种话本来就不应该随便说，你是觉得这样有意思还是什么？刚刚你完全可以找别的借口，干吗非要那么无聊？"

陶可林望着前方，握着方向盘的手收紧，许久才出声："下车。"

宁朦二话不说推开车门下去，几乎她刚合上车门他就脚踩油门开了出去。

她在后面连骂了两声："明明是你非要送我回去的好不好！浑蛋！"

宁朦气恼地回到自己车上，咬牙切齿地跟莫绯发信息。

宁朦：老子喜欢上一个人了！

莫绯：嗯？难得动了春心还这么生气？是谁？！

宁朦越想越生气，又恶狠狠地给陶可林发了一条信息。

陶可林心里窝火得很，但车开出去八百米立即就后悔了。

他之前也没少试探，但是不知道为什么今晚会变成这样。他巴巴地赶过来看她，最后落得这个结果，真糟心。

他把车停在路口，刚想掉头回去，就收到宁朦的信息。

小野猫：去你的大西瓜。

……

白眼狼：站着别动，我回去接你。

系统提示：小野猫开启了好友验证，你还不是他的好友。请先发送好友验证请求，对方验证通过后，才能聊天。

白眼狼：？？？

宁朦拉黑了他才稍微有些解气，不理会他添加好友的请求，回复莫绯：我邻居，那个画漫画的。

莫绯：就是连续两次都在一个酒吧遇见的小鲜肉？开了房又接了吻的？

宁朦：不知道的人还以为我们说的是两个人呢。

莫绯：哈哈，不是，你们既然是邻居，那早就应该在一起啦，这么极品的男人。你现在肯定是甜得不要不要的吧？和那种小鲜肉谈恋爱，我跟你讲哦，晚上一定会让你乐得合不拢嘴的。

宁朦：（微笑）没有在一起哦。

莫绯：好吧，那现在呢，什么状态？

宁朦：别说了，刚吵了一架。

莫绯：在下佩服。

宁朦：你觉得怎么样？

莫绯：外形没得说啊。

宁朦：姐姐啊，我是问除了外形呢。

莫绯：哦，除了外形啊，性格应该也不错，看起来就是很会宠人的。不过此妖段位太高，不是一般道士能降服的，妹妹你要小心了。

陶可林绕回去的时候，宁朦已经走了，他又绕了大半座城市去到宁朦家，拿钥匙开门进去没有看到人，才想起来她已经放假回家了。

他没找到宁朦，微信被拉黑，电话也被拉到了黑名单，于是整整一个星期都没有联系到她。

他不敢到她家去堵她，只能尝试从莫绯那边入手。好不容易逮着有一天她们俩一起去逛街，但他刚问出位置要杀过去，他爷爷就回来了，直接用拐杖在门口拦住他："浑小子又要跑哪疯去？"

他彻底失去了自由。

宁朦一整个春节都没有出门。她没有加回陶可林，也没有试图去联系他。

因为其实要揪清楚自己的感情，去接受，去面对是一个过程，而到了宁朦这个年纪，这个过程可以说是最艰难的。

自己真的喜欢上他了吗？喜欢了多久，到什么程度，她可以喜欢他吗？

宁朦自诩已经没有多余的精力再去修复失恋后受伤的心了。

她还没想通透，假期就结束了。

而上了一个礼拜的班后，隔壁还是没有丝毫动静。

他没回来吗？

宁朦由假期前不知道要如何面对他的忐忑，到现在，反而变成了微妙的焦虑。

甚至有一些不争气地想他。

周末莫绯又约她去逛街，说是逛街，其实是她一个人在扫荡，买完了衣服鞋子又要去做头发，宁朦只能在旁边的露台等她。

她一个人点了杯鲜榨果汁，翻阅杂志打发时间。

这一整条街都是奢侈品专卖店，宁朦这个位置正对着外面，能清楚地看清对面一楼和二楼的商店。就在翻阅杂志的间隙，余光不经意间瞄到一抹红色的身影，她顿了顿，立即抬头。

她能看到其实不奇怪，因为那个青年实在是太显眼了。

他只穿了一件酒红色毛衣，衬得肤色异常白皙，破洞牛仔裤落拓地穿在身上，也不知道风灌进去冷不冷。

宁朦的视线在他身上胶着了半分钟，才发现那个几乎黏在他身上的娇小女生。

他们走进了 Dior 的专卖店，宁朦透过那几块巨大的落地玻璃，看到女生拉着陶可林从这边走到那边，几乎将店里的包都试了个遍。但从头到尾陶可林脸上都未表现出一丝一毫的不耐烦，最后还刷卡给她买了两个包。

整个画面非常和谐，宁朦要是没有看清那张脸，铁定会以为这是一对情侣，而且非常般配。

她又一次生出了“这家伙肯定不是我认识的陶可林”的念头。

宁朦跟店里的莫绯打了一个手势，丢下杂志下了楼，往他们离去的方向走去。她一直跟到了停车场，看着陶可林和女生走到一辆 Jeep 旁，其间他还绅士地替女孩开了车门，护着她上了车之后才转回驾驶座。

后来的她简直想不起来自己是怎么回去的。

莫绯把大卷发拉直了，整个人看起来水灵又秀气，她揽着宁朦出门，问了几遍她想吃什么，都没有得到回应。

莫绯忍不住掐了宁朦的腰一把：“发什么呆呢？”

宁朦“啊”了一声，茫然地望着她。

不像是发呆，看起来是失魂了。

莫绯好笑："我问你吃什么，你怎么啦？我不就弄了个头发，你等得灵魂都出窍啦？"

女人置若罔闻，静默了几秒之后突然说了一句："帮我查一下陶可林好吗？"

莫绯闻言愣住，终于察觉出一丝不对劲，便随意找了一间餐厅拉她进去。刚一坐下就逼问："查谁？那个小鲜肉？"

"嗯。"

莫绯笑了："不用查啊，他的家底我清清楚楚，你想知道什么，可以问我。"

这下到宁朦怔住了："你怎么会知道？"

"我没有和你说过吗？他爷爷和我爷爷是朋友。不然你以为我当初真的会放心让一个陌生人把你带走吗？"莫绯抿了一口水，继续说，"他们家是世家，陶爷爷年少有为，屡立大功，年纪轻轻便很有建树了，在S市声名远扬。他下面有两个儿子一个女儿，大女儿远嫁国外，大儿子从商，小儿子嘛，不说也罢。"

宁朦想起那天在会所门口碰到的男人。

"所以陶爷爷一直把期望都寄托在小鲜肉身上，十二岁以前都是陶爷爷带他，十二岁到十五岁都是在部队生活。出来之后直接参加中考，一下子就考上了高中，然后顺利进了大学。不过他这个大学也读得艰难，他爷爷其间多次想让他走仕途，他抗争过几次，后来直接逃到日本了。"

莫绯没有注意到宁朦的脸色，继续说着："小鲜肉的爸爸呢，早年成立了正林科技有限公司，以此发家，现在产业涉及物流、房地产、证券等多个领域，经商天赋很高。要说他们一家基因都蛮好的，无论放在哪个领域都是人才，所以我觉得你会喜欢上小鲜肉一点也不奇怪。哎，你干吗一脸绝望？"

宁朦挤出一个笑容："没有绝望，就是有点沮丧而已。"

莫绯反应过来，眼底闪过笑意："这么想了解，是真的上心了？"

她抿唇，有些无奈："我哪段感情没有上心？"

莫绯望着她，有些心疼。

"喜欢就上，管他是谁"这样鼓励的话莫绯说不出口，因为宁朦确确实实已经在这方面吃过大亏，虽然不至于一朝被蛇咬十年怕井绳，但谨慎一点是应该的，也是正常反应。

宁朦确实是怕了，首先不说陶可林是不是适合结婚的对象，就单是他那个爸爸和爷爷，她听着都有些毛骨悚然。

门当户对有多重要她是深有体会的。

她的母亲，就是因为一直不被婆家认可，才在生了两个女儿之后被逼着离了婚。

她大学谈过的一场恋爱，因为对方是一个富二代而被对方母亲嫌弃，甚至去她家羞辱她母亲。

那一次她很果断地抽身了，也因为年轻，所以很快复原了。但是对于陶可林，她觉得如果自己完全陷进去了，再因为这样的缘由被迫分手的话，便会是剥离骨肉的痛。

两天之后陶可林回来了。

他是在宁朦下班前回来的，没有提前跟她说。宁朦一进家门，就看到在厨房里忙碌的高挑身影，她的心跳快了几下，又怔愣了好一会。

听到门声的青年头也没回："回来了？先坐，我给你盛饭。"

是自然得不能再自然的语气，仿佛两人之间没有任何龃龉。

宁朦放下包，一眼就看到桌子上满当当的菜。

青年端了饭碗过来，脸上挂着熟悉又温暖的笑："去洗手。"

"你做的？"宁朦走过去迟疑着问。

"回来路上顺手打包的。沁园的，我记得你很喜欢吃他们家的粉蒸排骨。"

亏得他还记得。而且不仅是粉蒸排骨，桌上一多半都是她喜欢的菜式。

宁朦洗手回来坐下，刚尝了几口就被弹了弹脑门："怎么了？今天工作很累吗？"

"没有。"宁朦垂着眉眼说。

"怎么不说话？"陶可林用筷子的末端挑起她的下巴，"是不是还在生气？那我再道一次歉，我保证以后不会乱说话了。"

宁朦拨开他的筷子，语气有些淡，也有些敷衍："没生气了。"

她是没有生气了，他知道，她重新加了他的微信，他发过去的话她都会回几个字，电话也打得通了，但是陶可林就是觉得有哪些地方变了。

他又挑起了一些话题，但是对方都接得不咸不淡，最后两个人都有些心事重重，没有再说话。

所以这一顿"重聚"的晚餐吃得不算愉悦。

晚餐后陶可林乖觉地起身帮忙收碗。

他其实从小就没有做过家务，刚开始来宁朦家蹭饭的时候会象征性地帮一下忙，熟悉后就懒散了。喜欢上宁朦后的这段时间却格外勤快，吃完饭也会帮忙收拾。

宁朦自然能看得出这些变化，而在这不知不觉的几个月时间里，她也已经渐渐习惯和他一起吃饭，一起窝着看电视，习惯每天晚上下班家里有人等她回去，也享受有人陪她说话的感觉。这种习惯太舒服，太容易上瘾，宁朦想摆脱。

连看起来很适合结婚的姚琛都背叛了他，更不要说身边这个如风般捉摸不定的青年了。

宁朦从他手中接过碗，低声道："我来吧。"

陶可林看了她一眼，表情有些受伤。

她变得客气了，这种客气中又带着冷冰冰的疏离和冷漠。

吃过饭他就讪讪地回去了，宁朦一个人在沙发上看了一会电视，陶可林在微信上发了几个表情过来。平时宁朦一定会跟他斗起图，但今天她没有接招，直到那边的人也觉得无趣，最后只说想吃夜宵了。

宁朦佯装没看到，结果他发过来的下一句就是：我在画稿子。

她又毫无抵抗力地到厨房去煮了一碗面端过去。

过去时他正盘腿坐在地上，托着腮百无聊赖地翻阅着桌上的书，她不想打扰他，悄悄把碗放下，转身要走。结果对方更迅速地丢下书走了过来，直接坐在碗的面前，笑眯眯地和她说了一声谢谢。

"不是说在画画？"

"已经画好了。"他说，"还有点时间，就看一下书。"

"准备考试了？"

他"嗯"了一声，仰着头看她，模样有些可怜："陪我坐一会吗？"

她竟然没有在第一时间拒绝。

宁朦坐在他对面看着他，微微有一些走神。

这碗面他吃得慢条斯理，起码拖了二十分钟。吃完宁朦拿着碗要回去，却再次被陶可林拉住手腕央求道："别回去。"而后不等她开口，又万分讨好地说，"我下了很多新动漫和游戏哟。"

宁朦冲他笑笑，不出他所料地拒绝了："我明天还要上班，就先回去睡了，你也早点休息吧。"

当断不断，反受其乱。

陶可林坐在原地看着她毫不犹豫地转身出门，若有所思。

中午宁朦和 Ada 照常到楼下吃午餐，回来时发现大家都围在她桌子旁。这种奇观真是百年一见，上一次引发这种围观的还是 Ada 把她养的蜥蜴带来上班。

难道 Ada 的蜥蜴爬到她桌上了？

两人拨开一众围观群众挤了进去，只听 Ada 发出“哇”的一声感慨，宁朦也有些傻眼。

她那不够一平方米的办公桌上本来就够挤的，是哪个缺心眼把这两个巨大的盒子摆在她键盘上的啊？都在电脑桌面打开的 Word 文档里自动按下一大串 22222 了。

宁朦刚要问，转念一想又觉得不对，他们办公室的人网购东西很少送到公司，特别是这么大件。Ada 就更不用说了，她从来不在网上买东西的。那这东西是谁的？

她最近只买了一台榨汁机，是寄回家的。

“这谁的东西啊？”宁朦问了一句。

Ada 凑上去看了一眼，然后指了指中间贴着的快递单说：“宁朦，这是你的东西。”

咦？宁朦低头，果然看到盒子上面写着“深海大厦悦乐杂志社宁朦收”。

她把那两个盒子挪开，Ada 在旁边帮她驱散人群，但还是有眼尖的人一眼看出是装晚礼服的包装盒，直接八卦地问道：“宁朦，你男朋友真浪漫，还给你送晚礼服。这是要去参加什么晚会啊？”

男朋友？哈，她哪来的男朋友，女朋友还差不多。

然后他们七嘴八舌地议论开了：“快打开看看呀宁朦，我快好奇死了。”

“看这包装很不便宜啊，快打开看看是什么牌子的。”

Ada 及时开口解围：“看什么热闹啊，都回去上班，能不能让人家自己先分享啊，你们真是八卦。”

Ada 算是公司的元老级人物了，她开口，其他人不敢再造次，都嬉笑着散开了。

宁朦投给 Ada 一个感激的眼神，对方立刻回了一个安抚的眼神，然后回自己座位了。

宁朦想了想，最终还是没有打开盒子，而是将它搁在旁边的空地上，拿出手机给莫绯发了信息询问。但过了两个小时她都没有回复，不知道在搞什么鬼。宁朦等了半天，自己按捺不住，掀开盒盖的一角看了一眼，发现里面真是一套晚礼服。

临下班，陆云生突然召集开会。散会时已经七点多了，宁朦饿得前胸贴后背，收了东西后立马抱着那两个盒子准备走人，几乎是走到门口才发现手机上有几个未接来电，却是颜书尧。

还有一条短信。

颜书尧：急事，速回。

宁朦担心有要紧事，暂时先放下手里的东西，给他回拨过去。

他很快接通了，开口就问道："下班了吗？"

宁朦愣了一下，说："嗯，刚下班，你找我有事？"

他在那边停顿了一下，才又笑着问："东西你没收到？"

"什么东西……"她问完立刻反应过来，"啊？礼服是你快递过来的？"

他似乎笑了笑，有些无奈："你没看到里面的请柬吗？"

请柬吗？宁朦手忙脚乱地翻开盒子，果然在第一个盒子里看到一张白色的请柬。

"什么情况啊？"宁朦一边问他，一边打开请柬。

一家新成立的私人会所举办的俱乐部晚会，请柬是寄给颜书尧的，然后他直接放衣服里给宁朦快递过来了。

"今晚有个晚会，我妈收了人家的请柬我不得不去，必须得带女伴，想了一圈只有你合适了，可以吗？江湖救急。"他言简意赅。

"我吗？"宁朦笑了，"我是最上不了台面的了。"

"在我看来没有人比你更撑得住场面了。"

虽然救场义不容辞，但宁朦心里却有些犹豫。

他很快察觉到了，继续游说："这真的是最后一次了，我知道你不喜欢我，但是我找不到别人了。"

宁朦瞄了一眼请柬，入场时间是八点整，当即推脱道："我这边还有点事，可能赶不上了。"

"没关系，我等你。"他笑着说，"而且我刚刚才看到你们陆编下楼。"

宁朦大骇："你在我公司楼下？"

"嗯。"

真有种逼上梁山的感觉："我没换衣服，妆也还没化，时间真的赶不上了。"

"没关系，不着急，我不赶时间，你好了再给我电话。"

"颜书尧……"宁朦无奈了。

颜书尧笑了，声音比她更无奈："真的就这一次，你帮个忙，以后我都不打扰你了，好吗？我保证。"

宁朦犹豫了半晌，又在这一瞬间，脑海中莫名闪过另一个人的脸，那个陪着漂亮女孩子逛街买包替人开车门的青年的脸。

她改变了主意，把心一横："好，那你等我一会。"说完便匆匆挂掉了电话。

倒是楼下握着手机的男人一脸诧异，疑心自己听错了。

这是答应了？他以为还得亲自上楼去堵呢。

宁朦抱着盒子进了更衣室。

盒子里的裙子是一件没有吊牌的定制礼服。白色连衣裙极简优雅，裁剪利落，极显腰线。但是因为是一字领，而且领子略低，穿上之后她的内衣边都露出来了。宁朦完全无法忍受，干脆直接脱了内衣，真空穿着裙子。好在裙子面料不算薄，看不出来。

另外一个盒子里是一双绑带的高跟鞋，配上这个显露锁骨的连衣裙，有种干净的芭蕾舞者的感觉。

宁朦极少穿这种优雅大方的风格，一是她怕自己驾驭不来，二是觉得自己的气质不合适。

但这一身穿在身上勉勉强强，宁朦憋着笑对着镜子摆出一个芭蕾舞的造型，也完全不违和。

头发她不知道要怎么处理，干脆在脑后绾了个髻，两鬓垂落两丝发缕，镜子里登时显现出一个温婉优雅的女人。

她匆忙化了个淡妆，包里的口红颜色太艳，压住了裙子，她抹掉了一点，才满意地出门。

进电梯宁朦给颜书尧打了个电话，说已经好了。

他有些诧异："这么快吗？那你出来吧，我就在你公司门口。"

宁朦出了电梯往左一拐就看到停在大厦门口的雷克萨斯。她抱着两个大盒子，踩着细高跟鞋跑过去。颜书尧及时从车里面走出来，接过她手上的东西放进后座，替她打开副驾的门，护着她上了车。

"时间还来得及吗？"宁朦小喘着气问。

“真不用着急的，不是什么重要的场合，只是朋友开的会所，我去充个人数。“颜书尧笑着说，视线在她身上挪不开，“你穿这件裙子很漂亮。”

宁朦抿唇：“谢谢，是裙子好看。你选的？”

颜书尧点头：“嗯，临时选的，走了一圈觉得这件最适合你。”

分明是定制的，她又不傻。但她没有戳破，垂头系好安全带。

他启动了车子，宁朦指了一条近路。车子刚刚开出去，她的手机就响了一声。她似有所料，拿出来看了一眼，果然是陶可林发来的。先是一个问号，然后问她什么时候回去，今晚要赶稿子。

宁朦回复他：“今晚有事，晚餐你自己解决。”

陶可林没有再回复。

颜书尧侧头，看出了她的心不在焉，也没有再开口。

车子穿过城市的夜风，最后停在灯火通明的会所门前。颜书尧先下了车，随后过来替她开车门，手臂屈起，让她挽着，带着她走进大厅。

这样的晚会她以前也参加过不少，但多数都是和工作有关的应酬，和陆云生出席过，陪莫绯出席过，其余无他。像她这样的陪衬，又不需要谈工作、拓展社交，只需要落落大方地安静站着就可以了。

好在今晚颜书尧也没有多少应酬，只是进门的时候和几个人打了招呼，宁朦陪在他身侧也没觉得有多局促。最后他携着她穿过人群，走到前面和主办的人打了一声招呼示意，这就算是完事了。

最后颜书尧拿了两杯酒和宁朦找了个不显眼的地方站着，她肚子空空的，没打算喝酒。颜书尧看她端着杯子半天没碰，心领神会地带着她走到自助餐桌前。

宁朦已经快饿疯了，自然不再客气，端着盘子装了不少东西，又回到角落默默进食了。

她刚吃了一颗花椰菜，就有人端着酒杯走过来和颜书尧说话，宁朦见状只能放下餐盘一脸微笑地站在一旁，听他们寒暄。好不容易送走一个，宁朦又回去吃了一口玉米沙拉，但立刻又走来一群人和颜书尧打招呼，她只好再次放下餐盘，默默微笑。

人走了之后颜书尧笑了，问她需不需要他离开一会，给她吃东西的空间。宁朦知道他是开玩笑的，也还是摇摇头，说：“你走了我岂不是吃得更没底气了？”

其实这种晚会一般人都会用过晚餐才来，可怜宁朦是直接被颜书尧从公司接来，饿也是情有可原。放眼望去，确实只有她一个端着盘子的，真是惭愧。

她又放了几块东西进嘴里，就匆匆放下餐盘了，再饿也不能丢脸。颜书尧在一旁看到她的举动，再次抿嘴，拿起餐盘塞在她手里："没关系，饿就吃吧，反正都是摆出来吃的。"

那不是怕丢你的脸吗……宁朦半推半就着的时候，身边突然响起一个声音，含着浓浓的笑意，说道："颜书尧，几天不见怎么又换女朋友了？"

宁朦微微一怔，因为这声音和语气乃至内容都让宁朦莫名地觉得熟悉。

她和颜书尧都转过头去。

他们面前是一个穿着白色西装的男人，这人的穿着和语气都透着一股不正经，但一双眼睛像鹰一样地勾着宁朦。

居然是陶可林的小叔叔陶海文。

"又？"颜书尧淡淡地笑着，不紧不慢地说，"我换女朋友的速度能跟得上你？"

那人拿食指点了点颜书尧，又望向宁朦："真巧，没想到会在这个地方见到你。"

颜书尧微微一顿："你们认识？"

"嗯，曾经在我外甥陶可林身边见到过。"

这一句话可大有学问，说得她像是个不正经的女人似的。

看来这个人对她恶意不小啊。

颜书尧也察觉到了，怕他又说出什么话惹宁朦不快，他拿下巴点了点远处："你的女伴被人搭讪了你也不管吗？"

宁朦顺着颜书尧的目光看过去，发现不远处有一个身材火辣的美女，穿着红色抹胸短裙，一眼望过去只看得到大胸和长腿。她身边是一个目光灼灼的男人，她端着酒杯站着，目光却是投在他们面前的男人身上。

这个女人显然不是上次在婚礼上见到的陶海文的原配。

男人却毫不在意："跑不了的。"

颜书尧好笑："真是够有自信的。"

"不是对我自己有自信，是对我的女伴有自信，她可不是那种招蜂引蝶的人，你说是吧宁小姐？"

宁朦不是很想搭理他，就只笑了笑。

陶海文也毫不在意，继续问："可能有些冒昧，但是我真的很好奇，宁小姐你到底是我那个可怜外甥陶可林的女朋友，还是颜书尧的女朋友？"

“喂。”颜书尧很无奈，“我们只是朋友。”

“我单身。”宁朦受不了了，“我和你外甥也只是朋友。恕我直言，招蜂引蝶的只有你吧？明明是有主的人了，还带别的女人来，看来我们可怜的陶可林有个可怜的婶婶呢。”

陶海文脸色瞬间就变了。

颜书尧也笑了，幸灾乐祸地说：“这下可踩了老虎尾巴咯。”

陶海文哼了一声，但也没再呛声。

等她酒足饭饱后已经晚上十点多了，那两人还在说话，她在一旁待着，努力克制自己不去看手机。

她也很清楚手机没有响过。

颜书尧和男人聊着最近的几支股票，余光却忽然瞥见站在角落百无聊赖的女人。她站得笔直，裙子下的脚尖却有一搭没一搭地勾着曳地窗帘，他的嘴角弯了弯。

对面的男人留意到这抹笑意，神色不易察觉地阴沉了下来。

颜书尧收回视线，冲他点点头示意：“时间也差不多了，我还有点事，先走了。”他说完，不待对方回答便叫来侍者去拿他们的外套。

看起来有些匆忙，对面的男人当即就笑了，调侃道：“有什么事？难道不是急着回去……”他用嘴型说了一个词。

颜书尧挑眉：“你简直是不堪入目。”

男人哈哈大笑，并未反驳。

颜书尧接过侍者递过来的外套，回头叫宁朦，他清晰地看到女人因为能走了而瞬间一亮的眼睛。随后他向对方道别，对方似笑非笑地朝她晃了晃手中的杯子，意有所指道：“小心玩劈叉了。”

颜书尧知道他这个人就是嘴欠，所以并未搭理，跟宁朦先走了。

他喝了点酒，所以是宁朦开车。车子驶过大街的时候，颜书尧突然让她靠边停车。宁朦不明就里地停在了路边，问他怎么了。

“这家蛋糕店的糕点不错，我想吃一个甜甜圈。”他看着窗外说，脸上露出小孩子般渴望的神情。

宁朦愣了一下，转脸才发现车子正路过一家灯火通明的蛋糕店，她哭笑不得地熄了火：“我给你去买，你在车上等我。”说完就要下车。

却被男人从后面一把拉住，她不解地回头看他，又见他笑了一下，要求道：

“我要原味的。”

“行，知道了。”她抽回手下车到店里买了两个甜甜圈，想了想，又多要了两个打包，再给他买了一瓶矿泉水。

回到车上她把东西递给颜书尧，他接过就咬了一大口，宁朦顺手拧开矿泉水一并递给他。看着他在路边就着矿泉水把两个甜甜圈吃得干干净净，她有些奇怪地问：“你没吃晚餐吗？”

他摇了摇头。

宁朦更加奇怪：“你怎么没吃晚餐？而且我刚刚吃东西的时候你怎么一点也没吃？”

他喝掉最后一口水，说：“我四点就到你们公司楼下等你了，晚会上的东西是冷盘，我吃了会胃疼。”

“你是有多闲啊，四点就去等我，那岂不是等了三个小时？”

这话宁朦本是笑着说的，可是他没有接话，气氛顿时变得有些奇怪了。

宁朦住了嘴，想点火开车走人，他却伸手盖在她握着方向盘的手止住她，说：“等会再走吧，我有点头晕。”

宁朦也担心他在车上会吐，便收回了手，在车里静静坐着。

熄火后车里没了暖气，过了一会宁朦就抱起了手臂，他见状又点了火开了暖气。

宁朦看了他一眼，没有吱声。

本来就已经很晚了，结果这一等又等，过了半个小时，等到路边的蛋糕店都打烊，车外也没有行人走动了。宁朦以为他已经睡着了，便伸手要换挡启动，他的手却在这时冷不防地伸过来抓住了她的手腕。宁朦被吓了一跳，转过头看他。

他也正在看她，目光柔和，嘴角带着笑意，一脸的欲语还休。宁朦微微一怔，似有所料般地转头回避他的视线，他却在抬起手，状似随意地撩起宁朦侧脸垂落的头发，给她别到了耳后。男人的指尖掠过她的耳垂，带过一丝凉意。

宁朦下意识地拍开了他的手。

男人愣住了，宁朦也愣住了。

气氛一时变得有些尴尬。宁朦张了张嘴，试图说些什么，但她的脑袋有一瞬间的空白。就这么两秒钟的事情，颜书尧已经探过身子，来到她面前了。

他凑得很近，鼻息间带着一丝温热的酒气，他的两只手将宁朦困在座椅间，盯着她的双眸缓缓偏了头，像是要吻她的动作。宁朦一惊，连忙侧过脸往后退了一点，总算拉开了一点距离，躲开了他。

他停在原处，没再靠近，也没离开，然后宁朦听到他低低的笑声。

她一时间不敢轻举妄动，慢慢转过脸瞪着他，男人迎着她的视线，眼底一片乌黑，看不出情绪。宁朦有些恼火，忍不住伸出一只手试探性地推了推他，结果不仅没推动，反而被男人趁机一把抓住她的手。

他的拇指就停留在她掌心，来回划动。

宁朦飞快地抽回手，皱了皱眉。

“你喝醉了，颜书尧。”

大约静了一分钟，他终于开口了：“我没有醉，我要是醉了，你就没法继续坐在这了。”

宁朦吓了一跳，连忙抓紧安全带。

他见状又笑了笑，最后问：“宁朦，我想再问你一次，你愿不愿意跟我试一试？”

宁朦的表情没有任何变化。

他看着宁朦，眼底确实一点醉意都没有：“我也不想一直这样缠着你，但是又总是想再试一试，宁朦，你真的对我一点感觉都没有吗？”

宁朦笑了：“应该是没有的。”

颜书尧有些无奈：“我真的有些伤心了。”

宁朦没有作声。

其实无论是从情感上还是理智上来说，颜书尧都是一个很好的选择。英俊帅气，年轻有为，如果不是有朱玉在前，她应该会毫不犹豫地扑倒。

正确的选择应该是颜书尧，陶可林那枚朱玉，真的不太靠谱。

颜书尧凝视着她，目光压迫得她越发无法思考，但是不说话又更加压抑，宁朦尽量不动声色地挪了挪身子，提醒他：“别忘了你今天说过的话。”

他说过以后都不打扰她了。

颜书尧自然记得，最后他慢慢松开了手，退了回去，脸上依旧挂着笑，同时说：“我听说那小孩有一个青梅竹马的未婚妻，在网络上也是很有名的一对。而且他的家庭背景你有了解过吗？好像也挺复杂的。”

“坐好，我送你回家。”宁朦不想再继续这个话题，撂下话就启动了车子，他很识趣地没再说话。

宁朦到家的时候已经十一点多了。她走出电梯，先是下意识地看了一眼隔壁紧闭着的大门，才走回自己家。推开门看到漆黑一片的客厅，她心里没来由地一阵失落。

宁朦摸黑进了家门，换了鞋就往卧室走，结果才刚刚走到门口，就听到背后客房的门传来声响。宁朦心头一跳，回头就看到一颗毛茸茸的脑袋，抱着她的熊猫抱枕靠着门框懒洋洋地站着。屋内光线昏暗，看不出他是没有睡还是被她吵醒了。

陶可林眼巴巴地瞅着她，声音很低很软："怎么才回来？"

宁朦嘴角微微上扬，她"哦"了一声："没有睡吗？吃饭没有？"

"嗯，只喝了点汤。"

"睡吧。"宁朦说完就转身回房了。

陶可林顿了顿，悄无声息地跟过去。

女人没有掩实房门，他透过门缝看到女人一边在衣橱里翻找睡衣，一边解下裙子侧边的拉链。

一不小心他就看到一个软软圆圆的小白兔，登时眼睛都有些发烫了。

心绪翻滚之后他才反应过来，女人穿了一条新裙子，礼服，真空。

他思忖半晌，嗅到了危险的气息，看来有人要乘虚而入了。

他回了客房，看到陶海文发来的信息：我看到你女朋友了。

附带一张和颜书尧站在一起的宁朦。

白裙子黑西服，般配得有些刺眼。

陶海文继续刺激：人家说自己不是你女朋友哦，说自己单身哦。

陶可林反手就把他拉黑了。

第四章　小狼狗的反击

宁朦去浴室卸了妆洗了澡，爬上床就昏睡过去了，连某人深更半夜爬上她的床她也无知觉，还靠过去取暖。

第二天宁朦按时醒来，睁眼就看到一张帅得人神共愤的睡颜，对方睡得规规矩矩，倒是她的脚毫不客气地搁在人家腰上。

她有些心虚，就没有去计较为什么青年会在她床上。她挪开腿，轻手轻脚地下了床，走出几步又忍不住回头帮他把脚盖好才出门。

那天晚上后，颜书尧果然遵守约定，没有再找过她，也没有出现在她面前过，即便是有宋清和莫绯的聚会，他也刻意避开了。

宁朦松了一口气。

说实话颜书尧人还是很不错的，在这个年纪还能被这样优质的男人喜欢上，宁朦该躲在被窝里偷笑了。

但她居然一点也没有觉得后悔或是遗憾，要说有那么一丁点可惜，就是不知道以后还能不能做朋友。

周末宁朦要回一趟家，陶可林以为她要出去浪了，一开始嚷嚷着要跟着去。被瞪了好几眼之后才委屈地闭了嘴，巴巴地目送她出门。

宁朦回去也是陪宁妈看电视，两人几乎看了一天的电视。晚上陶可林给她打了一个电话，她看了一眼没有接，宁妈倒是很有眼力见儿，问道："恋爱了？"

宁朦从来不会对她妈妈隐瞒什么："恋爱还没有，只是有了喜欢的人。"

话出口她顿了顿，回头望着她妈，有些诧异："你已经在知道我和姚琛分手了？"

宁妈笑了笑："能不知道吗？他已经很久没有给我发过信息了。你虽然没说，但我能看不出来自己女儿是什么状态吗？”

宁朦连忙抱住她的胳膊撒娇：“还是妈懂我。”

宁妈替她感到高兴，也隐隐有些担心：“是什么样的人？合适吗？多大了？做什么的？”

“妈。”宁朦好笑，“还没到那一步呢。”

坦白说，她和陶可林之间的可能性真的不太大，即便能在一起，也未必会长远。

这一点她看得很透彻。

“有机会领回来看看吧？”宁妈说，“别再耽误时间浪费精力了。”

宁朦知道她的意思，便点头含糊地应了。

她在家里过了一夜，受不了的是陶可林睡觉前还要给她弹视频，一连三次，宁朦忍无可忍地接了，让他看自己敷着面膜的大饼脸。

陶可林在那边笑得手机都要拿不稳。

“我截图了。”

“你敢！”宁朦气急败坏。

“美妆博主，哈哈哈。”

“我关了。”

“别啊。”

“我关了。”

“好好好。”他把手举起来做投降状，“这样可以没有？不截图。”

“哦。”

“你在家？”

“你说呢。”宁朦没好气。

陶可林笑弯了眼睛：“乖。”

“我不乖，我很浪的。”

陶可林又笑得前俯后仰。

“不和你说了，我要去洗面膜了。”

“去吧。”

宁朦洗回来发现手机弹出了一条消息。

——你的特别关注陶 Collin 发布了一条微博。

宁朦预感不妙，连忙点进去。

陶 Collin：看看你们的女神。

附图是她敷着面膜的大脸。

评论炸开了花。

Collin 的小尾巴：老公！你和谁视频呢！

一生一世一双人：我不相信！你怎么能和别的有一腿！

喵喵咪呀：祝福！下次请放高清无码的合照！

用户 1578469：老公你说清楚！这是谁！

我想去海边：啊啊啊啊啊确认无疑这是美妆达人柠大！你们都不知道吗，他们互动蛮频繁的。

浪里个浪：啊啊啊啊是她吗！所以上次画画的眉笔也是用她的？你们真的同居了？！

宁朦简直要疯了！

一个小时之后漫画家陶 Collin 和美妆博主一颗柠檬同居的话题就上了热门。

宁朦给陶可林发了一条微信，骂他是神经病，又附了一个爸爸打死你的表情包。

她没敢发语音，是怕声音泄露怎么也抑制不住的笑意。

她以前无聊的时候翻过陶可林的微博，一千多条里没有 @ 过任何女人，也没有提过其他女人。

唯一一条，是转发触手言今预售漫画集的微博。

她抱着枕头窝在床上，眼睛盯着手机屏幕，等着陶可林的回复，嘴角上扬，像个傻子。

她已经很久没有这么甜过了，这种感觉只有最初和姚琛在一起的时候有过。

她又蓦然惊觉，她已经很久没有想过姚先生了，就连现在想到两人已经分手的事实也不会觉得心痛了。

她其实应该感谢陶可林，感谢他的出现。

如果她对他的喜欢能再少一点就好了。

她没有等到陶可林的回复，抱着手机睡着了。第二天起来迷迷糊糊去上厕所，刷微博的时候看到陶可林的那条微博评论已经超过了三万条。

宁朦点进去看，一眼就被热门评论刺醒了。

——你忘记 @ 触手言今了。

——女神必须是 @ 触手言今啊！你们俩配一脸好吗！

——好久不发狗粮了。

——女神长胖了？（配图）

那张配图是一个扎着丸子头的女孩，脸干干净净的，很清秀，有气质。

她看了一会才想起，这是她和陶可林在日本的时候碰到的那个女孩。

宁朦有些吃味，也有些生气。

你才胖你们全家都胖你们全小区都胖！

去微信看了一眼，发现陶可林从昨晚到现在都没有回复她。

顿时一点心情都没有了。

中午宁妈想去宁胧家看外孙，就把宁朦赶走了。她不想回家，晃荡着去了莫绯家。莫绯正在家做法式鹅肝苹果派，开门就笑她来得真是时候。

两人坐在茶几前一边享用苹果派，一边用莫绯家 85 寸的 3D 液晶电视玩体感游戏。两人蹦跶得忘我，丝毫没有留意门口有人，待来人笑着走到她俩跟前，她们才慌忙着摘下耳机。

“哎哟，你终于舍得出门啦？”莫绯笑道，“这么快就从失恋的阴影里走出来了？”

颜书尧一副刚刚睡醒的样子，穿着蓝白条纹的睡衣，光脚穿着拖鞋，冲她俩笑了一下，就自觉地坐在单人沙发上，拿起一块派就塞进嘴里。

宁朦没想到颜书尧会在这个时候过来，不过想想自己也是临时起意要来找莫绯，颜书尧想避也避不开。

“我昨晚在宋清家过夜，不知道你会来。”颜书尧还眯着眼睛和她解释，又笑着对莫绯说：“谁说我失恋了？”

“没失恋那那天是谁来宋清家喝闷酒来着？吵得我一晚上没睡好。”莫绯转过来笑着和宁朦说，“不知道哪家姑娘那么倒霉被他看上了。”

宁朦干巴巴地跟着笑。

颜书尧看了宁朦好几眼，摸了摸脖子，又一副不动声色的样子了。

宁朦本来以为再见颜书尧彼此会尴尬，她也确实有点不自在。可是对方像个没事人一样，她总不能让自己显得很小气，所以她尽量若无其事地和他坐在同一片空间，吃东西，玩游戏。

下午陶可林发微信问她是不是在父母家，说是要过来接她。

宁朦没有回复，他又打电话过来。她本来不想接的，但是挂了一次之后颜书尧就频频望过来，陶可林又追得紧，她只能硬着头皮接了。

“我开车过来了，等会自己回去。”

陶可林在那边不依不饶：“在哪？我过去找你。”

“真的不用。”

“我就在你家附近，直接上去了噢？”

宁朦吓了一跳：“你怎么知道我家在哪？”

陶可林笑了笑，有些狡黠：“淘宝地址，精确到门牌号噢。”

噢，他在她家的时候经常用她的平板，淘宝都是用她的账号，自然看得到她里面的地址。

“我不在家。”宁朦小声说。

电话那头陶可林的笑意停顿了一下：“那你在哪？”

“在莫绯家。”

“什么时候回来？”

宁朦还没来得及回答，对面的颜书尧就突然开口：“莫绯，家里有啤酒吗？”

声音不大不小，刚刚足够电话那头的陶可林听到。

陶可林登时就炸了：“还有男人在？”

“啊？”

“是蓝莓茶吗？”

宁朦不想解释，也不想多生事端，只说：“我马上就回去了。”

电话那头的青年没有作声，隔了两秒就挂了电话。

之后宁朦一直有些心不在焉，游戏频频出错，颜书尧凑过来想帮她，都被她下意识地躲开了。

连莫绯都察觉到异样，偏偏颜书尧还没事人一样，施施然地坐了回去。

半小时后宁朦提出要走，莫绯要留她吃饭。两人还在推托，就听到门铃响了。

莫绯过去开门，看到门口的人后立即就笑了：“小鲜肉，来找你宁朦姐姐啊？”

宁朦心里咯噔了一下，立即望过去，在看到门口那个修长身影的瞬间，心跳就倏地开始加速。

用莫绯后来的话说，她眼睛都在冒爱心，明显得不得了。

那个时候她就已经被拿捏得死死的了。

“你怎么找到的？”她傻愣愣地问。

莫绯递过来一个好笑的眼神，潜台词是“他想知道还不容易”？

陶可林站在门口，先是礼貌地冲莫绯笑了笑，才把视线投过来，轻飘飘地扫过颜书尧，落在她身上，偏了偏脑袋示意：“走。”

十足的占有意味，连莫绯都有些嫉妒了。

颜书尧输给这个男人，也是意料之中的事。

“走什么走？”莫绯走过去一把将他拉进屋，顺手关上门，笑着说，“留下来吃了饭再走啊，难得陶小公子大驾光临，不喝口茶吃个饭，我下次怎么好意思跟你爷爷讨红包？”

陶可林不好拒绝，也没想过要拒绝，最后和宁朦一起留下来了。

莫绯这个神经比脖子还粗的人似乎一直没有察觉到气氛不对，吃过饭又打电话叫了两个朋友过来玩，彼时宁朦和陶可林正在厨房洗碗洗水果，等出去的时候看到多来了几个人正准备要玩桌游，也不好立即离开了。

他们玩的是很普通没有任何情绪的杀人游戏，气氛看似和洽，但是颜书尧处处都在针对陶可林。

“我看着很像坏人吗？”被一直冤枉的陶可林笑着问。

颜书尧也笑了一下，没有说话。

虽然幼稚，但对陶可林来说，完全就是宣战了。

宁朦那叫一个如坐针毡。

陶可林自进门起就没有和她说过一句话，洗水果的时候她想搭把手，青年都不动声色地侧开了，一个很明显的拒绝动作。

宁朦也有些气，你给别的女孩买包，还有微博上那些评论是什么玩意我都还没说，你在这冷暴力谁呢。

她起身远离战场去厨房喝水，出来的时候颜书尧站在门口堵着她。

“让开。”宁朦说。

男人勾了勾唇：“生气了？”

宁朦没有作声。

他笑了一下：“我就是想试探一下他到底有多喜欢你，如果他还不打算追你，那我可要卷土重来了。”

宁朦皱眉，刚要开口就看到颜书尧身后的青年。他手里拿着她的针织外套和包，只望着她：“回去吧？很晚了。”

宁朦“嗯”了一声，越过颜书尧从他手中接过外套，径自走了出去。陶可林跟在她后面，走了两步又回头，冲那个偏头看着他们的男人笑了笑。

笑里的示威意味满满。

宁朦和众人打了招呼，在莫绯意味深长的笑容里和陶可林出门了。

他应该是打的过来的，所以出门后自发地从她包里拿出了车钥匙，直接上了她的车。

宁朦也一声不吭地坐进副驾驶。他启动车子，全程没有说一句话，也没有表现出别的情绪，只是静静地把车开回了家。

宁朦很清楚，这就是他心情不好的表现。

她不想解释，一是觉得没有立场，二是还在生气。

她明明也在生气，为什么要顾及他的感受？

进了电梯后他把钥匙递过来，宁朦没有接，直直地盯着他看，后者抿唇，两秒后便偏开了视线。

他出了电梯就率先往自己家走，宁朦跟在后面，几乎是瞬间就服输，跟着他挤进了门。

他回头想关门，看到女人跟进来，又放弃了。

他移开目光，弯腰换了拖鞋。宁朦乖乖地替他关好门，站在门后看着他。他把钥匙放在柜子上，手在那停了好久，才低着头说："你先回家去吧。"

"为什么？"宁朦佯装不知情地问。

"你看不出我不高兴吗？"

"为什么不高兴？"

他终于抬头看她，有点恼怒的样子，说："你是真不知道还是假不知道？"

宁朦就不作声了。

陶可林有些下不来台。

这时忽然发现她是揣着明白在跟他装糊涂，她分明已经察觉到他的感觉了。禁不住有些恼火："不高兴你今天没有给我煮饭吃，我昨晚熬夜画了通宵的稿子，你一声都没有问。"

宁朦笑了笑，眸子灿若星辰："哦？就因为这个啊？"是逗小孩的表情。

陶可林也笑了笑，恢复了那副无辜纯洁的模样："不然呢？"

是单纯的小男孩的表情。

她装作不知道是想逗他，还是只是不喜欢他？陶可林有些拿不准。

本来很好的一个可以捅破窗户纸的机会，被心怀鬼胎的两个人刻意忽视了。

“下一期杂志的主题围绕白色情人节，小程，你那边采访的进度怎么样了？”

“采访很顺利，我正在编辑，下午摄影棚那边会把照片传过来。”

陆云生“嗯”了一声，翻到策划书的下一页，视线扫过会议桌最末端的女人，她看似在认真开会，但其实视线根本没有聚焦。

他少有看到她开小差的时候，当即思绪一转，不动声色地略过了漫画版块。

会议结束大家回到各自的办公桌，宁朦还未坐下，就接到陆云生办公室的电话，让她过去一趟。

宁朦进去的时候陆云生正在打电话，他示意宁朦先坐，一边接着电话，一边递了一个文件袋过来。

宁朦不明就里地打开袋子，发现里面装的是一个广告商的合同和一些资料。

这份合同她还有印象，因为这份合同是去年她和陆云生一起谈下的。

“最近是有什么心事吗？”陆云生收了电话之后问她。

“没有啊。”宁朦翻着资料，头也不抬地说。

陆云生压住她手上的资料，笑着问：“没有？那你说早上会议的主题是什么？”

宁朦看了他一眼：“白色情人节啊。”

“那漫画的主题呢？”

宁朦顿了顿：“白色情人节？”

陆云生收回手，微微摇头，笑道：“我刚刚根本没有提到漫画。”

宁朦抿唇，这个老狐狸。

“是家里出了什么事？”

她仍然没有开口，陆云生便了然，无法开口的，除了感情还能是什么。他没有再问，只是说：“手头应该没什么事了吧？这个周末想安排你出差。”

宁朦有些意外地抬头看他。

“杂志改版之后销量很好，今年开始加印了。恰好和广告商的合同也到期了，社长让我们再去和广告商谈一下。这方面社里只有你比较熟悉，而且那边的代表人你也是见过的，会比较方便。”

宁朦终于有些反应了。

“详细的我已经和社长商榷过了，详细的数据和一些条款都拟在新的合同里了，你回去看一下，其他方面没有什么变化。你先去和广告商谈，不行我们再让律师过去。”陆云生看了她一眼，“有问题吗？”

宁朦立刻摇头："没有，什么时候出发？"

"星期五晚上吧，具体行程你自己安排。"

宁朦顿了顿，又问："我一个人去？"

他"嗯"了一声："你一人足够。"

宁朦就没有再开口了。

这个时间段安排她出差，其实挺好的，她可以冷静冷静。

晚上陶可林依旧厚着脸皮过来蹭饭吃，瞄到她手机里的订票信息，一下子就呆了："你要去哪？"

宁朦不动声色地翻扣住手机，漫不经心道："要出差几天。"

青年马上变脸，哀怨地望着她："去哪？远吗？什么时候走？"

宁朦没有回答任何问题，只是让他多吃点。

她订的是第二天早上最早的航班，起床的时候也尽量放轻动作了，结果出门的时候还是被逮住了。

陶可林几乎在她开门的瞬间也打开了房门，穿着睡衣睡裤探了个头出来，眼睛都还没睁开。靠着门框挠了挠乱糟糟的头发，含糊地问："现在就走了？"

宁朦拎着行李包正在换鞋子，应了他一声。

"你等等，我送你过去。"

"我已经叫了车。"

"我送你。"青年固执道，抓过她的手机和钥匙，转身就进了屋。

宁朦没料到他有这手，被夺走钥匙和手机也没法直接走人，只好在门口等他。

他动作倒是快，换衣服洗漱前后不到五分钟，又一边穿鞋一边帮她接电话，把她叫的车退了。接过她的行李箱，不由分说把她推进了电梯。

说是送她，但这小子从出门开始就在不停地打呵欠，宁朦怕他还没睡醒，最后还是要求自己开车。路上忍不住问他："昨晚几点才睡的啊？"

"描完边就睡了，也不记得是几点了。"他揉了揉眼睛说。

昨晚又在赶稿子，宁朦有些心软，但很快又逼自己不要在意。

到了机场他非要送宁朦进去，还拎着她的行李不放，宁朦只好由着他陪着自己排队办理登机牌和托运。

宁朦瞧着打呵欠打得眼泪汪汪的青年，心里的防线又崩塌了一点。

印象中还没有谁陪她办理过这些东西，即便是送机都少有。以前姚琛送过她一次，但那一次他连车都没有下，把她送到门口就走了。

宁朦第一次觉得自己这二十多年来得到过的爱实在是太少了。

安检的时候，她回头都还能看到青年站在远处望着她，看到她回头，还冲她笑了笑，从口袋拿出手机按了按，最后朝她扬了扬手机示意。

宁朦下意识拿出手机，就接到一条他刚发过来的微信。

蹭饭的：（比画爱心）

这个表情非常常见，几乎每天都能收到，宁朦自己也经常发。但因为发的对象是陶可林，她第一次觉得这个表情很可爱，也很有含义。

完了，她的心跳又加速了。

公司给她订好了酒店，宁朦下飞机直接搭车去了酒店。办好入住已经下午一点钟了，她先回房间休息了一下，两点才打电话联系这边公司的接洽人员，和对方约定见面时间。

她本来想请这边的负责人吃顿饭，但对方婉拒了。这是个不太好的兆头，她给陆云生打电话说明了情况，后者让她先去，实在谈不拢再说。

下午她一个人在酒店附近逛了逛，随便吃了点东西，再回来的时候已经天黑了。

宁朦住在二十二楼，楼层还挺高，窗帘大开的落地窗前，映入眼底的是整个城市陌生又繁华的景致。

她打开了一点窗户，原本封闭的空间立刻传入一阵若有若无的汽笛声。窗外的喧嚣和窗内的静谧形成鲜明的对比。她靠在窗户上闭目养神，陌生的城市总会让她有一种置身不同时空的恍惚感。

宁朦站了一会，躺回床上，伸手摸到硌到腰的手机，一一回复陆云生和 Ada 的信息，又跟宁妈说了一声，手指划过白眼狼联系人，消息显示的是他问她到了没有。宁朦顿了顿，没有点，直接跳了过去。

她丢下手机去洗澡，出来又听到手机响了一声，她没忍住又翻出来看，是微博弹出来的特别关注。屏幕上显示陶 Collin 发布了一条新微博，宁朦还在犹豫，手指却已经点了进去。

——和女神分开的第一天，想她。

配图是一张未完稿的画像，画得有些缭乱，五官模糊，看不出什么，但女人头上包着的狐狸浴帽和素白睡衣裙正是她现在身上的这一套。

评论不出所料地又炸了锅。

用户不存在：心好累，老公你到底是不是恋爱了啊啊啊？

美斯特帮你：老公的女神就是我的女神，请问也是画画的吗，是 @ 触手言今吗？！

iOS100000：幸好是女神，不是女朋友，嘤嘤嘤。

小车厘子：这浴帽很眼熟呀呀呀。

我就说一句话：如果真的恋爱了麻烦大方承认好吗？

陶 Collin：@ 我就说一句话，好的，只是现在对方还没有回应。

这条回复立刻被赞上了热门，评论有鼓励他的，也有阴阳怪气骂女神不识好歹的，但更多的还是在猜测到底是谁。

宁朦握着手机的手一片濡湿。

她虽然没有多惊讶，但还是意外他发了微博。

她能感觉得到陶可林对她的态度，是比普通朋友要多一点，但她想那也仅限于有好感，而他多数时候对她的一些亲昵的举动，也只能说明是他撩妹手段比较高。

纯粹是性格使然。

所以她一直认为，即便是他当面说喜欢她，那也仅仅是喜欢，就像他喜欢初音未来那样的喜欢。他说想她，也许只是因为晚上肚子饿了。

所以今天发的这一条微博，以及送她上飞机时的那个表情，并不代表什么。从他第二次见她就当着全酒吧的人的面亲了她，又能云淡风轻地和她做朋友开始，宁朦就没有从这个青年的身上找到过认真这个词。

但这并不能阻止她内心的摇摆和心动。

宁朦一晚上没睡好，但第二天还是准时醒了过来，利落地收拾了一番后，到对方公司见到了负责人。

大概是因为对她还有印象，对方态度一直很客气。但谈了一个多小时，宁朦渐渐察觉到对方有点打太极的感觉，虽然态度一直都是温温和和的，但就是谈不出个所以然来。

可能看宁朦是个女的，又只是公司的小员工，所以没把她当一回事，其间对方还离开接了一个十几分钟的电话。

负责人再回来的时候宁朦已经站起来了。

“林部长，要不今天就到这里吧。”宁朦微笑着说，“您好像也忙。”

林部长愣了一下才连忙走过来，脸上堆着笑，客气地说：“宁小姐，真不好意思，我今天实在是有些忙。”

宁朦笑了笑，依然礼貌地笑道：“没关系，我把我们公司的资料以及近半年的销量，还有新拟的合同留下来，您先看，我明天再过来，可以吗？”

“行行行。”林部长连连点头。

宁朦与他握手，虽然知道一定会被拒绝，但她还是开口道：“您看这也到中午了，不知道林部长您有没有时间，我想请您吃顿饭。”

他立刻露出为难的脸色：“不好意思啊宁小姐，我倒是想请您吃一顿的，但是公司这边还有一些事，我得处理一下。”

“行。”宁朦也不勉强，“那就暂时不打扰您了，我先回去了。”

他连忙叫人进来送她。

宁朦没有立即回酒店，而是在附近瞎逛了一会，买了一堆吃的准备回酒店，手机就响了。她费力地腾出一只手看了一眼，发现是一个陌生的本市号码。接了电话，立即听到手机那头传来一道带着笑意的声音。

“宁朦，你也在 F 市？”

宁朦顿住了脚步：“颜书尧？你怎么知道？”

“我刚刚看到你，还以为看错人了。”

她举着手机左右环顾，很快就看到右前方有一辆停下来的黑色奔驰商务车，车门被打开，颜书尧从里面下来，笑着朝她招了招手。

她挂了电话，在原地犹豫了几秒。男人站在车旁等她，目光沉沉，没有催她的意思，仿佛她不愿意过去，他便不会勉强。

宁朦有些心软了，便朝他笑笑，迈着步子过去：“你怎么也在这里？”

要不是因为她从来没有透露过行程，她大约都要怀疑对方是不是在跟踪她了。

男人的面容因她的靠近柔和了许多：“这边的分公司出了点问题，我父母抽不出身，让我来看一下。你这是出差吗？”

宁朦点了点头。颜书尧的视线扫过她手里大包小包的食物，眼底滑过一丝笑意：“现在忙完了吗？我刚好要去吃饭，在餐厅订了位置，一起去吃吧。”

见对方没有立即回应，他福至心灵，又补充一句：“作为朋友。”

“可以吗？”宁朦笑着问。

“当然，本来也是只有我一个人。”

于是，晚上托颜书尧的福吃了一顿大餐，是很地道的风味菜。餐厅隐在巷子里，不刻意找根本就看不到。

他是真的对这个城市很熟悉，看来过来忙工作是真的。

回去的时候宁朦刚报了酒店的名字，就看到他握着方向盘的手微微顿了顿，而后转过头来看她："你也住哪里？"

宁朦听出这话里的意思，有些诧异："你也住那？"

他笑着"嗯"了一声。

也不奇怪，毕竟莫绯家的酒店是她住过的最舒服的酒店了。

两人回到酒店的时候已经是十点半了，进去时颜书尧还在问她住在哪一层，要在这边待多久。她顾着回答，视线只是从酒店大厅的沙发上扫了一眼，待她察觉到异样，还要回头看候，颜书尧已经按开了电梯，示意她进去。

电梯里，颜书尧站在她的右前方，恰恰挡住了她的视线。

但沙发上的那个身影也实在太熟悉。

逆天的长腿，锃亮的军靴，随意搭在扶手上的漂亮手指。

思及此，宁朦下意识地握住了颜书尧要按楼层的手，按下了开门键。

电梯门缓缓打开，门外就站着赶过来的一个修长身影，黑帽子黑大衣黑眼仁，正一只手按着外面的电梯按键，一边盯着宁朦，夹带着一身戾气。

宁朦的心跳瞬间加速，一脸的不可思议："陶可林，你怎么在这里？"

陶可林没有回应她，视线在她脸上睃巡，随后挪到她抓着男人手腕的手上，似乎微微顿了一下，最后才扫过去看了她旁边站着的男人一眼。对方似笑非笑地望着他，怎么看都像是在挑衅。

陶可林暗自咬牙。

酒店的服务员瞧着这边静止的画面，忍不住走过来询问了一句，颜书尧说了声没事，才笑了笑，侧身对陶可林说："先进来吧。"

陶可林看了他一眼，径自走进来站在宁朦身边。宁朦收回了手，视线一直跟着他，待电梯开始运行，才又问了陶可林一句："你怎么在这里？"

青年冲她笑了笑，声线温柔，又带了点撒娇的意味："来找你啊。"

宁朦脸上一僵，一时不知道拿什么表情面对他。

颜书尧摸了摸鼻子，暗道这小子倒是比他坦然多了，但看宁朦的反应，似乎惊讶多于惊喜。

宁朦没有再作声，于是剩下的两个男人也沉默着。电梯里很安静，安静得有些尴尬。陶可林专心致志地看着电梯上贴着的宣传册，并没有多作解释，而最开始在脸上一闪而过的不悦也已经敛去，仿佛此刻电梯里的颜书尧只是个陌生人。

漠视敌人是对付敌人的最好方法。

宁朦尴尬地朝颜书尧笑了笑，也不知道要怎么介绍两人，虽然他们认识，但好像并没有真正打过招呼。等她想起要介绍时，又错过了最佳机会。

电梯先是到了宁朦所在的楼层，门开后她下了电梯。颜书尧刚要问陶可林去几楼，就见他自若地跟着宁朦出了电梯。

“你也住这一层？”宁朦问。

青年“嗯”了一声，瞟了颜书尧一眼，将挑衅的眼神送回去。

颜书尧暗道失策，但也只能在里面一边按开门键，一边对宁朦说：“有什么需要可以给我打电话。”

他现在百分百确定，那小子根本没有订房。

陶可林看了他一眼，脸上虽然有点不耐烦，但还算客气地说：“谢谢，不用了。”

颜书尧便将视线移到宁朦身上，带着询问的意思。宁朦不明就里，连忙朝他笑了笑，说：“我知道了。”

他点了点头，放弃般地说了声晚安。

“晚安。”待电梯门完全合上后，宁朦才转身走回自己的房间。

颜书尧猜得没错，陶可林没有订房，也根本就没有打算订。

宁朦掏出房卡要开门，才发现陶可林一直跟着自己不是因为顺路，而是赖上她了。

“你自己下去开房，别跟着我！”她把跟着要挤进去的青年拼命往外推，

陶可林一手提着包，一手放在裤袋里，像个逃课的不良学生。被人用力推着也纹丝不动，下巴搁在她肩头，还打了一个大大的呵欠，拖着尾音说：“困死了。”

宁朦不吃他这一套，抱着手臂堵在门口，质问他：“你怎么在这里？旅游？为什么不订房间？”

“我说了啊，是来找你的嘛。”他微微皱眉，有些不满，“千里迢迢赶过来，你就这个态度？你知道我在大堂等了你多久吗？”

宁朦有些轻微的不忍，因为她刚刚一眼瞥见的，确实是在大堂沙发上打瞌睡的青年。

陶可林瞧着她的神色，一点点地“下药”：“而且这一期的稿子还没有画完，我打算画个小番外做情人节的福利的，你不在家我一个人忙不来。”

宁朦终究还是败下阵。

他进门后顺手就把包放在柜子上，拿起桌上的矿泉水瓶，宁朦回头的时候他已经喝掉大半瓶了。

“那是我早上喝过的……”宁朦说着，从旁边拿出一瓶新的给他。

陶可林想说我连你的嘴都亲过了，喝点你喝过的水怎么了？何况在家也不是没少喝。

但他还是乖乖接过了水。

宁朦把打包带回来的食物放到桌上，又脱掉大衣和围巾，边收拾床上零碎的衣物和化妆品，边问他：“吃饭没有？什么时候到的？怎么没给我打电话？”

“在飞机上吃了点，没有胃口。”陶可林眼疾手快地捞住她随手丢在床尾的正在往下滑的大衣，转身挂好之后又说，“下午到的，手机没有电了，也没法联系你。”

“所以你就在大厅等了几个小时？”

他“嗯”了一声，直接一头倒在床上。宁朦早上没有叫客房服务，所以床单没有换，那上面还有着熟悉的她特有的淡雅香味。陶可林只觉得有一股邪火直往小腹涌，他翻了个身，将头埋进被褥里。

宁朦把东西拿出来，拿脚踢他的小腿肚子：“先起来吃点东西。”

陶可林一动不动，宁朦只好过去拽他：“陶可林？起来。”

“好困。”他含糊道。

“你先起来吃东西，然后再睡。”

青年这才摇摇晃晃地走到桌边坐下，外套一脱，线衫袖子一卷，风卷残云般地进食。

宁朦好笑地看了眼这个在食物面前灵魂都丢了的青年，打电话给前台订房，挂上电话后叫陶可林下去登记。

他茫然地抬头：“可是我的身份证丢了。”

宁朦一怔：“那你怎么过来的？”

“飞过来的啊。”他说完反应过来了，微微笑了笑，“我是下了飞机才发现掉了，可能落在飞机上了。”

宁朦望着眼前这张漂亮又无辜的脸，有些不相信，提起他的外套里外翻了一下，发现真的只剩个手机。

她帮他充上电，看见手机里有几个未接来电，还有一条未读短信，是机场工作人员发来的，说他的钱夹落在安检处了，让他有空去取。

宁朦转告了，又拿起自己的手机，刚要拨电话，就被人从身后夺过去。

陶可林看了一眼屏幕上的联系人，抬眼问她："给他打电话干吗？"

"让他帮你开一间房，这酒店他们家也持有股份。"宁朦说，"你吃你的，把手机给我。"

青年却干脆将手机放进牛仔裤口袋，坐回去朝她眨了眨眼："真不懂事，这么晚了，你好意思麻烦人家我还不好意思呢。再说床这么大，挤一挤不就好了？我和你睡得还少吗？"

宁朦快要被他的没脸没皮给气死了，只说："你把手机还我。"

陶可林扬眉，伸长腿，示意她自己来拿。

宁朦低头，视线却不是先落在装着手机的口袋里，而是自然而然地落在了手机旁那个隆起的小山坡上。

她的脸瞬间开始发烫。

"赶紧给我！"

"自己拿啊。"他捧着碗，慢悠悠地说，"我哪有手。"说完还挺了挺腰。

宁朦咬牙切齿地瞪了他一眼，转身进了浴室。

她迅速洗了个澡，结果出门一头撞进堵在门口的青年的胸膛里。

"你干吗呢？"宁朦推开他走出去。

"上厕所啊。"他回答得理所当然，而后进了浴室。磨砂玻璃门根本遮不住东西，青年的身影清晰地透出来。

宁朦突然反应过来，不知道他在门口站了多久，有没有看到什么，她刚刚站在门口吹头发可是一丝不挂的。

她走到床边把浴巾铺在地上，又从柜子里拿出备用的棉被丢在地上。

陶可林洗完澡出来看到的就是这幅光景。

女人面朝下地趴在床上，四肢展开，霸占着一张床。

画面似曾相识，他忍不住想起了在日本的时候。于是好笑地将视线挪开，果不其然看到床边的浴巾和棉被。陶可林心念一转，没有再作声，而是关了灯摊开棉被，将自己裹在棉被里，微微蜷着打算睡觉。

女人在床上悄悄睁开了眼睛，盯着床下的黑影看了一会。大概是不舒服，他轻微地挪了挪，被子是打横的，他的两只脚露在外边，时不时局促地往被窝里缩。

宁朦瞬间就心软了。

“陶可林，上来睡吧。”

底下的人自然没有睡着，听到声音后脊背僵了僵，随后笑了一声，欲迎还拒道：“没事，我将就一晚就好了，你睡吧。”

“上来。”不容置疑的声音。

青年一动不动。

宁朦突然有些烦躁，探出脚去戳了戳他，结果这一下正中他的腰窝，他一下子弹了起来，反手捉住她的脚踝就要往下拉。宁朦惊得轻叫了一声，但又在将要跌到地上的瞬间被他捞住，拉回了床上。

宁朦懒得和他计较，翻身一滚，让出一半的位置给他：“快点睡吧，我明天还要早起。”

青年安安静静地躺下，被窝里是她的体温，枕间是她的香气，身边就是引诱他犯罪的温软。他听到自己不规律的心跳和难耐的心绪，而这些张牙舞爪的邪恶很快就在听到女人平稳的呼吸声时，被完全压下。他转过头去，用和她一样的睡姿，轻轻贴着她。

这种距离不至于惊扰她，但也能感受到她肌肤的热度，她柔软的发尾就在他的鼻尖，香味清淡。

陶可林忍不住再凑近一点，轻轻压住她的发丝。

宁朦被清晨的闹钟叫醒时人还是迷糊的。

她难得能在出差的时候也睡得这么舒服，于是稍微有了一些赖床的心思。很快，感官忽然回位，她察觉到自己从脊椎到脚跟都贴着暖宝宝似的，被烤得暖乎乎的，脖颈处还有一道似有若无的呼吸。她清醒过来，才惊觉自己和陶可林贴得这样近。

她几乎整个人都窝在他怀里，两个人就像是紧密贴着的两只小勺子。他的手从她后腰伸过来搭在她的小腹上，关键是她自己都还抱着对方的手。

亲密得有些过分了。

宁朦莫名有些恼羞成怒，忍不住抓住他的手狠狠地往旁边一甩。想坐起来，头发却被人压着，牵扯之下头皮一阵麻痛，她又跌回了枕头上。

这么一折腾，把身边的陶可林弄醒了，但对方只是看了她一眼，默默挪开压着她头发的脑袋，又闭上眼睛继续睡了。

赶往合作公司的地铁上，宁朦接到林部长的电话，说他现在不在公司，在市区的某个茶庄，让宁朦直接到那找他。

她只好又换了线路，倒了几趟车才到那个地方。

引路的服务员把宁朦带进一个屏风隔着的小单间，林部长正屈腿坐在榻榻米上，对面是一个煮茶师正在倒茶。看见宁朦进来，林部长笑着和她打个招呼："宁小姐，你来了。"

"久等了。"宁朦微微颔首，"林部长好雅致。"

他笑了笑，让那个煮茶师先出去，笑着和她说："哪里，这地方是朋友开的，所以来捧个场，这是信阳毛尖，您尝尝。"

他说完给她倒了一杯。

宁朦道了谢，端起尝了一口，忍不住点头赞道："谷雨茶？这茶不错，林部长品位不俗啊。"

他哈哈笑起来，浑身舒畅地说："宁小姐也是，昨天我一看到宁小姐就觉得您一定也是一位风雅的人。"

他的态度较之于昨天，实在是转变太多。

宁朦心下疑虑，但没有表露出来，只是继续与他聊茶，不动声色地喝了半壶。

闲话聊完了，男人才转身拿出昨天她留下的文件递回宁朦手里。她翻开看了一眼，诧异地发现合同已经签字盖章了。

"林部长，这是……"

林部长笑眯眯地解释："我们老总昨天看了你留下的资料之后，认为你们杂志知名度很高，改版后销售量也在稳定攀升，所以决定继续与你们合作。"他又替宁朦斟了一杯茶，"希望能合作愉快。"

宁朦只好笑了笑，双手抬杯："合作愉快。"

两人出茶庄时，林部长坚持要请她吃饭，说是给她接风洗尘。宁朦心里好笑，我这都来了两三天了，您才给我接风洗尘？

她笑着应下了，但也清楚做决策的是他们老总，林部长不过是一个出面接洽的人而已。

林部长已经订好了吃饭的地方，距离茶庄不过十来公里。

宁朦对于和陌生男人吃饭还是有些戒备，但看餐厅环境还算不错，也就微微放了心。

点菜的时候对方一口气点了三瓶老白干，宁朦又有些蒙了，忍不住伸手拦了一下："林部长，我们两个人喝不了这么多吧？"

林部长有些尴尬地笑了笑，打着哈哈说：“那就两瓶，我酒量大，平时一人喝两瓶都不会醉的。”

虽然林部长看起来是个蛮正经的人，对她也没有过界的举动，但宁朦还是有些担心。

她始终记得刚毕业时同陆云生出去谈项目，被人灌酒摸大腿的遭遇。那一次有陆云生罩着，这一次她一个人，又是在陌生领地，出了状况很难化解。

这种担心持续到对方两杯小酒下肚，舌头打结地告诉她，他们老总会闭着眼睛签字的原因是颜书尧时。

“颜书尧？”宁朦疑心自己听错了，“和他有关？”

“是，是啊。”林部长满面通红。还说喝两瓶不会醉，这才两杯，就有些看不清菜了，筷子一直在桌上戳，“颜总是我们老总的发小，他昨天晚上给我们老总打的电话，说你是他朋友，让我们老总不要为难你。”

宁朦顿了顿，还要再问，对方又举着酒杯过来和她碰杯。

后来她也没有机会再问出口，但也算稍微有些放心了。

一顿饭吃到了下午两点多，林部长劝酒手段一流，直接把两瓶老白干都光了。喝到后面，宁朦也不知道自己究竟喝了多少，意识尚存，但是手脚已经有些发软。

她和林部长说了一声，拿着包去了洗手间，出来时才发现手机有四五个未接来电，均是陶可林打过来的。

宁朦靠在墙上回了电话过去，那边很快就接了，青年的声音里裹着一丝薄愠，直直地钻进宁朦的耳朵。

“你怎么回事？电话都不知道接？”

“我在工作啊。”

陶可林一听她这声音就觉得不对劲：“工作？你喝多了吧，现在在哪里？”

宁朦那尚存的一丝意识让她下意识地报出了餐厅的名字，还让他快点来接她，对方撂下一句“在那等着”，就匆匆挂了电话。

宁朦握着电话微微抿唇，再回去之后就彻底放了心，和林部长称兄道弟地又喝了一打啤酒，出来时两人都是由服务员扶着的。

餐厅门口大剌剌地横着一辆G级越野车，警卫一直在敲窗让人把车挪走，里面的人充耳不闻，只是在看到那几个出来的身影时熄了火下车。

陶可林到了十几分钟，不敢冒失地进去找人，怕和她错过，所以就堵在门口等，结果就等到了一个烂醉如泥的女人。

陶可林皱着眉甩上车门，直接过去从服务员手中拉过女人，揽在自己怀里。

林部长回头要和女人说话，结果扑了个空，愣愣地望着这个突然冒出来的高大男人，暗道不妙，眯着眼睛问："这位先生，你干吗？"

"没干吗。"陶可林那双眼睛不甚在意地扫了他一眼，然后低头看了一眼女人，确定她没有被占什么便宜之后才道，"这是我朋友，她喝多了，我送她回去。"

林部长微微一怔，下意识地站直身子："抱歉，不能让你带走，我并不认识你。"

陶可林冷哼一声："她认识我就行了。"他说完拍了拍宁朦的脸蛋，叫她睁眼，"宁朦，我送你回去？"

他看到女人看了对方一眼，随后"嗯"了一声，一脸的服帖，林部长心里那个苦啊。

上面的人交代了他一定要把女人送到那一位手中的，这半路杀出的程咬金算什么回事啊。

他也只能装聋作哑，硬着头皮呵斥："请你立刻把这位小姐放开，她不认识你。"又叫服务员去找警卫过来，铁了心地不让陶可林把人带走。

陶可林冷笑了一声，他早就看出了这男人是在装疯卖傻，看起来是一脸醉相，脚步却稳得很。虽然现在还不清楚他有什么意图，但他要是怕了他，才是真的笑话。

青年闲适地站着，警卫走近了也不怕，倒还慢悠悠地说："最好还是报警吧。"

林部长微微皱眉。

"刚刚是她打电话叫我来接她的，手机上有通话记录，这做不了假吧？我身上还带着她酒店的房卡，我能背出她的身份证号码，不知道这是否足以证明我和她是认识的？"陶可林笑了笑，笑得温和，却犀利地指出，"相反，正翡珠宝公司的林部长向来作风严谨，为了避嫌从不和合作对象吃饭喝酒，这次却在青天白日里醉成这样……"

林部长脸色一变："你胡说八道什么！"

这下舌头是真的打结了。

陶可林没再废话，直接打横抱起宁朦走回车里。

林部长追了两步，最终还是在服务员和警卫诧异的目光中顿住了步子，匆忙离开了。

这几个都是外地人，怎么闹都无所谓，但他实在丢不起这个人。

林部长回了车里立即给老总去了电话，自是被骂了一通，又被问了几句那个突然出现的男人的特征。

他事无巨细地汇报了。

另一边的办公室里电话放着外放，林部长的声音从听筒里清晰地传来。他说起对方是个很年轻、气度不凡的男人时，电话对面的人微微皱眉，同时搁下了茶杯。

正翡珠宝的老板暗道不妙。

电话里的声音还在继续，林部长又说是女人自己打电话叫人过来。那人愣怔了半秒，随后垂下眉眼，站了起来。

老板只好匆忙挂了电话，跟着站起来："颜总，这……"

对方笑了笑，表情倒没有多意外："好了，我知道了，不关他的事，是我疏忽了。"他的话语顿了顿，似乎不想多说，表情仍然很温和，"华西那个项目我会跟进，你别担心了。"

老板连忙也笑了笑："项目事小，不用麻烦您了。"

事情没有成，他也不好意思邀功，何况这主意也是他想出来的，手法多少有些阴暗了。幸而颜书尧得知后没有多大的表示，只坐在他这等林部长那边的回复。

结果回复了这么一个坏消息来。

颜书尧赶回了酒店，他离酒店比餐厅近，所以他回去时，陶可林还没有回来。

他在宁朦的房间门口等了十多分钟，听到电梯抵达的声音才转过身，佯装自己是来找宁朦的。

陶可林背着睡死过去的宁朦下了电梯，一眼就看到了那个守在门口的男人，捕捉到对方眼底那抹精光后，他收紧了手臂。

颜书尧快步走过去，捉住宁朦的手臂，一脸关切地问："怎么了？"

陶可林回头看了一眼肩头上无知无觉的女人一眼，微微侧身，避开他的手，淡淡说："喝多了。"

颜书尧看了他一眼："我叫服务员上来照顾她。"

"不用了。"陶可林毫不迟疑地拒绝了，"我可以照顾她。"

他笑了笑，表情有些微妙："再怎么说你也是男人，不太方便。"

“没什么不方便的，毕竟我是她男朋友。”他就不信这个男人不知道他昨晚没有开房。

颜书尧的眼睛微微扩张了一下，又不动声色地敛起情绪，轻笑了一声：“是吗，我怎么没听她说过呢？昨晚我请她吃饭的时候她还说自己是个孤家寡人。”

陶可林笑了笑，那笑容却没有多愉悦：“她没和你说也不奇怪，说明你们并没有多熟。”他说完便不再看男人，单手托着宁朦，另一只手利落地拿房卡开了门，转身进屋前顿了顿，冲颜书尧说：“我一点都不介意她跟谁吃了晚饭，也不介意她跟谁逛了广场，更加不介意有人觊觎她……但颜先生，你的行为要是能更磊落一点的话，我会更尊重你。昨天之前我还认真地把你当作对手，但是现在，坦白说我有些失望呢。”

他转身欲走，但男人在外面伸手抵住了门，脸色不是一般的难看，陶可林又笑了。

“看来你真的是一点都不了解她，不介意告诉你……即便是没有我，今天你也不会得逞。”

男人闻言才像是忽然意识到了什么，猛地抬头去看趴在他背上的女人。女人一直是合着眼的，但他现在才发现，女人的睫毛似有若无地在颤抖。

一个真的熟睡了的人，是不可能这么安稳地趴在别人背上的，何况陶可林站得这样笔直。

他被彻底关在了门外。

陶可林背着宁朦进了屋后，毫不留情地撒手，重重地把她丢在了床上。

女人僵硬地躺着，未动分毫。

他心里好笑，倒也没说什么，先是给她脱了鞋袜，又转身去浴室拿了温热的湿毛巾出来，坐在床边细细地给她擦手和脚。她的脚很小，白白嫩嫩的，脚趾莹润，脚心柔软。陶可林擦得很仔细，八个趾缝一个也没落下，女人忍得越辛苦，他的动作就越慢，简直跟行刑似的。

最后他终于擦完了脚，才转到床头，开始给她擦脸，那毛巾刚落到女人脸上，她立刻就暴走了。

“哪有人擦完脚又来擦脸的？！”

陶可林乐不可支地望着她：“不是很能忍吗？”

宁朦推开他的手，恨恨地踢了他一脚。

青年笑着进了浴室，换了一条新的毛巾，又拿来了她的卸妆水和化妆棉。

宁朦侧躺着，看到他拿出来这些东西，一时懒意上头，翻身躺平，带着酒气问：“你会弄吗？”

“不就跟清理伤口一样？”

“是的，差不多。”

陶可林嘀咕着：“又不是没弄过。”

等陶可林帮她卸完妆，又擦了脸，她才彻底放松下来，一时间懒得连手指头都不想再动了。陶可林拿着她的润肤乳回来时，她都有些嫌弃和不耐烦。

好在青年的手很暖，动作也细腻，伺候得她舒舒服服，还未抹完，她就睡着了。

因为喝了不少白酒，这一次她一觉从下午一直睡到了第二天早上七点多。

要不是呼吸尚存，陶可林都差点要打 120 了。

第二天她醒过来的时候，不意外地忘光了昨晚发生过的事。

不仅不记得陶可林当着她的面戳穿了颜书尧的“阴谋”，也不记得陶可林温柔又细致地给她擦了手脚，卸了妆，更不记得深更半夜她吐了一次又一次，把所有能换的衣服都弄脏了，就连睡袍和浴巾都没有幸免。

陶可林最后给她换上了他的毛衣，但是不到十分钟她又吐了，终于弄脏了仅存的衣服。陶可林一气之下没有再给她穿任何衣服，就这么光着把她塞进了被窝，打电话叫客房服务来拿衣服去干洗。

再加上这期间颜书尧几乎每隔一个小时就打电话来“查岗”，烦得他最后都摔了电话。

他被折腾了一宿，最后躺进被窝，身边不着寸缕的女人贴过来的时候，他几乎没有任何狎昵的心思，累得闭眼就睡着了。

然而还没半个小时，他就被那只他妥帖擦拭过的脚狠狠踹下了床。

他正处于深度睡眠，这一脚他毫无防备，连个挣扎也没有，咚的一声摔下了床，他一个激灵醒过来，迷迷糊糊地望着床上眼睛瞪着像个铜铃似的女人：“怎么了？”

宁朦操起手边的枕头，狠狠地朝他砸过去，咬牙切齿道：“陶可林，你不是人！”

陶可林一怔，随即有种掐死女人的冲动。

他刚要问她发什么神经，就见女人眼圈一红，手指紧攥着被单，二话不说就开始吧嗒吧嗒地掉金豆豆了。

一脸被欺负了的小媳妇模样。

这还是陶可林第一次瞧见她哭，一下子就慌了神，连忙爬上床，紧张地问："怎么了？你先别哭啊，是不是哪不舒服？"

宁朦听到这话，眼泪更是犹如开了闸门的水龙头，噼里啪啦往下落，神色都有些动怒了："滚！"

陶可林的情绪紧绷着，忽然视线一转，看到了女人肩上的内衣带松开了，一边已经垮到了手臂上。他在这微妙中渐渐反应过来，明白女人大约是误会了，于是眼底滑过一丝笑意，整个人都松懈了下来，一脸的坏笑："是不是弄疼你了？"

宁朦一愣，又瞬间暴怒："滚！"

她气得只能说出这个字了。

陶可林看着她瞪得老圆的红彤彤的眼睛，明显的怒气中又带着一些无措，心里怜爱到了极点。想解释想安慰，偏偏又不舍得开口。

只好沉默。

他的沉默让宁朦越发委屈。

也不怪宁朦会误会。白酒后劲太足，她又睡了这么久，醒来时浑身肌肉酸痛，又记不起任何事。内衣带子又被她自己在睡梦中解开了，旁边依偎着的男人还没有穿衣服，这么个状态，她自然会以为自己和他发生了什么。

她会哭倒并不是因为失身，而是因为身边的人是陶可林。

她是足够信任他才会给他打电话，结果还是发生了这种事。

许多情绪在她脑海中交替闪过，最后只剩下一丝残余的庆幸。因为是他所以没觉得吃亏这样的念头冒出来时，把她自己都吓了一跳。她忍不住捂住脸，深感羞愧。

混乱中她感觉到青年坐上了床，伸手替她顺了顺头发，压抑着笑意的声音很温和："别哭了，我会对你负责的。"

她分明听到了这话里的不认真。

陶可林太想笑了，憋得费劲，就这程度已经很困难了，怎么认真得起来。

随后腰窝就被女人狠狠踹了一脚，力道不轻，他的腰侧立刻就麻了。他来不及躲避，第二脚又接踵而至，这一脚踹在他的大腿上，疼得他倒抽一口气，不得不一把按住女人的脚踝，笑道："怎么这么喜欢踢人呢？昨晚也是瞎踹……往哪蹬呢？哎，你再蹬，再蹬我就把你这蹄子撅了信不信？"

宁朦噌地跪坐起来，趁着陶可林没有反应过来，掀起被子往他脑门上一盖，翻身坐在他腰上，双手攥紧对着他一顿胖揍。陶可林在被窝里哀叫连连，叫了几次“好姐姐别打了”。宁朦听着越发暴躁，一边打他一边吼：“闭嘴！谁是你姐姐！不要脸！浑蛋！乘人之危！啊啊啊啊啊我要杀了你！”

鸡飞蛋打中，电话铃声响了好多遍宁朦都没听见，她现在已经完全失了理智。陶可林从被窝里挣扎出来，勉强捉住她的手提醒她：“电话在响，去看看，说不定是工作上的事。”

女人这才稍微冷静了下来，转身去拿手机。

她的包就搁在床头柜，所以轻易就拿到了，只看了一眼来电显示，就接通了。陶可林正下床要去收她的衣服进来，听到她的声音时，停住了动作。

“喂，嗯，早，早餐？不用了我等会再下去吃……下午的航班，嗯，你也是？噢好，我等会出门再给你电话，谢谢啊。”

她挂了电话，心烦意乱地抱住头。陶可林折回来，神色不虞地问她：“颜书尧？”

女人没有搭理他。

青年却不识趣地继续追问：“他要和你一起回去？你答应了？”

宁朦终于不耐烦地抬头：“关你什么事？”

他也有些恼火了，一把擒住正欲下床的女人，皱着眉道：“你到底有没有一点戒备心？昨晚要是我不在，今天早上躺在你身边的人就会是他了！你是真的毫无知觉吗？”

宁朦冷冷地回了一句：“有区别吗？”

“没有区别？”陶可林一怔，随即怒火被完全点燃，几乎是怒吼出声，“你觉得我和他没有区别？被我睡和被他睡没有区别？宁朦，你有病吧？”

“你才有病！”宁朦更大声地吼回去，“睡了就睡了！翻来覆去地说有意思吗！你这是有功吗？”

陶可林震惊了，捏着女人肩膀的手骨节微微泛白，可见用了多大的力度。宁朦疼得皱了皱眉，但依旧没吭一声，更没有挣扎。

最初捉弄的念头被怒火完全覆盖，他现在一门心思地纠结在她那句“没有区别”上了。

没有……区别？

她就是这么想的？

他没有意识到这个玩笑开大了，更不会知道宁朦现在心底有多乱。只是隐约觉得，如果她早上起来发现身边的人是颜书尧，是不是不会有这么大的反应？

这种意识让他有些挫败，也有些慌张。

他在这之前一直以为宁朦对自己也是有些好感的，两人之间多少是有些暧昧的。所以他才会这么积极地应敌，兴冲冲地跟着她。

如果这是错觉，那在她心里，他算什么呢？

这个时候其实应该解释的，虽然已经错过了最佳时机，但也比继续误会要好，但是陶可林不知怎么的，愣是说不出半个字。

宁朦反而在这一分多钟的沉默里渐渐平静了下来，她推开肩膀上的手，冷声说："你能出去一下吗？我要起来穿衣服了。"

陶可林的目光一瞬不瞬地盯着她，被这么推了一下，满心的不服和委屈，一时也忍不住控诉出声："我照顾过你那么多次，洗衣拖地，买菜洗碗，不眠不休地给你画稿子，甚至连你的痛经都治好了，怎么就和那个什么都没做过的蓝莓茶没区别呢？宁朦，你太让人伤心了。"

一脸小媳妇的模样。

宁朦一愣，完全被逗笑了，一早上乱七八糟的情绪在此刻烟消云散，整个人莫名地轻松下来，几乎是瞬间就想通透，一点都介意不起来了，也发不起脾气了。

喜欢就是喜欢，睡了就是睡了，怎么想，她都占了便宜。何况她本来也没有多介意，只是有些恼羞成怒。

"有区别有区别。"她连连点头，声音放柔和下来，哄小孩一样的表情，"你比他好多了，真的，横竖是我喝多了染指了你，这次算你倒霉，我就不提了，你也别记在心上，出了这个门就都忘了吧，啊。"

她态度软了下来，陶可林却更委屈了，这分明在敷衍他："忘了？这种东西怎么能忘？"

这模样，倒反过来要她负责似的。宁朦扬眉，不解道："为什么不能？当初你在酒吧亲了我，后来还不是当没事人一样给我画稿，跟我做朋友吗？"

"这层次差多了好不好？"

宁朦脸一红，也不想再跟他讨论层次的问题，只推了推他，说："快出去，我要换衣服了。"

宁朦以为这个臭流氓会来一句哪里没有看过，结果对方却一声不吭，老老实实地去了浴室拿出一条浴巾递给她。宁朦在被窝里扣好内衣，严严实实地裹上浴巾，匆忙进了浴室。

宁朦脱掉衣服才发现自己身上一点痕迹都没有。

她没吃过猪肉好歹见过猪跑，自然知道发生过什么的人身上不可能这样。而且按理说第一次，就算对方再怎么温柔，她都不会没感觉，更不用说内裤上也干干净净的。

又回想起最初陶可林的反应，她大致能确定，自己是误会了，而陶可林只是想逗逗她，所以没有解释。

还真是委屈他了。

她应该松了一口气的，但不知道为什么，心里却隐隐有一些说不清道不明的……遗憾？

她遗憾个鬼啊！

宁朦狠狠地搓着身子，特别是刚刚陶可林触碰过的肩膀，直接被她搓红了。

陶可林提着前台送上来的衣服敲了敲浴室的门：“宁朦？开门拿一下衣服。”

里面安静了一会，随后裹得严严实实的女人打开一条门缝，从他手里接过衣服后又迅速关上了门。陶可林摸了摸差点被撞到的鼻子，牵了牵唇。

他回到房间开始收拾她的行李，摸出手机时颜书尧正好打电话过来，他烦不胜烦，干脆接了。

“宁朦，你出来没有？”

“没有。”陶可林回答道，“她在洗澡。”

电话那头的男人默了默，才道：“我在下面等你们。”

“不用了，我和……”他话音未落，那边的人就挂了电话。

“谁？”宁朦一边擦着头发一边走出去，伸手想拿回自己的手机，青年却一个闪身躲开了。

“颜书尧，他说有事先走了。”他面不改色地撒谎。

宁朦直觉不信：“你给我手机，我问一下。”

“别问了，人家都走了。”

宁朦有些哭笑不得：“别闹了，快给我。”

陶可林一挑眉：“你都是我的人了，怎么还老想着撩拨别的男人呢？”

宁朦气得踢了他一下：“什么叫撩拨啊，说话不能好听一点？再说我是谁的女人我自己心里还不清楚？别逗你老姐姐了，我这一把岁数了你吃着也不嫌硌牙。”

“你清楚什么？你喝多了还能记得点什么？”陶可林一脸不以为然，“别想着颜书尧了，你快吹头发。行李我都给你收拾好了，你吹完头发我们就走。”

宁朦却根本没把他的话听进耳里，绕过他去抢手机，他高她一个头都不止，手一举宁朦就够不到了。她只好转为攻击他的下盘，伸手掐他的腰，陶可林怕痒，一下子就缩起身子，被宁朦扑倒在床上。

宁朦毫无知觉，等她费力地抢到手机时，两个人的姿势已经很不雅观了。宁朦坐在他腰上，怕他反击，大腿还夹得紧紧的，这种温柔攻势之下，陶可林哪里还记得颜书尧这号人物，直恨不得把身上这只尤物压到身下生吞活剥。

宁朦一边累得直喘气，一边接通了颜书尧的号码，正准备跳下床去接电话，青年却突然翻身，双脚一勾扣住她的腿，以压倒性的力量和技巧把她卷到身下，刹那间局势完全扭转。

宁朦一脸惊讶。

陶可林趁她完全来不及反应之际，一手扣住她的手腕按在头顶，一手捏住她的下巴，头微倾，俯下身去堵住她的嘴。

“唔……”宁朦睁大了眼睛，完全石化，忘记了反应，只觉得脑子一阵轰鸣，有一阵电流由她后脊椎直蹿上头皮，引发一阵酥麻。

陶可林几乎是碰到她的嘴唇就立刻攻城略地，像个急切的毛头青年一样撬开她的齿关，探进她的口腔里，卷住她湿滑的小舌头。

这一系列动作流畅迅猛，使得这个吻显得有些迫不及待，攻击性极强。宁朦完全没有招架之力，恍惚间只觉得他的唇异常柔软，他的舌头异常灵巧。青年的这个深吻因为急切，所以毫无技巧可言，但半分钟之后他尝到了甜头，又察觉女人没有挣扎反抗，便放缓了动作，细致又温和地享用了。

陶可林的吻，个人气息极浓，起承转合，勾挑吮舔，宁朦觉得自己完全变成了一颗巨大的棉花糖，被人嚼着吮着，慢慢融化了。

宁朦一直睁着眼睛，从一开始与青年对视，到青年闭上眼，她只能看到他挺拔的鼻梁，微颤的纤长睫毛。与其说对方技巧高超，不如说是认真地倾注了感情。

唇齿相依，宁朦忽然感受到了青年对她的心意，喜欢、醋意、占有，通过这个吻清晰又浓烈地传递了过来，这让她的心尖颤了颤，整个人都软了下来。

这个清晰且深情的吻让她的头脑一片空白，毫不夸张地说，她完全想不起和前任接吻的感觉了，仿佛这是她的第一个吻，她甚至错觉地认为自己余生都会不停回味这个吻。

这个吻分外绵长，直至陶可林察觉到危险，才不得不狼狈地松开了她。

女人躺在他身下，小嘴微张着吸气，嘴唇被肆虐得通红，眸若秋水，泛着粼粼波光，胸部一起一伏，他有些受不了，匆忙翻身离开那具温软的身体。

他难得的有些无措。

这种程度，应该算是表白了，她再蠢也该明白了吧。

女人回避着他的视线，爬起来整理衣服。青年趴在床上挪至她身旁，小心翼翼地由下往上望她，瞧着她的神色小声唤她："宁朦。"

宁朦拿起手边的枕头丢到他脸上。

他顿了顿，抱着枕头傻笑起来，笑得浑身颤抖。他刚刚没有看错，女人脸颊上那两朵红云异常醒目。还会害羞，说明他已经入围。

宁朦简直懒得理他，下床捡起外套穿上。从角落翻出手机，屏幕上显示还在通话中。她慌了一下，正不知如何是好时，一只手从她身后探过来抽走手机，放到耳边"喂"了一声。

宁朦急了，暗暗掐他，他连忙把手机还回来，说："人家已经挂了，急什么，该听的都听完了。"

宁朦气得给他一个栗暴："你再提！"

他连忙闭嘴。

他们下楼时颜书尧是真的已经走了。

陶可林嚷嚷着说这人真不绅士，也不等他们，心里却在赞他识趣。自然是遭了一记白眼。

两人在附近的餐厅随意吃了点东西就直奔机场了。

陶可林是真的累了，上了飞机倒头就睡。宁朦看着他泛青的眼眶，多少有些过意不去，于是问了空姐要毯子，轻手轻脚地给他盖上。要收回手时冷不丁被攥住了，宁朦惊了一下，回头就看到对方小狐狸一般弯弯的眼睛，嘴角轻轻上扬，有些小得意似的。

宁朦抽了抽手，他自然不会放，反而在她手心挠了一下。她对上那双带着坏笑的眸子，忍不住拿另外一只手往他手背上拍了一下。其实并不痛，但是陶可林没有力气逗她了，笑着松了手，头一歪靠在她肩膀上，寻了个舒服的位置就睡过去了。

宁朦推了两次都推不开，干脆由他去了。

他们前面是一对十五六岁的龙凤胎姐弟，弟弟一直转头看宁朦，被姐姐笑了好几次。

于是弟弟感慨："人家姐姐和自家姐姐，唉，真是卖家秀和买家秀啊。"

姐姐白了他一眼，冷冷回击："人家弟弟和自家弟弟，模特和杀马特。"

"哼！"

"要死了，你再掐我试试！"

宁朦望着他们，觉得好笑，好笑中有点无奈。

她伸手关上遮光板，旁边的人随着她的动作也动了动，温热的呼吸细密地扑在她脖颈上，宁朦忽然就被治愈了。

能遇到一个喜欢的人多不容易，何况这个人还补满了她心中的所有空缺，有什么理由放弃？

退一万步来说，即便真的不能有什么结果，她也想继续跟他做朋友，把他当弟弟一样疼爱。

飞机落地时陶可林惊醒过来。

宁朦歪着脑袋睡得正香，他将毯子盖到她身上，一直到飞机上的人都走光了，才解下她的安全带，轻轻捏她的手把她唤醒。

"到了？"女人迷迷糊糊地问。

陶可林"嗯"了一声，取下她的包和箱子，起身时朝她伸手："走了。"

这个伸手的动作完全是下意识的，所以当女人乖顺地把手放进他手心时，他不可置信又受宠若惊。他以为以女人的性格，是不会这么轻易就承认恋情的，而这个动作完全给了他一颗定心丸，一颗又甜又软的定心丸。

一直到两人出了机场上了出租车，陶可林整个人都是飘忽的。

但手却抓得很紧。

两人在外面吃了东西才回家，宁朦困得不行，回家直接洗澡睡觉了。

陶可林打算回家换了鞋再到她家去洗澡，进门后他敏锐地察觉到，家里有人来过。

他收紧手握着钥匙，扫了一眼房子。空气中有股陌生又熟悉的气息，陌生是因为这味道有别于他或宁朦的味道，熟悉又是因为，这个香水味只有那个女人在用。他转过头，鞋柜上有块小方巾，是他从宁朦家顺过来垫钥匙的，但眼下那块方巾却歪了。

他记得很清楚，自己出门前还顺手摆正了。

他没有把门关严实，换了鞋后轻手轻脚地进屋检查了一番才打开电脑，翻出屋里的监控记录。

他把不在家的这两天的监控调了出来，沉着脸快进查看，一直到门口被打开，一抹熟悉的身影出现在客厅里。

他早该料到的，门锁没有被撬过的痕迹，除了她还有谁能进得来。

他盯着屏幕，看着女人扶着鞋柜脱了鞋，她动作很小心，但是没有留意到那块小方巾。她提着包进了房间，拉开榻榻米上的小抽屉，放了一个物件进去。

之后她来到客厅，盯着沙发上的米色毯子看了许久。

陶可林关了屏幕，直接进了房间，打开榻榻米的抽屉，这才看清里面是什么东西。

晚上陶可林发信息说要出门一趟，宁朦没有多想。第二天上班忙着和陆云生交代工作，下午又开了个会，等她下班走出大楼时已经晚上八点多了。

她在楼下的餐厅打包了面和饺子，到家时忽然下起了大雨。

她在车里等了一会，发觉这场雨并没有变小的趋势，又担心牛肉面泡坏了，干脆抱着东西冒雨跑进小区。

这场春雨来得迅速又猛烈，宁朦进了电梯的时候浑身已经湿透了。她脱下外套拿在手里，翻出钥匙先开了陶可林家的门，急匆匆地走进去，一边将食物搁在餐桌上，一边问道："我回来了，你吃饭没有？怎么没有接电话？"

她没有听到回话，以为青年不在家，但一抬头就看到了阳台那个颀长的身影。

外面雨声不小，落地窗又紧闭着，是以他没有听到声音。直到宁朦走到窗前，他都没有回头，难得地触觉失灵，警觉丧失。

青年穿着黑色连帽衫，灰色休闲裤，上身前倾地倚着栏杆站着，指间夹着一支燃着的烟，眉眼低垂，似乎是想什么出了神，认真得有些落拓。

宁朦站着看了一会，才伸手敲了敲门，刷地拉开落地窗，冲着被惊扰的青年笑了笑，说："不好意思加了一会班，回来晚了，你吃饭了吗？我给你带了你最爱的牛肉面。"

青年望着她，表情由转过来时的淡漠渐渐软化成温和的无奈："吃过了，你怎么淋成这样了？快回去换衣服。"

宁朦瞧着他随手将烟头掐灭在阳台姚琛原来养的君子兰花盆里，小小地肉疼了一下。

“那我先回去，你把面装出来。”宁朦说，又问了一句，“你今晚该画稿子了吧？”

他“嗯”了一声，脸上没什么表情，站在原处一动不动。

宁朦某根比柱子还要粗的神经终于意识到小屁孩今天好像心情不太好。

她识趣地没有再烦他，夹着尾巴往自己家走。进门之后她习惯性地一手脱鞋一手关门，门却没有如意地合上，被人从后面按住了。

“这样关门有点危险。”身后的人说，语气淡得听不出情绪。

宁朦回头就看到陶可林跟着她进了屋。她的鞋子只脱了一半，还没站稳，狼狈地单脚跳了两跳，身边的人下意识地伸手扶住她的胳膊，触及冰凉的肌肤，他皱了皱眉，催促她去洗澡换衣服。

宁朦换下另一只鞋子，瞄了他一眼，没有说话。

她从浴室出来的时候青年已经把面端过来了，他坐在餐桌的另一边，却没有动，不知道在想什么。看到宁朦出来还抬头看了一眼。

这一眼里有别的情绪。

宁朦擦干头发走过去坐下，头也不抬地抓住起身欲走的青年，轻声命令：“坐下。”

手腕传来温软的触觉，陶可林觉得那一瞬间，他所有复杂的情绪都被瓦解得一干二净。他没有挣扎，乖觉地坐下了。

宁朦喝了一大口面汤才缓过劲来，对上青年复杂的视线，问：“你今天怎么了？”

他笑了笑，伸手把她面前香味扑鼻的面抢过来：“没什么，只是饿过头了。”

宁朦自然不信，但对方没有回答，她就不会再问第二遍。

也因为体谅他心情不好，宁朦没有跟他抢那碗面。

吃过东西之后陶可林回去了，宁朦敷着面膜刷微博，冷不丁听到隔壁一声门响，连忙从沙发上弹起来走到门口，仰着头望着在等电梯的青年：“要出去？”

他顿了顿，点头：“我姐落了一点东西在我这里，给她送回去。”

啊，陶可欣？

“这么晚了还去呢？那你今晚还回来吗？”

陶可林完全被这家室的口吻取悦了，禁不住又笑了笑，意味深长地说道：“回的，我很快就回来，你给我留门。”

宁朦听着这话就觉得不妥，但嗫嚅了半天又说不出反驳的话。

陶可林笑着进了电梯。

他给陶可欣打了电话，对方说在咖啡店加班，得知陶可林要去找她，便告知了地址。

他这边没有车，拦了一辆出租车。因为下雨塞车，他到的时候已经十点半了。

他撑着伞走下车，走进了咖啡店。

咖啡店里灯火通明，女人就坐在靠窗的位置，听到声音回头，先是对他笑了笑："来了，要喝点什么吗？"望见他肩膀和裤脚上被打湿的痕迹，立刻露出关切的表情，"怎么还淋雨了？"

他含糊地应了一声，在她对面坐下，又问："姚琛不陪你吗？"

"嗯，他出差了，前两天刚去新西兰。"

陶可林脸上露出一个意味不明的笑容："难怪你这么闲。"

对方一脸无辜，嗔怪道："我哪里闲了？"

"不闲怎么有空去我家？"

女人动作一滞，但很快又恢复了笑容："什么时候？"

"我家装了监控。"陶可林说完也不看女人的脸色，直接掏出那个平板放在茶几上。

女人也不跟他绕弯弯了，她点开平板，把里面的照片调出来给他看："我没有恶意，你选择和谁在一起我也管不着，但是为什么偏偏是她？"

"我以为我们已经讨论过这个话题了。"陶可林面无表情地说。在她婚礼上他就说过了。

"那时候你只是在气我，我听得出来。"陶可欣实在是苦口婆心，"我也不会因为你的新女朋友是我老公的前任而硌硬，但是这个女人，她真的不行。"

"她怎么不行了？"

"你没看平板里的照片吗？"

照片无非是她费尽心机收集的所谓"宁朦是故意靠近他勾引他"的证据。

女人点亮平板的屏幕："我还找人破译了她邮箱的密码，找出了一封她的朋友莫绯给她发过的一封邮件。"

陶可林接过平板，打开那封邮件。

里面全是姚琛和陶可欣约会的照片。

“这是她朋友雇人偷拍的，她早就知道我和她男朋友在一起了，也早就知道你是谁了。”

邮件的下方还附上了一份陶可欣的详细资料，还有他的照片和资料。

“她知道你是我弟弟，所以才会找到你……可林，现在抽身还来得及，不要被人利用了。”陶可欣的声音里透着懊恼，“她勾引你也不单单是为了报复我和姚琛。你看看她历任男朋友，哪个不是有钱的富二代？陶可林，你真的对她的了解太少了，她是单亲家庭长大的，她妈妈就是一个裁缝，靠着奖助学金才读完大学。这些我都不说了，你觉得你爸妈会同意你找一个抛头露面的网红？”

陶可林声音冷冷的：“我不觉得她像你这么有心眼，如果她这么有能耐，能让你抢了男朋友？退一万步来说，即便她真的是有意接近我，我也一点都不介意。毕竟我和她认识的时候，彼此都是单身。”

言语里，不仅丝毫没有对宁朦的怀疑，还全是对陶可欣做第三者的鄙夷。

陶可欣的脸唰地白了。

“你知道吗陶可欣，我看到照片只有一个感觉。”陶可林说，“你和姚琛真不是人。”

“她以前总说我太单纯，我现在也发觉了，我居然单纯到一直没发现我姐姐是个这样的玩意。”

陶可欣的脸色变得很难看：“你不用对我咄咄逼人，感情这种事有什么对错，姚琛本来就不爱她。”

陶可林觉得好笑，也一点都不愿意拯救她的价值观：“其实我觉得你们俩还真配。做小三挺可耻的，你要说爱情没有先后，我也不好干预，但你在我面前这样诋毁我女朋友，陶家的家教就这样了？”提到女朋友这个词，他的面容不由自主地缓和了一些，“不过说起来还要谢谢姐夫，没有他我就不会认识她了。”

这个笑很纯粹，但与她无关。

陶可林走了之后，陶可欣陷在沙发里，良久没有动弹。

桌上他一口没喝的咖啡冷却了，那个平板静静地躺在那里，她想起陶可林把它放到桌上的样子，一脸的漫不经心。

她现在有点嫉妒宁朦了，能遇到陶可林这样的男人。

陶可林到家已经晚上十二点了。宁朦这个时候多半已经睡觉了，他不想吵醒她，直接回了自己家，结果洗完澡出来就看到手机上刚刚发来的未读信息。

女人：还没回来啊？我要睡了，不等你了，回来小点声啊。

陶可林怔愣了片刻，一时间思绪万千，反复琢磨着话里的意味，到最后竟然只剩下愉悦，情不自禁地站在房间里对着手机傻笑。

宁朦放下手机，有些烦闷地起身去喝水时听到开门声，心里咯噔了一下，抬头就撞进了青年漆黑发亮的瞳仁里。

他歪着脑袋站在门口看了她许久，没有动，于是她也没有作声，两人对视着。青年似乎刚洗过澡，头发湿漉漉的，有水珠顺着脸颊滑过纤细白皙的脖子，悄无声息地没入衣领中。宁朦不禁想到一个词：秀色可餐。

“还不睡？”他开口打破沉默。

宁朦冷哼一声，微微挪开目光，口不对心地说：“你还知道回来啊。”

这话简直说到了陶可林的心窝里，他牵唇，笑得含蓄又风情万种，直叫宁朦看得心里小鹿乱撞。

接着他反手关上了门，大步流星地走到她面前，完全不给宁朦反应的时间，抬起手掌压在她的后脑勺上，不由分说地低头吻了下来。

宁朦在他靠近时张嘴要说话，但动作不及他快，于是变成“主动”迎接了这个吻。他熟稔地吮咬着她的唇瓣，在她的口腔里肆意掠夺，追捕她的小舌。

宁朦被吻得气喘吁吁，头脑发热，指尖发麻，肾上腺素狂飙，心里群鹿乱撞。

不是第一次和他接吻了，但每一次都能有全新的体验。

果然如莫绯所说，此妖段位太高，不是一般的高，但她还是躲闪不及。

许久，陶可林才放开要翻白眼的女人，他的手从她脑后挪到前面，手掌托着她的下颚，拇指摩挲着她红润的唇瓣，欣赏女人迷乱的表情，身体不由自主地涌上一阵甜腻的燥热。

“我不在家你睡不好，是吗？”

气息辗转间，他的声线宛若深夜电台里低柔魅惑的音乐，让人有些沉迷。宁朦望着他唇瓣若隐若现的两颗洁白小牙，感受到了传说中的会心一击，看着他的眼睛会脸红的她，真的觉得大事不妙。

宁朦平缓了呼吸，捂着发烫的脸，直瞅着他问：“你是接吻机吗？”

对方笑眯眯的，十分不要脸地说：“我就当你是在夸我了。”

“并不是，小孩子哪里有吻技可言。”

对方笑得越发狡黠，挑着眉问：“还想亲就直接点，不要用激将法。”

宁朦说不过他，只能拼命推他："离我远点。"

陶可林顿了顿，两只手举起做投降状，表情有些无辜："我早就松开你了。"

宁朦触电般地松开还环在他腰间的手，一时有些气急败坏，皱着眉推开他："滚滚滚，不想和你说话。"

被一个小男生撩拨得七荤八素的，真是要命。

"哦，那我滚了。"

宁朦眼睁睁地看着他即将"滚"进自己卧室，咬着牙拎着他的衣领把他往外赶："要不睡客房，要不回自己家去。"

陶可林睁圆了眼睛，可怜巴巴地望着她，自带让人无法拒绝的属性。

宁朦当着他的面关上了卧室门。

他立刻就乐了，敲着门说："第一次在你家睡觉你都没关门，现在都这样了还关门？防谁呢？"

"滚！"宁朦在门内怒吼，"说什么呢！都哪样了？"

陶可林笑着靠在门上。

静待了许久，里面的人没有听到声音，以为青年走了，便迟疑着开了门，结果靠在门上的人立刻朝她倒来。宁朦下意识地伸手接住了，而后被人抱了个满怀。

他顺势靠在她肩膀上，下巴舒服地搁在她肩窝，嘴唇贴着她的耳朵，低低地说："宁朦，我好喜欢你。"

她"嗯"了一声。

陶可林伸手环住她的腰，将她拉向自己，又问了一句："你喜欢我吗？"

"喜欢。"

"爱我吗？"

闻得女人一笑，流利地回答："爱啊。"

陶可林有点不高兴，她这个爱字说得随意又顺口，简直跟她平时说自己爱各路男明星时一模一样。

陶可林不甘心地搅紧她，虽然大晚上的靠这么近实在有擦枪走火的危险，但他从来没打算克制自己。嗅到她发间的香气，他忍不住头一偏，嗷呜一口就咬到她的下巴上。宁朦疼得叫了一声，在他肩上捶了一下："你属狗的啊！"

他闷笑，又觍着脸去亲了亲被咬过的位置："嗯，你养的狗。"

宁朦嫌弃地抹了抹脸："你看这一脸的口水，我晚上刚抹的睡眠面膜浪费了。"

陶可林张着嘴，呆滞地望着她："那我还啃了一嘴呢，会中毒吗？"

"呀，很有可能，你快去漱口。"

他立刻凑过来，贱兮兮地说："要死一起死。"

宁朦笑着躲开他，转身就往卧室跑，结果没走两步就被人从后面抱起，她惊呼一声，天旋地转后被青年扑倒在床。

宁朦："痛痛痛。"

陶可林黑人问号脸："我这还什么都没做呢。"

"压到我头发了！"

他小心地拨开她海藻般的头发，刚要侧头吻上去，宁朦床头柜上的手机就不识趣地铃声大作。宁朦拍拍他的手，示意他起来，陶可林没动，她只好挣扎着伸长手臂去够，又被身上的人笑话她是长臂猿。

电话是个陌生号码打过来的，宁朦接了，那边立刻传来一道焦急的声音。

"朦朦，我是你陈阿姨，住你妈妈对门的。"

宁朦忽然预感到一丝不妙，心脏抽了抽，整个人都绷紧了："陈阿姨你好，是我妈妈怎么了吗？"

"你妈妈晚上摔了一跤晕过去了，我们刚刚把她送到医院，你赶紧过来一趟吧。"

陶可林看宁朦脸色变了，连忙松开她把她拉起来。

"好，我马上过去，是在哪家医院？"

她挂了电话就往外走，陶可林在她后面替她拿了外套和包，一边递给她一边问："出什么事了？你先别慌。"

宁朦哪里还听得进话，袜子都没穿就去穿鞋。陶可林看不下眼，回房给她拿了一双袜子，握住她冰凉的手："我送你过去。"

宁朦这才稍微镇定了一点："不用了，已经很晚了，你先休息吧。"

陶可林不由分说地打开门出去按电梯了。

第五章　　岳母的考验

陶可林知道她着急，所以开得很快，其间不忘把口袋里的袜子递给她，吩咐她穿好。

宁朦给她姐打了电话，但是宁胧要带小孩，所以晚上睡觉有关机的习惯。

“是你家人有什么事吗？”陶可林小心翼翼地问。

宁朦点头，一路上耳朵都耷拉着，显然是焦虑到了极点：“是我妈妈，她一向身体健朗，这些年连小感冒都没有患过，这突然晕倒，居然还是邻居送到医院去的……她一个人在家我就不应该搬出来的。”

陶可林腾出一只手握住她交叠在膝上的手，轻声劝慰：“别担心，既然已经送到了医院，就不会有多大的问题。”

晚上路上没有多少车，他们很快就到了医院，两人一左一右地找着病房，陶可林先找到，他回头拉了一把还要往前走的女人，低声提醒：“宁朦，这边。”

两人一进病房里面的人就站了起来，陈阿姨看到她时松了一口气：“朦朦，你来了。”

“陈阿姨。”宁朦转头看到空的病床有些蒙，“我妈妈呢？她怎么样了？”

“别着急。”陈阿姨连忙说，“你妈妈已经醒了，刚刚被推去做检查了。应该是没什么大问题，但是具体情况我也说不清楚，等会你问医生比较好。”

“她是自己在家摔跤的吗？”宁朦问。

“下午她就说不太舒服了，也没有和我去遛弯，我睡觉之前就过来看了一眼，结果她已经晕过去了。幸好她之前在我这里留了钥匙，不然真是危险了。”

宁朦禁不住又是一阵后怕和内疚。

陈阿姨又安慰她：“不过年纪大了就是很多毛病的，你也别太担心了。”

宁朦点头，有些不好意思地道谢：“陈阿姨，这么晚麻烦你了。”

“说的什么话。”陈阿姨倒是很和善，“老年人就应该互相帮助，上一次我在浴室摔跤，也是我儿子过去叫你妈妈进来帮忙的。”

宁朦眼睛都红了，陈阿姨还有儿子在家照顾，她妈妈却一个人在家。

陶可林感应到她低落的情绪，伸手握住了她的手，安抚性地捏了捏。

对面陈阿姨看到这个动作，忍不住笑了：“朦朦，这是你男朋友？”

宁朦“嗯”了一声，虽然心不在焉的，但是已经够陶可林高兴的了。他冲阿姨点点头：“陈阿姨您好，麻烦您了。”

“客气了客气了。”陈阿姨笑道，“你妈妈一会回来肯定很高兴，她一直跟我念叨要我给你介绍对象呢，没想到你都自己找到了，还这么一表人才。”

宁朦也忍不住笑了笑，然后又开始头疼，她跟陶可林不过在一起才几天，就要见她妈妈了吗？

“陶可林，要不你先回去吧？我一个人在这里可以了。”

陶可林是何等通透之人，一听她话里的意思就知道她的顾虑了，他刚要开口，病房的门就被人从外面打开了。护士推着宁妈进来，宁朦心头一紧，连忙上前，看到她妈妈手上打着吊针，额头上还有一块明显的红肿时，眼圈都红了：“妈。”

宁妈看到宁朦时也像是有了支撑，整个人变得精神许多，笑着安慰她：“我没事，你别担心。”

“没事怎么会突然晕倒呢？”

“就是有些低血压吧。”

宁朦帮着护士将她扶上病床，又从头到尾问了一通：“哪里不舒服？摔到哪里了？是突然摔跤的吗？之前有没有症状？”

陶可林拉了她一把，沉声道：“你让阿姨先休息一会。”

护士调好输液后也提醒他们：“病房内要保持安静，这里还有别的病人，家属要是有事就出去商量。”

宁朦反应过来，连忙点头，和护士说了声抱歉，欲言又止地望着她。

护士很体贴：“具体情况要看检查结果，今晚先好好休息，有问题按铃。”

宁朦连连点头：“谢谢。”

护士走了之后宁妈叫了宁朦一声，吩咐道：“这么晚了，你先送陈阿姨回去吧，还有住院费和诊费也是他们垫付的。”

“我知道了，你先休息，我送阿姨回去，有什么事你叫护士。”

陈阿姨笑了笑：“没事，朦朦你在这陪你妈妈吧，我自己打车回去就行的，也不远。”

宁朦连忙说："不不不，今晚已经很麻烦您了，而且这么晚了，自己打车不方便，我开了车来的。"

最后是陶可林在旁边说："我送陈阿姨回去吧，你就在医院陪你妈妈。"

陈阿姨满脸笑意："哎呀真的不用这么客气的。"

宁朦已经把车钥匙递给了陶可林。

陶可林出门后宁妈才问她："那个就是你上次说的喜欢的人？"

宁朦毫不掩饰眼底的温柔："现在是我男朋友了。"

宁妈欲言又止，从她回病房的第一时间就看到了这个气质出众的男孩子。她打量他，对方还会迎上她的视线，得体又礼貌地笑。

"他看起来好年轻，还开你的车？宁朦，你老实跟妈妈说，这是不是你在外面……"宁妈看了看隔壁病床，压低了声音，"包养的小白脸？"

宁朦微微一怔，随后乐不可支地笑了起来："我的天，那我也得养得起啊，人家赚的钱可比我多。"

不知道陶可林知道宁妈误会他是特殊职业的人，会不会气死。

"确实，看起来就像个富人家养的小少爷。"宁妈忧心忡忡，"宁朦，你怎么找的男朋友一个比一个……你不知道这世界上有阶级存在的吗？谈恋爱还是要考虑门当户对啊。"

宁朦没有吱声。

陶可林回到病房的时候宁朦正在给宁妈倒水，气氛有些诡异，他猜刚刚他出去时两母女推心置腹了一番。

宁妈虽然没有表现出来什么，只和他说了两句话，一是问他叫什么，二是跟他道谢，说这么晚麻烦他了。

"不麻烦，我是宁朦的邻居，她刚才接到电话很着急，我怕她开车出事，所以送她过来了。"

宁妈闻言脸色和缓了许多。

宁朦听到这句话才反应过来她妈在不高兴什么，并且越发觉得陶可林是人精。他们这么晚一起赶来，恐怕她妈是误会他们同居了，所以不满，陶可林这句话说得巧妙，一下子打消了她妈妈的不悦。

"宁朦，我这边没什么事了，你回家睡觉吧啊，明天不是还要上班吗？"宁妈说。

“我请假就好，怎么能让你一个人在医院呢？”

“你没事，可是也不能让小陶在这陪你啊，这别说睡的地方了，就是坐着都不方便。”

六人间的病房确实有些拥挤，一张床一个凳子，还是小圆凳子。

宁朦便回头和陶可林商量：“你先回去吧，这里也不方便。”

“我经常熬夜没有关系的。”他说，又转过头去问宁妈，“阿姨您饿吗？我去买消夜。”

宁妈：“不用麻烦了，谢谢啊。”

检查结果第二天才能出来，宁朦心急等不到那时候，趁着宁妈睡着就去找了值班的医生询问情况。

值班医生就是就诊的医生，详细地跟她说明了情况：“具体情况现在还说不清楚，要等检查结果出来。因为出现晕倒，可能是脑部、心脏等身体多个部位的原因，都不能忽视。我看你母亲的情况倒是有些像血钾高引起的心律失常，脑供血不足，出现晕倒。”

“目前做了哪些检查了？”陶可林问。

那医生推推眼镜，慢条斯理道：“做了个二十四小时心电图，测量电解质，检查血钾。”

“有没有可能是脑血栓？不做脑部CT和全脑血管造影术吗？”

他这么说，对面的医生忍不住看了他一眼，也认真了几分：“会做，但是病因要慢慢排除，明天主任来了我会和他商量。”

青年走后，值夜班的医生才松了口气。

他不明白这个年轻人为什么会给人那么大的压迫感，刚刚问他话的时候简直就像是在和下属说话，如果是别的病人家属这样问，他铁定要发火的。

你是医生还是我是医生？要做什么检查是你们说了算的吗？

他百思不得其解。

陶可林牵着宁朦的手往回走，宁朦心里装着事情，一直有些闷闷不乐。陶可林把她的手握得很紧，恨不得告诉她，只要他一声令下，这整个省的心脑血管专家都会赶来会诊，即便她妈妈的病再严重都能给她治好。

但他最终还是什么话都没说，一来觉得这话太炫耀，二来现在检查结果都还没出来，说这个也太早了。

陶可林送她回病房后又去护士那要了一把陪床的躺椅搁在病房外的走廊

上，把宁朦叫出来，小声问：“阿姨睡没有？”

宁朦点点头，扯了扯他的衣服，又说了一次：“要不你还是回去吧，这边落脚的地方都没有。”

陶可林笑着指了指躺椅：“这不是有椅子？”然后不由分说地把宁朦按下，“你眯会儿。”

宁朦站起来：“你眯，我进去陪我妈。”

“你妈都睡了，况且里面这么多人，空气也不太好。你先在外面将就一下，明天我再安排换病房。”

宁朦望着他，又一次被他感动到了，这种感动有别于他熬夜给她画画，在她生病醉酒时照顾她。

因为他偶尔也会很体贴，帮忙收衣服洗碗，提醒她各种事情，但更多时候都是像个小朋友一样和她腻歪。

而今天晚上他的这种体贴，这种细心周到地陪着她处理这些事，照顾她的情绪，让宁朦有种襁褓里的婴儿其实会说话走路的感觉。

她忍不住笑了一下，趁着走廊没人，踮脚在他脸上亲了一口。

陶可林笑眼弯弯：“这可不够。”

“回去再补，只要你乖乖的。”

她回病房把凳子搬出来，拉着陶可林坐到躺椅上：“坐下，快。”

陶可林还要起来，女人就已经坐在那个小凳子上，上半身一歪，趴在他腿上了。

陶可林皱眉：“宁朦？”

宁朦警告他：“别再动了，我要睡着了。”

陶可林顿了顿，终究还是没有起来，伸手摸了摸宁朦的后脑勺，嘴角噙着若有似无的笑意。

这样睡当然没有多舒服，宁朦一开始真的只是因为困得睁不开眼了才想趴着眯一下，结果后来还是睡过去了，再醒来时天已经有微微光亮了。

她动了一下，才发现自己是躺在躺椅上的，身上还披着陶可林的那件薄风衣，而陶可林不在身边。

她摸出手机看了一眼，发现才五点钟，走廊有病人家属已经买早餐回来了，就在门外窸窸窣窣地吃着。

她拿着衣服站起来，往两头看了一眼，很快就看到了站在走廊尽头窗户边，只着一件薄衬衣的陶可林。

走近了才发觉青年正在接电话，搁在窗户外边的手里夹着一支燃了一半的烟。

他看到宁朦，朝她打了个眼色，很快便挂了电话，笑着问她："睡醒了？怎么不多睡一会？"

宁朦摇摇头："医院不能抽烟。"

他立刻将烟掐灭了丢进垃圾桶内，卖乖地解释："只抽了两口。"

"有烟瘾？"

他微微一怔，连忙否认："没有。"

宁朦确实没见过他抽几回，也没在他家里见到过烟盒烟灰，她很想知道他的烟哪来的，但话到了嘴边又咽回去了。

"饿了吗？我下去买早餐。"陶可林问。

"我去买，你开车回家休息吧。"

陶可林笑了："我困得眼睛都睁不开了，你还要我开车吗？"

宁朦纠结了一下，最后说送他回去。

"好了，我不回去，你回去躺着，我下去买早餐。"他捏了捏她的脸，笑道，"我生病你照顾我的时候我可没跟你见外过。"

宁朦想了想，也就作罢了。

她把风衣递给他，后者接过就从楼梯走下去了。

她站在这个位置，可以看到陶可林走出了医院大门，在路边随手招了一辆出租车。宁朦连忙给他电话，有些好笑："你这是要去哪里？"

陶可林很快意识到女人是看到他了："想去给你们买点粥，医院附近的粥都不太好，我很快就回来了，你再睡会儿。"

她刚要挂电话，又听到他在那边笑着问："刚刚一直在楼上看着我走出来吗？"

宁朦闻到一股浓浓的调侃意味，不由有些恼火，下意识反驳道："你有什么好看的，我就是想多呼吸点新鲜空气。"

他在那边笑得更畅快了。

宁朦啪地挂了电话。

陶可林回来的时候宁妈刚刚醒。

宁朦扶着她洗漱完毕，抬眼就看到青年提着两大袋东西进来，宁妈马上招呼："小陶，你回来了，来来来，坐。"

陶可林擦了一把脑门上的汗，乐呵呵地走过去，把买回来的东西一一摆在架桌上。

“阿姨，这粥熬了很久，很有营养，您多喝一点，这里还有点青菜。”

“好好好，麻烦你了，你吃过了吗？”

“我不着急，你们先吃。”他把碗筷递给宁朦。这家粥店打包的碗筷是可循环的木质餐盒，质感很好。宁朦喝了一口，发觉粥的味道很好，和莫绯家酒店的粥有得一拼。她翻了翻袋子，果然在餐巾纸上看到了熟悉的标志。

“你跑这么远买的？”莫绯家的酒店都在郊区，最近的一家也有十五分钟的路程。

“市区堵车，去郊区反而方便。只是我不知道阿姨起这么早。”他转过头问宁妈，“阿姨，等很久了吗？”他其实已经很快了，只是宁妈习惯早起，再加上在医院睡不好

“没有没有。”宁妈笑着说，“我也刚醒，而且我早上一般都是七八点才吃早餐。”

这时隔壁病床的家属来了，陶可林连忙把凳子还给人家。宁朦坐到病床上，腾出凳子给他，他没坐，一直让给宁朦，叫她不要坐在床上挤阿姨。

宁朦没理他，倒是宁妈一直在说没关系，又让他坐，让他吃早餐。

客气得让陶可林有些忐忑。

他们吃过早餐后宁胧打电话过来，得知宁妈住院了，火急火燎地说要赶过来，宁朦好说歹说才制止了她。

“现在还在等检查结果，妈妈没什么事，你别太担心，等结果出来了再说。”

宁胧听得懂她话里的暗示，现在还在等结果，如果她也赶过去，只会让她妈过于紧张，她便没有再坚持，只嘱咐了宁朦两句。

宁朦挂了电话后就带宁妈去做检查，回来的时候陶可林直接在电梯口截住她们，径自把她们带上楼，去了一个新的病房。

这是一间单人病房，里面配备了洗手间，还有长沙发和桌子。宁朦还没来得及说话，宁妈就先开口了：“小陶，这是怎么回事？”

陶可林解释道：“楼上清净点，也比较方便，你们先坐，刚刚医生通知我去拿检查结果了。”

宁朦还没来得及问，他就风一样地卷走了。

宁妈望向宁朦，她连忙说：“没事，您就安心住着吧啊。”

宁妈心里想的却不是这件事，她问宁朦：“你和小陶在一起多久了？”

“没多久。”宁朦含糊其词地回答。

“他多大了？家里是什么情况你知道吗？”

宁朦好笑：“谈恋爱而已，您别太操心啦，我心里有谱。”

宁妈笑了笑：“我才不是操心你呢。我觉得小陶很好啊，样貌周正，气质也好，对你也蛮上心的。只是这种单人病房在这种大医院是很难要得上的，有时候就算有钱都不一定能住进来。上一次你小姨生病，她儿子不是很有钱吗，一样弄不到单间的，后来还是找了几层关系才给他换的。就那么几分钟小陶就搞好了，那可不是有运气啊。”

原本以为小陶只是个富二代，现在一看，恐怕是什么贵人。

宁朦当然知道，不然她之前也不会那么犹豫。

宁妈看她的脸色，便知自己点出了重点，微微叹了口气，又忍不住唠叨道：“你谈恋爱妈自然不会说你什么，可是你也别忘了自己今年多少岁了，你姐像你这么大的时候孩子都一岁了。”

“妈。”宁朦无奈。

“你不爱听也要听，我看小陶比你小吧？你也别耽误人家了，那孩子这样的条件找什么样的女生不行，和你在一起多委屈。”

宁朦都快哭了：“有你这么说女儿的吗？”

“我说的是实话，你找个普普通通的多好，学历家世相似的……”

宁妈妈开课，不说二十分钟是不会停的。

宁朦叹气，只能先敷衍应了，宁妈还要劝，这时她的手机救命般地响了起来，宁朦接起电话便匆忙往外走，结果打开门的时候就愣住了。

陶可林就站在门口，不知道什么时候回来的。宁朦见他神色无异，也不知道他有没有听到什么，一时不知如何应对他了。

陶可林不是故意要听墙角，只是取检查结果需要病例卡，他走得匆忙忘了拿，结果回头就听到她们母女在里面谈起他，便忍不住在门口听了一会。

宁朦看了一眼手机，发现就是他打过来的：“怎么了？”

“忘记拿病例卡了。”

因为陶可林的原因，检查结果一天内都出来了，主任医师还亲自到病房来说明情况，没有什么大碍，只是有些高血压。又说了一些注意事项，让老人家平时多注意，最后说晚上吊完针就可以出院了。

宁朦高高悬着的心也终于落下。

晚上陶可林开车送她们回去，宁朦想在家陪宁妈几天，便叫他开车回去。

“我打车走吧，车子留给你方便一些。”陶可林说。

“你开车回去。”宁朦坚持，“现在也不早了，打车哪里方便。”

“那你明天上班怎么办？”陶可林问。

“门口就有地铁，很近的。”宁朦说。

陶可林不知道想到了什么，瞬间就改变了主意，点了头。

“小陶。”宁妈在厨房喊，“阿姨在煮甜汤，你喝了再走吧。”

“不用了阿姨，我先回去了。”陶可林矜持地说，“很晚了，您也早点休息吧，别忙活了。”

宁妈连忙走出来，急急道：“喝了再走，你难得来我们家一次，哪能一杯茶都不喝就走。快坐，宁朦，你站着干啥，倒茶啊。”

宁朦好笑，哪有人大半夜喝茶的：“我们家好像没茶呀。”

宁妈瞪了她一眼。

最后她倒了一杯水，拉着他到沙发上坐下。

陶可林坐得规规矩矩，腰杆挺得笔直，端起水杯也只喝了小半口，朝她笑了笑，模样有些讨巧。

宁朦看他这副拘谨的样子，已然猜到他听到了宁妈的那番话，心里不免有些酸涩。

宁妈去了厨房他才松了口气，小幅度地打量了一下这套三室两厅的房子。看起来有些年头了，但收拾得很干净，而且这一片很清净，空气也好，很适合养老。

“你小时候就是在这生活？”陶可林小声问。

“我爸妈离婚时就分了这套房子，住了二十几年了。”她语气里是满满的怀念。

她搬出去的时候姐姐刚刚结婚，新房子还在装修，所以姐夫就到他们家来住了。宁朦觉得不方便，正好陆云生有套房子想租出去，她就搬进去了。

后来姐姐和姐夫搬出去了，她也和姚琛在一起了，就没有再回来住。

陶可林摸了摸她的脑袋。

“你干吗？”宁朦瞪他。

这小眼神看得陶可林心口痒痒的，刚凑近一点，余光看到厨房门口宁妈隐蔽的身影，连忙坐端正了：“没干吗，你头发乱了。”

“你摸乱的好吗！”宁朦没好气地说。

陶可林哈哈一笑。

几分钟后宁妈就出来了。

她煮的是甜酒冲蛋，陶可林喝了一大碗，末了还意犹未尽地想打包。宁妈连忙说：“鸡蛋留不得，你要是喜欢的话回头我再做了让宁朦带去给你。”

陶可林有些惊讶：“甜酒是您自己做的吗？”

宁妈笑眯眯的：“是我做的，外边卖的都不好。”

“难怪我说味道这么香呢。”

宁妈显然受用极了，又细细跟他说了甜酒冲蛋的做法，才让宁朦送他下楼。

下楼后陶可林本来想做点不可描述的坏事，结果抬头就看到宁妈站在阳台上，见他抬头还微笑着朝他招手。

他只能放弃：“行了，送到这就好了，你回去吧，早点休息。”

宁朦飞快地亲了一下他的嘴角，笑着说：“这两天辛苦你了，这是奖励，开车小心点，拜！”

陶可林舔舔嘴角，有些不甘心，但最后只能捏了捏她的脸，匆匆上了车。

宁朦回家后怕她妈妈唠叨，早早便洗澡上床了。大概是觉得她昨晚在医院没有休息好，宁妈也没有进来吵她。

一夜黑甜，宁朦起来的时候觉得腰酸背痛，显然是头一天熬夜落下的后遗症。

她僵着脖子去洗漱，出来时宁妈已经做好了早餐，她刚吃两口陶可林就打电话来，问她起床没有。

“已经起了，在吃早餐。”宁朦有些奇怪，“怎么了？你今天起这么早？怎么不多睡一会。”

他在那边笑了笑：“我都出门了。”

“去哪？”

“来接你上班啊，我快到了，你先吃，吃好了给我电话。”

宁朦呆了：“不是和你说我可以自己去的吗？”

“我开车，先不说了。”他又挂了电话。

宁朦喝了两口粥，忽然又意识到什么，连忙撂下筷子跑到窗口往下看，果不其然，一眼就看到了她的那辆高尔夫停在楼下。

宁朦回拨电话过去，只说了一句“上来吃早餐”就挂了电话。

宁妈坐在对面听完了全程，有些不解：“这孩子都到了，怎么不上来呢，还骗你说在路上。”

宁朦笑了笑：“他怕我着急不吃早餐了。”

但这只是其一，还有一个原因恐怕是陶可林怕宁妈不喜欢。

两分钟后青年上来了，两只手里提满了大包小包的水果和补品，浩浩荡荡地进门来了。这阵势不仅是宁妈，连宁朦都有些目瞪口呆。

“阿姨，早，今天觉得怎么样？”陶可林神清气爽地和宁妈打招呼。

“早早。”宁妈应着，“快进来坐，不用换鞋了，我给你盛了粥。”

陶可林“欸”了一声，又笑着说：“阿姨，这些水果和营养品都是对您身体好的，很多都是天然萃取，没有药物成分。以前我有个亲戚也是高血压，就是吃这些活到了九十多岁。”

宁妈有些不好意思：“你瞧你，人来就好了，带这些东西来干吗啊，阿姨不需要这些，你待会拿回去吧啊。”

陶可林笑着没有答应，站在玄关没有动，只看着宁朦。女人会意，接过他手里的东西搁在柜子上，挽着他往里走。

这个动作让陶可林的心理包袱轻了一大半，好歹算是统一了战线。

宁朦拉着陶可林入座，吃过早餐她去洗碗，陶可林非要帮忙，最后两人都被宁妈赶出了门。

去公司的路上宁朦问他是来接人的还是送礼的。

他回答得很巧妙：“不送礼怎么接人？”

宁朦伸手摸了摸他的耳朵，像在摸小狗狗：“真乖。”

他指了指自己的唇角示意，她假装没看到，陶可林也不介意，只是贱兮兮地笑：“好嘛，就先欠着，到时候连本带利还回来。”

“嗯，讨不讨得回来看你本事了。”

车子停在公司楼下，两人对视一眼，彼此都是走着瞧的表情，一个傲气满满，一个色气满满。

上班后宁朦给陈阿姨打了一个电话，表示感谢。

“你们昨晚回家的时候你妈给我发了信息，本来我还想过去看看的，不过太晚了，也不好打扰。我今天煲了汤，正准备给你妈妈拿去呢。”

“谢谢陈阿姨，真的是太麻烦您了。”

“麻烦什么呀，你这孩子真是的，我和你妈认识这么多年了，你这样就太客气了。”

宁朦笑了笑，又问：“阿姨今天有空吗？我和我妈想请你们吃顿饭。”

陈阿姨推拒了好一会，说她太客气了，最后还是宁妈出马约的。

宁朦在微信上跟陶可林说了一声，让他晚上别来接自己了，晚上有饭局。

他很快就回复了。

男神（他自己拿宁朦的手机改的备注）：什么饭局？我可以送你过去，你没车不方便。

柠檬：行了，没事的，你别来回跑了，我是请陈阿姨吃饭，你晚上记得好好吃饭，有时间就画画稿子，别老赶在截稿那几天熬夜。

男神：嗯。

宁朦：明天也不用来接我了。

他没有回复，之后宁朦也忙得忘记了，到下班的时候就接到一个陌生的电话，说自己是代驾，正在公司门口等她。

宁朦：“什么代驾？”

“是陶先生约的我，让我过来接你。”

宁朦匆匆下了楼，一眼就看到自己的车停在大楼门口，车里坐着一个戴黑框眼镜的男人。他看到宁朦走过来，连忙下了车，笑着和她打了招呼：“宁小姐？”

“你好。”宁朦站在车外没有动。

对方会意，立刻说：“陶先生吩咐过了，如果您不需要我，我就把车钥匙给您。”

宁朦应了一声：“那麻烦您了，费用方面？”

“陶先生支付过了。”

宁朦上车后先给陶可林打了个电话，青年隔了一会才接起来，声音懒洋洋的，似乎又是午觉睡到了现在。

“干吗又给我叫代驾啊？”

“没有车不方便啊，你家那么远，又不让我送你。”语气听起来还有一丝抱怨。

她只好“噢”了一声。

“宁朦，我们在一起多久了？”

宁朦一愣，有些不好意思：“干吗啊，没几天呢。”

“是啊，没几天。”他苦兮兮地说，“然后就两地分居了。”

宁朦哈哈一笑："什么时候同居过？"

"哈，你这个渣女，睡过我还不承认了是吗？"

宁朦笑个不停。

她知道陶可林就是想逗她，实际上他心宽着呢，不然也不会那么早过去送礼，也不会找代驾送车来给她。

宁朦启动车子，手机放了扩音丢在副驾上，一边把车开出去一边问："对了陶可林，周末我想去烧香，你陪我去吗？"

"不去。"陶可林没好气地说，"我不信佛。"

"噢，那算了。"宁朦装作很失落，"那我只能自己去了，荒郊野岭的，也不知道路好不好走。"

陶可林觉着自己被她拿捏得死死的，一面暗骂自己软骨头，一面又连声答应了："行行行，我陪你去，给你当司机保镖，可以了吧。"

"真乖。"

这话听着就像是被人摸着脑袋玩耳朵似的，陶可林一阵惬意，最后说："行了，你忙去吧，晚上完事了给我电话。"

宁朦应了一声："你好好吃饭，别睡太久了，省得晚上又睡不着。"

"啰唆。"

随后宁妈打来电话，让宁朦直接到吃饭的地方，她和陈阿姨快到了。

宁朦直接开车去了饭店。

因为有长辈，她妈妈身体又不太好，所以她选了一家菜式清淡的餐厅，在路上提前点了菜。

宁妈和陈阿姨到的时候宁朦刚好叫服务员上菜，时间卡得刚刚好，陈阿姨对她又是一顿夸，说她办事稳妥。随后又话题一转，问道："朦朦啊，你那个小男朋友是什么时候交的呀，怎么都没有见过你往家里带？"

"没多久，刚在一起，不过我们认识蛮久了，他就住我隔壁。"宁朦虽然是在跟陈阿姨说，但也是在跟她妈说，"工作都有些忙，所以没来得及往家里带。"

"你这个男朋友非常好啊。"陈阿姨感慨说，"他那天晚上把我送到家，看到我们楼道感应灯坏了，还特意送我上楼，还当场把医药费打给我了。"

陈阿姨看起来有些不好意思："朦朦你别怪阿姨小人之心，一开始我还以为这孩子是那种靠面向赚钱的人，因为他开你的车嘛。后来他给我打钱，我才看到他手机微信里的余额，有多少你知道吗？有六位数！什么人才会在微信钱包放那么多钱啊？”

因为对面是多年的老友，所以陈阿姨才没有顾忌。

“如果真的是合适的对象，就早点定下来吧，你看你姐都快要生二胎了。”陈阿姨说，“现在要嫁个有钱人很难，你又要经济独立，还得有学历有内涵，最重要的是要会生，你还记得我们楼上的老李吗？她女儿就是嫁入豪门了。刚结婚那年，天天和老公开着奔驰回来看老李，一连生了两个女儿之后，就都是她自己回来了。”

她是在感慨宁朦找了个有钱人，宁妈却微微变了脸色。

宁朦连忙转移了话题。

一顿饭吃得还算和谐，三人一起回去，上了楼宁妈又邀陈阿姨进门吃水果，宁朦不得不端端正正地坐在沙发上陪她们聊天。这期间陶可林给她打了一个电话，她都小心翼翼地在宁妈的眼神下挂掉了。

好不容易等陈阿姨回去，宁朦才回房间给陶可林回了电话。他很快就接了，只问了一句：“方便下来吗？”

宁朦愣了一下，连忙跑到窗边掀开窗帘，果然看到楼下停着一辆车。陶可林就倚着车门站着，下巴磕在车顶上，百无聊赖地往上瞅。

宁朦一时说不清心底的滋味，原本天天在一起时没觉得什么，现在半天不见就觉得分外思念了。

宁妈敲了敲门，在门外叫她去洗澡。

陶可林在那边也听到了，显然有些失落，但还是识大体地说：“先去洗澡吧，别让你妈妈知道了。”

“那你呢？”宁朦问。

“我再站会儿就走。”

“那我去洗澡了。”

“去吧。”语气有些可怜巴巴的。

宁朦迅速洗了个澡，从浴室出来后又去窗边看了一眼，车还在。

她在房间坐立难安，一直到听到宁妈从浴室出来进了房间，才悄悄探了头出去。看到她妈房间的灯关了，又等了几分钟，轻手轻脚地出了门。

她下去的时候陶可林已经上车准备走了，抬眼看到穿着睡衣的女人下楼，他马上下了车，连车门都没关上就冲到女人面前一把抱住她。

宁朦看到一个黑影冲过来，先是吓了一跳，而后闻到男人身上好闻的水果香，立刻就稳定了心神，笑着回抱他："不是说回去了？"

陶可林没有说话，只是抱着她，把脑袋埋在她肩颈，闻着她身上清新的沐浴乳的味道，蹭着她柔软温暖的肌肤，这人这身体都令他心神向往。

宁朦拍拍他，小声说："到车上去。"

陶可林瞬间两眼放光，迅速搂着她走到车边，打开副驾驶的门把她推上去，又顺手一拨放倒靠背，整个人倾身在她上方。

宁朦慌了神，小区大门口，人来人往的，而且车门都没关，被人看到就完了。情急之下她曲起膝盖，然后不知道撞到了哪里，就听见陶可林立刻嘶了一声，手指抓紧了她，背都弓起来了。

宁朦又吓了一跳，连忙问："踢到哪了？没事吧？我不是故意的。"

她伸手过去想看看踢到哪里，又被他在中途握住。青年顺势调整了一下姿势，恨恨地说："踢到我……"

宁朦看他这表情倒是松了口气，又指控他："谁叫你这么突然的，踢坏了更好。"

"踢坏了谁来负责你的下半辈子？"

他故意在"下半"那里停顿了一下，宁朦被气笑了，又屈腿想再来一下，被他灵敏地按住膝盖往旁边一推。姿势立刻就变得很奇怪了。

他在上宁朦在下，两边的膝盖被按到旁边，宁朦脸红了。

陶可林又贱兮兮地笑："哟，这是想到什么了这么乐呵啊？"他揽着她的腰凑近了一点，"喜欢这个姿势？嗯？"

"你走开。"宁朦一阵恼火，"早知道就不下来了。"

陶可林立刻露出可怜兮兮的表情："再陪我待一会，我还有点疼呢。"

他近距离地凝视着宁朦，一副恨不得把她揣兜里装回家的模样，然后不知道想到了什么，忽然就傻笑了一下。宁朦也没忍住，跟着笑起来，伸手揉了揉他的头发，问他："你想干吗啊？"

"当然是想亲你了。"他倒是脸不红心不跳。

宁朦怔了一下，手也顿住了，觉得空气似乎甜得发腻了。这么一慌神的时候他就凑了过来，动作快得宁朦都没法看清他的面庞。她刚要闭眼，青年又在相隔一厘米的时候停顿了一下，像是在等她的反应。宁朦的手从他头上移到他的耳边，又往下搂住了他的脖子。像一个讯号，他这才轻轻勾了勾嘴角，吻上来。

这个吻让他们几乎忘了自己身处何地，空气越来越稀薄，两人体温越来越高，都没有打住的意思。不知道过了多久，宁朦大脑开始缺氧，被亲出了一身的汗，感觉这样下去有些不妙，便气喘吁吁地往后仰了仰身子。青年不舍得结束，先是下意识地侵近了一下，又忽然反应过来，稍微往后退了一点，离开了她的唇瓣，目光灼灼地看着她。

他的嘴唇都红肿了，宁朦觉得自己的应该也好不到哪里去。他的一只手还握着她的手，掌心也是潮湿一片。

“宁朦……”他伸手拨开沾了汗贴在她脸上的头发，无奈地笑道，“你赶紧回家吧，这样子太诱惑人了，我根本把持不住。”

宁朦还没反应过来，他又凑过来亲了亲她的嘴角，随后利落地起身，给她让出空间。

她扯了扯衣服，才发现睡衣不见了一颗扣子，也不知道掉到哪去了。她没有去管那颗扣子，勉强平复心跳整理好衣领，最后趁着青年不备，在他下巴上咬了一口，在他反应过来之前就转身上楼了。

陶可林靠着车门眯眼看着她走上楼，直到她的身影消失不见才转身回到车上。

车厢里都是她的味道，他把玩着手里的小扣子，眸色深了几许。

真是不想放人走，但是小不忍……就吃不到大肉。

宁朦几乎是神志不清地回了家。其实不单是陶可林要把持不住了，连她都有些情难自禁。真该死，他怎么也有这么性感的时候。

总觉得陈阿姨说的话不错，他真是一个靠皮相吃饭的人，简直把她迷得五迷三道。要是陶可林真的是骗钱的，到了这一步，她恐怕也会乖乖地双手奉上自己的所有。

她悄无声息地回了家，结果进门就看到她妈端坐在沙发上，瞬间魂都被吓没了一半。

“妈？你，你不是睡觉了吗？”吓得都结巴了。

宁妈瞥了她一眼：“你去干吗了？”

“丢垃圾啊。”

“今天没在家吃饭，哪里来的垃圾？”

宁朦顿了顿，憨笑一声：“妈——”

宁妈叹了口气，“从小你和你姐就不同。你姐她虽然看起来不懂事，看起来什么都不在意，但到头来总会选择最正确的。你却恰恰相反，看起来很聪明，但总是糊糊涂涂地做选择。从你考大学选了一个不怎么样的专业，到参加工作的时候推掉了国企的工作非要进杂志社，再到后来的姚琛……你要吃多少亏才长记性？”

宁朦笑了笑，许久才说：“哪有什么正确不正确的选择，又不是做卷子。生活最重要的难道不是让自己开心吗？我活到这个年纪，还从来没有后悔过做的这些选择。”

“那是因为你从来没有试过正确的选择，不知道正确的选择会带给你什么样的人生经历。如果当初你没有和姚琛在一起，说不定你现在都结婚了！你觉得你姐现在的日子不好吗？什么叫幸福？平平淡淡才是幸福，你不是也很喜欢你外甥么，如果……”

“别说什么如果也许了，也别再老拿姚琛说事了好吗？”宁朦是真的有些累了，忍不住提高了一点音量反驳，“谈恋爱到最后一拍两散的事情不是很正常吗？你为什么老要拿这件事来攻击我？”

宁妈微微睁大眼睛，有些愕然：“我攻击你？你这孩子，怎么好话歹话都听不懂呢？”

宁朦不想和妈妈吵架刺激她，于是尽量平复心绪，软声道：“行了妈，我心里有谱的，现在不是还没到着急的时候吗？我和姐姐性格完全不同，要我走她走过的路不是要了我的命吗？”

宁妈性子也软，不懂得和人争论，叹息半晌，最终还是什么都没说。

宁朦知道会有这样的情况，但即便做足了心理准备，也仍然会有些疲乏。她有些自欺欺人地想，要是一直这么谈着，没有家人干涉，没有外界干扰多好。

这么一想，还不如他真是骗人钱财的男人呢，好歹不会让她有期盼、有压力，让她这么养着他一辈子都愿意。

宁朦一下子又想到了奇怪的画面，忍不住捂着脸笑起来。

星期五晚上宁胧带着小孩回来，宁朦和她交接好，第二天一早就回去接陶可林了。

开门进去的时候陶可林还在美梦中，嘴角上扬着，不知道梦到了什么，倒是和她昨晚入睡前的状态一模一样。

宁朦有些不忍心弄醒他，便轻手轻脚地到厨房去给他煮面条，结果抽油烟机的声音还是把他吵醒了。

他出来的时候人还是蒙的，好半天才反应过来：“你回来了？”走到她身后一把抱住她，下巴搁在她肩窝里，亲昵地蹭了蹭，“唔，真的回来了。”

宁朦失笑，把煎好的鸡蛋端出来，又催促他去洗漱。

陶可林立刻就有些哀怨，松开手望着她：“这才几点？”

宁朦都想打他了：“你答应要陪我去烧香的啊，忘记了？”

陶可林先是露出一点茫然的神色，又在女人变脸之前笑了：“当然不会忘记，只是我不知道要这么早。”

他重新从背后圈住女人，哼唧道：“再陪我睡会啊。”

“不行，我要去老庙，很远的，你快点洗漱。”

陶可林没去烧过香，不知道这个老庙到底有多远，等到了路上才叫苦不迭。

“宁朦，你真的不是要把我带去卖掉吗？”

宁朦失笑：“对啊，你这种姿色，这种身板，肯定有很多富豪女人喜欢的。”

陶可林大惊失色，又把宁朦逗笑了：“别怕，我会给你找个好下家的。”

青年眯着眼睛：“那你要不要先试货？我怕你卖便宜了。”

“唉，还是算了，你要是试了恐怕就舍不得卖了。”

宁朦懒得理他，专心开车，高尔夫在凹凸不平的道路上行驶，磕得陶可林直想吐。

“早知道就开我的车来。”

宁朦腾出手摸摸他毛茸茸的脑袋，安抚道：“乖，他们家的斋饭很好吃。”

陶可林更想哭了：“我不要吃斋饭，我要吃肉要吃肉！”

“哈哈。”

“你确定你真的没有走错路吗？这都到了边界了，再开就出市啦。”

宁朦直接调大了车内音乐的音量。

两人到庙的时候已经十点多了。

陶可林整个人一副虚脱的模样，是被宁朦拖着进去的。

这是一座远离城区的老庙，庙貌古朴，台基高筑，屋檐低垂，颇具特色。庙宇为抬梁式木石结构，庙内由几根梭形石柱撑起，分前殿后堂。这边远离闹市，非初一十五人流很少，静寂得仿佛隔绝了人世。

庙内檀香环绕，隐约可闻念经诵佛的声音。即便是陶可林，都在跨入庙宇的瞬间安分了下来，乖乖地跟在她身后请香拜佛点灯。

宁朦站在大殿外，双手举香至头顶，虔诚地许愿。

一愿家人身体安康。

二愿自己工作顺利。

三愿与他如同梁上燕，岁岁常相见。

思来想去也不过是这三个愿望，她不求能成正果，唯愿这份感情到头来留下的是温暖和感动。

陶可林回头就看到她紧闭双眼、唇线紧抿的模样，那瞬间他希望自己即佛祖，能听到她许的愿，继而赴刀山下火海替她实现所有愿望。

许过愿请过灯，两人喝了斋茶，相依坐在系满红许愿带的大菩提树下乘凉。

他似乎很久没这么宁静过了，虽然多数时候是自己待着，但那种感觉和现在完全不一样。他舒服地靠在宁朦肩头，迷迷糊糊就睡着了。

醒过来宁朦已经不见了，陶可林揉着眉心站起来，先是四处看了看，又翻出手机，刚要拨电话就看到她从小道走过来，手里拿着两个瓷碗。

“这是什么？”陶可林接过她手上的碗看了一眼。

“斋饭啊。”宁朦说着将筷子递过去，本以为他会埋怨，结果对方却一声不吭地接过了筷子，捧着碗闷头吃了起来。

难得他不挑食不闹事，宁朦很满意，决定待会回去请他吃大餐。

两人吃过斋饭便往回走，到大门口时还未发现问题，等聊天的两人拿出车钥匙就愣住了。

宁朦的车被撬了！

不仅是被撬了，连四个轮胎都没能幸免，打开车门，里面没有一处是完好的。

宁朦气红了眼，张口大骂了五分钟，最后是陶可林拦住她，安抚道：“佛祖面前，别出言不逊，只当破财消灾了。”

宁朦去拿行车记录仪，但是那些强盗似乎是惯犯，撬了门，也砸了记录仪。

女人已经呈疯癫状态了，她手握成拳敲打车前盖，咬牙切齿道：“老子省吃俭用买的车啊！”

陶可林忍着笑，一边安抚她，一边给拖车公司和维修公司打了电话，又让她拍照给保险公司。

宁朦完全听不进去他在说什么，拼命在手机上搜索一阵，才看到很多网友在论坛说这庙附近有很多偷车贼，专门捡少人的时候下手，公安那边都报过几次案了，但是一直没抓到。

该死的！是她大意了。

拖车队先赶到，他们看了现场，表示这车没法拖。

接着维修公司来了，检查了车身，表示这车没法修。

宁朦差点和人家打起来。

最后保险公司到了，拍了几张照片做证据就走了。

陶可林打了很多通电话都没有出租车愿意过来，因为这边路不好走，又远，他加价后人家更加不愿意来，以为他是骗子。

最后他只能给他爸的司机打电话，让他来接。

司机到的时候已经是下午三点了。

宁朦还沉浸在她夭折的爱车上，走的时候都是一步三回头，上了车她才反应过来。

哪家的出租车会开奔驰来接人？宁朦一下子紧张起来，正襟危坐地目视前方，手指悄悄在手机上打字，递给陶可林看。

——这是？

陶可林很快就明白了她的意思，笑着解释："这是我爸的司机，朱哥。"

朱哥透过后视镜看了她一眼，笑着点点头算是打招呼。

宁朦也朝他笑了笑，想开口道谢，又觉得不太合适，最后只是说："朱哥，今天麻烦你了，我们的车坏了。"

"没事没事。"朱哥连忙摆手，和善地说，"小事一桩，别放在心上。"

"客气什么。"陶可林捏了捏宁朦的手，又转过头笑着对朱哥说，"朱哥，这是我女朋友，宁朦。"

"哎哟。"朱哥吃了一惊，"你都谈恋爱啦，小子真是长大了嘛。"

陶可林抿嘴一笑，他知道如果他不说，朱哥也会和他爸汇报行程，回头他爸又来问东问西，倒不如大方承认了。

接着朱哥一路上都在跟宁朦聊天，多数都在说陶可林小时候的糗事，偶尔会问几句她的情况。

宁朦心思粗，一直到到了家才反应过来，就这么一个小时，人家就把她的老底都摸清了。

事后陶可林笑她蠢，套话都听不出来。可是陶可林也清楚，朱哥那种人精，有时候陶可林都说不过他，何况是她呢。

他们被送到门口，朱哥走的时候还不住地让陶可林下次带宁朦出去和他喝茶。

回到家宁朦才缓过神，联系保险公司和维修公司谈了一晚上，最终确定她的爱车无力回天之后，眼泪就开始吧嗒吧嗒地往下落。

陶可林拉过她，好声好气地哄着："算了算了，破财消灾。"

"心痛2018。"

"哈哈。"

她其实更烦的是怎么上班的事情，车子一时半会是买不起了，她又要像刚开始参加工作时一样，每天挤地铁或者是公车上班吗？

天天打的她又觉得太奢侈，而且这一带也不好打车。

想想就想哭。

陶可林捏了捏她的脸："行了，再哭我亲你了啊。"

宁朦抽泣："你亲啊，干吗不亲！"

陶可林哭笑不得，最后还是把她压在沙发上这样那样地揉捏了一番，才放开她到厨房去弄吃的。

第二天早上宁朦被闹钟叫醒，眯着眼睛下床找衣服时不小心踢到柜角，登时疼得手机都摔到了地上。她捂着脚坐在床上，弯腰去捡手机，头还没抬起来，就被人整个扑倒在床上。

被吵醒的某人眼睛闭着，精准无误地在她脸上亲了一口，含糊道："起来这么早干吗，再睡会，昨天我让朱哥把我的车开回来了，等会我送你去上班。"

宁朦推了推他，没推动。这家伙虽然每天都乖乖去客房睡，但是早上总会"梦游过来"。

她没有回答，陶可林以为她答应了，便放松了戒备，又渐渐睡过去。宁朦捉起他漂亮的手放到嘴边亲了一下，又在青年呼吸渐沉之后悄悄起床，洗漱后轻手轻脚地出门搭车去上班了。

十点钟陶可林打电话过来，语气里有显而易见的不高兴："不是说了我送你的吗？"

宁朦失笑："你都没有睡醒。"

"那怎么不开车去？我不是把车钥匙放鞋柜上了吗？"

"我搭车也很方便的啦。"

他在那边挂了电话。

她一边笑他小孩子一样的脾气，一边也在检讨自己，明知道他会因为这个生气，为什么还要忤逆他。

下班她给陶可林打电话，问对方晚上想吃什么，他语气还是有些不好："我在你们公司楼下，下来，我们今晚在外面吃。"

宁朦噌噌噌地跑下去，在同事回头之前飞速地钻进了车子。

陶可林正在百无聊赖地玩着手机，听到她上车后头也没抬，丢下手机就启动车子。他不开口，宁朦也没作声，识趣地玩着手机没有招惹他，由着青年一路沉默地将车开至郊区的一间餐厅。车停好后宁朦还没来得及接下安全带，陶可林就侧过身按住她的手，不由分说地偏头吻了下来。

他停车的位置还算角落，也没什么人，于是宁朦乖乖地坐着让他亲，还抬起手圈住他的脖子，主动又热烈，最后陶可林败下阵来，狼狈地松开了她。

宁朦笑："还要亲吗？"

陶可林弹了一下她的脑门："巧言令色，我不吃这套。"

"那你体温升这么高干什么？"

"闭嘴。"

"噢。"

"开我的车，或者是我明天接送你，你选一个。"

宁朦谄媚地笑："是否还有其他选项？"

"有啊。"他也笑，眼睛弯弯的，"我给你买一辆，你想要什么车？"

宁朦的脸耷拉下去："人权呢？"

陶可林捏了捏她的脸："我知道你自立自强，经济独立，但是好女孩就应该乖乖让男人宠。"

宁朦几乎瞬间就被说服了，她真是越来越没有原则了呢。

陶可林看她的表情就知道自己又赢了一局，于是心情立刻变好，亲自替她解了安全带，绕到另一边去给她开车门。

但是宁朦却没有立即下车，她微微侧了侧身子，手肘支着座椅，好整以暇地望着他："话又说回来了，这车，我好像见过一次。"

陶可林莫名地嗅到一丝秋后算账的味道，整个人警惕了起来："有……吗？"他确定自己没有在她面前开过这车。别说在她面前，就是回国到现在，都没碰过这车几次。

"有啊，不仅是车，还有漂亮小姑娘。"宁朦挑眉，"我就是想知道，我在你后宫的排位是多少。"

陶可林微微一怔，而后不可遏制地笑了起来，直笑得浑身颤抖，又在宁朦一脸莫名之际伸出双手，将她完全困在座椅之间。

距离太近，宁朦看到他充满笑意的黑亮眼睛里透着一丝调侃和得意，立刻意识到自己又不小心亮出底牌了。

“你说陶冬冬吗？那是我堂妹，那天她过生日，就送了个包给她。”陶可林微微歪头，在她脸上啄了一下，笑个不停，“吃醋都吃得这么可爱啊，放心，你是正宫娘娘。”他把车钥匙递过去，“来，宝贝，拿好你的宝玺。”

她觉得自己有点蠢。

他笑完之后又凑过来想亲她，被宁朦冷着脸推开了：“摆驾，本宫饿了。”

“先亲一个嘛。”

“陶……唔……”

最后两人走出停车场时，门口的保安看他们的眼神都有些怪了。

陶可林带她来的这一间餐厅，和上一次她与莫绯宋清两人去吃的那间铁板烧齐名。

这里位置难订，东西贵，所以餐厅里的人不多，但格调远远高于那间铁板烧。

陶可林提前订了位，落座之后他随手翻了翻菜单，而后示意她先点。宁朦开始点餐时对这间餐厅的格调体会更深，因为这里最便宜的酒一千二起，甜品价位在三百元以上，其他主食大多五六百一份。

宁朦用菜单挡住脸，小声和陶可林说：“作为一个刚丢了车的人，我表示这菜我吃不起。”

陶可林笑弯了眼睛：“今天就是带你来看看你老公究竟有多有钱的啊。”

“真的是好不要脸，你是谁老公啊？”

“是你的啊。”

“呸。”

一旁一直受到暴击的服务员忍不住弯腰询问：“两位，可以点餐了吗？”又不是情人节，为什么要喂他吃狗粮啊！

宁朦不知道要吃什么，全凭他点菜。陶可林垂头点餐的过程中，她抿了一口柠檬水，视线不经意落到门口一抹身影后怔住。

一个西服笔挺的中年男人正迈步走进来，他身后跟着一位穿着职业套裙的女士。显然他们也是提前订了位置，一进门便被服务员领到窗边坐下，随后两人一边交谈一边点菜。

男人的位置恰好面对着他们这一桌，宁朦望着那张熟悉又陌生的脸失了神。

陶可林瞧见女人神色不对，立刻将菜单递还给服务员，低声说了一句“就这些”，然后歪着脑袋叫了她一声：“宁朦？”

见她没有回应，他顺着她的视线看去：“认识的？”

宁朦收回视线，摇了摇头，恰逢此时他们的前菜被端上来，陶可林便没有再多说，只着眼于餐桌，跟宁朦介绍菜色。

宁朦手握刀叉，放了一点食物在嘴里，眼神却不住地往那边飘。

他怎么会出现在这里？出差吗？那么多年没见了，他看起来依旧年轻，精神那么好，浑身上下都能看到成熹的影子。

陶可林小心翼翼地看着她，宁朦察觉到了，只好努力收回目光，低声说：“我们赶快吃完走人，好吗？”

他点点头，拿起餐巾擦了擦嘴角：“我去一下洗手间。”

宁朦刚想阻止，他就已经站起来离开了。这边人影一晃，引起了那边的人的注意，没有陶可林遮挡的宁朦，被恰好抬头的男人看在了眼里。

男人眼底闪过诧异，仔细辨认几秒，最终笑着朝她点了点头，回头向对面的女人说了几句，看起来像是要过来的样子。

宁朦移开视线，默默地吃着眼前的食物，却连呼吸都不稳了。

还好陶可林很快回来了，还没坐下，就看到女人拿起自己的东西低声说：“我们走吧。”

陶可林没有说什么，只是叫来服务员结账，又替她拿起外套和围巾，然而就这一会儿的工夫，那人已经走到他们面前。

“宁朦？真的是你，我还以为看错了。”来人笑着打招呼，表情温和，“好不容易见一面，为什么看见我了也不过来打个招呼？”

宁朦心里好笑，也有些苦涩，自然没有理会他。旁边的陶可林倒是友好地朝他点点头：“您好。”

男人冲他笑了笑，又望向宁朦：“我今天早上到了就给你打电话了，结果你的电话号码早就停用了，成熹那小子也不愿意告诉我。”

宁朦充耳不闻，抿着唇接过服务员拿回来的账单和卡，扯了扯陶可林：“我们走吧。”

男人从这细微的肢体动作看出了一些苗头，忍不住笑着问：“这是你男朋友？”

陶可林看了一眼宁朦，后者没有开口，他也就笑着没有作声，但却微微点了点头，眼神里满满的肯定。

“我看你们都没有吃多少，这就要走了吗？”男人终于发现宁朦并不想和他说话，便改变了策略，转过去问陶可林。

宁朦拉住要讲话的陶可林的手，重复道：“我们走吧。”

男人终于忍不住微微皱起眉头：“你这丫头，这么多年没有见爸爸了，就这副态度吗？”

陶可林的表情里没有一丝惊讶，反而打着圆场说：“叔叔，宁朦她今天不太舒服。”

男人笑了笑，一脸的不介意，看起来对陶可林很感兴趣，便笑着邀请道：“我们也刚刚点单，一起坐一坐吧。”

宁朦是想拒绝的，但显然陶可林与她不是一条战线的。他欣然点头：“希望没有打扰你们。”

男人立即笑呵呵地叫服务员换桌子。陶可林拉着她，却完全没有看她的神色，只谦和地与男人交谈。宁朦被迫和他们同一桌，几近痛苦地吃完这顿饭。

男人问起宁朦的工作和现状，陶可林一一回答了他，剩下的大半时间里他都在问陶可林的状况，问他的家世和工作，以及对未来的打算，俨然一副准岳父的模样。

而陶可林的回答接近满分，家庭无须多说，只告知对方自己父亲是谁，男人便了然，同时对他更满意了，更不提话题的末尾他还说了打算明年就成家的话。

宁朦对陶可林接近温顺的背叛感到愤怒。

回去的路上是陶可林开车，他还笑着和宁朦讨论她爸爸：“你和你爸爸真像。”

宁朦没有理他。

他转过头小心翼翼地看着她的神色，问：“你和你爸爸的关系不好？”

“我父母在我很小的时候就离婚了，我和他相处的时间并不多。”宁朦淡淡地说。不是关系不好，她其实对谁都没有敌意，只是对这种关系不适应，不适应自己的爸爸像个陌生人，说完又忍不住控诉，“你明明知道我不乐意，还要过去同桌。”

宁朦瞪了他一眼，他反而笑了，又趁着红灯捏了捏她的脸，坦言：“好歹也是岳父，我怎么着也要留个好印象吧？岳母对我这么不满意，我还不得在你爸爸这边拉点分？”

“我的事他没有权利过问，而且好几年都不会碰到他，你没有必要讨好他。”宁朦说完后便看着窗外，没有再看他。

陶可林知道她是真的心情不好，所以没有再作声，只是回家之后一直缠着她，直到她被烦得追着他打，最后又被他一把扛起丢到卧室去。

宁朦被青年精壮颀长的身子压着，难免有些面红耳赤，但他只是俯着身子看她，丝毫没有越轨的动作。

“陶可林。”

“嗯。”他的手滑上来，停在宁朦的脸上，来回摩挲了半天，又凑过来亲了亲她的下巴，“早点休息，明天记得开我的车去上班。”

“哦。”

他转身出去了。

宁朦很不解啊，第二天不得不上微信询问莫绯。

柠檬：男朋友对我没有性趣怎么办？

女王：肾不好吧？

显然是随意一回，果然三分钟之后女人反应过来，发了一连串的问号和一系列不可名状的表情包过来。

女王：你没有被盗号吧你这个万年老处女。

柠檬：不是，我说真的，我是不是不太吸引人啊，和姚先生在一起这么久他也没有碰过我呢。

女王：哟哟，寂寞了？

柠檬：滚滚滚。没和你开玩笑啊啊啊啊啊啊。

女王：真的准备献身了？

柠檬：嗯，也不是献身啦，明明是我比较占便宜好吗？

女王发来视频请求。

柠檬：我上班呢女王。

女王：那我语音给你，你有空听。

中午的时候宁朦没有休息，面红耳赤地听完了她那二十多条语音。

根本也没有什么用啊！摔！

虽然觉得没有用，但她还是听话地提前下班，去商场买了新的内衣和睡裙。

布料越少越贵，就这三件套就花了她一千二百块呢。

内衣是黑色蕾丝，三分之一杯，内裤堪堪遮住必须要遮住的，睡裙是真丝吊带，很羞耻，也很让人兴奋。

宁朦觉得自己太坏了。

她给陶可林打电话说今晚不想煮饭了，后者撒娇说中午就没吃饭。

宁朦也撒娇："不煮不煮不煮。"

然后还是他妥协："好吧，我去超市转转，你想吃什么？牛排？"

"随意啦！"想吃你，哈哈。

宁朦蹦跶着回家了，到家的时候陶可林刚刚从超市回来，围着她的小花围裙在厨房煮意面，宁朦本来不想吃东西的，但是闻到味道，看到他的身影，立刻就饿了。

她丢下包跑进厨房，整个人挂在青年身上："抓到一个水蜜桃。"

陶可林回头咬她："要不要试试鲜嫩多汁的水蜜桃？"

"要！"

陶可林于是把她按在冰箱上亲了好一会。

陶可林的厨艺一般，当然了，宁朦也没有抱多少期待，人家长得这么好看又这么会画画，还需要厨艺这项技能傍身吗？

牛肉和酱汁是买超市调好的，蘑菇和西蓝花焯水，他忘记放盐了，唯一值得表扬的是意面煮得软硬适宜。

宁朦吃完晚餐之后就去了浴室，还被陶可林一顿念叨刚吃完就洗澡不太好。

她洗完澡还喷了香水，然后靠着墙慢慢走出去。

青年坐在沙发上玩手机，头也没抬。

"陶可林。"

仍然没有抬头："啊？"

宁朦随手操起一个枕头就丢过去，被对方灵敏地接住，终于挪开视线抬起头，微微一怔，拿起身边的毯子递给她，体贴道："刚洗完澡穿这么少会着凉。"说完又低头继续玩手机了。

宁朦一点点裹紧浴巾和自己破碎的心，生无可恋地回了房间，哭唧唧地给莫绯发微信：他宁愿玩手机都不玩我，明天我要去退这破睡裙嘤嘤嘤。

对方毫不留情地一顿嘲笑后，又甩了一个链接过来。

大约过了两个多小时青年才进房间，似乎刚刚洗过澡，头发湿漉漉的，泥鳅一样灵活地钻进她的被窝。

“出去。”宁朦不耐烦地踢他。

“不嘛。”他一脸可怜样，“刚刚解放双手，现在还有些虚弱。”

宁朦没反应过来：“你干吗了？”

“你说呢？”陶可林掐她的腰，待女人挣扎到求饶才松手，“下次再撩拨我就不会放过你了。”

呃？呃？呃？她什么时候要他放过她了？

帅哥，你想干吗就干啊，姐姐求之不得！

宁朦转过身去，再过一会回头的时候他已经睡着了。

是真的睡着了。

宁朦：（生无可恋表情）我尽力了。

莫绯：我心疼你，我太心疼你了。

宁朦：这世界上还会有不吃到嘴边的肉的男人吗？

莫绯：姚琛不是？

宁朦：我可没勾引过他！

莫绯：算了，人家还小。

宁朦：我想到一个很严肃的问题啊，他是不是就是想玩玩我而已？

莫绯：想玩你的话，早就把你办得不要不要的了！

宁朦：哎呀你好黄暴。

莫绯：是你太寂寞。

宁朦：我才没有。

莫绯：少妇，玩心吗？

宁朦：滚滚滚。

莫绯：算啦，这种事顺其自然啦。

宁朦：我不！我不！

宁朦在手机上下单买了一系列情趣用品，寄到公司不好，寄到家又怕被陶可林看到，最后只是留了楼号，没有留房门号。

她还特意留言给卖家，让他们不要在快递单上标注商品名称。

然后快递在星期五的下午提前到了。

她下午开了个会，没有接到快递员的电话，等再回拨过去时，对方愉悦地告诉她："柠檬？我一看这号码就知道是你，你的快递我已经给你送上去啦，你男朋友帮你签收的。"

宁朦目瞪口呆，内心被几万头羊驼来回践踏着："您怎么送上去了？您怎么能送上去呢？我不是没写楼号吗？"

"哈哈，我给你送过几百个件了，还能不记得你住哪呀。好了我不和你说了，我要送别的件了。"

宁朦挂了电话，捂住脸，沉思了一分钟，深深叹气。

陶可林当时正在午休，被门铃吵醒后迷迷糊糊地去开门，快递员站在门口，笑着问他："柠檬在家吗？有她的快递。"

陶可林："呃？她上班去了，我帮她签收吧。"

"成。"快递员将那一箱东西递过去，笑着问，"我以前怎么没见过你呢？你是柠檬的弟弟？"

陶可林笑笑，认真地更正道："我是她男朋友。"

他在快递单上签了自己的名字，抱着箱子往屋里走。

这么大个箱子，却并不是很重。

陶可林低头仔细看了一眼，差点没笑岔气。

箱子的封口胶和快递单上的卖家名称都印着"甜蜜情趣店"的字样，备注还是欲盖弥彰的一句话：请不要在单子上标注商品名称，谢谢哟。

他弯着嘴角将箱子丢在角落，尽量不去看它，然后又自觉地出去买菜了。

但是女朋友天天想着这些不正经的事，哪里还有心思做饭？

宁朦空手回家，甚至来不及表彰一下在厨房忙碌的陶可林，就匆匆忙忙地抱着沙发旁边的箱子进屋了。

一开始看到箱子完好无损的时候还松了一口气，结果看到胶带后整个人都不好了。

这绝对要差评啊！

她检查完商品的质量之后才出门，给她盛饭的陶可林脸上看不出任何异样，两人相（心）安（怀）无（鬼）事（胎）地吃完了一顿饭，还配合着洗了碗。

陶可林每天最享受的时刻就是此时。

两人吃过饭，一起窝在沙发里，电视开着，宁朦刷微博，他玩游戏，吃点水果。

可是今天宁朦洗完碗就出去收衣服洗澡了，出来后还催他去洗。

他很不满："可是现在才八点半，谁这么早洗澡啊。"

"去不去？"宁朦居高临下地问。

这个姿势……莫名让他脑补了一个场景，稍微有些把持不住。唔，不知道那个箱子里有没有小皮鞭呢。

陶可林面不改色，撇着嘴不情不愿地去了浴室。

宁朦看不到的是，一进浴室的青年，嘴角就上扬了，眼睛眯成一道月牙。

也不知道究竟是谁在逗谁。

陶可林一洗完澡出来，就被女人拉进了房间。他一脸茫然，直接被推倒在床上，接着，手腕便被抬至头顶。

女人头颅高昂着，模样不是一般的撩拨人。

青年眨眨眼："嗯？"

纯洁得宁朦都有些不好意思下手了。

"干吗啊？"

陶可林忍住笑意，眨巴着眼睛无辜又羞涩地说："宁朦，不行……"

"干吗不行！"宁朦凶巴巴地说，"你不行？"

"不是，我还没做好准备。"

嗯嗯嗯？这台词应该是她的吧？

宁朦不管三七二十一，直接就开始脱，脱掉衣服她就开始脸红了。

这小子，身材真的好好啊。

陶可林挣扎着，身子弓起来，双眼水雾雾的，格外诱人："宁朦，别闹了。"

宁朦低头去吻他。他心中警铃大作，这要是亲上了他肯定就控制不住自己了，连忙偏头躲开："宁朦！"

挣扎的动作有些大，差点把宁朦给掀开了，她以为他真的生气了，吓了一跳，下意识地就撤下来了。

女人跪坐在他身边，模样有些沮丧，也有些愤怒。

陶可林凑过去亲了亲她的脸颊，笑着说："宝贝儿，生气啦？"

宁朦不想说话。

"我觉得两个人之间的关系应该循序渐进，太早了，显得很不尊重你啊。"他柔声又违心地哄着，"别生气嘛。"

哄到了十点多钟女人还是没有理会他，最后他只能讪讪地回房睡觉去了。

第二天宁朦还在和莫绯讨论，是套路有错，还是青年太害羞。

结果就收到陶可林发来的微信。

男朋友：就是喜欢看你想睡我又睡不到的样子。

宁朦愣了一下，马上反应过来自己被逗了，登时哭笑不得。

宁朦：！！！

宁朦：你给我等着！姐姐现在就回去！

男朋友：你不要这样，我好怕好怕的。

宁朦咬牙，恨不得请假跑回去。

但是到了下午，陶可林又发来一条微信。

男朋友：刚刚出门买菜，回来的时候看到你妈了。

宁朦：什么？

男朋友：你妈过来了，说家里天花板漏水，要补，所以过来住几天。

宁朦：少来，谁来都没用。

男朋友：我会骗你吗？

宁朦这才有些慌了，连忙打电话过去："那箱东西？"

"早上我就扔了。"

宁朦松了一口气，又有些怨怼："花了我几百块呢。"

"那种三无产品你也敢用啊。"

"哦。"

其实论起失落，陶可林更甚。

他棋走到这一着，火被撩起来了，也满足了逗弄女人的变态心理，这下却只能眼巴巴地看着了。

宁妈对他不满意，他一早就知道，所以她过来的这几天，他要格外小心了。

只是这家里这么多男人生活过的痕迹，宁妈会看不出来？

晚上宁朦回到家，果然看到了母上在厨房忙碌着。

宁朦强作镇定地跟她打了招呼，放下包之后问："这么突然过来了？"

宁妈斜眼看她："过来看自己女儿还要提前打招呼？"

宁朦笑了笑："也不是啦，但是我现在谈恋爱了啊。"

"恋爱可以谈，但是过早同居不是好事。"

宁朦瞄了一眼屋子，原来没有发现，这个家里居然有那么多陶可林的痕迹。

他的衣服和她的交错晾在阳台，茶几和餐桌上的用具都是双份，玄关的鞋柜里也有他的好几双鞋子。宁朦抿唇："没到那一步，他是睡客房的，只是为了赶稿方便而已。”

宁妈又絮絮叨叨说了许多，含蓄地指出孤男寡女共处一室不好，万一擦枪走火怎么办，传出去多难听。

谁知道宁朦心中的苦呢，她倒是想擦枪走火啊。

宁朦洗完澡出来后发现宁妈在帮她收拾客厅，当看到她一边拖地一边随手整理茶几上陶可林的稿纸时，急忙过去抢救他那几块钱一张的稿纸：“妈你别弄了，我自己会整理。”

“行行行，东西碰一下都不行了。”宁妈说，“这么宝贝，是你那个邻居的东西？”

“是我男朋友的东西。”宁朦笑着纠正，然后将桌上陶可林的东西都归置好。

宁妈看她这副小心翼翼的模样，微微叹了口气。

其实较之她遇不到合适的对象和晚婚，做妈妈的更担心女儿陷入没有希望的爱恋中。前者只是时间的问题，后者劳神伤骨啊。

宁妈一向早睡，今天又因为了解女儿的心思，所以早早就洗了澡回房了。

几乎是宁妈一进卧室宁朦就从冰箱中取出食物，猫着身子到隔壁去了。

陶可林正坐在餐桌面前百无聊赖地玩着平板里的游戏。看到女人进来，先是将女人压在餐桌上亲了好一会，才接过食物自己到厨房去处理。

宁朦把她妈煮的汤热了一下，呈到餐桌上，恭恭敬敬地说：“陛下，可以用膳了。”

“来。”他关了火，笑眯眯地拉过宁朦的手，拉开旁边的椅子说，“陪寡人一同用膳吧。”

宁朦虽然吃过了，但又不舍得拂了他的意，便盛了碗汤在他旁边陪他吃。他见状很满意，偏过头喝自己碗里的大骨汤。宁朦喝了两口就放下碗了，托着脑袋在旁边看他，忍不住伸手拨弄他的头发，又抓又揉。青年很配合地靠过来，柔顺得像一只舒服的小猫咪在讨好主人。

宁朦在他家待了四十多分钟就回去了，结果进了房间才发现她妈正在客厅等她。

宁朦有些心虚：“妈，你怎么还没睡？”每次都来这出会吓死人的好不好。

宁妈斜眼看她：“你没回来我怎么睡得着？”

宁朦讨好地冲她一笑：“工作需要。”

她妈没有拆穿她，只是说：“明天我要去见一个老朋友，曲阿姨，你还记得吧？他们一家回来了，你陪我去一趟。”

宁朦有些惊讶：“曲阿姨，她回来了？当初不是去美国定居了吗？”

曲阿姨是宁妈的老友，两人相识的年份比宁朦的岁数还大，当年宁妈离婚，带着两个女儿独自生活，此间承了许多她的恩情。只是后来两姐妹都读出书来之后，曲阿姨一家就出国了。

宁妈点头，神色微哀：“去年你曲阿姨查出患有癌症，治疗了半年还是无力回天，她和她丈夫都想回归故里，所以她儿子就和他们一起回来了。”

“啊，我去年圣诞节给她打电话的时候她都还好好的呀，你怎么没早告诉我？”

“她也瞒着我了。”

“曲阿姨那么善良的一个人，我都没来得及报答她。”宁朦也有些伤感，“那我们明天一早就去吧，你也不早说，我们今天就应该去买一些东西的，那么久不见了。”

“没关系，我们约的是晚上，明天白天我再和你去买。”

“对了，要不要叫上姐？”

“我和她说了，但是她明天没有空，让我和你先去，她过几天再过去。其实这一次主要是你曲阿姨想见一见你。”

“哦哦，好。”宁朦忙不迭地应了。

宁朦给陶可林发了信息，说自己第二天有事要出门，车钥匙放在鞋柜，要是他明天出门就自己过来拿。

男朋友：和你妈妈出去？开车啊，我又不出门。

宁朦：不用了，省得我妈又问东问西的。

男朋友：问又怎么了，你就说开男朋友的车有问题？

宁朦不想和他纠缠这个问题，说了一声要睡觉了就打算关机，结果对方又打电话过来。

宁朦接起，低声道：“干吗呀，我要睡觉了。”

“开车去。”他不容置疑道，“你这女人怎么这么不乖？”

“好好好，我开，OK？”

陶可林自然听出了口气里的敷衍：“要是真的不想开我的车，我明天就去给你买一辆和你原来的一模一样的车给你，这样你妈妈应该就不会说什么了吧？”

宁朦真的是服了他了：“我知道了知道了，会开你的车去的，放心，睡觉吧啊。”

第二天，宁朦还是乖乖开了他的车出门，宁妈倒是一句话没有问。

两人买了东西，提前去了订下的酒店，结果曲阿姨一家到得比她们还早。

曲阿姨看起来气色还不错，但是瘦弱了许多。宁朦有些心疼，抱了抱她，和宁妈一起坐下。

曲阿姨看到宁朦很高兴，絮絮叨叨说了很多话，问了很多问题，然后才在宁妈的眼神示意下，想起介绍旁边的男人：“朦朦，这是曲锋，我儿子，小时候你们见过的。”

宁朦连忙起身，和那个没有什么印象的男人握手，对方回以一个温和的笑容。

她心里突然咯噔了一下。

一顿饭倒是吃得很温馨，其间都是宁妈和曲阿姨在聊往事，说到后面两人都有些热泪盈眶。宁妈还喝了一些红酒，走的时候步伐都有些不稳了。

曲锋坚持要送他们，宁朦说了两遍自己开车来了，不需要送，最后被她妈暗地掐了一把，她就没敢作声了。

到了家门口，宁妈借着醉意邀人上楼坐一坐，许是察觉到宁朦的抗拒，对方很绅士地婉拒了。母女二人在门口目送着对方将车开走，宁朦立即发火。

“你到底什么意思！”

宁妈死扛着：“什么什么意思？”

宁朦还要说话，电梯门却在此时叮的一声打开了，陶可林站在里面，要出来的时候看到她们，立即就笑了：“阿姨，你们回来了？”

两母女不得不一一咽下戾气，宁朦看了他一眼，眼底满是委屈。

陶可林虽然不明就里，但接到这个眼神，心都化了。

“小陶啊，这么晚还要去哪呢？”宁妈笑着问。

“没什么，想下楼走走，你们是在外面吃过了吗？”

“吃过了，你呢？”

“还没呢。”

“唉你们这些年轻人就是不知道照顾自己，一日三餐都没个着落，这样对身体多不好。”

陶可林摸摸鼻子，侧开身子让她们进来，又随手按下楼层，等电梯到了之后又跟着她们出去，最后被宁朦一个眼神拦下。

他递过去一个询问的眼神，结果女人正好低头开锁，那眼神在中途被宁妈截下，陶可林马上换上笑脸：“那阿姨我先下去了，您好好休息。”

宁妈也笑：“好好，你也早点回来，记得吃饭。”

宁妈一进屋就开始嚷嚷着头晕，要去睡觉，宁朦拉着她不让她走：“你装什么，刚刚不是还健步如飞吗？”

宁妈抿着唇没有作声了。

宁朦看她这样子，一时也心软了下来，不敢再大声，只是好声好气地问：“今晚到底是什么情况？你那葫芦里到底卖的是什么药？”

“你不是瞧出来了吗，还问我？”

宁朦也是被她这副理直气壮的样子气笑了：“妈，要我和你说多少遍？我是有男朋友了，你为什么非要这样？你这是把我当商品在推销呢？”

“我知道你有男朋友，如果可以，妈妈也不想担心，你要是像你姐一样正儿八经找个门当户对的对象，安安稳稳地谈恋爱结婚，妈保证，绝对不会多说半句。”

宁朦哽住了。

“你说你有男朋友，你说你在谈恋爱，那根本就是和小朋友在过家家，他知道什么，他能负什么责？他敢娶你吗？男人三十再结婚都还抢手，你呢？人家还能玩十几年，你呢？”

“你不能一棍子打死一拨人啊。”宁朦幽幽地说，“就算是找个岁数合适的，门当户对的，也有可能会碰上人渣啊，这种事谁能说得准呢？”

“别人我管不了，但是曲锋那孩子肯定不是你说的那部分人，我是看着他长大的，对他也算是知根知底。他爸妈人都那么好，教出来的孩子也差不到哪里去。何况人家还是海归，才刚回来就买了房子和车。”

“妈！”

宁妈顿了顿，然后放软了语气，继续劝道：“这一次也真的不是我要多事，你曲阿姨的情况你也看到了，她日子不长了，这次回来主要还是希望能看到曲锋成家。你曲阿姨一直都很喜欢你，我们也没有要逼你们，但是至少能多相处一下，当是成全你曲阿姨的一个心愿。你不是也说想报答你曲阿姨的吗？”

宁朦不免觉得好笑：“妈，这就叫道德绑架了，何况这都什么年代了，还来这种戏码。别的不说，我和曲锋多少年没见过了，你怎么就知道我们一定合适呢？你这样不是让我们年轻人为难吗？我能理解曲阿姨，但是这样真的对两个人都不负责啊。”

宁妈又开始耍赖了："我们现在又没逼你们结婚，只是让你们多接触，怎么你吃个饭就不愿意了？"

宁朦气得不行，不想再搭理她，转身回房了。

宁朦和她妈妈说不通，她妈也压根不想和她沟通。于是第二天晚上她没有回家，和陶可林在外面吃过东西之后就跟他商量着不想回家，要悄悄去他家住。

陶可林自然是欣喜的，但是上了车后又回过神来："不行，你还是要回家。"

宁朦蹙眉："干吗，你在家藏了女人？"

"胡说八道。"陶可林失笑，伸手捏了捏她的下巴，"你妈妈比你聪明，你那点小九九她还不清楚吗？你不回去她也会找借口来我这边查看的。"

说起来也是她的行事风格。

"那你假装不在家，不给她开门不就好了？"宁朦献策，"她总不能闯进来。"

"回头误会我和你去开房了就更糟了。"陶可林笑着说，他可不要因小失大，"怎么不想回家呢？和你妈妈闹别扭了？"

他昨晚在电梯里就觉得有些怪，但是一直没敢问她。

宁朦叹气，但并不想多说。陶可林只好不问了，耐心地规劝："两母女还能有什么矛盾，说清楚就好了，我送你回去。"

宁朦望着他，心里骂他傻子。还能有什么矛盾，还不是你吗。

"不行，我今晚真的不想回去。"然后巴巴地望着他，"我就想和你待一块儿。"

陶可林瞬间妥协："好好好，不回去就不回去，但我那是肯定不能去的。要不送你去莫绯那里？你和你妈说一声，是不是比较好？"

宁朦眼睛一亮："哎哟真是个小聪明。"

不仅聪明，还毫无怨言，宁朦立刻赏了他一个吻。

她给宁妈发了信息，说莫绯找她有事，直接去了莫绯家。

陶可林停好车把她亲了一顿，亲完又恋恋不舍地要送她进去，结果刚下车就在门口碰到了来找宋清的颜书尧。

三人笑着打了招呼，颜书尧还和他聊了一会他的车，两人看起来还蛮融洽的，但是待颜书尧一离开陶可林的脸色就变了，愤愤不平地说："不能去别的地方住？这隔壁就是豺狼虎豹，我能放心吗？"

宁朦忍笑："我妈晚上会查岗，只有在这边她会放心。"

“你还是回家吧，求你了。”陶可林又劝，“你妈妈看起来那么温柔，不会为难你的，相信我。”

“这事你别管，你也管不了。”宁朦勾着他的脖子在他脸上飞快地亲了一口，“行了你回去吧。”

陶可林自然不甘心，揽着她的腰不愿放手，但转念一想，刚刚两人在车里腻歪的时候，颜书尧没准看到了，于是一阵惬意，大度地松开她：“我明天来接你上班。”

宁朦笑了，柔声说：“不用了，来回跑多麻烦。”

“不麻烦，我有朋友也住这边，我晚上到他那去凑合一晚。”

门上的声控系统突然接通了，莫绯带笑的声音传来：“凑合什么呀，这么舍不得，今晚干脆就住我家好了，房间随你挑。”

宁朦都不知道这玩意什么时候接通的，她拉开陶可林。门打开了，莫绯站在里面，一脸调侃地望着他们：“在人家门口腻腻歪歪，真是要羡慕死我了。”

宁朦：“见笑了。”

陶可林微微一笑，和莫绯打过招呼后低头对宁朦说：“算了，我还是回家吧，省得阿姨看不到我怀疑。”待女人点头过后又揉了揉她的脑袋，柔情满满，“那我就先走了，晚上早点睡觉，乖一点。”

莫绯自然知道他的意思，笑道：“放心，我会帮你看着的，在我这你还怕她被拐走了不成？”

陶可林笑着和她道了一声谢，看了宁朦一眼之后就走了。

进门后莫绯快笑疯了：“哇，‘乖一点’，哎哟喂我的鸡皮疙瘩。”

宁朦懒得搭理她，直接上楼了。

晚上十点钟，宁妈发视频过来，一个人坐在客厅，看起来有些可怜。

“宁朦，你不回来怎么也不提前和妈妈说一声啊，妈妈还给你留了饭菜。”

宁朦心里突然生出一丝不忍，这么多年，她从来没有忤逆过她妈妈，她妈妈也确实没有逼过她什么。

“莫绯这边有点事，我今晚就住她家了，你别等我了。”

“哦。”宁妈点头，“好的。”

沉默了一会，宁朦刚要开口道晚安，宁妈又在那边说：“宁朦，我明天就回家，你别在外边躲着我了。”

宁朦不由一阵心酸：“我没有躲你啊，真的是莫绯有事。”

宁妈笑了："你是我生的，我能不了解你那点心思？"

她说不出话来。

"行了，妈以后真的不说你了，你明天就回家吧，这多不像样子啊。"

"嗯。"

似乎所有母女的对抗中，最后胜利的都会是女儿。但年龄越大，越无法从这胜利中品尝到滋味。有时候母亲的让步，还是很让人心疼的。

第二天宁朦下班就回家了，她在楼下的超市买了一些水果和蔬菜，进电梯前给陶可林打了电话，后者说正在她家画画，听说她在楼下了，兴奋得不知道说什么好。

她电话还未挂断，出了电梯就看到了陶可林。他似乎刚刚洗过澡，头发还湿漉漉的，靠在门沿上歪头看她，一双眸子乌漆黑亮，像一只等候主人已久的大金毛。

宁朦将手里的袋子递给他，对方没有接，反而伸手揽住她的腰将她带进屋里，翻身压在门背上。

"先让我吃点东西好不好？"女人笑着说，"我要饿死了。"

"我也饿了，先让我吃。"陶可林嘟囔着，低头吻下来。

宁朦手里拿着东西，推也推不开他，只能由着他亲了半天。

吃拌面的时候陶可林穿着睡衣坐在地上用她的浴巾在擦头，她这才发现他换了发色。

他原来的头发偏栗色，眼下换回了原始的黑色，有种说不出来的感觉，似乎多了几分成熟的味道，但也更帅，更端正，还有点说不出的陌生。

"头发怎么了？"宁朦问了一声。

"啊？"陶可林盯着电视，漫不经心地回答，"不好看吗？"

"好看，为什么要换？"

"怕你妈妈不喜欢啊。"

宁朦一顿，觉得自己失言了。陶可林却转过头来笑了一下："开玩笑，只是过几天要参加一个活动，不得不打理打理。"

"什么活动？"

电视上出现了惊心动魄的一幕，登时吸引了他的视线，他转过头之后就没有再回答了。

宁朦吃完就去洗澡了，出来时发现他还坐在沙发上，电视机开着，他却紧盯着手里的手机。

她走过去才发现他拿的是她的手机。

“陶可林？”宁朦从出神的陶可林手中抽出手机，看见屏幕是亮的，有点不好意思，“你干吗看我手机？”

陶可林看着她，眼底的神色意味不明，过了好半天才说：“没看什么。我的手机没电了，想用你的打个电话而已，你不用紧张。”

宁朦瞄了一眼手机，自己也有些莫名。她的手机里确实没有什么，便随手把它丢在沙发上，抓了抓头发掩饰说：“我才没有紧张。”

“不紧张吗？”他突然又笑了一下，歪头反问，“难道就不怕我发现你用我的照片做壁纸？”

宁朦一下子就脸红了，奇怪，明明两个人都是情侣了，被发现这些事她还是会害羞。

她的屏保和壁纸都是他，一张是当初她去日本他来机场接她时她抓拍的，还有一张是他在她家客厅沙发上画画的，不知道是什么时候拍的。

也不知道她是什么时候设置的。

仿佛是一个信号，陶可林疯了一样，当天晚上就把他的微博头像换成了两个人的合照，还发了一条微博昭告天下：昨天，今天，和明天，都很喜欢你，以后的每一天，都会很喜欢你。@一颗柠檬。

他的粉丝也疯了。

宁朦也快疯了；“完了完了，她们又组队来骂我了。”

陶可林根本不管，他知道这点黑粉她不当一回事，只是可怜巴巴地看着她：“你不回应吗？你什么时候回应啊？你这样我很尴尬欸，好像我单恋一样。”

宁朦不得不去转发了这条微博，而且是很不走心地系统转发，自带四个字：转发微博。

陶可林不高兴了一晚上。

星期六早上她在家睡懒觉，结果被门铃吵醒，宁朦裹着毯子爬起来，很不情愿地去开门。看到 Ada 站在外面，手里提着早餐，笑眯眯地和她打招呼：“早啊宝贝。”

“你怎么来了？”宁朦眯着眼睛懒洋洋地问。

“我朋友临时有事不能去啦，一个人去怪傻的，反正你也没事，就陪我去嘛。”

宁朦才想起来今天在中央广场有一个漫展，公司是合作方。

她笑了："难怪昨天问我是不是孤身寡人呢。"

Ada 嘿嘿一笑。

宁朦闲着也是闲着，便打算跟她走一趟，拍点照片发微博。最近事情太多，她发微博的频率低了很多，微博活跃度直线下降。

她眯着眼睛去厕所换了衣服出来，Ada 看了一眼，直接否决了："这件不行。"

"嗯？什么不行？"宁朦回头看了一眼镜子，白衬衣加宝石蓝毛衣，水洗牛仔裤，没有问题。

她还未反应过来，那边 Ada 已经走进了她房间，在衣柜里翻了一通，同时吐槽："我们是去看漫展，不是去看 T 台秀的，穿得这么知性成熟干吗？"

宁朦笑了："你的控制欲与日俱增哪。"

对方没有搭理她，费了一番力气才从衣橱角落找出一套棒球服丢给她，说："穿这个。"

宁朦二话不说就换上了，反正她自己的衣服她都是喜欢的。

衣服很休闲，似乎已经是大学时候的衣服了。

她现在清瘦了许多，因此衣服显得有些空荡。宁朦火速化了一个小清新的妆容，扎了个马尾辫，扣上一顶帽子就和她出门了。

一路堵车，抵达的时候已经迟了。Ada 最想看的演出已经结束了，她一脸生无可恋的表情，一路咒骂放她鸽子的人。

宁朦不敢多话，乖乖跟着她到处转，先是陪她排队要了几个漫画家的签名，扫荡各种周边，然后又被她拉着跑到各种 cosplay 当中合影。

宁朦算是大开眼界。

她读书的时候也去过漫展，那时候的漫展远没有现在丰富，cosplay 的服装道具也没有现在逼真，走了一圈之后，她这个美妆博主都不得不惊叹这些孩子的化妆技术。

好不容易 Ada 中场休息了，宁朦连忙拉着她去洗手间。

出来的时候看到从男厕所走出一个小"柯南"，戴着和柯南一模一样的黑框眼镜，颤巍巍地伸出小手到水下清洗，擦干手之后还不忘记对着镜子扶正脖子上的红色领结。

宁朦快被萌死了，Ada 也瞬间原地炸裂，掏出手机疯狂拍照。小家伙有些羞涩，朝她们腼腆地笑了笑。

几乎是同时，男厕所又出来一位身形修长的人，宁朦看了一眼又是一乐，这人不是“新一”嘛。不仅服装发型与新一一样，连神情都有七分相似。他和小柯南似乎认识，自己洗过手后还帮小柯南整理了一下头发。

宁朦忍不住端起相机抓拍了一张。

新一被快门声吸引力注意力，抬头看了一眼镜子，碰巧与镜中的宁朦四目相对，宁朦冲他笑了笑：“可以照相吗？”

新一愣了一下，神情变了变，牵起柯南的手匆匆走了。

宁朦望着二人离去的背影，有些莫名其妙。

新一穿梭在人流中，最后迅速走到一个角落，扯住红衣白发的青年：“林，我刚刚好像看到嫂子了。”

青年回头，微微一怔：“什么？”

“就是你手机屏幕上的那个人，我刚刚看到她了。”

小柯南也在旁边嚷嚷：“小姐姐好漂亮好漂亮。”

青年立刻慌了：“糟了，我都忘了她们公司是合作方！不行了我要先撤了，你先顶着！”

旁边在和人拍照的女生闻言回头，拉了他一把，笑着问：“撤什么？怎么了？”

宁朦随着追来要拍照的 Ada 一起过来，一眼就看到了那抹引人注目的红色身影。

她还没站稳，心头就腾升起一股异样的感觉。这时，青年转过头，虽然脸上化了妆，但她还是一眼就认出来了。

陶可林 cos 的是犬夜叉，无论是扮相还是气质，都秒杀一众 coser。而他旁边背着弓箭的戈薇，正挽着他的胳膊，亲切地说着话。

神还原了漫画中的场景，引得大波群众聚集过来拍照。

青年脸上有些不耐烦，似乎有事要走，最后从戈薇手里抽出自己胳膊的时候，抬眼就看到了宁朦。

他瞳孔都放大了，居然转身就跑。

宁朦觉得好笑，马上追着陶可林跑过去。

好在她今天穿得休闲，脚上也是休闲鞋。陶可林倒是穿得实实在在的，脚上也是一双木屐，宁朦便放宽了心，老鹰捉小鸡般不紧不慢地追着他跑。

他一溜烟地跑进了商场，从安全出口拐进了楼梯间。宁朦缓了一口气才跟上去，推开门就看到他气喘吁吁地扶着扶手准备脱鞋。她暗笑，一个箭步冲上去，抓住他脱鞋的手折到他后背，一手死抱住他的腰。

“小样儿，还跑？”宁朦得意扬扬地说。

“你认错人了吧。”他压低了嗓子小心翼翼地说。

“没有认错人啊，你和我男朋友长得很像，不如就从了我吧。”

他没有作声，站直身子，轻易摆脱了她的束缚。

宁朦简直要乐死了，于是先声夺人，调笑道：“刚刚为什么要跑？是不是一直在这勾搭妹子呢？那戈薇是谁？我看长得很漂亮啊，和你配一脸呢，是不是我坏了你的事了？”

“是啊。”他笑了一声，斜眼看她，“就兴你‘转发微博’，不许我撩妹子了？”

“我的妈呀，还在介意这个事啊？”

“哼。”

青年装作不高兴的样子，转身要走，结果衣袖被女人拉着，差点把袖子都扯下来。

“你松手。”

宁朦有些委屈了，巴巴地瞅着他：“那我去编辑微博，修改掉。”

“也有记录。”

“那我重新转。”

“我都已经被粉丝和营销号嘲笑一圈了。”

她那条转发微博被营销号转了一圈，直接导致陶可林被全网嘲笑。

宁朦很想笑，又不得不装作可怜巴巴的样子。陶可林最受不了她的这个眼神，连忙撇开眼：“不生气了，你先松手，这衣服我很喜欢，怕被你扯坏了。”

宁朦只好松了手：“你什么时候结束？我们等会一起吃饭吧，我把你介绍给我同事认识。”

“现在就可以啊。”听到她要把他介绍给同事，陶可林心情瞬间就明媚了起来，“我去换衣服。”

“不用换，这样就挺好看的。”

陶可林忍不住敲了敲她的脑袋，转身欲走，却又被宁朦拉住：“真的挺好看的。”她说，“我想要犬夜叉亲亲我。”

陶可林呼吸一窒，二话不说把她拉进角落里，捧着脸亲了十几分钟。

再出去的时候 Ada 都要生气了：“哇，亲也能亲那么久。”

“胡说什么？”宁朦脸红了。

“胡说什么？我也不知道我在胡说什么啊，为什么犬夜叉嘴角有口红印啊？”

陶可林面不改色地冲她笑笑：“Ada你好，我是陶可林，宁朦的男朋友。”

“久仰久仰，转发微博。”

陶可林笑容瞬间凝固。

宁朦撇过脸笑。

“等我一会，我去换个衣服。”

“OK。”

晚餐是陶可林选的地方，吃的是火锅。去之前Ada还有点拘谨，上菜之后就打开了话匣子，一直在逗陶可林。

“男神男神，我听说好多杂志社跟你约稿都约不到，你答应了宁朦，是因为她的美貌吗？”

陶可林扑哧一声笑出来。

宁朦正瞪着他。

陶可林又在宁朦威胁的目光下一本正经地认同：“是的。”然后又说，“你记得她的那个宿醉妆吗？”

Ada：“记得啊，不过我一直觉得那不叫宿醉，叫车祸，那天早上她来上班的时候，我真以为她是出车祸了。”

陶可林眼睛弯弯的：“我第一次见她的时候就是那个样子的。”

Ada震惊了：“真的假的？”又看了看宁朦，“真爱无疑了。”

宁朦忍不住弯了弯唇，这个笑将陶可林的注意力吸引了过来，他目光清明，似乎知道她为什么笑，一时表情也很柔和。

Ada是个酒鬼，吃火锅也要点啤酒，也灌了陶可林不少，走的时候他连步伐都不稳了。

“天天泡吧的人，这点酒都喝不了吗？”宁朦嘲笑他。

陶可林很无奈：“我哪有天天泡，而且我去酒吧，最多喝一瓶就不喝了。”

“所以你就是拎着一瓶酒坐一整晚？”

“对啦。”陶可林为了奖励她答对，在她脸上亲了一口。

Ada受不了了：“拜拜拜拜，我溜了。”

宁朦刚上车，就接到一通陌生号码的电话，那头是一道熟悉又欢快的声音：

“姐，我回来了！”

宁朦帮陶可林系安全带的手微微一顿：“成熹？”

“哈哈，连我的声音也听不出了？”

真的是成熹！

宁朦激动得安全带都扣不好了：“成熹！你回国了吗？”

陶可林看了她一眼，自己接过带子扣好。

“嗯，我直接飞到江北市了，现在刚刚下飞机，你在哪？我去酒店洗个澡放好东西就过去找你啊。”

“你去哪个酒店？我去找你，请你吃夜宵。”

成熹报了酒店的名字。

那地方不远，送陶可林回家后再过去也就十几分钟的路程。宁朦又忍不住怨他：“臭小子好几个月没给我打过电话了。”

他在电话那头笑了：“姐，想我吗？”

他依旧爽朗的笑声通过听筒传过来，听着就让她心情大好：“当然。”

成熹虽然是宁朦同父异母的弟弟，但却比宁胧还要了解她，亲近她。

她父母离异的时候她才七八岁，成熹刚刚会讲话，她那会儿几乎每个月都会去要抚养费，还会挑她爸爸不在家的时候去。成熹的妈妈不愿见她，大多时候都是让成熹拿着钱出来给她。

那大半年她几乎每一次都会和成熹见面，成熹很可爱也很善良，常常会额外给她塞吃的，含糊地叫她姐姐。

后来她爸爸生意做大了，一次性给了宁妈二十万，她不需要再每个月过去拿钱了，但第二个月她爸爸却带着成熹来找她，说成熹想她了。

那之后的十年，成熹就犹如她的小尾巴，离不开她。宁朦要上学了，他也吵吵着要上学，每天上学宁朦去接他，放学送他，一直到高中毕业，他被他父母送出了国。

一想到成熹回国了，宁朦就高兴得有些忘乎所以，一路上都在和他通电话，到了小区后直接拿眼神示意陶可林下车。

陶可林委实委屈，看着她不愿意下车，最后还是宁朦抽空在他嘴角啄了一下他才下去。

宁朦驱车到酒店，一眼就看到了酒店门口等候着的成熹。

他变高变黑了，气质倒是一点没变，戴着一副墨镜，穿一件大红色的 V

领针织衫，身上背着一个挎包，正在东张西望。

宁朦将车靠过去，降下车窗笑着问：“小帅哥，搭车吗？”

成熹歪头笑了一下：“姐。”

宁朦下车一把抱住他。

成熹稳稳接住了这个熊抱，摘下墨镜朝她一笑：“你好瘦啊。”

宁朦不客气地捏他的脸：“是你长大了。”

他哈哈大笑，紧紧地回拥她。

成熹说自己还没吃饭，不想吃夜宵，宁朦便带他去喝晚茶。

这家酒店是老字号，他们以前也经常来，现在正是晚茶高峰，他们没订到包厢，只能坐大堂。

成熹这孩子是真的饿了，上桌就点了一堆东西。宁朦刚吃过自然不饿，看着成熹吃，偶尔看一下手机回复陶可林的信息。

“干吗呀，跟我吃饭还老看手机？”成熹抱怨，“男人？”

“为什么一定是男人？”宁朦问，“我在跟你莫绯姐姐说你回来了。”

“少来。”成熹说，“肯定是男的。”

宁朦笑了一下。

“而且你身上有一股男生的味道，来找我之前就是和他待一起吧？是姚琛还是新男朋友？”

宁朦嗅了嗅自己的手腕：“什么啊，我早上还喷了香水来着。”

“不是香水的味道哦。”成熹眼睛亮晶晶的，“我记得前段时间你还和我说过你是单身吧？”

“啊，现在不是了。”宁朦也没掩饰，“下次介绍你们认识。”

他们年龄相差不大，应该会聊得来。

“算了。”成熹说，“我才不想见你男朋友，我会吃醋吃死的。”

宁朦莞尔：“你不想见我男朋友，但是我想见见你女朋友，你什么时候谈个女朋友啊？”

“呃，姐，再帮我点个虾饺。”成熹连忙转移话题。

两人吃完东西又在周围逛了逛，直到成熹开始打呵欠了，宁朦才送他回去。

到家时陶可林还在等她。

“怎么还不睡？”宁朦换了鞋走过去，看到他头发湿漉漉的，显然是刚洗完澡出来，头发也没擦就坐在沙发上玩手机了。

陶可林“嗯”了一声就没搭话了。

宁朦把擦头的浴巾拿给他就去洗澡了，出来时陶可林还没擦干头发。她搁在茶几上的手机响了一声，是成熹在问她到家了没有。

宁朦坐下回复，陶可林在旁边瞄到备注，扬着眉说：“刚刚是和男的去吃夜宵的？”

宁朦“嗯”了一声。

陶可林没有说话，宁朦顿了顿，才解释：“一个朋友，刚从国外回来。”

她觉得陶可林没那么小气，不至于乱吃醋，所以也没过多解释，没想到对方却是笑了一下，说：“宁朦，如果我要跟女生单独吃夜宵，我一定会带上你。”

这个道理宁朦当然懂，所以被他这么一说难免心虚，但她也不想再解释，只能装可怜地靠过去抱住他的胳膊：“别生气啊，下次我再介绍你们俩认识。”

宁朦知道他这人其实很好哄，只要有足够的耐心。

谁知这一次却不管用，青年抽回手，从沙发上站起来，头发带着湿气，脸上也雾蒙蒙的，居高临下地看着她，语气中有藏不住的满满的失望：“宁朦，你和姚琛谈恋爱的时候可不是这样，和别人说清楚你有男朋友很难吗？”

就是这么巧，陶可林一个朋友是那个男生的朋友，他发了和宁朦的自拍，而且只发了自拍，什么话都没说。

他叫成熹，有一次宁朦喝多了念叨过的名字。

有人在下面评论问：姐弟恋？

他也只是回复一个调皮的表情，并未解释和否认。

陶可林的朋友截了图给他，还发了一个绿帽的表情包调侃他。

朋友是在开玩笑，他也知道宁朦不可能劈腿，但他还是吃醋生气了。

吃醋是因为她和别的男生这么亲密，生气是因为她并没有想要把自己介绍给那个人的意思。

虽然她现在已经把微博删了很多，但他还是能从网络中找到一些蛛丝马迹，她以前没少秀恩爱，和姚琛在一起的第一时间就昭告天下了。

他太在意了，没法不比较。

宁朦被这么指摘，也有些生气了：“你怎么知道我没有说？你今天不是还跟 Ada 吃饭了吗？”

他在她面前提起姚琛，她更失望。

陶可林一副不想再谈的样子，转身大步走了出去。

宁朦砸了手机。

这是他们第一次吵架，因为莫名其妙的原因。

陶可林本来没想吵架的，他向来善于控制情绪，但一谈起来他就忍不住生气。

谈恋爱的人不小气是不可能的，特别是恋爱初期。

她在房间冷静了半小时后，想过去和解，结果发现他根本不在家。

电话不接，微信不回，宁朦在他家的沙发上躺了一晚上他都没回来。

她焦虑，但也毫无办法。因为她也是这会儿才发现，离开了这里，他不接电话的话，她是怎么也找不到他的。

她就这么被搁浅了两天。

宁朦最讨厌冷战，最后气得不行，直接给他发微信问：你是不是想分手？

对方秒回：你说分就分。

把宁朦气得又砸了一次手机。

细心的网友在今晚九点的时候，发现美妆博主一颗柠檬给 ID 为“Collin 柠檬今天分手了吗”的博主最新微博点了个赞。

部分陶 Collin 的粉丝欢天喜地奔走相告，柠檬和她们的 Collin 男神分手了，柠檬都点赞了那个话题。

陶可林看到这条微博之后，发了一条微博，问：怎么注销微博号？

粉丝们都要疯了，连带着那一小部分天天祈祷他们分手的粉丝都没有再庆祝，而是去私信柠檬，让她好好对他们家 Collin。

宁朦换了个新手机。

第二天下班后，宁朦从电梯出来时发现楼道里只有应急灯亮着。

停电了？她打开自己家的门，伸手去摸开关，确认是停电了。

落地窗的窗帘是她早晨离开时合上的，此刻屋子里连一丝月光也透不进来。宁朦借着手机的光脱了鞋，但是找半天没有找到拖鞋，干脆光着脚进屋去找充电台灯。

她走了几步手机就暗下来，她高估了自己，脚步不停地低头按亮手机，结果一个没留神狠狠撞到了茶几角上。宁朦嘶了一声，疼得抱着小腿骨弯下身子。

不免有些恼火，她不明白自己乘着夜风赶回来干吗，明知道他不会回来。

她坐在茶几角缓了一会，房子里只听得到她自己的呼吸声，然而就这寂静的黑暗中，卧室里突然传来一阵轻微的动静。宁朦心脏微缩，接着听到清晰的脚步声，她一时没有反应过来，被吓得动弹不得，连大气也不敢出，缩在原处警惕又仔细地辨认声音的方位。

几秒钟之后，似乎有人站在了前方，手中是亮着的手机，光线微弱。她偏开脸，听到前面的人问了一声："宁朦？"

还能有谁，不就是她这几天一直想要见的人吗？

宁朦呼出一口气，提起来的神经松下去。真是自己吓自己，这小区还从来没有遭过贼。

只是她大概也没想到，他会在这里。

陶可林打开手机的手电筒，突如其来的光线让宁朦睁不开眼，忍不住抬起手臂，挡着撇开了脸。

"撞到桌子了？"他走过来把手机放桌上，蹲下伸手揉了揉她的脚，这动作让宁朦心神一动。

他只是随意一揉，却正中她被撞到的痛处的中心。

"你怎么……在这里？"宁朦随口一问。

他停下手中的动作站起来，从她身后拿起一盒东西，说："我过来拿画具。"却是恢复了清冷的口气，与方才温柔的语气截然不同。

话说出口时宁朦就觉得自己问错了话，瞧着他抱着盒子拿着手机就要往外走，她有些恼怒，又无端生起些幽怨。

"陶可林。"宁朦叫了一声。

他停顿了一下，却并未回头。她刚要开口，他手中的手机却闹起来，硬生生把她的话打断了。

他毫不犹豫地接了电话，一副完全不在意她要说什么的样子。

宁朦心下一冷，也在瞬间打消了和他说话的念头。

他把盒子放在鞋柜上，单手开了门走出去接电话。

门被他反手虚掩着，宁朦隐约听见什么夜色、不想喝酒的话。她伸手想去开门，手臂却碰到了盒子，原本没搁好的盒子被她这么一带，瞬间稀里哗啦全落在了地上，颜料盒子乒乒乓乓地砸她脚上，宁朦疼得跳脚也不敢吭一声，在心里又骂了自己一通，懊恼不已。

门外的人听到声音，回头看了一眼，匆匆挂了电话，拿着手机往地上照了一下，随后听到他轻轻叹了口气，宁朦不用看也知道地上一片狼藉了。“抱歉，我不是故意的。”她真的是又生气又委屈，但也只能说这句话。她蹲下身子收拾，有几个装颜料的玻璃瓶子摔碎了，颜料撒了一地。宁朦借着他手机的光想伸手捡画笔，却被他抓着手臂一把拉了起来。

宁朦怔怔地望着他。

“没看到地上有玻璃？”他声音里带着难得的怒气，手劲也不小。宁朦没有吭声，由着他拿下她手中的盒子放在柜子上，皱着眉说：“去穿鞋。”

宁朦没有动。

陶可林看着她紧抿的唇，立刻就心软了：“明天再收拾，你没穿鞋，当心脚上。”

“你不是要赶场吗，我怎么好耽误你，而且颜料都不便宜，我能装回多少是多少了。”宁朦在黑暗中小声说道。

他轻笑出声，声音清晰得很：“装回去也不能用了。再说，我能缺这几个钱？”

宁朦听见他笑，反而更委屈，一感觉委屈就觉得自己像个小孩，这几天一直惦记着的心情荡然全无，于是逼着自己放硬语气说：“那就这样吧，我改天赔给你。”

他被噎了一下，慢慢收起笑容，半天没有回应。宁朦转身去找东西处理这一地残骸，听到他在后面说了一声：“不用赔。”

她没有回答，摸黑到角落找到扫把和铲子回头。

陶可林站在原地，几番想讲话都没开口，最后还是转身出去了。

门就这么不轻不重地扣上了。

宁朦借着微弱的手机灯光开始打扫，她迅速把玻璃碎片和砸坏的东西装进垃圾篓，然后打了盆水来准备清洗地板上的颜料。刚刚蹲在地上要动手却又顿住了。

手机灯光下被颜料渲染了一大片的地板异常好看，五颜六色，比画家刻意画出的画作还要美艳有感觉。她舍不得下手了，打算干脆就不清洗了。这一块落在门口这样特别，等它干透了也是一种装饰。

她还蹲在门后欣赏，脑袋顶上的大门又始料未及地被推开，宁朦离得很近，根本来不及避开，于是那门砰的一声砸在她脑门上。

这一声可算是惊天动地，宁朦只觉得自己大脑被晃了一下，完全空白了。

门口的人也被这声音吓了一跳，连忙丢下手里的大灯蹲下来看她，一边抱歉地说对不起，一边试探性地伸手过来揉她的脑门。这一下没轻没重的，宁朦被按得“哎呀”了一声。他连忙收回手，拿起搁在地上的灯探过来，估计是想看她撞到了哪，可是这灯光太刺眼，宁朦又忍不住眯眼，原本被疼出来的泪花唰地滑下来。

这浑蛋是专门折回来气她的吧，她捂着脑袋眼泪汪汪地想，忍不住赌气地拍开他的手，胡乱地抹掉脸上肆乱的泪水。

陶可林往前挪了一点，手上的灯却往后移了不少，光线暗下来，宁朦才得以睁开眼睛，正好撞进他黑亮的眸子里。青年空着的手朝她撞到的地方伸过来，却又在空中停顿了一会，往下移落到她眼睑上，用食指轻轻抹去了她的泪痕。

宁朦少有见到他这么温柔又怜惜的眉眼，带着浅浅的笑意，在这光晕中，比摄影棚里任何一个美少年都要耀眼。

《诗经》里面说过几句：有匪君子，如切如磋，如琢如磨，充耳秀莹，会弁如星。以前只会背，倒是莫绯笑嘻嘻地举手问老师，什么叫充耳秀莹，会弁如星。那个优雅的语文老师只是微微一笑，意味深长地说：“等有一天你们遇到了，就一定会心领神会了。”

宁朦想，她今天终于心领神会，还真是防不胜防。

他擦完眼泪的手上又移到她额头上，用温热的掌心轻轻揉着，力道适中。宁朦觉得这哪里是在给她揉脑袋，分明是在撩拨她。

但她很受用。

她被按得舒服了，才抬手抓过他的手腕放到面前，盯着他掌心瞧了一会，低头将自己的两瓣唇落上去。

陶可林望着自己手心里的女人，觉得她真像一只小猫。

她偷偷抬头看他，发现他抿嘴笑了，眉眼弯弯的，还有她最爱的卧蚕。他把灯放在脚边，灯光下的他的面容像是蒙了一层面纱，越朦胧越让宁朦欲罢不能。

“陶可林。”宁朦可怜兮兮地看着他。

“嗯。”

“拉我一把，脚麻。”

他笑喷了，最后一边笑得前仰后合一边起身拉她起来。

宁朦的脚已经没有知觉，干脆贴着陶可林了。他一手扶着女人，另一只手微弯了腰去拿灯，嘴上还在笑她：“宁朦你最没有情调了。”

“还不够吗？我实在是撑不下去了，看着差不多就收了嘛。”

他把她扶到沙发上，再次碰了碰她额头问：“还疼吗？”

“疼，有点脑震荡怎么办？”宁朦扶着脑袋问。

“那就麻烦了，你赶紧跟我去医院一趟，落下后遗症就不好了。”他开玩笑道。

宁朦连忙趴过去抱着他的腰不让他动。“不会，就这样你让我躺一下就好。”

他摸了摸她脑袋，轻声说：“我好几天没过来，你阳台上养的植物都枯死了。”

“都怪你。”

“嗯，怪我。”他难得地没有呛声，“对不起，我不应该乱吃醋，不应该再提起姚琛。”

她什么都没解释，只说了一句：“我最喜欢的就是你了。”

陶可林心里软软的，也没有再说话，只是俯身低头吻她。

宁朦由着他亲了一会才又低声开口解释：“宝贝都要藏着掖着，我怕被别人惦记，我怕你被人抢走。”

秀恩爱，死得快，她一直觉得她和姚琛是因为她太爱秀了。

陶可林有点心酸，他“嗯”了一声，继续抱着她，下巴抵在她的肩窝说：“我知道，这次是我错了。”

他知道她的意思，他懂她的感觉，他只是吃醋，也太没有安全感，害怕她会摇摆。

她没有说话，转过脸寻找他温热的嘴唇，用行动阻挡所有言语。他乖乖地没再作声，手环着她的腰，任她摆布，接受她这个温情满满的吻。亲完后宁朦也没有离开，唇继续落在他光洁的额头、眉间、笔挺的鼻子、柔软的眼皮上。

想和你在一起，就算是虚度光阴也不在乎。人生那么长，要多有运气才能遇得到一个你，一个如此让我喜欢的你，一个以后未必能再找得到的你。

宁朦勾上他的颈，热烈地回应他。

周末早晨她还没醒就听到陶可林接电话的声音，她睁不开眼睛，感觉到房门被推开，有人走到床边摸了摸她的脸，声音宛若低沉的大提琴：“家里有点事，我要去余华市一趟，锅里熬了粥，等会喝一点。”

宁朦伸手抓了一下，却只抓到一抹冷空气，噌地醒了，转头发现屋里静悄悄的，仿佛无人来过。

锅里确实熬着粥，她给陶可林打电话，却没有接通。

宁朦回了她妈妈家。

中午在家睡了一个午觉，然后是被混世小魔王摇醒的。

“小姨小姨，起来陪我玩。”

宁朦揉着太阳穴坐起来，有气无力地喊宁妈：“他怎么来了？”

“你姐刚送来的。”宁妈剥开一个橘子，塞了一瓣到奇奇嘴里，奇奇咬了一口，脸都皱起来了，“好酸。”

宁妈立刻把剩下的都递给宁朦：“她晚上要加班，听说你在这边就送过来了。”

奇奇眨眼卖乖：“小姨小姨，晚上和你睡好不好？”

宁妈吃醋了：“刚刚不是还说和我睡的吗？”

奇奇露出了纠结的表情。

晚上宁朦给奇奇洗了澡，结果他就赖着要和她睡了。

宁朦用手机给他在床上看动画片，自己去洗澡，回来时听到他在说话，一脸莫名地走过去，发现他居然在和陶可林视频。

宁朦不可思议地凑过头，问屏幕另一边的人：“你发来的视频？”

“不是啊。”陶可林笑着说，“他自己发过来的。”

宁朦捏了捏奇奇的脸：“厉害啊你，还知道视频呢。”

奇奇躲开，冲着陶可林喊了一声“姨丈晚安”，就飞速地掀开被子下床跑走了。

宁朦目瞪口呆：“你教他说的？”

“嗯呢。”陶可林坦然承认了，“这小孩乖。”

宁朦扑哧一声笑了：“不是他乖，是你有手段，你不知道我以前要他叫我一声小姨有多难。”

陶可林笑了笑，刚要说话，突然听到敲门声，他微微收了收手机。

宁朦只听到模糊的声音，并不能辨认出是什么。她缩进被窝里，只露出一双眼睛，转了转。

几秒后他的脸重回屏幕里：“我有点事，等会再找你。”

宁朦“嗯”了一声，视频便结束了。

第二天一早，宁朦就收到了航空网站发来的短信，提醒她订购的去余华市的机票，是当天下午五点的航班，请她准时登机。

她脑海中立即闪过陶可林的面容，和猫一样精光的眸，忍不住笑了。

她回公司上了半天班，提前休了年假，回家后立刻打包了行李赶往机场。

上飞机之前给他发了一个气球的表情，但是没能等到他回复就登机了。

行程很短，宁朦还未下飞机就开了手机，陶可林还没有回复，但是却有一条成熹的短信。

——姐，到了没有？

宁朦一愣，意识到了什么，连忙回拨电话。

“姐！”成熹在那边很雀跃地接了电话，笑着问她，“出来了吗？我在出口这边等你。”

宁朦不死心地问：“你给我订的机票吗？”

“难道你在余华市还有别的弟弟吗？”

宁朦有些无奈：“你怎么没跟我说一声呢？”

成熹的声音立刻有些委屈了：“我以为你看到机票就会明白的。”

宁朦一下子就心软了，而等她走出去看到玉树琼枝般跟她打招呼的弟弟之后，更是完全没有了情绪。

“所以，无缘无故地把我召唤过来，有什么好招待的？”宁朦坐在他的车里，穿梭在夜幕降临的城市里。

“嗯，先去吃晚饭，然后我带你去我家休息一下，洗个澡换身衣服去玩。今天刚好有个朋友生日。”成熹回头看她，笑道，“我难得休假，但是又不能跑远，只能委屈姐姐过来陪我了。”

宁朦也忍不住笑了：“你说你一个小年轻，正是泡吧泡妞的好年纪，干吗和我这个大姐姐玩啊？你带我去你朋友的生日，不怕扫了你们的兴吗？”

成熹叹气：“你是不知道我妈把我管得有多紧，从我回来开始到现在，每个月都固定要见一个相亲对象，不准我在外边玩，不准和来历不明的女孩子接触，这种封建管制下，我简直快疯了。”

“相亲？”宁朦一脸同情地看着他，“我以前没觉得你妈有这么在意这些啊。”

“现在企业很难，光靠原来的那些东西完全支撑不下去……”成熹打住话题，笑了笑，“不说这些了，难得你来两天，陪爷好好玩玩吧。我特意跟我爸说了一声的，他知道你要来，帮我瞒住了我妈，所以这几天算是出狱了。”

宁朦“啊”了一声：“原来我只是个挡箭牌啊。”

成熹笑眯眯的：“哪里舍得用这么精贵的挡箭牌？”

成熹订了餐厅，两姐弟的口味相仿，所以晚餐无论是从环境还是菜式来说，都无可挑剔，就连他最后点的冰激凌宁朦也吃得干干净净。

两人出门后成熹的电话就一直在响，他看了一眼就挂掉了。宁朦有些担心：“是你妈妈？”

“不是，我朋友他们提前过去了，在催我。”

“哦。”宁朦松了口气，看了一眼时间，发现已经九点多了，“那还是别回去了，先去那边吧，朋友过生日你迟到也不太好。”

成熹自然是听她的，车头一转就往酒吧去。

说起来，成熹未成年的时候就被她偷偷带到酒吧去过。那一次莫绯生日，非要她带上成熹，一整晚都有女人给她们这桌送酒，搞得她一整晚都心惊胆战。

酒吧的音响震耳欲聋，但是环境还算不错，并不算乌烟瘴气。灯红酒绿之中，每个人的脸都模糊不清。大概是因为在陌生的城市，所以宁朦有些不太适应，进门就被绊了一下。成熹拉着她往里走，一直走到窗边的U形卡座前。

卡座里已经坐着十几个和成熹年龄相仿的年轻人了，他们一出现，那群人纷纷起哄，成熹露出一个明了的表情，利落地拿起酒瓶干了。

“不好意思来晚了。”他亮了亮空的瓶子，微微偏头介绍宁朦，“这是我姐宁朦。”

宁朦朝他们笑笑。

里边的人让出位置，他带着宁朦坐进去。酒吧里暖气很足，宁朦脱下外套，成熹迅速把围巾摘下盖到她大腿上。

他旁边的人拍了一下他的肩膀，开玩笑道：“这么漂亮的姐姐，成熹，你好有福气啊。兄弟们都单着，你也好意思？”

成熹笑着没有回应，另一边的人递给宁朦一瓶酒，数落那说话的人：“从来就没有眼力见儿，说是姐，但是叫宁朦，那肯定不是亲姐姐，藏着掖着那不是怕你这花花公子觊觎嘛。”

那个被数落的人也不恼，反而笑着问成熹：“是吗？姐弟恋哟，好玩。”而后凑在他耳边说了两句。成熹的脸本是对着宁朦的，那人跟他耳语的时候他恰好对上了宁朦的视线，他眼角闪过一丝不自然，推开那个男人：“你真是不调侃会死星人。”

那人嘿嘿一笑：“你去那边坐去，我和宁朦姐姐坐。”

成熹笑了："想都别想。"

"美女姐姐，久仰大名，过来坐。"那人只能转向她，隔着成熹向她伸手，一脸诚意，"今天我生日，对了，我是成熹好哥儿们，叫我晋然就可以了。"

成熹拦着宁朦不让她过去，宁朦笑着伸手，隔着成熹和他握了握，又问："你们认识多久了？"

他变成一脸委屈，幽怨地看着成熹："我都听他说过好多次你了，他居然没和你提过我？真是伤心。"

成熹横了他一眼，淡淡道："抢我女朋友的人我为什么要跟我姐说？"

"冤枉啊。"

恰好这时候服务员送来生日蛋糕，成熹顺手接过，几乎就在晋然话音刚落的时候，啪地就把他的头按进蛋糕里，他没有防备，于是整张脸都陷了进去。

晋然抬起头，满脸的奶油，五官不辨，伴随着他一声低咒，气氛反而被瞬间点爆，大家欢呼一声拿着酒瓶站起来，祝他生日快乐。

宁朦笑到不能自已。

各种酒轮番上阵，宁朦没有喝多少，因为成熹一直盯着她，最后倒是他先喝得满面酡红。

那边晋然被拉过去玩游戏了，宁朦托着腮趁他不清醒的时候笑成熹："女朋友被抢了？你怎么这么没有能耐呢。我记得你读书的时候不是风靡万千少女少妇的嘛，这次怎么战败了？"

成熹微微一笑，目光迷离地在宁朦和晋然身上移转，缓慢地说："那是我妈妈看中的媳妇，本来说年底订婚的，他……他和她好上了，就取消了。其实我反而松了一口气，我不喜欢那个人，可是她家是我爸妈不能得罪的大客户，所以我没有拒绝的余地。但是后来没多久他们也分手了，不管他是无意还是有意，我都很感谢他。"

"我留学回来，从前的朋友少了大半，他是我认识了很多年的朋友，心性也从来没变过。"成熹冲她笑了笑，"我没有和你说过他，是因为每次和你见面，都有很多话想说，根本来不及提他。"

他话还没说完就靠在沙发上睡着了。

宁朦嚼着炭烧鱿鱼，目光落在搁在一边的大衣上，忽然伸手拿出口袋里的手机。

手机里有一条未读消息，是陶可林发来的，只有一个问号。

她有些不高兴了，顺手点开微信后，又瞬间被治愈。

男朋友：怎么了？

男朋友：想我啦？

男朋友：吃饭没有？

男朋友：早上给你洗的衣服，记得收啊，明天会下雨。

宁朦发了一个表情过去，他立刻就回复了。

男朋友：收衣服没有？

宁朦：就惦记着几件破衣服……你在干吗？

男朋友：你的衣服不是你的命根吗？我在外面浪呢，有朋友生日。你呢？

宁朦：真巧，我也在外面浪，也有朋友生日。

陶可林又发了几句话过来，无非是叮嘱她别喝太多，早点回家。

宁朦在手机上打出几个字，但是又删掉了。她也觉得奇怪，她居然在犹豫要不要告诉他她来余华了。

男朋友：嗯？

宁朦：啊？

男朋友：这边显示你正在输入，有什么想跟我说的？

宁朦瞬间慌了，这人观察力要不要这么惊人啊。

宁朦：你也早点回家，别喝太多让别的女人捡走了。

男朋友：怎么会，我没喝酒，一会要送小妹妹回家呢，马上就走。

宁朦：好。

男朋友：就一个好？没有什么别的想说的？

宁朦：没有什么想说的。

男朋友：哼。

宁朦干脆丢了手机。

她一口喝掉小半瓶酒，酒穿肠而过，除了喉咙火辣辣的之外，居然越发清醒，没有半分醉意。

宁朦敲敲空瓶子，在桌上继续找酒的时候，突然听到起哄声。宁朦抬眼看去，顿时怔住了。

卡座前站着一个女孩，非常漂亮，牛仔背带裤外披了一件墨绿色皮草。这身装扮宁朦没来由地喜欢，再不说她无懈可击的素颜和白皙的皮肤。

又遇到了熟人。

周围太吵太乱，女孩没有留意到宁朦。大家起哄，因为女孩的到来，也是因为晋然的举止，他的手捏着女孩子尖尖的下巴，状似轻挑，态度却毫无亵玩之意。

大家怪叫了一声，唯恐天下不乱地看着。

“除了生日快乐就没有别的了吗？”晋然不太愉快地问。

那女孩似乎一点也不介意他的举动，笑眯眯地说：“我那边也有朋友生日，我连一声生日快乐都没跟他说就先过来了，还不满足吗？”

话是这样说，晋然的心估计更加痒了。

“言瑾……”他开口唤她的名字，带了一丝哀求的语气，刚要再靠近一点，言瑾已经抢先拿开了他的手，身形往后倾了一点，依旧笑眯眯的：“我先过去了，待会再过来。”

怎么可能会再过来。晋然也不管周围有多少人在，就一把抓住了她的手，隔着中间的桌子，带了些醉意说：“你明明知道我的心思，为什么还总把我当朋友对待，永远用这副拒人千里之外的笑脸对着我？你告诉我，怎么样你才会喜欢我？”

“晋然，你醉了。”言瑾稍敛笑容，另外一只手去扯开他抓着她的手，动作虽轻却很坚决，“再说下去恐怕你明天会后悔。”

晋然却攥得更紧，发狠一拉，脸便贴了过去。

周围众人默不作声地看着，他们应该都明了晋然的心意，没有人打圆场或是为那女生解围，倒是都希望晋然能成功的样子。

这强吻的戏码，十有八九是成功的，但言瑾身手非常敏捷，她偏开脸，干净利落地扣着他的肩膀把他推开。

众人神色暗淡下来，均一脸失望。

恰好此时，旁边有一身材高挑的男生走过来叫了她一声：“言瑾，走了。”

言瑾回头，看清身后的人后露出一脸惊喜，她笑了笑，勾着嘴角回头，扫视了一周，不羞不恼地端起桌上一瓶酒敬晋然，也朝在座的其他人虚敬了一下，大口喝完，轻轻往桌上一搁，转身和男人走了。

十几个人的卡座里，居然寂然一片，没有人敢开口说话，也没有人敢去看晋然颓败的脸色。

宁朦同样僵在原地。

她抿了抿唇，外套也没拿就悄悄追了出去。

那两人并未走远，宁朦跟在后面，隐约还能听到男人训斥女孩的声音。

原来人和人之间的差距就是，你和他在酒吧认识，他也陪你泡吧，但是却会训斥另外一个女孩，说她不应该去那种地方。

她一直跟到了停车场，看到他把外套脱给女孩穿，扶着她上车。

宁朦回到酒吧后打了个喷嚏，有些恍惚。直到有人拍了拍她的手背，不悦地问："怎么这么凉？"

宁朦抬头，看着成熹拿走她手中的空瓶子，仿佛知晓她的所有情绪般。摇摇晃晃地站起来，拿起两人的外套，低声说："我们走吧。"

醉了的人看起来比她还清醒。

宁朦下意识地看向晋然，后者也恰巧抬起头来，望着成熹。

"都不许走，还有几箱酒。"他霸道又孩子气地说。

成熹揉了揉眉间，刚要说话，旁人已经先开口："我女朋友又闹脾气了，我得赶回家跪键盘了。"

"哎呀，公司还有点事……"

接二连三地有人起身拿起外套，纷纷找借口离席。成熹一看情形不对，赶紧拉着宁朦要往外走，却被晋然一把拉进沙发，上半身压在他身上。

成熹骂了一句，挣扎着要抓住最后一个离席的人的衣角。

"成熹你留下来陪他吧，我胃不好你知道的，况且也该轮到你了，就这样，我先走了。"那个人扯回衣角一溜烟走了。

宁朦站在原地目瞪口呆。

成熹败阵，弱弱地说："先送我姐回家。"

晋然怕成熹跑了，嚷嚷着要一起送。最后叫了代驾把三人一起送回去。

他们在车上就开喝，下了车又吐得一塌糊涂，宁朦则是一直呈放空状态。下车后三个人在公寓门口吹了一会冷风，成熹才再次清醒过来，费力地拖着晋然上楼。进了门晋然就睁开眼睛找酒，成熹被他缠得焦头烂额，宁朦忍不住笑了："我洗澡睡觉了，你别喝太多。"

成熹刚应了一声就被晋然塞过杯子。

好在晋然酒量不大，宁朦洗澡出来的时候他已经在沙发上睡过去了，桌子上摆着七八个空瓶子。

是她洗澡太久还是他们喝得太快？

成熹试图把他从沙发上弄起来，他不满地推开成熹，翻个身继续睡。成熹用脚踢了踢他的屁股："喂，要睡回家去睡。"

"这里只有两间房吗？"宁朦走过去问。

"嗯，他睡客厅就好了。"

“你先去洗澡吧，你刚刚吐的时候沾身上了。”宁朦说，“还是先解决这个吧。”

他整个人瞬间僵硬了，带着对自己深深的嫌恶去了浴室。

宁朦拿起手机，想查一下附近的酒店，才发现有好几个未接电话，还有陶可林的十几条微信，问她在哪。

宁朦直接发了刚刚她在停车场偷拍的照片过去。

陶可林简直要疯了。

他送言瑾回家的时候遇到了陶可欣，她当着言瑾父母的面对他好一通夸奖，夸得言瑾父母看他就是一副看女婿的模样，让他非常不爽，出了门就拿手指指着她的脸让她别再打什么主意。

陶可欣咬咬牙，想也没想地拉住了青年的衣袖，将手机递过去。

“你这么喜欢她……但是她在做什么？”

陶可林并不想看，他试图拂开女人，但是女人拽得很紧：“你看一眼，我就让你走。”

陶可林回头看她：“我，不，看。”

她忽然笑了：“不敢看吗？是相信她，还是害怕知道真相？”

“我怕什么？”他皱着眉飞快地扫了一眼手机，顿时怔住了。

女人在青年脸上看到了想看到的表情，不免得意，任由他从自己手中抽走手机，放大了照片看。

“酒吧，男人，不需要我再多说了吧？”

照片上的确实是宁朦，在一间酒吧里，幽暗灯光下，她和身边的男人坐得很近，姿态暧昧，脸带笑意。

虽然光线很昏暗，虽然她坐在角落，但是他还是一眼就认出来了。

然而陶可林的注意力完全不在那两人身上。

他看到的是几张略有些熟悉的脸，还有那似曾相识的酒吧格局。

他没有认错，同一家酒吧，宁朦也在。

还恰好是他刚刚经过的一桌。

也不知道是应该先生气她来余华市没跟他说，还是应该先慌张他刚刚在她面前带走了一个女生。

他没有再搭理陶可欣，匆忙返回了酒吧，但是那桌人都不在了。

给宁朦打了好几个电话也没有接，直到她现在发来这张他扶女生上车的背影照。

陶可林的电话立刻就进来了。

宁朦缓了口气，走到阳台接。

“你现在在哪？”陶可林压着情绪问，他又生气，又怕女人生气，心情真的是复杂得很，“过生日的朋友是我们共同的朋友，她喝了酒，我不好丢她一个人在那里，我送她到家就立刻走了。”

“我知道了。”宁朦说。

“你知道什么了？”陶可林又好气又好笑，“为什么不追上来？”

“知道你对她没有别的心思，而且当时我朋友还在里面，我也不好先走。”

“不吃醋？不生气？”

“有什么好吃醋的？”宁朦笑道，“你微博那么多太太粉，几百万女粉叫你老公，我都要吃醋我得酸死。”

“我吃醋了，我生气了。”陶可林说，声音又酸又涩，“你又和一堆小男生一起玩，看到我也没叫住我。”

虽然是开玩笑的话，但是宁朦听出来了，他是真的有点介意。

“好吧。”宁朦笑着说，“我撒谎了，我有吃醋，有不舒服，但是我的不舒服和压抑，因为你打电话过来的第二句话就解释的举动而消散了。”

陶可林微微一怔，无奈地笑了起来：“真的是……”他是有多在意她。

“你在哪？我去找你。”陶可林问。

“别。”宁朦说，“我在朋友家，都快睡觉了，不太方便。”

陶可林也没勉强，只是问：“那明天呢？”

“明天约了一个朋友，可能要聚一聚。”

陶可林在那边笑了一声：“抽个空跟我吃个饭呗大网红。”他声音压低，语调温柔，“我想你了。”

宁朦心里头都软了：“晚点我再联系你。”

“嗯。”

两端一阵沉默，陶可林忽然又说：“真的不能去找你？”

宁朦笑了：“明天啦。”这个人真的是。

“好吧。”陶可林一阵失落。

电话挂断之后宁朦才发现成熹就在她背后，他刚从浴室出来，头发还湿着，地板上已经有一圈水了。

他手中拿着毛巾也不擦，只顾着笑宁朦："男朋友？哇，我就听了两句，鸡皮疙瘩都起来了。"

宁朦不知道他在身边站了多久，有点难为情："你很烦欸。"

第二天她起来的时候那两个男生都走了。

成熹在微信跟她说自己要回公司上班，让她开他的车。

宁朦不认得路，干脆还是打了车出去。

她在余华市就一个闺密，两人很久没见过了，得知宁朦到了余华市，第一时间就约了她。

宁朦到餐厅的时候，对方已经到了，她穿着黑色的羽绒服，胖了一些，人也更有精神。一看到宁朦就展开笑容朝她跑过来，像从前一样给了她一个熊抱，在人来人往的餐厅门口大叫大笑。

"宁朦！你终于舍得来看我了，好想你啊！我的天哪你怎么越来越漂亮了！"

"你也变漂亮了，做了妈妈的人果然不一样了。"

"哎哟小嘴真甜。"

宁朦有些恍惚，这些年都跟莫绯斯混在一起了，所以毫无危机感，但其实她很多同学一个个都已经踏入了婚姻的殿堂。

石语身上有好闻的奶香味，宁朦忍不住问她："怎么没带宝宝出来给我玩？"

"他太闹腾了，带出来我就没法和你聊天了，我把他送到他奶奶那去了，晚上再接回来。别在门口站着了，我们进去吧，我一早上尽服侍他了，什么东西都没吃。"她拉着宁朦往里走，有服务员迎上来问有没有预约，石语报上了一个名字，那人便带着她们朝包厢走去。

"就我们两个人，用得着那么多菜吗？"宁朦看着一份份端进来的菜，有些无奈，"虽然我们很久没见了，喜酒也没喝着，但也不用这样补偿我吧。"

话虽然这么说，但是看着服务员送上来两瓶酒时，宁朦的眼睛都亮了。

石语在对面噗地笑了，说："我不是补偿你啦，我老公在这家餐厅当经理，他知道你要来，非得给我订了这一桌子菜，不然我怎么能在这吃饭高峰期弄这些招待你。其实我本来只是想让你去我家吃剩菜的。"

宁朦啧啧不已，道："果然结了婚的女人就是不一样，几句话就把你这些年的变化显露无遗。不过能和你见面，吃剩菜我也愿意的。"

石语又笑，嗔道：“就你嘴甜。这两瓶存酒是他送我的生日礼物，我怀孕到现在一直没有机会喝，刚好宝宝断奶了，我和你一起搞定它！”

宁朦和石语在大学时就是班里公认的酒鬼，没想到她工作结婚了几年，这一点倒是和她一样没有变。

宁朦欢呼一声，开启酒瓶子。

两人太久不见，有说不完的话，不知不觉中两瓶酒全喝光了。

宁朦没想到度数这么高，石语已经醉了，她也有些招架不住。

“石语，待会怎么把你送回去？”宁朦捏着她的下巴问。

“不要紧，我老公待会会过来。”她迷迷糊糊地说。

宁朦放下心，拍拍她的手：“我去上个洗手间，你不要乱跑。”

她再回包厢时，石语的老公来了，正坐在石语身边训斥她：“我只说给你一瓶的，谁让你两瓶都拿来喝了。你今晚别回家了，省得宝宝睡不好。”

石语小脸皱成一团在求饶：“我今天高兴嘛，你别说了好不好，别说了，哎呀脑袋疼。”

男人一副拿她没有办法的样子，看到宁朦进来，又立即站起来和她打招呼。

“要不你先送她回去吧，我们也吃得差不多了。”宁朦上前说。

石语老公点头：“那我送你们回去，宁小姐你住哪？”

“我没事，我打车走就行。”

他笑了一下：“这怎么行，石语会怪我。”

“不用打车。”石语在旁边说，“你刚刚去上洗手间时你男朋友给你打电话了，我帮你接了，他说过来接你。”

宁朦吓了一跳，连忙拿起手机查看，果然一分钟前陶可林打过电话。

“我完了。”宁朦说，“我昨天刚刚答应他不喝酒的，呜呜呜。”

石语莞尔，忍不住逗她：“难怪我刚刚说你喝多了，他的声音听起来咬牙切齿的。”

宁朦更慌了：“那我们快走，在他来之前撤离。”

两人一起搀起石语往外走，刚走到大堂，石语老公停下脚步：“宁朦你帮我扶着她稍等一下，我去和他们说一声。”

宁朦点点头，吃力地扶着石语。他快步走到前台交代，没等他转身回来，宁朦就感觉兜里的手机震了一下，她下意识地望向大门，果不其然看到了推开旋转玻璃门走进来的陶可林。

穿着姜黄色羽绒服的陶可林手握着电话走进来，宁朦心虚地低下头避开，视线里那双铮亮的军靴由远及近，踏过明亮的地板毫无停顿地从她身边略过，直接往包厢的方向去了。

宁朦刚松了一口气，便听到身后石语的先生一边过来一边说道："宁朦，我的车在另一边。"

耳边独属于军靴的厚重步伐停下来了，恰好此时石语的先生从宁朦手中接过石语。她没有了遮挡，完全暴露在陶可林面前，对方望过来，眼睛微微眯着，一副"你死定了"的样子。

"你就是宁朦的男朋友？"石语笑眯眯地问，"微博那个漫画家？哇哦，你们真的在一起啦？"

她有关注宁朦，之前在网上传得沸沸扬扬，但是宁朦并没有在微信朋友圈宣布过，所以她一直以为只是绯闻。

"你好。"陶可林礼貌地说，"宁朦给你们添麻烦了，她就是个酒鬼。"

宁朦站在一旁微偏着脑袋，努力忍受着陶可林的凝视，那目光似乎要把她半边脸颊烧出个洞，可当她悄悄抬眼去看他，却发现他根本没在看她。

"我们是太久没见过面了，所以才喝了一点。"石语帮她解释，"而且是我非要喝的。"

宁朦又抬眼去看陶可林，被他飞快地捕捉到了。凤眸微抬，夹杂着丝丝不悦缠住她的视线。对视一秒后，这个对她一脸不满的青年，突然拉长了唇线，似一个微笑，却让宁朦觉得心惊肉跳。

他扣住她的下巴，开口道："一点都不乖，喝了多少，难受吗？"

宁朦可怜巴巴地看着他不敢作声，不知道为什么，她觉得陶可林有点不高兴。

旁边的石语都惊呆了，他们俩不是姐弟恋吗？为什么这会儿感觉是大叔和……

"宁朦，说话。"

语气很淡，但满满的胁迫意味，宁朦只能开口："没喝多少，不难受。"

"不难受？那你是还能喝？"

宁朦连忙摆头："不不不，不喝了。"

石语暗笑，没想到宁朦还是个夫管严。

四人在饭店门口分开，陶可林本想直接把她带走的，但女人浑身酒气，央求他先把她送回去洗个澡。

他只能问了地址，把她送回去。

宁朦进屋去洗澡，留在客厅的陶可林环视着屋子，面色越发不虞。

这一屋子满是男人的痕迹，非常显然是个男性的家。她昨晚就住这里？一个人还是？

他往浴室方向走，女人刚洗完澡出来，就被他堵在了门口。

“我真的没喝多少。”宁朦以为他还在生气，下意识先解释了，“昨晚也没喝多少。”又担心他是因为上次的原因生气，忙不迭哄道，“昨天和今天见的朋友都知道你，还让我下次带你一起。”

看到她着急解释，陶可林稍微有点消火了，但还是不打算放过她。他脱下外套后，皱着眉，一声不吭地逼近宁朦。

宁朦不明就里，仰着头看他：“嗯？”

女人刚洗完澡，仰头看他的时候露出光洁白嫩的脖颈。陶可林一阵燥热，禁不住咽了咽口水，开始胡言乱语：“昨晚玩得开心吗？那么多小男生。”

宁朦笑了，忍不住逗他，神色挑衅地说：“开心啊，你是没看见，我昨晚左拥右抱，差点挑花了眼。”

陶可林有些恼火，捏住她的下巴，迫使她抬头与他对视，一字一句地重复她的话：“左、拥、右、抱？”

宁朦想推开他的手，却被捏得更紧，都有些疼了。这细微的表情没有逃过陶可林的眼睛，他又忍不住松了手。

被他捏过的位置立刻开始泛红。

陶可林一秒破功，连忙伸手揉揉她的下巴：“对不起对不起，疼吗？”

“疼。”宁朦撒娇，“要可林弟弟吹吹。”

陶可林喉咙一紧，偏头在她下巴上亲了一口，问她：“好了吗？”

宁朦摇头：“不好，不够。”

陶可林全面溃决，直接把她按在门背上。宁朦还没来得及说话，就被他按着肩膀，堵上嘴巴。

这个吻急切又热辣，上来就亲得她浑身发软，直白地向宁朦传递着暧昧的信号。她微微推了推他，他动作比她快得多，顺势就抓住了她的手腕反剪到她身后，欺身上来。

宁朦本来喝了酒没什么力气，再经过他这么一套训练有素的身法，更是无力反抗。

他刚刚脱下羽绒服，身上只着一件衬衣，靠近她时身上还带着一股暖意。

宁朦有些混沌了，渐渐忘了要推开他。陶可林非常动情，几天未见的思念让他暂时地忘记了生气，舌头灵活地在她口腔里游走，细致地尝遍她口腔里的每一寸，带着他与生俱来的温柔。

他扯散了宁朦的头发，手抚上她的后颈。宁朦微微一怔，当他微凉的手掌覆上时，理智的弦也崩塌了。

陶可林也快受不了了，他现在完全是跟着身体的本能在动作。

宁朦大脑空白，在这触电般的酥麻里，莫名闪过他那只握着画笔的手，白净修长，骨节分明，优雅地在稿子上轻描淡写，偶尔素描打稿，只用两只手指夹着笔，直接用指腹晕开线条，而现在这只漂亮的手就在她身上游走。

浑浑噩噩间，宁朦心跳如擂，感受着他柔软的指腹，按压着她的肌肤。

他们没少亲密接触，他们以前接吻，陶可林也会摸她，但都隔着衣服，也仅限于搂搂抱抱。陶可林一直都很有礼貌，鲜少会如此刻般性急，攻击性极强地吻她。

这是他离她最近的一次。

他的唇移到宁朦的耳后，轻噬她的耳根，他清楚她的敏感地带，宁朦靠着他的肩膀，知道他的唇来到那个地方，是为了想听她轻吟。她却强忍着不愿出声。

“嗯？”他带着低沉沙哑的声音问了一声。当他的手指探进去时，宁朦终于一个激灵，幡然醒悟般地捉住他的手试图推开他，喘息着开口：“住手陶可林。”

大概这声拒绝让他恼火，他只停顿了一小会，手指更用力地想要继续。宁朦挣扎，却躲不开他，最后只能带着哭腔求饶：“陶可林，不要在这里，这里是我弟家。”

他抬起头凝视她，漂亮的眼睛蒙着一层少见的渴求，那眸子清明了片刻：“弟？”

宁朦缓了口气，移开目光，落在他微肿的红唇上，心跳漏了半拍：“嗯，成熹是我弟弟。”

陶可林觉得自己似乎当机了一下：“哪种弟弟？”

“同父异母的弟弟，抱歉，我家的情况有点复杂。”

宁朦不想说的，但是怕他误会。以前她某一任前男友的妈妈就是因为她的家庭情况复杂而排斥她。

“抱歉什么？”陶可林笑了，“你早该跟我说，我吃醋吃了好久。”

他轻轻地亲了她一下，温柔地帮她把衣服扣好："收拾东西跟我走。"

宁朦默默扣上牛仔裤纽扣，反手去扣内衣。他在对面看着，似乎又笑了笑，伸手来帮她捋头发，温言软语："出去走一走，我带你去吃好吃的。"

宁朦只是盯着他看。

"怎么了？"他笑了笑，"为什么这么望着我？"

宁朦垂下头，声音有点低落："陶可林，我对这段感情很认真。"

陶可林也敛起了笑容："我也是啊。"

宁朦摇头："我喜欢你，比姚琛，比任何前一任都多。如果到最后你甩了我，我不知道自己还能不能从酒吧再捡个你回来。"

陶可林微微一怔，心都软了，他忍不住伸手将她揽进怀里："我也是，我好喜欢好喜欢你，想和你结婚的那种喜欢。"

宁朦在他怀里有点想哭："如果不能呢？如果不能结婚……"

"为什么不能？"陶可林问，"你不想嫁给我？"

"我怕你爸妈不喜欢我。"

陶可林终于反应过来，有些哭笑不得："你觉得我爸妈会因为你的家庭不喜欢你？"

宁朦没有说话。

陶可林揉了揉她的脑袋："退一万步说，即便他们不喜欢你，也不能干涉我的决定。"

银装素裹的余华市，太阳明晃晃地挂在天边，冷冷地看着这个世界，一丝暖气也没有。成熹的公寓就坐落在繁华中央，出得门便是大道。冷空气一吹，陶可林便把她的手又握紧了半分。

她刚刚忍着没哭出来，但是眼眶还是红彤彤的，看上去格外惹人怜。

她出来得匆忙，围巾没戴，大衣的扣子也并未扣上。走了一会之后才稍感冷意，可是心口却是闷热的，好似抱着一个小火炉贴在胸口，只有那一块是滚烫的。

到下一个路口时，陶可林停了下来，推开路边一间咖啡店的门，牵着宁朦走了进去。

店内的暖气缓解了不少她身上的寒气，咖啡店里很安静，橘黄的照明中飘逸着咖啡和甜点的香气，宽阔温暖的空间里合理地摆放着木质的桌椅，装修处处都透着复古陈旧的质感，玻璃墙的后面却是异彩纷呈的大商场，别具一格。

陶可林点单后，宁朦与他面对面坐着，无人开口，沉默的十分钟过去了，服务员端来咖啡。醇厚的香气飘来时，宁朦装满酒精的胃登时开始叫嚣，却见服务员的手又滑下来，在她面前搁下一杯蜂蜜柚子茶。

“我不用解酒。”宁朦下意识地开口，不满地控诉。

对面的人置若罔闻，反而悠悠端起咖啡抿了一口。热气在他姣好的面孔上腾升。

他清楚宁朦不会赌气，她的胃向来比她早妥协。两分钟后，只见她端起那杯常温的蜂蜜柚子茶，一口一口地喝掉。

本来就已经是黄昏，从咖啡店出来，天色完全变暗了，一溜的路灯齐刷刷地亮着，照亮了一地的薄雪。宁朦一手拢起外套，一只手下意识地在底下寻找他的手握着，碰到他的衣袖后他似乎一愣，侧头来看她。

宁朦被他这么一看，也怔了一下，刚想抽回手，又被他笑着牢牢握住。她有些懊恼地挣扎半秒，无效，于是放弃。

他微微一笑，侧头问她：“想吃什么吗？”

宁朦也不废话：“想吃一碗热腾腾的牛肉面，你知道哪里有吗？”

她实在是要饿晕了。

“恰好知道。”他握着宁朦的手，带着她往街道的更深处去。

最后却是把她带到酒店开房。

陶可林带她从后门进去，直接上了餐厅，所以宁朦毫无知觉，吃完面和他走进电梯才发觉电梯在上行，陶可林按的是二十八楼。

“去哪？”宁朦一脸茫然地抬头望着他。

陶可林勾唇邪笑：“去做今天没做完的事。”他牵着她出去，一边往房间走一边说，“我饿了。”

宁朦脚一软。

陶可林挑眉，拿房卡利落地开了房间门，把她推了进去。

房间里的地毯很厚实，宁朦这一脚恍若踏在云端，恍惚间又被青年搂着往里走，一把推倒在床上。

她陷进柔软的床里，一点挣扎的力气都没有了。

他俯在她上方，手肘撑在两边，视线紧盯着她，人却没有再越矩。几秒后望着女人明显混沌了的眼神，忍不住牵唇，亲了亲她的脸颊，柔声道：“困了就睡吧，刚刚在咖啡店就打瞌睡了。”

她有吗？宁朦想反驳，但是酒意袭来，她说不出话，头一偏就真的睡过去了。

她睡得很熟，但仍然能感觉到青年在给她脱衣服、脱鞋子，擦脸擦手盖被子。舒服得像偷喝了爸爸的酒，被妈妈照顾了一整晚的小时候。

“爸爸……”

陶可林的手微微一顿，回头看了一眼女人，莞尔：“再叫一声听听？”

“陶可林，我讨厌你！”

“嗯？”忍不住捏她。

宁朦再睁眼时天还没亮，她在一片漆黑中摸索着下床，小心翼翼地往浴室走。走了半步才觉得不对劲，迟疑着摸到开关，啪的一声开了床头的灯。灯光弱黄，足够看清这片不大的空间里只有她一个人。

她翻出手机，现在半夜两点。他去哪里了？就这样丢下她了？她摸着脸倒回床上，说不清是失落还是绝望在心里蔓延。

宁朦躺了一会，稍微清醒了一点儿，才抿着嘴起来开始穿衣服，内衣却怎么也扣不好。房间里暖气开得大，热得她一身焦灼，穿鞋的时候不耐烦地踢开脚边的垃圾桶，垃圾桶没有站稳，倒在床边滚了滚。宁朦越发烦躁，迅速穿好衣服拿上手机就跑出了门。

客房走廊长似迷宫，通道墙壁上的镂空花纹透着金黄色的光，地毯厚重，踩在上面悄无声息，宁朦的步子不算慢，但也走了好久才找到电梯。

下行电梯半分钟，她站在明光可鉴的电梯内，看着自己乱蓬蓬的头发，觉得自己有些狼狈，便伸手努力捋顺，试图挽回一点尊严，然后小心地用大衣领口遮住锁骨上的红肿——鬼知道她睡着的时候陶可林做了什么。

叮的一声，电梯到了，宁朦裹紧外套走出电梯，大堂金碧辉煌，亮得她几乎睁不开眼。她低着头盯着脚下雅白色大理石砖，冷不防听到侧边传来一声讶异的声音：“宁朦！”

她一下停住脚步，有些怔忡地转过身，眯着眼看着那道姜黄色的身影快步靠近。青年抓住她的手腕，脸上的疑惑渐渐换成了不悦，眉头紧皱，沉声问她：“你出来干什么？”

宁朦的脑子里嗡声一片，只能怔怔地望着面前那张漂亮的脸，坏情绪不争气，瞬间灰飞烟灭，所有失望的生气的恨恼的都被轻描淡写地拂掉，把她的所有否定都变成肯定。

宁朦傻傻地望着他，那样缱绻，那样留恋。

这种情绪让她绝望地认识到，她恐怕今生都无法再爱上别人了。

也就是这半秒钟的对视，让陶可林反应过来，女人大约是半夜醒过来没看到他，所以才下楼的。他的不悦瞬间被扑灭，拉着她的手转身走进电梯：“回房说，外边冷。”

宁朦动作比较缓慢，进去的时候电梯门恰好合上，撞了一下她的肩膀，他连忙按着按键，一把将她抓进来，顺手揉了揉她的肩膀：“没事吧？”

宁朦想拿开他的手，碰到他的手背才发现他的手很冰凉：“你的手好冷，去哪了？”

他放开她的肩膀，将兜里的一小袋东西丢给她，眉心微微拢着。宁朦不解地打开袋子看了一眼，发现里面是两包卫生棉，又听到他在骂：“自己生理期都记不清楚。”

他大半夜跑出去就是为了买这东西？

宁朦从卫生间收拾干净出来，他已经脱掉外套趴在床上了，脚边倾倒的垃圾桶也被顺手扶正了。她关了灯爬上床紧贴着他，他立刻伸手过来环住她的腰，将她带入怀里：“肚子疼？”

宁朦听着他浅浅的呼吸声，在黑暗中摇头：“你那个药方很有效，现在已经不会疼了。”

闻得他轻笑：“有效也不见你奖励我什么。”

宁朦想亲他来着，又怕半夜惹火上身，于是作罢。

青年似乎知其所想，嘴角的弧度又大了一圈。下巴靠在她头顶上，轻轻蹭了蹭，懒洋洋地说：“睡吧。”

他的指尖还停留在她的腰上，触感太好，宁朦的呼吸就在他耳畔，察觉到她尚无睡意，陶可林便带着笑意转过头，在黑暗中准确无误地找到她的下巴托起来，薄唇细雨一般地落在宁朦的额头、眼梢、鼻尖，最后才是她的唇，他这个吻格外温柔，辗转了好久才离开。

两人呼吸相间，因为刚刚从外面回来，他的鼻尖是凉的，贴在宁朦的脸边，许久之后才松开她，柔声道：“睡吧。”

几分钟之后，她就睡过去了。

第六章　隔壁的小鲜肉

感觉到身边的动静，宁朦醒了过来。

房间里透着细微的光线，已经是早晨了。虽然高楼层，周遭寂静，但也隐约能听到远处车流的喧嚣声仿佛隔着云际传过来。宁朦抬起头，那个把她弄醒的浑蛋正坐在旁边，衬衣皱巴巴地挂在身上，睡眼惺忪地看着她，面若白玉，眼角泛红。

他打了一个呵欠,眼角又泛起一圈红,手指了指被子,委屈道:“你卷被子。”

宁朦低头一看，雪白的被子果然被她一个人裹在身上，被角皆埋在身下，扯都没法扯。她有点过意不去，连忙把被子抽出一半来盖在他身上。他估计没睡好，得回一半被子后立即抱着躺下，没一会又闭眼睡着了。

宁朦靠着他躺下，却了无睡意，便无聊地睁着眼睛看他。他这个角度绝对秒杀一众人，额头光洁饱满，一般的人两眼间会有一段小凹陷，他没有，所以侧面才会如此有质感，有些人真是天生丽质得让人嫉妒。

白里透红的肌肤，想来这几天在家一定是好吃好喝不熬夜。睫毛浓密，里面埋着一双漆黑的眼仁，好似裹着水的黑濯石。有笑眼和卧蚕，笑起来给人感觉很温暖柔和。一般都会带着笑看人，就算是服务员也从不落下。偶尔心情不好，也会沉着脸对人说谢谢。

很多时候一个人的脾气与教养完全成正比。

她隐约想起第一次在酒吧见到他的时候，当时只是因为他的身形和穿着，和整个人透出来的温暖感觉吸引了她，后来渐渐更喜欢他是因为他卓尔不凡的气质，他通透没有一丝锐气的个性，老好人似的脾气，以及永远充满爱意望着她的眼神。

回想起来，竟然这么快就过了一年多，她不仅爱上了他，也完全成了一个嗜好甜食的人。

宁朦叹了口气，没有留意到他浅薄眼皮下的眼珠子微微动了一下。

她从另外一边悄悄下床，穿好鞋子走进卫生间，轻手轻脚地洗漱，回来时发现他丝毫没有被打扰，仍旧呼呼地睡着。宁朦忍不住起了捉弄的心思，走到窗边轻轻拉开了厚重的窗帘。

刺眼的光线顿时倾泻整个房间，毫不忌惮地洒在他身上，阳光笼罩在他的面庞上，像是镀了一层金粉。宁朦趴近了去看他脸上的细绒，就见他眼皮浅动，眉心微蹙，似不耐这烦人的光线，侧过身躲开，而又恰好迎上她的门面。两道温热的呼吸纠缠在一起。宁朦没有动，也就两秒钟的时间，他长睫微掀，只露出一线黑瞳，蒙眬地瞧着她，然后闭上眼，伸手圈着她的脖子将她往他身上带。宁朦闷笑一声，大半个身子就趴在他身上了。

他勾了勾嘴角，把头埋在她的颈间，声音含糊："别闹了。"

宁朦"噢"了一声，想起来，人却被他抱得紧紧的，几乎动弹不得。

她没有再动，青年呼吸减缓，几乎是瞬间睡着。不远处椅子上他的外套里传出手机震动的声音，他眉头紧蹙，似极不耐烦，一副不愿搭理的样子。

宁朦笑着从他身上起来，伸手要拉他："电话响了，起来了懒虫。"

他还是眯着眼睛不愿睁开，手却送过来，借着她的手力坐起来，伸手去够手机。

不知道那边是什么人，说了什么，就听见他"喂"了一声，然后脸上笑意全无，眼睛也全睁开了，黑湛湛的眼珠子里流转着什么。宁朦不想揣测，干脆就别开了脸不去看他。

他挂了电话后什么也没说，站在原地蹙着眉，似乎拿不定主意。几十秒后进了卫生间洗漱，出来后就一边穿鞋子一边跟她说："我有事要出去，你在这等我一会，半小时后我来接你。"

他站着穿鞋，身形却极稳，丝毫不摇晃地穿好了鞋子，最后才抬头来看她，带着征询或是等待应答的眼神。宁朦"哦"了一声，他似乎笑了一下，过来随意地拍了拍她的脑袋，转身出去了。

宁朦就真的在酒店等了半个小时，要不是成熹的一通电话，她指不定会等到什么时候。

成熹问她在哪里，宁朦不敢说自己在酒店，只说自己是喝多了，在同学家过了一晚。

"现在在哪里？"成熹耐心地问，"我过去找你。"

他并没有戳穿她，也没告诉她自己刚刚从她那个同学家出来。

宁朦说了那个她昨晚去过的咖啡店的名字，成熹说马上过来之后，她火速穿好衣服下楼，一路小跑到咖啡店。

她到的时候路口已经停着那辆黑色路虎了，车窗降下来，露出成熹那张没什么表情的脸："上车。"

宁朦莫名心虚，低着头从另一边上车了。

上了车又觉得不应该，她才是姐姐好不好，都快三十岁的人了，彻夜不归怎么了。宁朦横着眼睛看他，成熹觉察到了，立刻瞪了她一眼，宁朦马上又𡝩了，端正坐好后目不斜视地看着前方，却见他方向盘一打，往她来的地方去了。

"去哪？"宁朦连忙问。

"我还没吃早饭。"他说，"前面有间酒店的牛肉面很好吃，我带你去试试。"

她没敢作声了。

何况牛肉面也确实是好吃。

远远一看才发现这家酒店其实很大，前后两幢楼遥遥相望，中间隔着一片人工湖。昨晚他们去的时候，因为灯光的关系，前面这幢楼看起来特别像一座金字塔，白天看来又不是那个味道了。没有灯光，它就只是一座静立的高楼，灰白的外观略显低调，只留下了余华市特有的城市气息。

宁朦跟着成熹走进酒店，却被门口的服务员告知包厢全满，只剩下大厅有位。成熹皱眉，宁朦连忙扯着他去了大厅，也不理会他就随意坐下了，接过服务员手中的菜单自顾自地点了一大堆。

等服务员倒好茶拿着单子走开，成熹还是臭着脸。

宁朦抿了一口茶，大厅确实比较喧嚣，服务员来回地上着菜，入耳皆是碗筷碰撞、低声交谈的声音。但是香味不是盖的，左边那桌浓香的玉米汁，后边那桌惹人口水分泌的红焖猪手，都让人垂涎欲滴。

看宁朦这副模样，成熹终于收回了臭脸，露出了今天早上第一个笑容："口水擦一擦吧，脸都丢没了。"

宁朦疑惑地看着他："食物面前灵魂都可以不要的人，脸算什么？"

成熹斜眼看她："怎么，昨天和你的小男朋友见面，他没带你吃好吃的吗？"

平白无故被自己的大弟弟揶揄了一下，宁朦面上有些热，她掩饰般地端起杯子抿了口茶，却见那杯子早就见底了。成熹又笑了一下，不慌不忙地帮她斟满，送到嘴边，又冷不防说："没有吃好吃的，那看来是春宵一刻了。"

宁朦这一口水终于是结结实实地呛住了，忍不住恼火地瞪他，对方完全不受威胁，坦然接着她的目光，又把她看得心虚了。

人虽然多，可是上菜速度却不怠慢。成熹毫不含糊地跟她抢东西吃，宁朦也不甘示弱，抓起筷子就迎战。

他们吃得很快，最后一份菜上来时他们已经吃饱了，剩下一笼烧麦被宁朦逼着和成熹分着吃了，两人神色痛苦地看着对方吃下才罢休。走的时候成熹将车钥匙丢给宁朦：“我去结账，你去开车。”

宁朦接过钥匙往外走，刚走到门口就看到电梯门口立着三人，其中一人的身影有些熟悉，她下意识地顿住了脚步，随后就看到从另一边追出来的女人。

宁朦立刻闪身，隐在柱子后。

女人在那三人面前停下，一脸抱歉地微微弯腰，说了几句什么，最后电梯来了，那两位长辈先走了进去。

“小瑾，真的抱歉啊，可林有些糊涂。”

曾言瑾微微一顿，笑了：“不，我看他很清醒呢，起码比你我都清醒，我一直知道没有希望的，只是以前总会有那么一点点的期盼。可欣姐，谢谢你，我知道你是为我们好，但是我们也许真的不会再有机会了，以后你也不需要再做什么了，我会误会的。”

“小瑾。”陶可欣有些无奈，“可林他现在还不知道罢了，其实你最适合他了。何况在我们家眼里，你早就已经是陶家的儿媳妇了，只是早晚的问题。回去我会和我爸妈好好谈谈的，订婚的事一定照常举行。”

“算了，可欣姐。”曾言瑾已经完全回过神了，笑着说，“他已经说得这么清楚了，再不放手就是我不识趣了。”

“你啊，就别想太多了，好好在家等着做美美的新娘子吧。”

曾言瑾的声音比较小，宁朦听得不清楚，但是陶可欣的话，她却是听得一清二楚。

“你早就已经是陶家的儿媳妇了。”

“订婚的事一定照常举行。”

“好好在家等着做美美的新娘子吧。”

字字诛心。

陶可林进门的时候怔了一下。

陶可欣给他打电话只是说老爷子看他一夜未归所以查了他的开房记录，一早来堵人，却没说还设了一个鸿门宴，连曾家都在。

他站在门口，微微颔首，冲长辈们一一打招呼："爷爷，爸妈，曾叔叔曾阿姨，早。"

老爷子抬眼看他，语气很不满："还早吗？你不看看几点了。"

他笑笑，没有作声。

陶夫人心疼儿子，连忙招呼他坐。但席间只有曾言瑾身边还有空位，他顿了顿，才走过去坐下。

言瑾冲他笑笑，神色有些抱歉，示好地帮他摆放碗筷，又想帮他斟茶，却被他先一步拿走了自己的杯子："我自己来，谢谢。"

曾夫人在一边笑了："可林你跟我们家小瑾还客气呢，让她弄吧。"

两家人都看着，陶可林依旧没有放手，还从她手中接过茶壶："不用了。"

言瑾坐在那不敢再动弹，一时有些尴尬。老爷子眼睛已经瞪了起来，陶可欣连忙开口缓和气氛："还知道心疼女孩子呢，就没见过你对我这个姐姐绅士过。"

陶可林似笑非笑地看了她一眼。

陶可欣没有再看他，转过头说："妈，阿姨，我们点菜吧。"

曾夫人连连点头："好好好，点菜。"她把菜单递给言瑾，"小瑾，你跟可林看一下你们要吃什么。"

言瑾有些为难，攥着菜单不知如何是好。陶可林从她手中抽过菜单："我来吧。"

他迅速点好了菜，估摸着这顿早饭没有两个小时吃不完，于是想给宁朦发个信息让她别等自己了，结果才发现手机黑屏，没有电了。

他起身出去找服务员借充电器，回来时听到他们在谈论菜式，不巧让他听到了关键字眼。

酒席、酒店、订婚、菜品。

陶可林进去时他们已经在讨论香槟了。他不动声色地坐下，佯装随口问了一句："订婚？什么订婚？"

席间气氛有微妙的停顿，最后还是他那个憋不住话的妈妈解释："你和小瑾啊，之前你爷爷就说过了，等你毕业你们就订婚的。你和小瑾也在一起这么久了，也是时候……"

陶可林皱眉打断她："我和小瑾，什么时候在一起过？"他的视线落到那个低头喝茶的女人身上，"妈，你有时间就多关心关心我，别老听我姐瞎说。"

陶夫人还未开口，老爷子就已经变了脸色："怎么说话呢！你还是个男人吗？”

陶可林站起来，冲已经愣住了的曾家二老鞠了一个躬，深表歉意：“曾叔叔，曾阿姨，抱歉，是我没有说明白导致了误会。我和小瑾只是朋友，这么多年我只把她当妹妹看待，出国前我和她说清楚了，所以不会有订婚。”

曾言瑾也慌忙站起来，她眼圈已经红了，但仍然坚强地没有让它落下来：“爸妈，我和可林哥只是朋友，我没打算结婚，你们误会了。”她又转向陶可林，焦急地解释，“我并不知道这回事，我来的时候他们也没说，对不起可林哥……”

陶可林冲她笑笑，表示理解：“嗯。”

几位长辈炸开了锅，老爷子拄着拐杖起来就要打人，被陶夫人拦住了。

曾父曾母的脸色变了又变，陶夫人两头安慰：“可林不懂事，今天是我们做家长的疏忽了，没有先和孩子打招呼，也是有些突然了。”

曾夫人勉强笑笑：“算了，这两孩子没缘分。”

“哪里，是我们可林没有福气……”

这顿饭吃得不算愉快，但好歹也是吃完了。

离席的时候陶可欣送曾夫人他们出去，陶可林叫人来结账，服务员把他的手机还回来，他还未来得及开机，老爷子就一拐杖挥过来了。

他没有防备，但是疾风袭来的时候还是下意识地避了一下，最后那拐杖打在他手臂上，疼得他手机都拿不住，摔到了地上。

陶夫人惊呼一声：“爸！”

她跑过来想检查伤势，但陶可林已经推开椅子站了起来：“妈，没事，反正我也已经习惯了。”

陶夫人越发心疼，不住地拿眼神示意丈夫。

迫于妻子的目光，陶简也只好站起来，拦住再次挥手的老爷子：“爸，算了，婚姻大事本来就应该过问他的，这次是我们自作主张了，孩子大了，有自己的主见的。”

“我什么时候要逼他了？”老爷子若是有胡子，早就翘起来了，“但是两家人坐在一起吃饭，还只是商量，他完全可以更委婉一点，现在搞成这样，以后怎么见面？而且小瑾怎么不好了？你就是和你爸一样不知好歹。”

这下陶简也有些不虞了：“爸，你又拿我说事干吗？”

老爷子一直对陶简当年从商不从军耿耿于怀。

“你自己看看你教出来的儿子！”

“可林十五岁之前可都是跟你在部队，现在来怪我没有教好？”

老爷子越发生气。

陶夫人连忙又去劝架，陶可林趁着战火转移的当口，悄悄溜了。

他回了酒店，但是宁朦已经不在那里了，他再打电话，就是一道机械的女音提示他对方无应答。

成熹送宁朦到机场，她伸手来抱他的时候他仍然有些不高兴："怎么突然就说要回去了，这才来几天。"

宁朦无奈："弟弟啊，我这是请假来和你玩的啊，公司那边还有事没有处理。"

成熹清楚她要走的原因根本不是这个，但也只能朝她笑笑："那行，下次我再过去找你玩。"

"乖啊。"

"嗯。"

宁朦上飞机的时候手机响了一下，是陶可林打过来的。

她没有接。

宁朦回家之后也没有联系他，隔壁一直没有动静，显然他也还没有回来。

他给她打过几个电话，她没有接，他也就没有再打来了。

宁朦关了电脑伸了个懒腰，往窗外看了一眼，天早就黑了。

看到陆云生办公室里还亮着灯，她微微一怔，走过去敲敲门，探头进去："陆编？"

"还没走？"办公室里的人从红木桌子前抬起头来，看到是她后笑了笑，倒一点也不惊讶，摘掉眼镜招呼她，"那就进来坐坐，刚刚从那边开完会回来，累疯了。"

宁朦只好进去，说是坐坐，但她一口茶都没喝完，他就丢了三沓资料过来。

"什么？"宁朦不明就里地翻了翻那沓东西。

资料里一份是发行《悦乐》杂志十周年的纪念增刊，本来社里每份杂志都会在年底出一份贺岁刊，今年《悦乐》没有这方面的企划，打算将贺岁与周年纪念刊结合，预计二月底出版。

第二份资料是社里刚刚整理出来的各个杂志的汇总，包括销量、读者分类和市场调查。前段时间陆云生开会时也提到了，《悦乐》的定位原本只是女性杂志，改版后增加的版块吸引了不少青年学生，扩大了读者群，即便如此，销量方面提升的幅度也不是非常大。宁朦翻看了一下全社的杂志，发现这是普遍现象。在信息发达、网络通畅的年代，电子产品几乎击败了纸质产品，这种状况在青中年当中尤为突出，而他们面向的，恰恰就是这一群捧着手机电脑的人。

第三份资料，是关于社内所有杂志联合发行线上APP的通告。

纵然已经料到，但看到这通告，宁朦还是眼前一亮，甚至有些小激动。这意味着杂志社终于迈出了全新的一步。

陆云生很满意她的反应，敲了敲桌子，说道："有没有什么看法？"

他总是会在第一时间跟宁朦谈起这些公事，询问她的意见，俨然她是副主编。其实这一年来，社长多次跟他谈过，要调一个或者是新聘请一个副主编过来协助，他这个也瞧不上，那个也觉着不合适，然后把大堆的工作毫不留情地丢在宁朦头上。

"APP这个是件好事，传统纸媒向移动设备的延伸，虽然不能全抱着特别高的期望，但总归是新的举措。其次是纪念刊的部分。"宁朦翻出那一页，"你确定要特意空出一个版面给陶Collin做访谈吗？"

陆云生笑了："你不知道陶Collin现在是我们杂志的王牌版块吗？本身漫画已经很好看了，他还是个网红，多少人是冲着他来的，纪念刊当然不能少了他。你和他说一下，约个时间做访谈，照些照片。"

"有些难。"宁朦笑着说，"他可能不会接受这个采访。"

"试试看，还有。"陆云生接着说，"封面也是大事，设计部和摄影师也不知道能不能在这短时间内交出好的作品，所以你让陶Collin画一版做备用，哦，对了，贺岁刊的漫画除了正版，还要一篇番外，统共要达到十五页。"

宁朦都有些蒙了："啊？这么多？"陶可林已经成他们的台柱了吗？

"别的细节，明天我们开会再讨论。"魔王下令，丝毫不给商量的余地。

"我尽量。"

"纪念刊做完之后，就去负责电子杂志的事情。"

完全是连环轰炸，宁朦反应迟钝地问："我？《悦乐》的吗？"

"不，全社的。"

宁朦又是一愣，而后眼睛亮了："这是，升职了？"

"是的，宁主编。"

"你不会担心吗？"

他狡黠一笑，反问道："你会让我担心吗？"

宁朦回以一笑：“那可不一定。”

“我相信你，所以放心去做吧。”

陶可林最后还是没能溜走，直接被他爸逮回家了。

叫了家庭医生过来，细细检查过后说是有轻微的骨裂，陶夫人又开始哭了，陶简和陶可林都有些头疼。

老爷子在一旁，没好气地哼了一声，最后发话：“既然伤得严重，就留在这边好好养养。”

陶可林连忙麻溜地站起来：“我没事的，爷爷，这点小伤。”

“还念叨着你那个漫画呢？”陶夫人嗔怪道，“都这样了就算了，你好好在家待着，哪都不许去，我这几天就在家照顾你。”她说着又有些伤神，“你都多久没和妈妈待在一起了，你看你都瘦了。”

最后几乎是被逼着上了夹板。

老爷子家里的警卫都一米九，连门卫都是退伍军人，他连出门透气都被人盯着。

他算是明白了，这是老爷子的变相监禁。

宁朦一直没有接他的电话，微信也从来不回，陶可林莫名其妙之外，还有些生气，又因为生病而有些小脆弱，也就没有再联系她。

这之后，他才收到了这一个多星期以来的，她的第一条信息。

老婆大人：什么时候交稿？

陶可林内心激动了十分钟，最后又装高冷地回复：可能画不了了。

第二天宁朦回复：哦。

哦。

哦。

哦。

陶可林就不说他自己等短信的这十几个小时里的心情了，最后一个哦字，击溃了他。

她不问问，为什么不能画了？

她不着急，没有稿子怎么办？

她也不问，他什么时候回家？

呵呵。

陶可林急得立刻换了衣服订了机票要回去，今天刚好老爷子不在家，又因为他这几天都很老实，所以撤走了警卫，因此他要走，是分分钟的事。

但是千算万算，他没有算到自己会一脚踏空摔下楼梯。刚刚复原了的手，又动不了了，而且好像，更严重了。

这下彻底画不了了。

宁朦其实很想问他，是因为要忙着订婚的事，所以画不了吗？

最后又觉得这话很怨妇，所以没有问出口。

她和陆云生商量了一下，后者觉得空窗一期也没事，和读者说好纪念刊补回来，吊一下大家的胃口，可能效果会更好。

但是他们忽略了粉丝们的执念。

新一期杂志出来的时候，苦苦等了一个月的粉丝和读者们炸了，纷纷到宁朦和陶可林的微博底下留言询问。

那天宁朦刚好带宁妈去医院复查，没有看手机，晚上回家才发现事情的严重性。

一开始粉丝们只是问问，后来有几个粉丝突然到她微博留言骂她，有一个自称是圈内人爆料说是因为她恶意捆绑陶可林的CP，造成了陶可林的反感，所以他才没有画稿子，甚至还说陶可林不会再继续连载。

这条评论被点赞上了热门，响应的人莫名其妙地也多了起来，跟风开始骂宁朦不要脸，想红想疯了，倒贴她们家男神什么的。

她的粉丝试图帮她说话，但很快被人怼了回去。

宁朦在外面跑了一天，检查排队，结果不是非常的理想，本来已经够糟心了，回到家看到几万条骂她的评论，整个人都蒙了。

陶可林那边没有动静，她也不敢随意解释，杂志的官方微博出来辟谣了，但是因为拿不出陶可林未交稿的准确理由，所以收效甚微。

宁朦不是第一次遭遇网络暴力，但这一次却好像格外能影响到她，她烦闷得晚饭都吃不下了。最后莫绯约她出去喝酒，她趁着宁妈睡着了，悄悄溜出去了。

陶可林这一天也去了医院。

复查说康复得很好，让他不得不怀疑，家庭医生夸大了病情的事实。

到家后，他也被那十几万条评论和@搞晕了，好几分钟才反应过来发生了什么。

宁朦那边的微博完全沦陷。

他连忙发微博澄清，虽然夹板拆了，但幸好他之前拍了一张照片，本来是打算发给宁朦博同情的，好歹也算是有用武之地了。发完微博，又到宁朦的微博下面去解释。

很快骂声渐弱，而之前那些振振有词说宁朦不要脸的女人，则都不作声了。

他敏锐地察觉到，这些搞事的人是水军。

他给宁朦打电话，依旧无法接通，他一急，想也没想立刻买了机票，穿好衣服就要出门。

老爷子出去散步了，他爸还没回来，他妈在厨房给他煲汤，眼看着已经走到门口，却忽然听到有人在后面叫他。

“可林，你要去哪里？”

陶可林无奈地回头，满脸的不耐烦：“怎么哪里都是你，你不是去度蜜月了？”

“姚琛有点事耽搁了。”对方笑了笑，视线落在他手上，“手好了？我看看。”

他“嗯”了一声，懒得给她看，转身要走，陶可欣却追过来，在他后面伸手按住门把：“要去哪里？”

陶可林扬眉：“需要报备？”

“没有让你报备，问一下不可以？”

陶可林瞄了一眼厨房，低声道：“回去找宁朦，怎么，又要拦着？”

陶可欣有些讪讪地松了手：“我什么时候拦过你了，这话说的，只是爷爷说了，你……”

“行了，别拿他来压我了，你也别管我，成吗？和你男人哪凉快哪待着去。”

“怎么对我这么有敌意呀？”陶可欣仍然笑眯眯地说，“我没做什么吧？”

“别一副在帮我的样子。你自己心里清楚。其他的我都不想和你计较，但是我不能容忍你去找宁朦的麻烦。”他推开门，看也不看她，“还有，你以为小瑾真的不知道你拿她当枪使吗？”

陶可欣脸色变了变，陶可林笑了一下，继续道：“一直是你在微博请水军去攻击宁朦吧？我最后一次警告你，不要再作妖，不要再干涉我的事情，我和谁在一起与你没有半点关系。也别再在我父母面前瞎说了，你以为他们还不清楚你是什么样的人吗？只不过都给你留着面子罢了。”

这是他说过的最重的话了，陶可欣的脸色完全变了。

他毫不在意，话撂完后头也不回地大步跑出去了。

买了最快的航班，下飞机后心急如焚地往回赶，他一直在给她打电话，但都是无法接通。他又给莫绯打，那边很久才有人接通，却是莫绯的司机。

“您找宁小姐？我们刚刚把她送回去，现在应该已经到家了。”

他就在小区门口，闻言立刻往里走，进门时恰好看到宁朦走进电梯。

他等了几秒才等到另一台电梯，再上去时宁朦已经进屋了。陶可林掏出钥匙打开门进去，她已经在沙发上睡着了。

他扶正玄关上被撞歪的柜子，又换了鞋，拿了她的拖鞋进屋，看到她仍然毫无知觉地睡在那，又一身的酒味，忍不住心里窝火。

“宁朦！”他掐她的脸，试图把女人叫醒，“你又喝酒了？”

她哼了一声，不耐烦地躲开他的手，陶可林拍了拍她的屁股：“我生气了。”

他去浴室放了水，找出她常穿的睡衣，在内衣屉里翻翻拣拣，最后挑了一套他比较满意的内衣裤后，才抱着女人进浴室。

宁朦自始至终都没有睁开眼睛，陶可林以为自己足够镇定的，所以才毫无畏惧地想帮她洗个澡。

事实证明，他太天真。

没有哪个男人面对自己喜欢的女人的肉体时，会不为所动。

即便是他不为所动，他的小兄弟也不会淡定。

他胡乱地给女人冲了一下，衣服也没敢仔细给她穿，擦干后裹了浴巾就抱出去了。

倒是他自己弄得一身狼狈，在浴室处理了好久才敢出去。

早上宁朦醒来的时候，浴巾已经跑到了腰腹，她一低头看到自己白花花的胸脯，脑子里嗡声一片。

转头看到旁边有一个毛茸茸的脑袋，登时条件反射，吓得一脚就蹬了过去。她明明由莫绯司机送回家了，怎么还会遇到这种事？

青年被踢到床边，闷哼一声，翻身回头看她，迷迷糊糊地问：“怎么了？”

宁朦在看清是陶可林的瞬间，完全松了一口气，后怕得后背都沁出一片冷汗。莫绯太不可靠，她发誓再也不泡吧喝酒了，毕竟不是所有男人都像陶可林这么坐怀不乱。

她捂好身体，抓起枕头就狠狠抡过去，打得陶可林措手不及，连连败退：“怎么了怎么了？先别打，疼啊。”

“滚出去！”

陶可林捂着脑袋："你别乱动，免得伤口疼！"

宁朦一愣，伤口？她明明没觉得哪不舒服啊，随后又立即反应过来，脸腾地红了。昨天晚上他们睡了？但娇羞不够半秒钟，陶可林的下一句话又将她打入谷底。

"等会去医院做一下检查，弄一份验伤报告，然后还要去警局，我们一定不能放过那个浑蛋！"

宁朦蒙了："什么？怎么浑蛋？"浑蛋不就是他吗？

陶可林望过来，眼圈有些红，语调微微颤抖："对不起，是我没有保护好你。"他不动声色地拿开她手中的枕头，将她揽入怀里，"发生这种事谁也想不到，你别太在意，我也不会介意的。"

宁朦费力地推开他，心里闪过不祥的预感："到底在说什么？我怎么了吗？"

陶可林艰难地开口："昨晚你喝醉了，有醉汉尾随你，我来晚了，到的时候那个浑蛋已经……"

宁朦整个人都僵住了，吓得眼泪大滴大滴地往下落，手足无措地望着他，话都说不出来。陶可林一看到她哭就尿了，立刻缴械投降，柔声哄道："好了好了，骗你的，别哭了，什么事都没有，我回来得很及时……"

宁朦没有听到，她整个人都是恍惚的，哭得都没声了。陶可林越发着急，拼命解释："姐啊，你听我说，别哭了，没事的，是我吓唬你的！"

宁朦抽噎着："你，你别安慰我了，我都这样了，肯定，肯定是真的。"

"真不是啊！"陶可林都恨不得抽自己了，"就是想给你个惩罚，让你以后还敢不敢喝那么醉。真有事我会不把你送医院？"

宁朦顿了顿，一想，好像确实是这样，待完全反应过来，勃然大怒："你有病啊！开这种玩笑！"

她想打人，无奈枕头早就被他抽走了。

"我看奥斯卡欠你一个小金人！"上一次也是这个套路，有病！

"你也该长点心了，每次都喝得这么醉。"

"滚！"宁朦扑过去按住青年，刚想抽他，就发现他手臂上紫青的痕迹，连忙收手，"胳膊怎么了？"

"嗯？"陶可林瞄了一眼，轻描淡写道，"爷爷抽的。"

"怎么能抽成这样？"她有些心疼，小心地碰了一下，陶可林立刻应景地嘶了一声，可怜巴巴地瞅着她，一副求关爱的表情。

"骨头没事吧？"

“骨裂，不过现在没什么问题了。”

“所以画不了画，也真的是因为这个？”她还以为他微博那个图是情急之下瞎发的，“怎么没和我说？”

对方有些委屈：“你都没问我，电话也没接。”

宁朦沉默了。

陶可林握住她的手，凝视着她，趁热打铁道：“为什么生气不接我的电话？”

宁朦看了他一眼，没有作声。

他捏了捏她的手心，斟酌着说：“那天不是故意让你久等的，我爸妈和我爷爷约了言瑾一家吃饭，耽误了点时间。”

宁朦依旧没有回应。

陶可林想了想，又试探着说：“我家和曾家算是世交，我和小瑾从小就认识了，又因为都喜欢画画，所以以前就走得很近。但我一直只把她当妹妹看待，未成年之前家里有说过让我们订婚的事，我有解释，他们后来没有再说，我就以为这件事就算了。可是没想到前几天他们又提起了。”

他看到宁朦的眸色闪了闪，心知自己猜对了，忙不迭松了口气，又继续解释：“也就是因为我当着两家人的面推了婚事，才被我爷爷打了这么一下。”

宁朦抽出手，碰了碰他受伤的胳膊，眼底的心疼一览无余。

“会有后遗症吗？”

“你好好疼我就不会了。”陶可林开玩笑道。

宁朦嗔怪地看了他一眼：“打你你不会躲一下吗？身手不是挺好的吗？”

“躲了婚事就推不掉了。”

事实证明，这一下打得挺值的，上了夹板的第二天陶夫人就带他去曾家道歉，好歹是看着他长大的叔叔阿姨，得知他是被老爷子打成这样的，同样心疼得什么也顾不上了。

陶可林凑过去亲她，对方也温柔地抱着他的腰回应他，让他的心瞬间瘫软如水：“以后有什么事直接问我好吗？发脾气，和我闹都好，别一声不吭的，你知道我这几天有多郁闷吗？昨天看到你被人黑，又联系不到你，急死我了。”

宁朦低低地应了一声，想了想又说：“那天我也在那个地方吃早饭，遇到陶可欣了。”

陶可林有些诧异。

“但是我们没碰面，我在旁边，听到她和言瑾在说话，说什么订婚的事……”

陶可林了然，有点恼火："这个女人！"

"你爸妈，为什么会领养她？"宁朦有点好奇。

陶可林对她知无不言："我小时候一直是爷爷带，我爸妈太想我了，又不好和老爷子说。陶可欣爸爸是我爸公司员工，出了意外事故去世了，所以我爸妈就领养了她。她其实小时候人很好的，后来不知道怎么就变成这样了。我爸妈在她参加工作之后就解除了领养关系，但是一直没有对外说明，现在想想，也是我爸妈对她一直都太宽容了。"

宁朦不想揣测别人，但这会儿也忍不住想，姚琛那位厉害的母亲若是知道自己儿媳并非陶家大小姐，会怎么样呢？

宁朦升职那天恰好是冬至，陶可林约她吃饭，但因为晚上要请同事吃饭，所以她拒绝了。对方好一阵失落，又让她早点回去陪他吃汤圆。

她挂了陶可林的电话又接到她妈的电话，说要过来和她过节。

宁朦让她先吃饭，自己会晚一点才回去。聚餐结束后又接到宁妈的电话，说带了奇奇过来，两人现在在家附近的超市，买点汤圆和食材。

这种湿冷的阴雨天气，连冬至都不能避免。傍晚的天空还在飘雨，衣服沾了水雾，一下子寒意就席卷全身。

宁朦停好车走进人头攒动的超市，直接在冷藏柜前找到那对祖孙。

"小姨小姨！"奇奇坐在购物车里，朝宁朦挥着小手，购物车里已经堆成了小山，宁妈手里还各举着一袋汤圆问她："要芝麻还是花生？"

宁朦指了指花生。宁妈又发现宝物似的从角落抽出一袋紫薯汤圆："你和你姐小时候最爱吃这种口味的了。"

宁朦笑了笑，眨眨眼："现在也很喜欢啊。"

三人在收银台排队结账的时候，宁朦眼前一闪，似乎在隔着两排队伍外看到一个熟悉的身影，还没等她看清楚，奇奇就已经拼命挥手，大声喊道："可林叔叔！"

在队伍中间漫不经心站着的男人不是他还是谁，只穿着一件套头条纹羊毛线衫，棉衣搭在手臂上，另一只手提着购物篮子。

超市很嘈杂，奇奇的嗓门又不算大，但即便如此，青年还是感应到什么了一般，微微偏头看过来，扬起嘴角，目光灼灼地停在宁朦身上。

结完账后他们在门口碰面，陶可林礼貌地跟宁妈打了招呼，伸手将奇奇抱起来："好久不见了奇奇，又来找你小姨玩啊？"

奇奇搂着他的脖子，狠狠地在他脸上亲了一口，有些委屈地说："我好想你啊，你都不来找我玩，你不想我。"

陶可林呵呵一笑。

宁朦是有些惊讶的，她从来没有见过奇奇主动亲任何人，即便是他妈妈，都要哄很久才会亲。

"怎么过节还一个人来逛超市啊？"宁妈笑眯眯地问。

"家人都在外地，就自己过了。"陶可林笑着答。

"一个人过多孤单。都是邻居，我们也买了这么多东西，你就来跟我们一起过节吧。"宁妈热心肠地说道。

宁朦一愣，不由自主地朝陶可林看去，看到他有些受宠若惊的表情，心里有些泛酸。

陶可林向来喜欢以退为进，嘴上仍是礼貌从容地答道："哪里好意思打扰，我自己回去吃泡面就好了，不用麻烦了。"

"不麻烦啊，你跟我们客气什么。"宁妈说，"一起吧啊，来来来，阿姨帮你结账。"

陶可林慌忙甩出一沓现金递给收银员："阿姨，我来，我来就好了。"

最后几人一起回去，陶可林一个人拿了大部分的袋子。挺沉的，宁朦念着他手臂受过伤，想帮他提一部分，但是陶可林不让，最后宁朦都想打他了，他才分出部分给她。

到家后陶可林带奇奇在客厅玩，宁妈和宁朦在厨房煮汤圆。

香甜的花生馅汤圆，一个个白白润润，软糯黏牙。吃进肚子里好似浑身都烫了起来。

上桌后陶可林一口一口地吃着，红唇微启时白瓷勺子送到嘴边，盈盈一水间，不知道是汤圆更软还是他的唇更软。

对面的人捕捉到这道视线，抬头时微微一怔，伸出长指拂过嘴角，面上现出一丝了然。

像猫抓了老鼠一样。

宁朦暗骂自己，真是色令智昏的老女人！然后不敢再抬头，只顾着往嘴里塞汤圆。

被狠狠烫了一嘴。

"慢一点。"宁妈好笑，"没人和你抢。"

陶可林也笑："看来是阿姨煮的汤圆太好吃了。"

吃完汤圆，陶可林的手机响起，他望了望宁朦，难得地出现了短暂迟疑。

宁妈了然："小陶是不是有事？"

陶可林抱歉地解释："因为今天是我的生日，有朋友找我。"

"生日啊？你这孩子怎么不早说。"宁妈有些惊讶，连忙说，"你有事就先走吧，下次阿姨再请你吃饭。哎呀，要是知道你过生日，刚刚就叫你过来一起吃饭了。"

宁朦也很诧异："今天你生日？"天哪，她最近都在忙杂志，完全忘记了。

"有汤圆吃我已经很满足了。"陶可林笑着说，"谢谢阿姨的招待，下次应该是我回请了。"

"不要紧不要紧，你慢点走啊。"宁妈说，"宁朦你送送。"

陶可林连忙假惺惺地推辞："没事，就几步路。"

宁朦送他到门口，笑着问他："今天生日？"

"嗯，我过农历。"他其实很哀怨的，但是碍于宁妈在，根本不敢透露，刚刚就只能递给宁朦一个可怜巴巴的眼神，让她下次再补偿。

"怎么没说？我都没有准备。"

陶可林捧着她的脸亲了一口，小声说："你能陪我，就已经很好了。可惜你妈妈来了，不然我今晚……"

宁朦刚想说明天补上，他的手机又闹起来，他只能先接电话。

"路上耽误了……已经回来了，就在门口了。"几乎是他话音刚落，前面的门就打开了，里面传来一阵热闹的说话声，中间夹杂着愉悦的笑声。一个男生的身影出现在门口，不满地骂道："买包糖也能买一个小时！让一屋子人等你，你也好意思！你的鞋子要被瓜分完了！"

这个男生的长相辨识度太高，宁朦一下子就想起他是上次看到的新一。

"什么！"果然被戳中软肋，陶可林大惊失色，几欲夺门进去。

男生笑呵呵地让开，抬头看到宁朦，微微一愣，伸手打了个招呼："你好，我是可林朋友叶以桂。你住在这儿？"

"呃，我就住隔壁。"宁朦也伸出手，但是半路被陶可林握住了。

"我老婆宁朦。"陶可林的占有欲惊人。

"闻名已久。"叶以桂笑得眼睛都弯了，又瞪陶可林，"知道了，小气，握个手都不行。"

陶可林把他推进去，捏了捏宁朦的手："等会你妈妈睡着了你过来一下好不好？"

宁朦笑着答应了。

叶以桂又探头出来："记得过来啊，不然他今晚就惨了。"

他话还没说完，里面又走出来一个个子小巧的女人，一跃跳到叶以桂身后，一口咬住他耳朵。叶以桂被这么一突袭，不免弯了腰，嘴上却乐呵呵的，反手托住女生，怕她掉下来。

"喂陶可林，你还不进去，小瑾都替你被罚两瓶啤酒了。"女生毫不客气地说。叶以桂一只手托着女生，一手接过陶可林手中的袋子："我们先进去吧。"接着不管那个女生怎么叫嚷，反手合了门。

小瑾也在吗？

宁朦笑了笑："那你先进去吧，我下楼丢个垃圾。"

她转身按下电梯，几秒后电梯叮的一声到了，宁朦刚要迈腿，手腕就被人从后面狠狠地拉住了。

这么猝不及防的一下，搞得宁朦站都站不稳，晕头转向之间被转过身子，就这么对上那双漂亮的眼睛。

宁朦有些迷茫地望着他，对方却清明得很，抓着她胳膊的手往下滑，落在她手心，几个指腹在她手心拂过，骨骼硬朗，力道却不算大。

突如其来的略带温情的动作，叫宁朦的心柔软下来："进去吧。"

"嗯。"

宁朦晃晃手："那我下去丢垃圾了。"

"嗯。"

"嗯？"宁朦失笑，"那你倒是松手啊。"

他松了手，宁朦刚抽出手，他空出来的手就突然抬起来，像往常那样弹了一下她的脑门。宁朦一声不吭地受了这一下，连揉一揉的动作都没有。他反而有点过意不去，喉咙扯出一点笑声，手指留在那里揉了揉，又摸了摸她的脸，最后停在耳垂边捏了捏。

"虽然你吃醋的样子很可爱，但是我还是不忍心看你赌气。"他无奈叹气，"都是朋友组织的，我也不好让他们不叫小瑾。"

"嗯。"宁朦笑了一下，很认真地点头，"我知道，那毕竟是你的未婚妻，我还是有一点点在意的，不过你不用管我。"

她其实没有多在意，但是如果她表现得不在意，恐怕陶可林就要在意了。

陶可林牵唇，在她唇瓣落下一个吻："我想做一件事很久了，你可不可以不要生气？"

“什么？”

那人却只是微微笑了笑，并未将话说完，将她推进电梯：“去吧，你妈妈要着急了。”

宁朦回来时奇奇在看动画片，宁妈催他去洗澡也不听。等小魔王和宁妈都睡下，宁朦才去洗了澡，抱着衣服去阳台洗。

阳台上能听到隔壁传来的声响，很热闹的样子。

夜晚的气温很低，宁朦只披了件毛衣，站了一会就手脚冰凉了。她手脚利落地把衣服丢进洗衣机里，刚要转身回去，隔壁就有人拉开了阳台的落地门走了出来。

那边没有开灯，宁朦看不真切，但她第一时间就能辨认出对方不是陶可林，她没有多作逗留，打算进屋去，就听到那人开口喊了一声。

“嗨，美女邻居！”

宁朦只能停下来转过头。

“能不能借一张毯子？呃，人太多，陶可林家被子不够，我都给冻醒了。明天一定叫陶可林洗了给你还回去。”

“好，等一会。”宁朦走回屋，拿了一张厚毯子和一床蚕丝被出来。因为两家的阳台隔得并不远，她直接从阳台递了过去。

“这么多！”那边的人稳稳地抱住，惊喜道，“今晚可以睡个好觉咯！谢谢美女！陶可林好福气啊，这么个好邻居。”

“不用客气。”

那人欢天喜地地进了屋，随后阳台的灯亮起，有人走出来。宁朦莫名心跳停顿了一下，抬眼就看到那个修长的身影。

宁朦朝他笑了一下。

陶可林本来就有些醉了，这一下更晕了。

他抱着手臂斜靠在墙上，阳台微弱的灯光打在他身上，让他整个人看起来很模糊，像一团影子。

即便如此，宁朦也能感觉到他的视线一直凝着在她身上。随后沙哑又低沉的声音传来：“过来吗？”

“明天还要上班。”宁朦说，“你们玩吧。”

他也不意外，提醒她：“那就赶紧进去，外面冷。”

“你也是。”他穿得也单薄，“你的生日明天晚上我再……”

宁朦没想好要怎么补，所以停顿了，闻得对方一笑，就见他站直了身子说：

“你过来。”

他说完就转身进去了。宁朦后知后觉地反应过来，也跟着离开阳台，轻手轻脚地穿过客厅，拿外套出了门。

她很小心，所以出门时感应灯都没亮。陶可林比她慢了半步，过了两秒才在黑暗中看到隔壁的房门开了一个缝。

她尚未开口，青年就反手关门走出来，准确无误地将她揽入怀中。

宁朦就着墙角应急灯幽绿的光抬眼望去，看到一双漂亮的眼睛，眸子里像泉水里静卧的黑石，经过了常年流水的打磨与浸润，越发清亮黑澈。

她脑子钝钝的，几乎无法思考。他说了什么，她通通没有听进去。

目光蒙眬，不知道是他的还是她的更蒙眬，宁朦张了张嘴，连个音节都没发出来，就被他勾起下巴。冰凉，带了一丝清冽的酒气的唇印到她的唇上，她的腰被捏得紧紧的，后颈被扣着，两人之间一丝间隙都没有。

宁朦无处可逃。

气息在他的吮吸辗转中渡过来，混合了大麦啤酒和红酒的味道，也许还有香槟？宁朦不确定，但是确定的是，他的唇真的比汤圆更软糯。

炙热的氛围包裹着两人，把浅薄的空气隔开。脖子上他的指尖很凉，身上也只剩下薄薄的体温。宁朦动了一下，想把衣服脱下来给他，这个动作却引起了他的不满，于是手和嘴唇更用力，仿佛要把女人揉进他的身体里。直到她要喘不过气来了，他才稍稍移开嘴唇，额头抵着她的额头，仿似疑惑地“嗯”了一声。

这是在问她为什么要推他了。

两人离得这样近，近得她都看不到他的眼睛。

“当心着凉。”宁朦善意地出声提醒，闻得青年一笑。

“专心一点，宁朦。”他夜莺一样的声音，轻柔低回，醉醺醺但是一点都不含糊，“这就是我想要的生日礼物。”

她想反驳，但嘴巴又被堵上。

接吻方面他是高手，火候永远都掌握得很好。没几秒宁朦就被他带得浑身火热，背心都要涔出汗了。宁朦伸手圈住他的脖子，又被青年托起压到墙壁上。

这个姿势让宁朦越发地热，她的后背是冰冷的墙壁，前面是火热的攻势，怕滑下去摔到，她几乎下意识地双脚勾起，缠住他的腰身，也把他抱得更紧了。

两个人离擦枪走火真的为期不远了。

这个动作让陶可林有些血脉偾张，他的手指飞速地滑进女人的衣服里。她洗完澡后没有穿内衣的习惯，于是又便宜了他。

两人太过投入，谁都没有听到那声轻微的开门声，更没注意那道一开始就刻意隐藏的呼吸声。直到那呼吸声变得急促，更胜于这两人，他们才听到有个女声轻轻地、不可置信地问了一声："陶可林？"

宁朦和陶可林交缠在一起的身影在霎时亮起的声控灯中僵硬，陶可林的房门口站着一个柔弱的身影，她的眼睛睁得大大的，有些尴尬地撇开脸，嗫嚅道："对不起，我不是故意打扰你们的，我不知道你们在……他们都睡了，时间不早了，我先回去了。"

说完，在两人没有反应过来之前跑下了楼。

宁朦和陶可林面面相觑。

"你去看看，这么晚不安全。"宁朦开口道。

陶可林一脸无奈，有些抗拒，但宁朦又推了推他示意，最后他只能扯下宁朦身上的外套披上，在她额头落下一个吻，又亲昵地揉了揉她红肿的嘴唇，笑着说："今晚就饶过你了，你先回去睡吧，明早还要上班。"

在他转身的时候宁朦又拉住他，他回眸，扬了扬眉毛。

"我会补的，生日礼物……"

对方闻言更走不动道了，最后还是宁朦把他推走的。

第二天宁朦顶着核桃眼去上班，被 Ada 嘲笑了一上午，没休息好加上晚上吹了几次风，上了年纪的身体就毫不客气地露出点感冒的征兆，喷嚏鼻涕不断，直接在一堆嫌弃的声音中被赶出会议室。

她太久没有生病了，身边连一瓶维生素 C 片都没有，只能狂喝热水。

空荡荡的办公室里就她一个人，暖气烘着，她趴在桌子上休息，迷迷糊糊间听到桌子被敲了敲，随后有人温柔地摸了摸她的脑袋。

宁朦费力地侧过头，顺着那只撑在桌上的修长的手往上望去。她趴着的时候一直压迫着眼睛，这会儿眼球还没有正常启动，只觉得眼前昏花一片。彩色的线条中看到暗橙色的羊绒大衣，她忍不住心头一跳，一时更加迷糊，不知道今夕是何夕了。

"同学，上课时间不要睡觉。"来人带着孩子气的笑说，"昨晚没有休息好？"

宁朦的感官这才渐渐回复，一时更是诧异："你怎么……来了？"

对方捏了捏她的脸：“睡得这么沉，我让前台打电话上来都没人接。”

宁朦轻轻眨了眨眼，迟疑着问：“来找我？”

他没有回答，只顾着把手上的东西放到她桌上，伸手探了探她的额头，自顾自地问道：“发烧了吗？好像有些烫。”

宁朦直了身子，拿开他的手：“你怎么来了？”她的视线落在那袋东西上，忍不住笑了，“怎么知道我生病了？”

“打你的电话你没接，恰好你们陆主编给我打电话，说了采访的事。我啊，本来是要拒绝的，可是他说你生病了，就答应了。”他打开袋子往外掏那些花花绿绿的盒子，一样一样地跟她说明，“这种我觉得很有效，这种是药师推荐的。我不知道平时你吃哪一种，就都买了。还有我在路上给你打包了膳食坊的汤菜，还热乎着，还有……”

“陶可林。”

他停下来看着她，宁朦却不知道要说什么。他突然又笑了：“怪我，昨晚不应该拿走你的外套。”

“不是，你就为了来给我送药，所以答应了我们主编？”她仍然有些难以理解，“你觉得不方便的话就拒绝好了，我们主编很好说话的，再说我也没有那么严重，不然我会请假的。”

“我担心你啊。”他说着也笑了，“以前我们还没在一起时，是谁在我生病的时候忙里忙外的？”

宁朦哑口。

“说起来，是不是你那时候就已经喜欢我了？”

宁朦皱眉：“这里不是说这个的地方啦。”

他咧嘴，从纸袋里拿出最后一样东西：“你最爱的芝士蛋糕，有胃口吃吗？”

她摇摇头，对方了然：“那我先回去了，你吃了东西再吃药。”

宁朦撑着桌子站起来：“我送你下去。”

他伸出一只手按在她手上，笑着说：“别了，你赶紧吃东西吃药。我自己走。”

宁朦瞧着他，忍不住抓起他的手，悄悄放到唇边亲了一下。青年被逗乐，最后只是顺势抚了抚她的唇瓣，转身离开。

芝士蛋糕很香甜，粥也很软糯，两家店其实隔得很远，难为他跑了一圈给她买来这些东西了。

他的药很有效，吃过后宁朦困顿了一下，晚上走出公司的时候她几乎全好了。

想着家中还剩下不少的菜，宁朦没做停留，匆忙驱车回家。

到家后不出意料地看到满室光华。

陶可林裹着毛毯蜷缩在沙发上，抱着电脑专心致志，没发现她进屋了。宁朦带上门，连鞋都没有换，走到他身边，才发现他在修图。

入了冬以来，他就不愿意趴在冰冷的茶几和地板上画稿子了，都是抱着电脑吹着暖气工作。

听到动静他也没抬头，继续着手中的工作。宁朦不想打扰他，安静地坐在沙发上脱鞋。正费力地勾着远处的棉拖，冷不防被身后的人抓住胳膊往后扯，她重心不稳，摔到他身上，歪七歪八的也没个支点，默默挣扎了半天，却连坐都坐不起来。

始作俑者的脸在电脑荧光后，恶作剧得逞般地笑着。

“陶可林……”宁朦起不来，立刻服软，求救地望着他。他也不含糊，长臂一捞，抱着把她扶起来，然后揽在她腰上的手腕微微使力，宁朦便结结实实地落到他身侧，半倚在他身上。

这几个动作连贯起来，他腿上的电脑却依然纹丝不动。

“感冒好点没有？”他一边修图一边问她。

“好点了。”宁朦好奇地凑过去看了一眼，“在画画？”

他“嗯”了一声，把图片点开给她看。

“封面？”眼前是一张完整的高清图片，配合即将到来的新年的喜庆气氛，两名女主的套装被埋藏在火红的羽绒服下，短发的妹子手哈着气，仰头望着漫天飘落的雪花，小脸埋在围巾里，笑眼眯眯。另一个承接着她利落凌厉的气质，头发一丝不苟地盘着，连围巾也没戴，露出纤细的脖子，正拆着公司发的年终红包。背后是她们的公司大厦，每一个过往的人都面目清晰，服装动作表情各有差异，每一处细节都处理得干干净净，就连路边的车辆中都能透过挡风玻璃瞧见里面的人。

“好美。”宁朦惊叹，“细节处理得好棒。”

他真的是天才，认真又努力的天才。

他低声笑了，不是爱听夸奖的人，却在此刻耳根子完全软了。宁朦腰间的手带了带，使两个人靠得更近了些，他温热的气息喷在她的颈间，声音就在她耳边，蛊惑人心，“这几天不眠不休地给你画画，就没有赏赐吗？”

“这是你的工作。”宁朦想推开他，但是碰到他的手，然后皱了眉，“你没有开暖气？”

他摇摇头：“懒得开了。”

“手冻成这样。”宁朦忍不住埋怨，“天天追着叫你穿衣服也就算了，现在暖气不开对着电脑那么久，你是冷血动物啊。”

“唔，我不是冷血动物，不过身上有一条冷血动物。”

“啊？”

“你要不要见识一下？”他坏笑着说，抓着她的手就往衣服里探去。

宁朦叫了一声缩回手，大叫流氓，他干脆咯咯笑着甩开电脑朝女人扑来。

陪陶可林昼夜不息地赶稿子，看他满眼血丝，宁朦心疼得不得了，恨不得把陆云生吊起来抽几鞭。

能帮的她都尽量帮了，不能帮的，只能干看着他熬夜。

偏偏后者又爱哄她，总说不熬夜不熬夜，结果把她骗去睡觉之后自己又爬起来画画。

宁朦拿他没办法，只能天天买各种补品回来煲汤给他喝，喝得他差点流鼻血，连连求饶天天叫外卖在外面吃。

“画完这一篇，就差不多要完结了。”陶可林伸了伸懒腰说。

宁朦把蜂蜜加进温水里搅拌：“那四月份我大概要重新找个画家了，又得天天扒网站，缠着漫画社那边要作者了。唉，也不知道能不能再找到一个小鲜肉呢？”

“你事情不要太多！”他恶狠狠地说。

宁朦笑了，把杯子端给他：“那采访的事我帮你回绝陆编了？”

他仰头，笑得纯良：“我听老婆的。”

宁朦顺势揉了揉他的头发：“听我的就不要熬夜了，拖稿几天也无妨。”

陶可林扬眉：“你的职业操守呢？”

两人又笑作一团。

最后他把宁朦赶回房，还提醒她关门，怕自己影响到她。

其实她一点也不介意被他吵着，她每天甚至都不关卧室的门。因为躺在床上看着客厅透过来的光亮就会莫名地安心，即便有时候晚上会被他放下画笔的轻微声响弄醒，也是如梦似幻，几乎下一秒就能继续安睡。

这样一觉莫名安稳，中途突然醒来，宁朦下意识转头去看门角，瞧见那淡淡的光雾才安下心来。

她翻个身去看床头的夜光灯，才凌晨三点多。翻身下床，没找着棉拖鞋，只能光着脚出来，才走出门就被外面的人察觉了。他抬起头，有些诧异地看着她走出来，然后二话不说，迈步到玄关拿起一双棉拖鞋放到她面前，看她穿上后才问：“吵醒你了？”

“没有。”宁朦连忙摇头。倒不如说他太过安静了，她才会惊醒。

他笑了一下：“就快画完了，画完就能和你一起睡觉了。”

这一笑实在太温柔，宁朦的心软得像蛋糕一样。他回到茶几前提起画笔，她在对面蹲下，一点一点遮住他的稿子，在他抬头看她的时候她停下动作，贴着他笔挺的鼻子说：“陶可林，我最喜欢你了。”

他愣了一下，微微偏了脑袋。熬夜使他有些迟钝。

宁朦也不打算再说第二遍。

很快他反应过来了，轻微地拉开了嘴角，露出一个微妙的笑容：“我也最喜欢你了。”

宁朦弯了弯眼角，凑过去吻他。他的口齿温热，吐气如兰。

她还记得第一次与他深吻，他大概是将将吃过果糖，满嘴酸酸甜甜，那时她就在想，这是一个多喜欢吃甜食的男人啊。这也许是她这辈子尝过的最好的糖果的味道，以后再也没有。

他继续画画，宁朦走回房间，很快坠入香甜的梦境。

第二天一早上班。她最近都很忙，APP 上线的事几乎都需要加班完成，等做完手头上的事时，已经是晚上十点半了。

她走出办公楼，不知哪来的冷意从领口钻进身子，宁朦摸了摸脖子，才想起自己把围巾落在办公室了。

想回去取，却在等电梯的时候接到陶可林的电话。

她还未开口，就听到他在那边有些委屈地问：“怎么还没回来？”

立刻决定电梯也不等了，直接去了车库。

一路飞驰。

到家后便看见陶可林坐在沙发上看电视，听到声音他立刻跑过来，狗腿地替她拿出拖鞋，巴巴地望着她：“等你好久了。”

她那颗因为加班而疲劳的心，瞬间被抚慰了，捏着他的下巴就亲了一口。

青年很上道，立刻揽住她的腰掌握了主动权。

因为好几天没温存了，两人都很投入，很热情，于是有些失控。

难得氛围那么好，宁朦不想放过他。

对方很敏锐，立刻察觉到她的意思，松开了她，也移开唇，额头抵着她的额头。亮眼的光线下是他柔软的头发，他凝视着她：“我有礼物要给你。”

“刚好，我也有。”

她抓了抓他的头发示好，他又笑了：“先看我的。”

宁朦脱了衣服：“确定不是先看我的？”

青年微微一怔，目光炽热几许，立刻将她打横抱起：“看你的。”

他抱着她走进卧室，温柔地将她放到床上，修长的手指挑开了她衬衣的扣子，拆礼物一般地剥了她的衣服，轻巧地在她的肌肤上滑走，唇游离到她耳边，带着湿热气息的声音沙哑又魅惑：“这真的是给我的礼物？”

宁朦的手探进他毛衣的下摆，低声道：“是。”

他轻笑，温热的唇重新回到她唇瓣。这个吻，比任何时候的都要久，都要热。

宁朦感受着身上的人的变化，脑子犹如沸腾着的水壶，丧失了思考的能力。

他问出口也似乎没打算听她的回答，就这么一秒钟的工夫，他已经开始攻城略地。宁朦觉得自己仿若陷入了泥泞的沼泽，恍恍惚惚，越陷越深，眼睁睁地看着他把手摸进床头缝里，用食指和中指夹出一个小家伙。

他什么时候放在这里的？他居然准备了这玩意？然而还未问出口，他已经进入主题了。

他虽然做足了前戏，但宁朦仍然疼得整个人都蜷缩了起来，陶可林没有再动，只是温柔地抚摸她，亲吻她：“放松。”

“浑蛋。”宁朦不自觉地落下眼泪。

“我知道。”他亲掉她的泪珠，手指揉捏着她让她放松，也尽量克制自己，哄她，“是我不好。”他把她的手放到自己背上，“疼的话你捏我。”

宁朦瞬间又被逗笑了，她抱住他的腰，像一个信号，他立刻接收到了，两只眼睛亮晶晶的，亲了亲她，调整姿势重新开始。

陶可林在她耳边微微喘息，温热的气息扑在她侧脸，性感得要死。

“陶可林……”她的声音被摇晃得支离破碎。

陶可林温柔地亲吻她的手指：“我在。”

宁朦轻喘了一声，陶可林一听这声音就有些失控，忍不住按着她加快动作。

当天晚上，到最后女人直央求他打住，他才放过她。

宁朦迷迷糊糊地睡了过去，再醒过来的时候也不知道是几点钟，厚重的窗帘把窗户遮得死死的，一丝缝隙也没有，可是她知道肯定已经天亮了。宁朦盯着那块窗帘，好半天意识才一块块慢慢复原。她转过头，发现陶可林已经不在那里了，浴室传来水声，没多久水声停掉，门被打开，围着浴巾的陶可林走出来。

他看到宁朦已经坐起来了，笑了一下扑到她身上，像一只从水里游回来的小狗，猛甩头发，水珠溅了她一身。

刚洗过澡，青年的皮肤白白嫩嫩，结实的后背微微起伏，人鱼线带着诱惑的弧度，脸上因为浴室的热度而带着微妙的红晕。

“醒了？来，我们继续昨晚要做的事。”

宁朦实在是没力气了：“不要了，好累。”

陶可林于是翻身从床头柜拿过水杯递给她，眯着眼睛说：“先喝点水。”

宁朦乖乖接过，咕咚几口喝了个精光。他拿走空杯子，关了灯躺下，给她扯了扯被子，竟然真的没有再逾越。

陶可林抱着她，把玩着她的头发，察觉到她动了动，又立刻撑起身子看她：“有没有哪不舒服？”

宁朦哼了一声，缩进他怀里，闭着眼睛问：“没有，你怎么没睡？”

陶可林亲了亲她的额头，坦言：“太兴奋，睡不着。”

宁朦笑了一声。

“要不要看看我送你的礼物？”

宁朦“嗯”了一声，睁开眼睛。

枕头旁边放着一个抽纸盒大小的礼盒，盒子里放着一个绑了蝴蝶结的小老虎陶彩，老虎的样子憨态可掬，色彩搭配独特又鲜明。

“哈，真可爱，哪里买的？”宁朦将老虎捧在手心，拿到面前细细地看，陶彩的细节处理得很好，连小爪子都独立上色，她越看越喜欢。

“哪里都买不到。”他的语气里带着浓浓的笑意，有着不易察觉的得意，“这是我到陶瓷店里自己做的，连模型都没有参照，只此一只，绝无仅有。”

“哟，手艺不错呢，真不愧是搞艺术的。”宁朦也不算太惊讶，这大胆的用色除了他还有谁能做出来？

他挑着眉，点了点自己的脸颊讨赏。宁朦于是笑着说：“行，姐姐赏你。”

陶可林神色无异，仍然笑着，宁朦凑过去亲了他一下。她只亲了脸颊，对方不满足，又转过脸来找她的唇，宁朦咬了他一下：“刚刚不是亲了？”

“刚刚那是你晚归的惩罚，现在才是奖赏。”

宁朦抱着小老虎躲开他，笑着说：“加班啦，你以前不也一声不吭就消失吗？比我恶劣多了。”

陶可林意犹未尽地舔了舔下唇，暂时放开了她，正儿八经地说：“以后再也不犯，我保证。”

“乖啦。”

“乖就再亲一个。”

宁朦怕他走火，便抱着老虎转身躲开他，结果这么一晃，就听到小老虎身体里传来声响。她狐疑地看了他一眼，在他的眼神示意下转过小老虎，在它的肚子上发现一个小塞子。

“里面有东西吗？”宁朦问。

他含笑望着她：“有啊。”

宁朦的心跳有些加速，脑海里百转千回，慢慢拔出塞子，倒出里面的东西，神色微微一顿。

陶可林摸摸她的脸，有些紧张地看着她。

“车钥匙？”宁朦回头，表情有些似笑非笑，“送我车？”

“嗯，喜欢吗？”

“喜欢吧。”那个“吧”字发声很轻，他没有听到。

“那再赏一个。”他又凑过去，近乎无赖地说，“先亲了再说。”

她是怎么也不愿意赏了，但是那张漂亮的脸蛋又迅速凑近，宁朦还没反应过来，嘴唇上便落下一个温热的吻。

他偷袭成功，露出一个得意的笑。

笨蛋。真是个笨蛋。

宁朦不知道自己什么时候睡着的，也不知道什么时候穿上衣服的，醒来时陶可林不在旁边。她翻了个身，勉强伸了个懒腰，听到客厅传来一声响，是锅和碗碰撞的声音。

“陶可林？”宁朦朝外叫了一声，外面没有了声音。

她坐起来穿衣服，发觉自己腰酸背痛，大腿内侧酸得不行。下次再也不纵容他了。

宁朦缓了一下才有力气爬下床，走出客厅就看到陶可林在厨房鼓捣。

“几点了？”宁朦从他背后抱着他的腰问，“还煮早餐呢，别浪费我粮食呀。”

他头也没回，回答了她一声："快十二点了。"

今天星期一！宁朦才想起来，匆匆忙忙去浴室洗漱。陶可林跟过来，笑着安抚她："别着急，我已经跟陆云生打电话请假了。"

"你干吗要请假？"宁朦嗔怪道。

他挑眉："意思是你还有精力上班？看来我昨晚还是太心软了。"

宁朦现在是脚软了："不不不，没有精力了。"

陶可林捏了捏她的脸蛋："放心，我发的是短信，只说你今天要催稿，所以不去了。快点洗漱，我熬了粥。"

两人吃过早餐后窝在沙发里看电视，宁朦刷了一下微博，有一个曾经被她提携过的推荐零食的小网红现在已经顺利转型，开始做美妆视频直播，因为擅长模仿明星妆容，因此格外火，开直播的时候有两百万的观众。她才惊觉自己差不多一个月没有发视频了。

她都快过气了。

宁朦当机立断，迅速回房换了衣服打算拍一个化妆的视频，结果陶可林一直在旁边逗她，导致她眼线重画了好几遍。

她懒得重新化，把声音处理过之后就发出去了。

结果网友都嚷嚷着女神终于发糖了，并且纷纷在微博底下催婚，问他们打算什么时候领证。

陶可林把催婚的评论都点了赞，被宁朦追着一顿打。

他可怜兮兮的："什么时候领证啊？"

宁朦想到那个车钥匙就有点窒息，她收起手机转移话题："难得今天休息，要不要出去逛一下？看电影吗？你上次说很想看的电影你看过了没有？"

他终于恹恹地抬头看了她一眼："你老要加班，那部电影都下映了。"

宁朦笑起来："那我们看别的？晚上我们在外面吃好不好？我知道有一家餐厅的酒和甜点很好吃，我们去试一试？"

陶可林抬眼看她，宁朦今天化了一个可人的桃花妆，又穿了嫩黄色的裙子，他要是不出门还真是浪费了她这身行头。

两人很少约会，所以宁朦很是重视，出门前选鞋子都选了十多分钟。

宁朦说要出门，其实她并没有目的地，上了车陶可林问她要去哪里，这个点看电影又似乎有些早，思来想去她也没回答出来，后来他便没有再问她的意见，直接将车开了出去。

结果是带她去俱乐部打桌球。

宁朦下车前就声明了：“我不怎么会打的啊。”

“我教你啊。”陶可林揽着她的肩膀往里走，“我一直都很羡慕可以教女朋友打桌球的男生。”

“啊？为什么？不会觉得烦吗？”

“觉得烦那还要女朋友干什么？”

“啧。”宁朦真的觉得他情商太高了，然而这个念头几乎存活了不到一秒钟。

“打桌球明明是最好吃豆腐的活动啊。”

宁朦忍住想打他的冲动。

陶可林是俱乐部的会员，进门后服务员直接将他们两人领进了包厢。

包厢里面比较清静，而且带了一个小平台，所以空气的流通性也比一般的包厢要好。

宁朦进了门就脱掉外套，撸起袖子，利索地选了杆，敲敲桌子问他：“斯诺克还是九球？”

莫名地，陶可林心里就腾升起了一股不祥的预感。

“都行。”

女人笑了笑：“那我选自己擅长的了？”

她选了九球，说要先试一下球。摆好球之后就先开了球。

啪的一声，球全部被撞开，两个花球进洞。

陶可林挑眉。

姿势完美，握杆标准，击球准确，力度适中。

带她来打球什么的，看来是个错误的决定。

就这么一会的工夫，她又进了两个球。

陶可林完全放弃了吃豆腐的想法，改为欣赏女人各种击球的姿势。

女人腰身下压贴着桌面，背部和臀部的线条优雅性感；在他面前的时候，能看到大长腿和小翘臀；在他对面的时候，能看到她精致的小脸，认真的小眼神。

唯一可惜的是她今天没有穿低领衫和短裙。

他的心思不在打球上，所以一盘下来，几乎惨败。

女人获胜的表情也很取悦他，所以他有意让步，第二局也一样让她赢了。

第三局宁朦让他开局，才勉强打了一个平手。

最后陶可林嚷嚷着肚子饿，不愿意打了，宁朦又好声好气地哄：“最后打一局，打完就走。”

陶可林把头搁在她肩窝，哼哼唧唧地说：“不了，我饿了。”

“最后一局，好吗？”

“这样干打也没有意思，不如赌一局？”

宁朦立刻警惕了起来：“拒绝赌博。”

陶可林笑了：“我们才不赌博，多俗。简单点，输的那个答应赢的那个一件事。”

“什么事？提前说好。”

陶可林眨眨眼，暧昧不明地说：“姿势的事。”

宁朦脸红了，嗔怪道：“讨厌，你说什么我听不懂。”

“老司机，别装了。”

最后宁朦痛痛快快地开局了。

这种事输了不累，赢了还能玩别的花样，何乐不为？

这一局陶可林让宁朦开局。她发挥得不错，进了四五个球，最后还把白球停在了一个刁钻的位置。

陶可林歪头看了一会，然后选了一个角度，利用撞壁将球弹到另一边，顺利推进一个球。

宁朦一看这阵势，就知道自己这局完了。

他果然还是隐藏了实力。

浑蛋啊浑蛋。

一直到吃午饭的地点宁朦的脸都还是臭的。

陶可林哭笑不得地哄着:“好嘛,最后一局真的是运气,你看我最后一个球,那完全不可能进的啊。”

“闭嘴。”宁朦气的是自己被骗。技术好就好呗，让着她骗她算什么意思，最后还搞个赌局，完全落套。

陶可林不敢作声了，一直可怜巴巴地望着她，最后服务员过来点餐，他也不敢作声。

宁朦随意点了几道菜后，就自顾自地玩起了手机。

早上发的美妆视频到现在评论只有几千条，最近似乎一直都这样，没有和陶可林互动的她，俨然就是一个过气网红。

她想到这里，忽然有所预感，连忙抬头，瞪了正在刷微博的青年一眼，警告道：“不许转发，不许再点赞。”

早上他点赞的那些都被她逼着取消了。

他的手又默默地收回来，乖乖退出了她的微博首页。

两人吃完午餐之后宁朦要去洗手间补妆，陶可林说在门口等她。

宁朦出来的时候就看到那祸害被人围住了。

有女生问陶可林要号码，他笑着婉拒了，而后似有所察，回头就看到宁朦站在门的另一侧，穿着米色呢子外套，扎着一个高高的马尾，口红颜色醒目。有风吹过，她微微压住头发，朝着他笑。

一瞬间心神荡漾。

他大步走过去。

“等会去哪？”宁朦问。

“回家好不好？”陶可林半哄半劝，“我想回去了。”

宁朦不解：“不是才刚出来一会吗？”

陶可林收紧手臂，将她带进怀里，压低声音在她耳边说：“你今天好漂亮，我想回家睡你了。”

宁朦脸红到耳根，忍不住捅了他一下：“去看电影！”

电影院里没什么好看的，两人勉强选了一部文艺片，结果都不怎么感兴趣，最后又依偎在一起玩手机。

出来时才下午三点多，陶可林呵欠连天，又被拖着去逛商场。

专柜出了新的口红色号，她选了几支，心血来潮地抓着他来试色。陶可林宁死不从，专柜的小姑娘被逗得呵呵笑。

“唉，可惜了这么漂亮的唇形。”宁朦强迫不成，连连叹息。

陶可林捏捏她的脸：“可惜什么？不是每晚都给你用的吗？”

他其实说的是接吻，结果专柜的小姑娘想歪了，脸红到了脖子根，看宁朦的眼神都不对了。

后来陶可林刷卡的时候，那小姑娘的眼神越发地崇拜。

逛到商场二楼的时候，两人又开始争吵。

“你连哈根达斯都不愿意请我吃！”

“太冰了，你快来姨妈了。”

“你就是舍不得钱。”

“刚刚买了三千块的口红我有说什么？”

“哦。”

几个要进去买冰激凌的小妹妹纷纷侧目，感觉受到了暴击。

两人商量了半小时，最后才定下晚餐吃火锅这个决定。

出商场的时候却意外碰到了一个“熟人”。

当时宁朦正低头玩手机，旁边的陶可林一手提着购物袋，一手揽着她，嘴里不停地念叨着“看路，别玩了”，但是表情却没有任何不耐烦。

“你先上车。”陶可林开了车门，绕到尾箱去放东西，就这么一眨眼的工夫，宁朦就被人打了。

她根本没反应过来，还在刷微博，就听到一声怒吼：“个臭婊子！”

然后就有个男人冲上来，给了她一巴掌，把她打蒙了。

陶可林听到声音第一时间回来了，看到宁朦脸上的痕迹，当即血液就全往脑袋上涌了。他连骂人都没骂，毫不含糊地直接一脚把那人踢倒，然后按着他一顿招呼，打得人鼻血直流。

宁朦好一会才回过神去拉他：“陶可林，陶可林……”

男人已经被他打晕了。

宁朦报了警，一直到警察过来了，他们俩都没明白这人为什么要打她。

陶可林说的是宁朦被打了，但是警察看到的是这对情侣完好无损，躺在地上的“行凶者”呻吟不断。

警察叔叔秉着不放过一丝嫌疑的敬业精神，把三人都带走了。

那人被送到了医院，宁朦和陶可林被带去警局问话，路上宁朦才想起来那人是谁。

“我们在酒吧吃 pocky 那次，还记得吗？”

“嗯？啊！”他也想起来了。

那个男人就是上次被宁朦拿啤酒瓶敲晕的人。

“那我下手还是轻了。”陶可林没好气地说，引得警察看了他一眼。

男人在医院叫嚷着让赔钱，陶可林在警局接受教育，宁朦在一旁道歉，表示会赔偿医疗费。就在这时候，里面走来了一个胖胖的大叔，他眯着眼睛看了陶可林一会，然后笑着拿手指点了点陶可林。

“陶可林啊，真没想到我有生之年还能在这见到你。”

陶可林有些尴尬似的，但也不得不站起来问好：“岑叔叔。”

那几个值班的片警也连忙跟着站起来：“岑局。”

岑局冲他们挥挥手，又回头问陶可林：“这是怎么了？被人欺负了？”

陶可林没吱声，旁边负责做记录的警察替他回答了。

岑局便笑着碰了碰他脸上的瘀痕：“多大年纪了，还跟人打架斗殴。”

“这个是自己撞的。”陶可林说，“他没碰到我。”

陶可林稍微解释了一下，岑局听完点点头，问：“没把人打残吧？”

“没有。”他虽然很愤怒，但是也知道轻重，他说完趁机跟宁朦介绍道：“这是我岑叔叔。”又跟岑叔叔说，“岑叔叔，这是我女朋友宁朦。”

宁朦连忙问好：“岑叔叔好。”

岑局微微眯眼打量了宁朦一阵，冲陶可林笑了笑。

“岑叔叔，您先忙，回头我再去找您喝酒。”陶可林说，“我还得带我女朋友去处理伤口，她被打了。”

“我没事。”宁朦说。

岑局却没有放人的意思：“医院那边还没回话，你得再等等，看对方伤势如何。”

“多少钱我都赔。”陶可林不想再待这儿，“我还能赖账吗？”

岑局没有回答，只是找负责这事的片警问了问后续情况后，才笑眯眯地跟陶可林说：“好不容易来一趟，这么着急走干吗？这边处理完去我办公室坐坐。”

“岑叔叔！”陶可林挣扎，“您饶了我吧。”

“你爷爷交代过，要是你来了，无论如何都要好好招待你的。你岑叔叔我小时候就没怎么疼过你，好不容易你来了一趟，不坐一坐怎么好意思。”

说完他拍拍陶可林的肩膀，示意那几个片警：“看好了，这小子滑溜得很，别给溜了。”

宁朦目瞪口呆。

陶可林看着拿起手机打算出去打电话的岑局，眼珠子一转，便没有再挣扎，乖乖地跟着人进去了。

岑局边打电话边观察里面的情况，心想那小子居然没有溜，这让他有些诧异，随即又反应过来了。

哈，看来老陶家要有喜事了。

“不用太担心。”岑局走之前还安慰了宁朦一下，“你去吃点东西再过来。”

他吩咐完后立刻喜滋滋地跑回办公室打电话报喜了。

宁朦没有去吃东西，她担心陶可林受伤，出去买了一点药水，再回到警局的时候，值班的仍然是那个小片警。

“你好，我可以去看一看刚刚那个男人吗？他受了伤。”

小片警点点头：“可以，人在那边，我这就带你过去。”

“谢谢。”

宁朦跟着他走进去，忍不住又问：“我什么时候能带他走？”

小片警一脸为难：“等伤者验完伤回来做好笔录，看看你们怎么调解。”

两人走到一间办公室前，小片警开了门示意她进去。宁朦进去后，小片警就在外面带上了门。

陶可林背对着门坐，听到背后有动静，回头看了一眼，连忙站起来，一脸心疼：“你的脸没事吧？”

“你没事吧？”宁朦比他更心疼，刚刚片警带他进去的时候她就看到他一瘸一拐的，还以为他的脚受伤了。

“我装的。”陶可林说，“脚没有问题，但是胳膊被撞到了，刚好是上次骨裂的地方，疼得都麻了。”

纵然知道他有可能夸大其词了，但宁朦还是禁不住上前查看。她是看不出问题，不过确实红了一片，鼻梁上的青紫也不是假的。

“我应该马上上车的。”宁朦很后悔，把药箱搁在桌子上，一边翻找药物，一边念叨，“我以后再也不走路玩手机了……还有什么地方疼？需不需要去医院？”

陶可林自她身后抱住她，下巴搁在她肩窝，软绵绵地说：“不用，你在这陪着我就好了。”

宁朦在他旁边蹲下，一点一点地帮他清理伤口，他手上都是血，有点触目惊心，但好在都不是他的。

即便如此，宁朦的动作还是非常轻柔，生怕弄疼了他。

脸上和手臂上的擦完之后，陶可林又开始皮，非说大腿上还有，要和她去厕所擦，宁朦不愿意去，争执不下时，办公室的门忽然被推开了。

两人都被吓了一跳，怔怔地回头。

门口站着一位老年人，虽然拄着拐杖，但脊背仍然挺得笔直，有种不怒自威的气势。他戴着灰色的帽子，露出的两鬓花白，视线落在陶可林身上，眼眸锐利如鹰眼。

宁朦下意识地绷紧了神经。

陶可林轻轻扯着宁朦，往自己身后带了带，才低声叫了一声：“爷爷。”

老年人哼了一声，神色不虞道：“一天天的正事不做，倒是挺会给我丢脸的。”

陶可林神色不变，回头看了宁朦一眼，朝她笑了笑，声音带了一点宽慰的意思：“你先回去。”

老爷子眯了眯眼睛。

宁朦抬头冲老爷子微微弯腰示意，转身把药留下后提着药箱想离开，开门时惯性地回头看了一眼，登时脑子一顿，想也没想地转身握住了老爷子高举起来的拐杖。

这下不仅是陶可林和老爷子，就连宁朦自己都有些蒙。

老爷子回头扫了她一眼，眼神很是锐利。

宁朦撤手，镇定地解释："他受伤了，这只胳膊再打就要废了。您要是想打，往这边打，左手不常用。"

另外两人又是一愣，老爷子先笑出声，语意不明：“连他妈妈都没敢拦过我。”

陶可林一脸无奈地望着她。

老爷子收回手，拐杖笃笃跺地，对陶可林不满地说：“不知道要介绍？”

陶可林反应过来，连忙把宁朦拉回来，拨弄好她的头发和外套，端端正正地介绍：“爷爷，这是我女朋友，叫宁朦。宁朦，这是爷爷。”

宁朦有些跟不上他们的思维，被陶可林捅了一下才傻乎乎地问好：“爷爷您好。”

老爷子笑眯眯地打量了她一眼，轻轻点头说：“还行，挺结实的。”

宁朦心里有些幽怨，什么叫结实？什么叫结实啊！

陶可林忍着笑和她解释：“我爷爷的意思是你长得高，然后身材也蛮好。”

她还得朝老人家笑笑：“谢谢爷爷。”

“行吧，今天看在宁朦的分上就不教训你了，你在这思过一晚。”老爷子转身，对宁朦说：“都这个点了，要不要陪我这个老家伙吃个夜宵？我知道有个地方的海鲜粥很不错。”

陶可林心里窃喜，又捅了捅宁朦示意。

显然老爷子对宁朦的印象不错。

宁朦直到上了那辆悍马，都还是有些搞不清楚状况的。

老爷子就真的把她带到了夜宵摊。

这个点的夜宵摊有些萎靡，周围都是已经喝高了的人，老爷子倒也不在意，熟稔地叫来服务员，点了一堆吃的后，又提醒人一小时后再做一份打包。

“喝酒吗？”老爷子点完菜回头问宁朦。

宁朦实话实说：“可以喝一点。”

“那就啤酒吧，陪我喝一点。”

他点了几瓶，倒酒的时候宁朦想自己来，但是对方比她更快地给她倒了一杯。

“谢谢爷爷。”宁朦连忙礼貌地接过，替他也满上。

“和陶可林那小子什么时候在一起的？”老爷子问。

“快一年了。”

“哈哈，那看来是真的挺喜欢你的。”

这句话让宁朦微微一怔，然后整颗心都软了下来：“我也很喜欢他。”

老爷子看着她慌神的神色，眸子里精光一闪：“和他是同学？”

宁朦摇头：“不是，只是邻居。”

老爷子拿起杯子和她碰了碰，示意她喝下一口，才又开口：“那你也是刚毕业吗？在哪里工作？”

“现在是杂志社的一名编辑，毕业有几年了。”

“哦，比可林大啊。”

宁朦没来由地一阵紧张。

“也没事，女大三，抱金砖。”老爷子搁下杯子，“你是多少岁？”

“虚岁二十七，比陶可林大四岁。”

……

两人喝完半箱啤酒后已经是凌晨四点多了。

老爷子毫无醉意，宁朦醉了，但还能撑着，于是又多喝了几瓶。

他们聊了很多，也许是因为宁朦不了解老爷子，所以没什么忌惮，聊得比较开。

宁朦借着醉意先是把老爷子一顿夸，又对陶可林的理想和职业生涯表示出了一点点的不满。

“明明是做军人的料，真是可惜……”

老爷子点头如捣蒜。

“虽然我是编辑，但是也真的觉得画画不是长远之计，总会有灵感枯竭的一天，对吧？”

老爷子如遇知己，连忙给她灌输理念：“现在也不迟，他要是能听你的，一定可以再走回正道。”

最后再把陶可林对爷爷的仰慕又敬畏的爱意添油加醋地说了一通。

“其实陶可林最敬慕的人就是您了，只是他一直不懂得表达，他常常跟我说，他是您一手带大的，您是他这世界上最想亲近的人了。”

其实这些话哪些是真的哪些是假的，宁朦是真醉还是假醉，老爷子这个人精怎么会不清楚？他心里亮堂着呢。但好话谁都爱听，而且这些话虽然是精心修饰过的，但也真的毫无半句虚言。

这让他对这姑娘的喜欢也上升了一个层次。

大方，实诚，稳重，嘴甜又聪明。哪个家长会不喜欢这样的姑娘？

“陶可林其实眼光还是不错的，这点随他奶奶。”

宁朦托着脑袋想了想，然后笑起来：“爷爷您真会夸人。”一句话把四个人都夸了。

“哈哈哈。”

闲话说完之后，老爷子吞下一杯酒，微微叹气：“可林打小就跟着我，几乎是在部队长大，我对他期望很高，现在想想，我的那些做法对一个小孩子来说，是有些过了。他很少能见到他爸妈，读高中的时候终于能住家里，但是那时候家里已经有了可欣，陶简夫妻对那个女儿疼爱得多，一时也忽略了他。”

宁朦听这话头，感觉老爷子似乎已经知道陶可林今天到警察局的原因了。她有些窘。

“他妈说他看起来对什么都无所谓，但对在意的人，总是会有些没有安全感，所以难免有些幼稚。”老爷子笑起来，“他幼稚的时候你不用管，打一顿就好了。”

这话转得有些快，宁朦有些反应不过来：“打？”

老爷子笑眯眯的：“对，打一顿就皮实了。要是他敢还手，你就来找我。”

宁朦莞尔：“他已经很皮实了。”

是她的问题。

老爷子把宁朦送回了警局时，陶可林已经跟伤者私下解决了，做了赔偿。宁朦提着打包袋下车，在警局外面的台阶上坐下休息。

陶可林处理完出来，看到坐在台阶上的女人，微微顿步，而后大步跑了过去。

宁朦听到脚步声，无须抬头便知道是谁来了，她在男人靠过来的瞬间就抬起手臂抱住了他的腰，把脸贴在他的肚子上。

隔着毛衣也能感受到他的体温，男人揉了揉她的脑袋，她越发不愿意起来，只是软绵绵地说：“陶可林，我有点晕。”

他松开她的手，蹲下身子，伸手揉了揉她的太阳穴，柔声问：“喝了多少？”

“喝了不少。”说完也不知道哪里好笑了，径自傻傻地笑起来。

他似乎也笑了一下，捏了捏她的手：“我们回家。”

宁朦“嗯”了一声，男人就转过身将她背了起来。

陶可林到家把人放到沙发上，进浴室给她拿了睡衣和毛巾。宁朦已经醒了，坐在沙发上怔怔地望着他。

“头疼吗？”陶可林问。

宁朦摇头，接过他递来的毛巾，眯着眼睛问：“粥带回来没有？”

陶可林失笑：“带了，你就记得你的粥。”

“不是我的粥，是你爷爷给你打包的。”

陶可林摸摸她的脸：“快擦擦，然后换身衣服去休息。”

宁朦坚持去洗了个澡，躺到床上时眼睛都睁不开了。陶可林把她安顿好才去洗澡，脱衣服时觉得这次真的疏忽了。

也好，宁朦看到他身上青一块紫一块的话，会更心疼他。

他洗完回去看到女人还在翻身。

“怎么了？”陶可林给她扯被子，“不舒服？”

“不是。”宁朦往边上挪了挪，“上来陪陪我。”

陶可林爬进被窝，他也没有一点睡意，闻到宁朦身上若有似无的酒气，听她絮絮叨叨地讲话，然后自己把自己逗笑。

陶可林一直望着她，眼神无比柔和，他伸出手放在宁朦脑袋上，拇指揉了揉她的眉头，宁朦忍不住凑过去亲他，对方立刻揽着她温柔地回应。

宁朦迷恋这种温柔。

第二天起来的时候，宁朦哪哪都在疼。

她旁边的陶可林动了动，闭着眼睛问：“几点了？”

“七点。”

他把欲起身的女人拉回床上：“再睡会儿。”

“肚子饿了。”

陶可林睁开眼，表情有些无奈：“我去弄吃的。”

他把老爷子打包的粥放到锅里加热，又打了一杯橙汁。宁朦洗漱好，粥已经热好了。

他现在是越来越居家了。

虽然没有开口夸他，但是对方已经从她的表情里读出了那点满意，于是眉毛几乎扬到天上去了，直凑脸过来索吻。

宁朦还要上班，吃过早餐要出门时，陶可林就乖巧地坐在沙发上目送她。

关门的那一瞬间从门缝里看到他的目光，忽然就心软了。她顿了顿，又走进去，在他的注视下俯身碰了碰他的唇，声音很低，有着异样的魅惑："等我回来。"

陶可林笑了："好。"

到公司的时候已经迟到了，忙了一上午，中午休息时才看到微信上十几条信息。

小狼狗：吃饭没有?

小狼狗：家里停电了，我们俩都忘了交电费。

小狼狗：我先回家了。

宁朦下班先去交了电费，然后给陶可林打电话想催他回来的，但是他没接。

她迅速打转方向盘，往另一个方向开去。

车子游进别墅区，最后停在陶可林家门口。

那么大的一栋房子，却是一丝光线都没有，黑洞洞的房子沉默着站在那儿。宁朦在外面站了一会，因为不知道他家里有没有人，是不是都休息了，所以没好意思上去按门铃。转身走回车里，点火的瞬间她似有感应，打开车窗往外看了一眼。

刚刚还一片漆黑的房子里，二楼阳台突然透出了一丝光线，带着吸引人的温度。

宁朦没有下车，只是用手机拍了一张门口的照片发过去。

陶可林一眼就认出了照片上的门口。

随后，那扇门背后的窗帘被拉开，陶可林迅速走出阳台，一眼就望到了她的车，稍微顿了顿，接着飞快转身往回走。

宁朦也下了车，走到他家门口，刚刚站定他就来开门了。

"你怎么来了？"陶可林眉眼间都是笑意，"我刚在洗澡，没接到电话。"

"来接你啊。"宁朦笑着说，"我交了电费了。"

“先进来。”陶可林说，“我还穿着睡衣呢。”

宁朦跟在他身后，屁颠屁颠地进了门。陶可林给她了找鞋子，又帮她换上，然后凑过来亲了她一下。

宁朦挑眉：“就亲一下啊？不是你的风格啊。”

陶可林莞尔，将鼻子埋进她的发丝中，安心地嗅着她身上清新又温和的香：“不是我想拒绝你，只不过这门口有摄像头。”说完的瞬间感觉到怀里的身子一僵。

宁朦的脑袋微微仰起，有些不可置信。陶可林捏着她的下巴转头，于是就看到了那个黑溜溜的摄像头。

“这个摄像头……”

“我爷爷和我妈妈都能用手机收看。”

宁朦愕然，默默地把手从他的衣服里收回来，却被他按住：“管不了了，我们上楼！”

他那迫不及待的带着情欲的语气，让宁朦不由自主打了个寒战。

偏偏他还要捉起她搁在他腰腹上的那只手，在摄像头照不到的方位笑着放在嘴边亲了亲：“我早就想带你回家了，我的床比你的大。”

这是她第一次进他的卧室，却来不及参观，就被压倒在床上。

他抵着宁朦的额头，定定地看着她。宁朦想了半天，终于晓得他是在等她的动作，于是凑过去继续献吻。

这一次他终于心满意足地稳稳接住了，细致又温柔地辗转，仿佛在品尝一道香滑的甜点。他薄唇微启，灵巧地在她的口腔中扫荡，汲取她的每一寸气息。

手牢牢扣着她的腰，一手托起她的腿弯曲架在他腰侧，两人之间一丝缝隙也没有，他的唇他的手指带着让人麻醉的刺痛落在身体的每一处。宁朦张开口，让自己发出细碎的声音。

这声音让男人由最初和缓的克制，变为凌厉的迫不及待。

摇晃中她的声音和神智都变得支离破碎。他却更用力，咬着她的耳朵，一遍遍地唤她：“宁朦，宁朦……”

一个惊雷在远处响起，宁朦听到淅沥的雨声。

“宁朦……”

宁朦转过头，男人闭着眼，似乎只是呓语。

她缩进他怀里，对方立即伸手揽住她的腰，陷入更沉的梦境。

陶可林的睡颜一直都是天真的，毫无防备的。她的手指划过他的脸颊，忍不住弯唇。

陶可林猛地惊醒，下意识地转头，看到空空如也的床侧有瞬间的失神，缓了一会儿才听到浴室传来水声。

那种松了一口气的感觉，叫人无奈又欢喜。

他过去敲门，待女人打开一条缝时觍着脸挤进去："一起嘛。"

宁朦怎么骂他也不出去，于是又在浴室耗费了半个多小时。

出来的时候宁朦趴在床上动弹不得，看到陶可林过来连连摆手："我没力气了没力气了。"

陶可林笑着在她身边坐下，手指拂过她的嘴唇，温柔细致地说："你就是平时运动量太小了。"

宁朦忍不住翻白眼。

陶可林还要逗她，却听到手机铃声在响，是他妈妈的专属铃声，他只能先接电话。

"可林。"他妈妈温柔的、带着笑意的声音传来，"真是的，你爷爷也不告诉我们。"

陶可林知道她的意思，不免笑了："是我的错。"

"错什么呀，也没人怪你，这是好事啊，难得见你有喜欢的人，改天带回来给我们看看。"

"行。"他郑重地承诺，倒是叫那边的陶夫人微微一怔，而后又笑了。

"我叫刘嫂过去煮了早餐，你们记得吃……年轻人，还是悠着点。"

陶可林瞄了一眼宁朦，眼底闪过促狭的笑意："妈，不想要孙子吗？"

宁朦这才知道电话那头是他妈妈，登时大气都不敢出了。

他妈妈难免有些惊讶："哎哟，这都想到什么地方去了，看来是真的被拴住了呀？那不行，我们马上就赶回去，你留住人家，我们晚上一起吃顿饭。"

"妈。"陶可林有些无奈，"你真是……"

"我怎么啦？"陶夫人急了，正欲说什么，电话又被人拿走，他爸的声音传过来："你别管你妈，你选的，我们放心，何况你爷爷都点头了。别的你来安排，这段时间我们先不回去打扰你们了，不过你也抓紧了。"

陶可林连声应着，抓住背对着他的女人的脚踝，挂了电话，俯身在上面咬了一口。

宁朦以为他还在通话，愣是不敢作声，等回头发现他已经挂了电话，横眉瞪眼地踹了他一脚："你昨晚没做防护！"

陶可林凑过去亲她，含糊地解释："这边没有。"

"那你等会去给我买药。"

"不买了，怀了就结婚。"

"嗯？谁说要嫁给你了！"

他停下，盯着她的眸子认真地算："这几天好像刚好是易孕期。"

宁朦诧异他能记得这么清楚："没有那么准，也没有那么巧。"

他笑了，又翻身伏到她身上，坏笑着说："多试几次就巧了。"

他的眼睛里有浓重的笑意，还带着点山雨欲来的意思。宁朦吓坏了，连忙推他："求你了，我真的好累了，不是开玩笑的。"

他低下头来亲她，笑着说："你乖我就不闹你了。"

"我怎么不乖了？"宁朦嘟囔。

陶可林低头咬她的耳朵，叮嘱道："不许吃药。"

宁朦心不甘情不愿地"哦"了一声，又问："现在做爸爸，不会太早吗？"

"想和你组建家庭的心，一刻也等不了。"

宁朦听过他讲太多的情话，但这一刻仍然觉得心脏被猛烈地撞击了一样，震得好几秒都回不了神。

他瞧着她的傻样子笑了起来，声音低低的，翻身下去，躺在旁边揽着她，看起来昏昏欲睡。

宁朦毫无困意，撑着脑袋注视他，手指无意识地在他身上滑动抚摸。

原来还不曾发现他身材这样好，明明一个经常熬夜不曾运动的人。

噢，她倒是忘记他爷爷是什么人了，他从小被爷爷训练大的。

他眯着的眼睛半睁开来，讨巧地握着她的手放到他腹上，让她更近地感受那结实。

"Collin 的身材真好。"宁朦赞美他。

"姐姐的身材也是极好的。"他乖巧地回应。

第七章　甜蜜的意外

宁朦新任主编，忙得恨不得住在公司。产品刚刚上线那会儿，她每天都早出晚归，陶可林每天在家煮饭洗衣，夜夜求爱不得，像个小怨妇一样。

某天宁朦提前忙完了工作，买完菜到家后没看到人，给他打了电话也没人接，于是拿了陶可林家的钥匙溜进他家。

客厅里静悄悄的，但门口的拖鞋不在，显然人在卧室。宁朦径直走过去，轻轻推开了卧室的门。

床上的人听到动静，微微睁开眼睛看了一眼，迷迷糊糊中叫了她一声，似乎是在说自己吃过了，让她晚餐不用叫他。

啊咧，看来昨晚一定是通宵玩游戏了。

宁朦回房随意弄了些东西饱腹后，浴缸一边在放水，她一边在客厅做瑜伽。

她累了大半个月，一身肌骨又僵又硬，出了一身汗后她打算做一个盐浴，正泡得云里雾里时，突然听见客厅手机铃声大作。宁朦吓了一跳，眼睛都还没睁开就猛地站起来想出去接电话，不料浴缸太滑，她一脚没迈出去，却滑了一跤，结结实实跌坐在浴缸里。

浴缸的水起了缓冲作用，没有摔多疼，但是她的手肘却狠狠敲在浴缸边缘，一阵脆疼麻令她眼花，整只手完全使不上劲。

客厅里的手机还在叫个不停，宁朦眼泪汪汪的，几番试图站起来都不成功，只好维持原来的姿势，等手的痛劲过去。

电话铃声停了又响，浴缸的水也渐渐变凉，宁朦的不安延续扩大，单用一只手折腾怎么也起不来。崩溃之前浴室门却神奇地打开了，门口站着如天神般惊疑的陶可林。

“电话在响你不知道？”

宁朦眼泪几欲落下：“我摔跤了，动不了。”

他慌忙走过来，宁朦连忙遮住自己。他无视她徒劳的动作，仔细看了看她的手肘，然后拿起浴巾裹着她，搂着她的腰将她扶起来。

“不知道伤得怎么样，不过还是去医院看一下比较好。”他把她抱到床上，转身找了衣服给她换上，“还有哪摔到了？我看看。”

女人遮遮掩掩的：“你出去，我自己检查。”

陶可林似笑非笑地望了她一眼：“我就问你，有什么地方是我没看过的吗？”

宁朦踹了他一脚，又被捉住脚踝：“别乱动。”

手肘还在作痛，她不敢松懈，在他的帮助下换好了衣服准备出门。宁朦顺手拿起桌上的电话，发现来电是被标记过的骗子电话，登时气得肺都要炸了。

宁朦说在楼下诊所擦点药油就好，男人这时候却无比坚持：“去医院拍片。”

“真的不用拍片的，骨头有没有事我心里清楚啦。”她觉得太小题大做了。

他难得地怒了，低声说了一句：“我不清楚！”

宁朦只好妥协，由着他弯腰替自己穿上鞋子，捂好外套，扶着她下楼。

十分钟之后车子在医院停车场停下，陶可林绕过来给宁朦开门，探身帮她解开安全带。她刚要下车，男人就一手伸到她膝窝，一手探到她背后，腾地把人抱下了车。

宁朦愣了一下，又见他拿脚踢上车门，急忙小声说：“放我下来我自己走。”

刚刚从家里到停车场也是他抱下去的，但那里没什么人。

陶可林只看了她一眼，没有说话，敛眉大步走进医院。

医院里人来人往，陶可林人高又气质非凡，引得许多人侧目。宁朦很不好意思：“很丢脸啊，我保证听话，你放我下来吧。”

他撇撇嘴，两眼弯弯，没打算说话。

她反应过来，这个人根本就是在享受她不好意思且哀求他的样子，她于是没再开口，只是把脸埋进他颈窝。

他的动作还算迅速，他们没等多久就进去拍了片。老医生结果都没看就麻利地开了药方让护士给她上药，整个过程不到半个小时。

护士随口问她怎么弄伤时，陶可林在旁边突然笑了：“浴室摔的。”

宁朦一脸冷漠地看过去：“好笑吗？”

他马上收起笑容：“不好笑。”

“那你还笑？”

“抽筋了。”

上完药宁朦去了一趟厕所，陶可林非要跟着，她跟他犟了两分钟他才放弃。

她进了厕所才发现自己内裤上的血迹，一时有些蒙。

她以为是经期到了，但是很快又想到自己上一次来姨妈，是上上个月，这不免让她想到另外一个可能性。

她不知道自己出去的时候是什么心情，反正陶可林看到她的神色时吓了一跳："怎么了？碰到手了？"

宁朦望着他，稍微有些慌神："我还想做一项检查。"

接着两人几乎是带着一模一样的表情去了妇科。

等结果的时候两人坐在诊室外面凳子上，都在放空，只是陶可林一直握着她没受伤的那只手，看着从面前经过的小腹微隆的女人，稍微有些回过神。

"宁朦？"他捏了捏她的手心。

"嗯？"她应了一声，但是并没有扭头。

陶可林走到她面前，挡住她的视线，待她聚焦后，才缓缓蹲下身，脸上仍然是和煦的微笑，漂亮的眼睛望着她，漆黑又清亮，声音低沉坚定，带着安抚人心的力量："如果真的怀上了，我们就结婚吧。"

宁朦有些反应不过来，定定地望着他。

陶可林捉着她的手放到嘴边亲了亲，温柔地说："可以嫁给我吗？"

宁朦的目光终于清明了一些，她笑了笑："不嫁，如果真的怀上了，孩子是我的，跟你没有关系。"

她的话有些莫名，但是陶可林懂了："当然不是因为有了才要娶你，没有孩子也是要娶的，区别只是在于准备的时间长短罢了。"

宁朦怔怔地望着他。

"我现在只是一个漫画家，没有什么钱，也不知道拿什么娶你，但是现在有了宝宝……"

"宁朦？检查报告出来了。"

两人双双回头。

十分钟后，一男一女从医院出来，冷风一吹，脸上都火辣辣的。

结果……她只是经期来了。

上车后宁朦捂住脸，尴尬得不想说话。

陶可林笑了："好嘛，既然到了这个份上，那我接下来几个月就多努力。"

"滚。"宁朦闷闷地说，"谁要给你生孩子了。"

陶可林也不介意，一边点火一边伸手过去捏她的耳垂："可是，我想结婚了……"

"哦。"

陶可林开车到了超市，宁朦选好卫生棉直接去了洗手间，出来却找不到陶可林了。

她打了几通电话，后者才接，说已经到车上了。

宁朦回到车上，发觉车厢内温度很低，显然他才刚回来，还没来得及开空调。

回去的路程有些远，宁朦靠着椅背眯了一会，再睁眼时车子已经爬上了环山路。宁朦迷迷糊糊地看了窗外一会儿，问旁边开车的男人："去哪呢？"

男人没有回答，只是伸手过来摸了摸她："冷吗？"

"还行。"

最后，他在一个视野开阔的地方靠边停下。

"怎么了？"宁朦笑着问，眼底还带着蒙眬的睡意，"大晚上带我来看月亮？"

今晚是十五，月亮真的很圆很大，又因为是在半山腰，所以景色很美。

"算了，你还是在里面坐着吧，外面冷。"陶可林有些懊恼，"选错地方了。"

宁朦嗤的一声笑了，这个笑还没结束，男人就突然俯下身子靠近她，在她要逃避前及时扣住她的腰，二话不说地贴住了她的唇瓣，尽情地碾压辗转。

宁朦被这突如其来的吻冲昏了，视线里是他光洁的额头，感官集中到唇间。这是一个缠绵悱恻的吻，是一个正正经经远离床畔的温情的吻，他闭着眼睛，神情专注得让她心动。

他以前一直说她的唇太薄，触感不好，但就是这一张薄唇，勾走了他的魂魄。

她很快就开始回应他，闭上眼睛攀上他的肩膀。男人用力将她抱着，似乎想将她嵌入自己的身体里，连换气的机会都不愿意给她，几近强吻地回应她的拥抱，直到双方都有些喘不上气来，他才有机会移开嘴呼吸。

两人靠得那样近，近到能清晰地看到彼此的笑容，也听到他低声说："肚子疼吗？"

宁朦笑了笑，食髓知味地扑上去。这里景色这么美，氛围这么好，不多亲一会，怎么消掉刚刚的尴尬呀。

初秋的夜晚，夜空中有着蒙蒙的亮光，有风穿过，他勉强接住她，脱下外套披在她身上。

宁朦刚想将衣服还回去，就被他拉下了车。

这边风景独好，万家灯火尽收眼底，就是真的有些冷。

“你穿上衣服吧，大晚上的山上温度低，我们回去吧，啊？”

陶可林搂着她，嘴唇贴在她耳侧，呢喃道：“宁朦，我好喜欢你。”

“嗯嗯，我也喜欢你，我们回去吧。”

他露出一个微妙的笑容，捏了捏她的下巴：“说一句你爱我有多难呢？”

宁朦紧抿着嘴望着他，为了能早点回去，敷衍了事：“嗯，我爱你。”

他勾起嘴角，不依不饶地问：“有多爱？”

“爱到不愿承认……”

他低声笑了：“好吧，这个回答算你合格了。但是，我爱你，比你爱我多得多了。”

宁朦张嘴又想说冷，但看到男人眼底认真的神色，又咽回去了。

感觉，他好像要求婚了。

宁朦心跳开始加速。

“我……其实也不记得是从什么时候起喜欢上你了，但绝对比你想象的要早得多。也许是第一次在酒吧被你缠上的时候，也许是在酒店被你抱着睡了一宿的时候，更有可能是在我熬夜看完了你几千条微博之后……但我没有意识到。一直到第二次在酒吧和你玩那个Pocky的游戏，我忍不住偷亲了你，才发觉自己泥足深陷。”

宁朦的眼圈红了。

这次要不是求婚，她就把他从山上丢下去。

“很庆幸能和你做邻居，很庆幸你们杂志改版，很庆幸，你找到了我。”他笑了一下，接着说，“反正就是这样吧，漂亮的话我不会说，你知道我很喜欢很喜欢你就好了。”

宁朦笑了：“这还叫不会说吗？”

他脸上依旧带着那个笑，但是变得温柔许多，他盯着宁朦，一双眼睛又黑又亮，通透澄澈，有着安定人心的力量，他缓缓说：“以前不敢提，是怕你不够信任我，怕你只是想谈恋爱，所以……”

宁朦睁着眼睛看他，心没来由地一空：“才没有。”

“我知道，我知道。”他马上又哄她，“以前是我误会了，是我不成熟，不够了解你。”

宁朦又气又好笑，伸手去打他，被他抓住握在手心。她撇嘴：“你就是不成熟啊，小孩子一个。”

“有很多人三十岁了都还长不大，不能照顾爱人，我现在能照顾你，照顾你的家人，那还有什么问题，年龄很重要吗？”他捉住她的手放在唇边亲了一下，笑着反驳。

宁朦点头：“也是。”又问，“所以你是要求婚了？玫瑰呢？戒指呢？”

“玫瑰在尾箱，戒指在衣服口袋。”他颇为认真地说，宁朦半信半疑地看着他，然后转身走至车尾，单手费力地打开后备厢往里看。后备厢里空无一物，意识到自己又被骗了，宁朦正打算去骂他，却一鼻子撞到一簇东西上。

她傻愣愣地抬起头，才看清面前是一捧白玫瑰，娇艳欲滴，又比月光还要皎洁。玫瑰的背后是穿着白衬衫的男人，眉眼弯弯，带着恶作剧得逞的得意笑容。

宁朦被完全溺毙。

他单手打开黑丝绒盒子，里面静卧着一枚璀璨的小钻戒。

“你随时携带戒指吗？”宁朦傻乎乎地问。

“傻，当然是早就准备了。”

“什么时候啊？”

“第一次见你的时候。”

“说人话。”

“给你车钥匙的时候，发觉你不是很喜欢，所以之后就去买了这个。”

宁朦有些窘，她有表现得那么明显吗？

陶可林歪着脑袋：“能帮你戴上吗？”

宁朦没有说话，直接扑过去揽着他的脖子赏了他一个吻。

回去的路上宁朦用戴着戒指的受伤的手抱着玫瑰照了一张相片，发了微博。

几乎是瞬间就收到了几百条评论。

触手言今：没有恩爱，就没有伤害。

魂淡的淡：我闻到了恋爱，不，是结婚的酸臭味。

名字要很长老公才看得到我：女神终于可以嫁了，那我就放心了。

人间尤物：@陶 Collin，老公，是你吗？

宁朦回复她：是我老公。

她给触手言今发了一个比心的表情，而后收到她的私信：啊啊啊啊啊，你们终于公开啦，我快给你们憋死。

宁朦一直对她都蛮有好感的，所以连发了几个比心的表情。

触手言今：说起来，上一次陶可林过生日你让他去送我的吧？谢谢姐姐，我早就想来道谢了，不过这段时间一直在余华市，刚刚忙完签售会跑回来的。

一颗柠檬：客气什么。

触手言今：哈哈，真的祝福你们啊！其实射手座的男生真的还蛮难掌控的，我一直觉得陶可林这辈子只能找个男朋友了，但没想到他有一天也会被女人吃得死死的。”

这话说得宁朦又好笑又无奈：他才没有被我吃得死死的。

触手言今：哈哈，说起来你可能不信，我第一次碰到你们的时候，就觉得他这辈子完了。

宁朦一怔，回头看了一眼开车的陶可林。

陶可林头也不回地问她："和谁聊天呢？"

宁朦没有搭理他，只是低头回复言瑾：在日本那次吗？

触手言今：不是哦，更早的时候，那时候你们好像还没有在一起，陶可林刚回国不久，我来找他，他说他在逛超市，我就跑到超市来找他，然后就看到了你们。

她几乎是一进超市就看到了那两人。

两个人都穿得很简单，但依旧引人注目。

他们在冷藏货架前挑酸奶，大概是口味不合，讨论了好久，最后还是陶可林妥协，还在宁朦的指示下查看酸奶的日期。

她整个人有些蒙，她第一次看到这样的陶可林。

那时候她就觉得这两个人很登对。

触手言今：下次见面是不是可以吃喜糖了？嘿嘿。

宁朦抿唇，没想好怎么回复，红绿灯前停车的陶可林凑过来看了一眼，按住她的手机发语音："对，请准备好红包。"

随后他迫不及待地将车停在路边，拿出手机转发了她那条微博。

陶 Collin：乖。// 一颗柠檬：@ 人间尤物，是我老公。// 人间尤物：@ 陶 Collin，老公，是你吗？

发完丢下手机凑过去将女人压在副驾驶上，眉眼低垂，嘴角勾着："我想这么做很久了。"

宁朦还未开口，便被人堵住了嘴唇。

番外一　夫妇日常

一

“现在是晚上九点，你确定要现在吗？”宁朦站在家门口小声问陶可林。

他扬了扬手中的东西：“都来到这里了，你怕什么？”

“我不怕啊，就是，有那么一点担心。”

她这么一说陶可林瞬间也紧张了起来：“你妈不会很讨厌我吧？你一点都没和她说过吗？”

宁朦抱歉地看着他，摇了摇头。

“是我着急了，应该让我爸妈来谈的。”陶可林犹豫了一下，“可是我又担心直接让我爸妈联系，你妈妈会不高兴……要不我们明天再来？”

正商量着，面前的门却咔哒一声被打开了，穿着睡衣的宁妈将垃圾袋搁在门口，一抬头看到他们都愣了。

宁妈一看见他们俩这阵势就明白了，但是嘴上仍然打趣：“大晚上的来请安啊？”

宁朦拉着陶可林进屋，男人面上讪讪的，将东西放在桌子上：“阿姨，这是我的一点心意。”

“来就好了，又带东西。”她侧开身，“进来吧。”

进屋后宁妈要给陶可林倒水，被宁朦拦下了：“妈，我来吧。”

宁妈看了她一眼：“这是回来讨户口本了？”

宁朦眨眨眼：“你怎么知道啊？”

“那钻戒都要闪瞎我了。”

宁朦连忙捂住手指，嘿嘿一笑。

两人走回客厅，陶可林一直在沙发边站着，都没敢坐，一看到宁妈走出来，立马紧张兮兮地站起来，看起来有些手足无措：“阿姨……”

“小陶，今天很晚了，你先回家吧，有什么事我们改天再说。”

“行，打扰阿姨了。”他温驯地应了，然后将茶杯搁在桌子上，起身要走，宁朦连忙将车钥匙从包里拿出来给他。

“你先开走。”宁朦小声跟他说，“我明天休息。”

他摆摆手：“没事，我坐出租回去。”说完便出了门。

所有的温情激动喜悦荡然无存，宁朦闷闷地洗了澡上床。

过了一会宁妈走进来，在她床边坐下，将那本红色的本本放在她床头。

宁朦讶异地看着她。

宁妈还是那张温柔的脸，她轻抚宁朦的长发，柔声说：“你做了决定的事，我从来不干涉，一直都是这样，合不合适只有你自己清楚，妈妈希望未来的日子你能开心，如果你觉得是他，那就是他吧。”

“妈。”宁朦抱住她，鼻头酸酸的，“我也不知道我们是否合适，但我会和他一起努力，变成最适合对方的那个人。”

宁妈笑了：“这话他和我说过一模一样的。”

宁朦立刻抬头看她：“什么时候？”

“你不知道吗？我生病出院那段时间他来看过我几次，后来他又来找了我一次。”

“他说了什么？”

“还能是什么，说自己很喜欢你，想娶你，把我吓了一跳。”

宁朦一颗心又软又涨，恨不得立刻飞回他身边。

宁妈瞧出来了：“瞧你这点出息，要不要现在打电话让他回来接你？”

“不用了。”宁朦很乖巧。

“这还差不多。”宁妈捏捏她的，“让他明天过来吃饭吧。”

宁朦顿时喜笑颜开。

二

这一天，宁朦又在网上买了不可描述的小玩意。

送这一片的快递员换了个小哥，给她打电话的时候她还没下班，便跟快递员说了一声：“送上去吧，家里有人。”

随后打电话给陶可林：“快递到了。”

“嘿嘿嘿，今晚在家等您哦。”

“快递小哥声音好苏好苏啊。”

“我真的受不了声音这么苏的人，想嫁！”

陶可林撂了电话。

晚上宁朦加了一会班，打电话回去问快递：“怎么样怎么样？”

“蔫丑！”

宁朦呆住了：“怎么会这样，差距不会有这么多吧？”

“就是的。”他坏心眼地说，“丑哭我了。”

“那你再把那小哥叫回来吧。”

“什么？叫他回来？”

“退货啊，虽然这种东西讲究实用性，可是我很颜控的，丑就根本不想用啊。”

“哦，你问的是快递啊。”

“废话，赶紧退了。”

“不用不用，我再一看，感觉还是可以用的。”

“退退退，别拆包装，今晚不用了。”

陶可林心里苦。

宁朦在陶可林长期耍赖不做防护的攻击下，中招了。

晚上回家之后把两条杠杠的验孕棒递给他看，陶可林只一眼就愣住了。

很快欣喜若狂地红了眼圈。“老婆，老婆，谢谢。”着急忙慌地摘掉围裙抱住她，“天，这是真的吗？”

于是一整晚都在碎碎念，“要不要告诉我爸妈呢？告诉了他们肯定要我们搬回去的，我还是想和你两个人住……可是你怀孕了确实应该有人照顾，在这边营养跟不上，要不先和你妈妈商量一下？”

宁朦要烦死了：“别想了，我骗你的。”

“产假是什么时候休来着？你要不要……你说什么？”

“假的，没怀，验孕棒是道具，上次买情趣用品送的。”

陶可林的玻璃心碎成了渣渣：“一点都不好笑啊，别拿这种开玩笑好不好？”

教训了大半夜，宁朦被搞得心力交瘁。

陶可林这次是真的伤了心了，巨大的落差让他无心画画，拖稿拖到宁朦要爆炸。

“不画好不许进我家门！”

陶可林站在门口，非常委屈：“你最近脾气好差哦，你看都长痘痘了。”

宁朦砰地关了门。

不仅脾气差，还开始孕吐。

第一次吐的时候是在公司，大家纷纷恭喜她。

回到家吐，陶可林一脸惊慌：“是不是酸奶过期了？是不是过期了？”

宁朦想打他。

他最近真的是弱智得有点让人受不了。

周末两人回陶家，陶妈妈一眼就看出她怀孕了，欣喜得不知道要怎么表达了：“哎呀你们搬回来嘛，妈妈亲自在家里照顾你。”

陶可林非常抗拒：“不回来，为什么要回来？妈，你就不能让我们过过小两口的世界。”

他妈给他一榔头：“不回来谁照顾孕妇？你自己能搞定？”

陶可林愣了一下，望向宁朦，捕捉到她眼底的笑意，立刻反应过来，自己又被骗了。

被骗的人还喜滋滋的：“好的，我们明天就搬回来。”

怀孕之后的宁朦脾气有些大，动不动就生气，吓得陶可林话都不敢跟她讲。

某天陶可林小心翼翼地叫了她一声，宁朦回头，语气不善：“干什么！”

“可以干？”他疑惑道。

“有事就说！”

“你碰过我电脑了？”

“嗯。”

“你到底做了什么？”陶可林盯着满屏幕的不可描述，有些无言。

“就是给你下了一些好看的电影，让你晚上没那么无聊。

“谢谢……”

“不客气哟，好好享用——”

晚上陶可林笑着点开视频，刚想说女人在惹火，结果视频跳过了片头，居然是《百家讲坛》？

很好，这很禁欲。

她睡了一个充足的午觉，睁开眼就看到那张漂亮的脸蛋。

“睡醒了？”

宁朦“嗯”了一声：“干吗？”

“我有点想……”是中肯的语气。

宁朦笑起来：“去看我给你下的电影去，保准泻火。”

陶可林越发恼火，阴森森地望着她：“我等着。”

宁朦后背一凉。

“预产期是三月，再等半年，明年九月，我等着。”他捏着她的下巴尖，舔舔嘴唇，“宝贝，我等着。”

宁朦生孩子那天，对陶可林来说是一场噩梦。

进产房的时候胎位开始不正，勉强顺产了几个小时差点大出血，最后才划了一刀把孩子取出来。

签字的时候陶可林的腿都是软的，孩子抱出来陶可林看也不看，立刻要冲进去，最后还是被老爷子拿拐杖拦住了。

宁朦被推出来的时候整个人像是自水里捞出来的，衣服和头发湿漉漉的，眼睛也是湿漉漉的，纸片人一样的苍白虚弱。

陶可林心疼得说不出话来，倒是宁朦一把揪住他的衣领：“讨厌你！”

陶可林低头在她手背上亲了亲：“辛苦了，妈妈。”

所以宁朦生孩子之后，陶可林安分了很多，每次都会记得做防护措施。

他认真做好防护措施的样子也真的是帅。

但是……宁朦望着垃圾桶里的空盒子，头皮有些发麻。

一个星期用掉一盒避孕套，真的不算频繁吗？

还是十二支装的。

宁朦觉得有必要和他谈谈……

“这比你抽烟的速度还要快了。”

“这个确实比抽烟上瘾。”陶可林刚刚回来，问她，“吃过饭了？”

“吃了，这都几点了。”她都准备睡了。

男人脱掉外套开始解纽扣，解完纽扣开始慢条斯理地解皮带。

宁朦头皮都炸了，连忙说：“给你留了饭，先去吃一点。”

“不要。难得这个礼拜爸妈把陶宁带走了。”

宁朦瞧这气氛不对，立刻转身要跑，却被反应更快的男人一把揽住腰扣在沙发上：“不是说女人四十如狼似虎？你怎么一天天的跟性冷淡似的？”

宁朦欲哭无泪：“如狼似虎是对于四十岁的男人来说的，但是跟三十多岁的你能比吗？能吗？”他是正值壮年好吗？

陶可林懒得和她争辩，手指在她身上游走，委委屈屈地说：“工作忙，这个月的稿子还没下落，压力太大，没有出口很容易憋出病的。”

宁朦立刻又心疼了：“稿子别急，工作慢慢来，你就是野心太大了……”

陶可林勾着唇亲了她一下：“有个出口就好了……”

宁朦被他弄得嘤咛了一声，脸一红：“走开。”

陶可林直接把她打横抱起往卧室走。

宁朦还在做最后的挣扎：“陶可林，你这叫过度消耗，小心十年之后力不从心。”

“我再过二十年也会让你刮目相看。”

“可是我会肾虚的！”

“那你以为我每天让阿姨煮的药膳汤是补什么的？”

“你不是说是补气血的？”

“肾好气血当然也好。”

！！！

番外二　我们的下半场

一

陶可林在回国的前一晚，言瑾给他发了一张照片，是陶可欣发在朋友圈秀恩爱的照片。

言瑾问他："陶可林，这是你姐姐的新男朋友？"

"新老公吧。"陶可林说，"他们都准备领证了。"

言瑾："嗯但是……"

陶可林："怎么了？"

"陶可林，你别说我没眼力见儿啊，但是你姐这个男朋友，好像是某个网红的男朋友啊。网上有人在扒呢，说你姐是抢的人家男朋友。"

"哪个网红？"

"一颗柠檬，你可以去她微博看一下，前几个礼拜她还发了两人的照片呢。"

陶可林寻过去看了一眼。

女人的置顶是一条化妆视频，他点进去看了几分钟，有些搞不懂。明明她素颜的时候更好看啊。

最新一条微博是一条冬日保湿面膜种草，再往下是一句心情动态：我就当是养了一条狗吧。

评论里都是安慰她的话和骂渣男的话。

陶可林再往下刷，就看到了他准姐夫的照片。

场景是在电影院，女人自拍的时候把旁边在打瞌睡的男人也拍了进来，她抱怨说：难得陪我来看电影，居然睡着了。

底下就有人说秀恩爱什么的，热评第一是一条神预言：感觉他不是很爱你啊。

现在已经有几百条回复了，都在说她优秀。

陶可林想点开大图保存图片，就显示该微博已被博主删除了。上面那条养了狗的微博，也被她删掉了，就在他浏览她微博的同一时刻，她把微博里关于前男友的所有微博删了个干干净净。

陶可林有点纳闷，去问言瑾："她把微博都删了，所以姚琛真的是出轨吗？"

言瑾立刻就发了一堆链接过来。

"柠檬男朋友出轨始末""吃瓜吃瓜，网红最终输给了富二代？""姚琛今天阉割了吗？""XX 配狗天长地久"

事情说得清清楚楚，有照片，有对话截图。

陶可林比对着陶可欣的朋友圈，捋了一下。

宁朦和姚琛是五月份在一起的，十一月份的时候姚琛出差，在墨尔本碰到了陶可欣，两人一夜情了。

回国后两人还藕断丝连，陶可欣知道姚琛有男朋友之后，不仅没有抽身，反而将姚琛在墨尔本给她穿过的衬衣寄到了宁朦家。

宁朦找姚琛质问。

宁朦被甩。

有人把姚琛人肉出来了，顺势也把陶可欣挖出来了，说她无父无母，是被人领养的，大家都在嘲她，说："难怪会做小三，原来是没人教养的。"

还有人问柠檬为什么删了微博，柠檬的粉丝在下面回答：因为有人给姚琛 P 了遗照，网络暴力他，柠檬觉得这样不好，让我们不要再人肉他了，也不要再讨论这件事了。

吃完所有瓜的陶可林，心情很复杂。

他一向和这个姐姐不亲，也不了解她。他小时候在爷爷身边长大的，回家又正好赶上叛逆期，就很少搭理这个看起来很关心他的姐姐，后来去了日本也基本不怎么联系。眼下得知她做出了这种事情，除了反感，还有羞耻。

为他有一个这样的姐姐感到羞耻。

回国那天陶可欣说和姚琛来接他，被他拒绝了。他直接回了家，把这件事和他妈妈说了一下，本来对准女婿很满意的陶母，立时变了脸色。

但知道了也没有用，陶可欣已经成年了，而且早就搬出了陶家，他们管不着她。

陶母只是把承诺给她的一栋别墅的嫁妆换成了两百平的商品房。

陶可欣回来过一次，看陶母和陶可林对她的脸色都不太好看，就没有再回来了。

回国的第三天，陆陆续续开始有旧友约他出去吃饭喝酒，陶可林本来不想去，但是有个朋友约的是柠檬推荐过的酒吧“夜色”，便戴了个口罩过去了。

没想到真的碰到了那颗柠檬。

一开始女人还没醉，但频频望过来，朋友都在打趣：“欸，那边的小姐姐好像对你有意思哦，一直在看你。”

“我们陶公子的魅力当然不是盖的，试问酒吧里哪个女人没打量过他？”

陶可林回头，和女人的视线碰了一下，对方装作若无其事地收回了视线，没有再看过来。

后来他起身去洗手间，出来的时候就被她抱住了。

他可以躲开甩开的，但是他没有。

女人眼尾通红，眸光闪闪，似泣非泣，叫人心生怜惜。

他不知道，那是女人自创的妆容，刻意营造的梨花带雨，她叫它“楚楚动人妆”。

那时候他还不知道，自己买下的姚琛的房子，就在宁朦隔壁。

他也不知道，自己会喜欢上这个女人。

二

宁朦和陶可林的婚期在六月份，莫绯和宋清的婚期在五月份。

为了能让宁朦当她的伴娘，莫绯硬生生地把婚期提前了。

为此宋清和陶可林都颇有微词。

宋清：“本来是想弄热气球婚礼的，现在时间不够了。”

陶可林：“宁朦一直想让莫绯当她伴娘的，现在只能再找人了。”

而且宋清的伴郎是颜书尧，陶可林说什么也不愿意，磨了好几天，宋清才临时把伴郎换成了陶可林。

莫绯还很识趣地把捧花丢给了陶可林。

这厮才满意。

中途需要换礼服时，婚礼统筹将伴郎伴娘带到了一个房间。

宁朦：“欸？男女不是分开的？”

“这是新娘特意安排的。”统筹一脸的意味深长，“房间有床和洗手间，你们可以休息半小时。”

宁朦有点无语。

可见莫绯有多照顾陶可林的情绪了。

陶可林在旁边抿唇笑：“好的我们知道了，谢谢你。”

统筹立刻就出去了，还体贴地帮他们反锁了门。

统筹一出去，陶可林就朝宁朦伸手：“快过来让我亲一下。”

他想亲她很久了，从早上出门就想了，但是她赶时间要化妆，后来婚礼也忙前忙后，几乎没怎么搭理他。明明人就在跟前，他却连牵牵小手都不行。

可林宝宝备受冷落，委屈至极。

“别闹。”宁朦看都没看他一眼，背过身去拿礼服。

陶可林又厚脸皮地凑到她跟前：“你今天好漂亮，我想亲亲你。”

宁朦忍不住笑了：“我平时不漂亮吗？”

“平时也漂亮，但是今天穿这套粉色礼裙站在莫绯旁边的时候，让我忍不住幻想六月份你穿上婚礼的样子。”陶可林说，“好想快点到六月，这样就能看到你穿婚纱了。”

宁朦觉得自己心都化了，她凑过去亲了亲他的嘴角，亲得很克制，怕口红沾上去。

陶可林明显不满足，还想索取的时候，宁朦伸手抚了抚他的领结，小声说：“可是我不想欸，结婚太累了，你看莫绯都快撑不住了。”

而且莫绯还是按简化的办的，按照陶可林和陶妈妈的策划，他们的婚礼只怕会更繁复。

“会有点累。”陶可林温柔地说，“但是你放心，绝对是一场难忘又美丽的婚礼。”

宁朦莞尔。

这个笑让陶可林觉得心动，他把她推到墙上，扣着她的后脑勺，亲了下去。

宁朦挣扎了一下：“我的妆……”

“一会再补。”

亲了许久，小少爷才终于松开她，眸光熠熠，充满了爱意和占有欲：“我真想现在就回去。”

宁朦脸红了：“别闹，换衣服了。”

女人其实很容易辨别男人是否真的爱自己，特别是在有了比较之后。

陶可林对她的喜欢，比她的前任、前前任都多得多。

第二套礼服是中式的，两人一起脱衣服换衣服太奇怪了，宁朦怕陶可林乱来，把他赶进了浴室。

他很快就换好出来了，宁朦却还在脱上一件裙子，后边的绑带似乎打结了，她弄了半天都解不开。

陶可林在旁边笑。

“别笑了，快过来帮忙。”

陶可林凑过来帮她把绑带解开，又顺手帮她脱掉了裙子。

这礼裙是一字肩，她在内里没有穿文胸，只贴了个胸贴。陶可林的手绕过去碰了碰，狎昵心起的时候又忽然想起她陪颜书尧去参加酒会，以及那天晚上她换下白裙子时他看到的“景象”。

小心眼的陶可林不高兴了，他揭掉了宁朦的胸贴。

宁朦一脸疑惑。

“我要睡觉。”

宁朦：“你睡呗，你睡觉脱我内衣做什么？”

“我要和你睡！”他还哼了一声。

宁朦好笑：“动词？不是，你又闹什么脾气呢我的小少爷？我们一会还得出去呢。”

陶可林把头搁在她的肩窝，用嘴唇碰了碰她的颈，闷声道：“我不管。”

他是说不管就真的不管的人。

陶可林一直贴着她站着，所以回头时与他无论是身体还是脸都只隔着一指的距离。他脸上带着邪气的笑。宁朦暗道不妙，与此同时感到他的手指顺着她的尾椎往上滑，语气几近魅惑地说：“反正还有伴郎团和伴娘团，蓝莓茶不是挺能喝的吗？”

宁朦更加莫名了，好端端的怎么又提起蓝莓茶了？

宁朦躲开他，捂着胸部去拿衣服，但是对方比她更快地侵占了高岭，她一边往后挪一边试图扯开他的手：“陶可林，不要闹了。”

对方兴致上来的时候，十头牛都拉不走。陶可林一手扣着她的手腕，一手扣着她的肩，利落地把她压到了床上。

触感真的不要太好。

意识到他想来真的，宁朦吓坏了：“陶可林，你不够时间的。”她试图说服他，“我们晚上回去再玩好不好？”

他笑了一下，表情狡黠。

"陶可林！"

他俯身吻了下来。

青年脸上却是蓄势待发的表情，身上的反应也是实实在在的。

宁朦拒绝无果，也是真的有些生气了，便在对方微抬起身子，手往下滑的时候看准时机推开他，顺势往旁边一滚。

陶可林没有防备，被推开的同时还被踢了一脚，整个人狼狈地跌下床。

听到他闷哼了一声，宁朦连忙朝他看去，他捂着下巴站起来，眉间紧皱着。

她匆忙扣好衣服，跳到床的另一边捡起衬衣穿上，看到他仍然在揉下巴，就问了一声："没事吧？撞哪了？我看看。"

"没事。"他勉强一笑，揉了揉下巴，嘴唇没有一丝血色，表情十分委屈，"对不起。"

宁朦好笑："让你不要闹了。"她不由分说拿开他的手，发现他的下巴是被桌角磕到，红了一块，倒没出血。宁朦用指腹揉了揉，听到他嘶了一声，躲开了。

"肿了。"宁朦有些担心，"等会怎么出去见人？"

陶可林抿了抿嘴，欲言又止。

宁朦凑过去亲了一下他的嘴角，也在他肿起来的地方亲了一下，弯着唇："乖，伴娘的裙子都是定制的，晚上我还是能穿给你看的。"

他又被取悦了："好。"

陶可林的情绪来得快，去得也快，而且他很善于自我调节，出去之后就什么事都没了，还总是用一副胜利者的姿态去看颜书尧。

颜书尧感到莫名其妙。

婚礼一结束陶可林就火急火燎地拉着宁朦走了，衣服都没换。两个人都喝了酒，不能开车，莫绯要给他们找车，结果陶可林直接在路边拦了辆出租车走了。

宁朦喝了点酒，脑子不是很清醒，上了出租车才反应过来："回家了？他们不是说还有下半场吗？"

"嗯。"陶可林顺了顺她凌乱的鬓角，微微一笑，"我们的下半场就不和他们玩了，我们玩我们自己的下半场。"

宁朦又脸红了。